Denis Marquet & Elisabeth Barrière

# Tödliche Ewigkeit

Weitere Titel von Denis Marquet:
*Der Zorn*

Denis Marquet &
Elisabeth Barrière

# Tödliche Ewigkeit

Thriller

Übersetzung aus dem
Französischen von Barbara Reitz
und Eliane Hagedorn

Lübbe Hardcover

FSC
Mix
Produktgruppe aus vorbildlich bewirtschafteten Wäldern und anderen kontrollierten Herkünften
Zert.-Nr. GFA-COC-001262
www.fsc.org


Lübbe Hardcover in der Bastei Lübbe GmbH & Co. KG

Titel der französischen Originalausgabe:
»Mortelle Éternité«


Textredaktion: Boris Heczko
Umschlaggestaltung: HildenDesign unter Verwendung eines Motivs von © Shutterstock/T.W.
Satz: Dörlemann Satz, Lemförde
Gesetzt aus der Adobe Caslon
Druck und Einband: Friedrich Pustet, Regensburg

Printed in Germany
ISBN 978-3-7857-2396-8

5 4 3 2 1

Sie finden uns im Internet unter: www.luebbe.de
Bitte beachten Sie auch: www.lesejury.de

# Erster Teil

So rudern wir weiter,
stemmen uns gegen den Strom
und treiben doch stetig zurück,
dem Vergangenen zu.
Francis Scott Fitzgerald
*Der große Gatsby*

## Phuoc Long, Februar 1965

*Meine Geliebte für alle Ewigkeit,*

*ich schreibe Dir aus einem Erdloch im trüben Schein einer Kerze. Hier haben die Menschen die Hölle erschaffen. Wozu braucht es Kriege? Bill ist gestern gestorben. Ein zweistündiger Todeskampf. Und ich konnte nur zusehen.*
*Ohne Dich … Fern vom Duft Deines Atems weicht das Leben aus meinem Körper, und eine Leere bleibt in mir zurück.*
*Darin sollst Du wohnen.*
*Drei Tage und drei Nächte haben wir gekämpft. Ich bin von den Granatsplittern verschont geblieben. Eine Kraft beschützt mich. Zittere nicht um mich. Dieser Krieg wird zu Ende gehen. Alles wird sein wie vorher. Wir werden uns wieder lieben.*
*Unter Deiner Zunge fließen Milch und Honig, Deine Brüste sind zwei Schalen, aus denen sich der süße Wein der Liebe ergießt. Dein Körper fehlt dem meinen, als wäre er ein Teil von ihm.*
*Als ich Dich das erste Mal sah, hat sich mir augenblicklich der Sinn der Worte ›ich liebe dich‹ erschlossen. Sie waren schon immer in mir, haben nur auf Dich gewartet. Die Liebe kennt keinen Anfang und kein Ende. In alle Ewigkeit sind wir eins.*
*Meine Geliebte, spende mir Kraft. Ich werde diesen Krieg überleben. Nichts kann uns trennen.*
*Denn die Liebe ist stärker als der Tod.*

## New York, August 2007

Mit zitternder Hand legt Lucie Milton das Reagenzglas beiseite. Sie hat es geschafft. Es hat fast die ganze Nacht gedauert, doch nun hat sie die Zusammensetzung der chemischen Substanz herausgefunden, von der sie bei Henry Buchanan eine Probe entwendet hat.

Sie fröstelt. Mechanisch zieht sie ihren Blouson über den weißen Kittel und stützt sich auf einen Arbeitstisch, um nicht das Gleichgewicht zu verlieren.

Ist es die Müdigkeit?

Oder ein Schwindel angesichts des unfassbaren Abgrunds, der sich vor ihr auftut?

Die Ergebnisse ihrer Analyse übersteigen alles Vorstellbare.

Was sie beinhalten, entsetzt sie.

Sie lässt sich auf einen Stuhl sinken. Sie muss nachdenken, was sie nun tun soll.

Sie weiß nicht, dass diese Entdeckung, die sie niemals hätte machen dürfen, sie in weniger als einer Stunde das Leben kosten wird.

## New York, einen Monat zuvor

Das Polizeirevier des 19. Distrikts war eines der ältesten Gebäude von Manhattan. Auf der schmutzigen Fassade war das Baujahr zu lesen: 1887. Bewegt blieb Ann Lawrence stehen und betrachtete den hohen, schmalen Bau. Sobald sie den diensthabenden Polizisten begrüßt und die Tür durchschritten hatte, würde sie an ihrem neuen Arbeitsplatz sein. Endlich wurde ihr Traum wahr: Sie würde Detective am *New York Police Department* werden.

Dafür hatte sie gekämpft. Ihre Familie hatte ihr klarzumachen versucht, dass es nicht der Wunsch einer Lawrence sein konnte, zur Polizei zu gehen. Ann hatte sich nicht beirren lassen. Sie hielt sich zwar für aufgeschlossen und hatte ein offenes Ohr für andere, doch was ihr eigenes Leben betraf, war sie niemandem Rechenschaft schuldig. Alles hatte mit dem Entschluss angefangen, Psychologie statt Jura zu studieren. Angesichts dieser Neuigkeit, in seinen Augen ein Verrat, den er sehr persönlich nahm, hatte ihr Vater einen Wutanfall bekommen, an den sich die ganze Familie noch heute mit Schrecken erinnerte. Dann schien er sich damit abgefunden zu haben, dass seine brillante Tochter nicht seine Nachfolge in der renommierten Anwaltskanzlei antreten würde. Ende des ersten Akts. Doch kaum hatte sie innerhalb kürzester Zeit mit Bravour ihr Diplom in Psychologie absolviert, hatte sie den

Wunsch geäußert, die Polizeiakademie zu besuchen. Das war zu viel für Robert Lawrence, und er hatte sechs Monate lang kein Wort mehr mit seiner Tochter gesprochen. Selbst nachdem sich sein Ärger allmählich gelegt hatte, waren nur noch oberflächliche Gespräche möglich. Was ihre sanfte und zuvorkommende Mutter anging, so lag stets ein versteckter Vorwurf in ihren Augen. Die Schuld, ihren Vater enttäuscht zu haben … »Ich denke nicht daran, den Rest meines Lebens damit zu verbringen, meine Eltern wegen meiner Entscheidung zu trösten«, dachte Ann. Als sie die wenigen Stufen hinaufstieg, die zu ihrem neuen Leben führten, achtete sie aufmerksam auf jede Regung ihres Körpers. Ihr Traum …

Entschlossen schritt sie durch die hohe Tür.

Sie hatte es geschafft.

Sogleich wurde ihre Aufmerksamkeit von einer seltsamen Tafel am Eingang angezogen. Da sie zu früh dran war, trat sie näher. Unter dem eingerahmten Wappen des NYPD war eine Inschrift angebracht, die vor dreißig Jahren zwei Polizisten gestaltet hatten: *Ich bin die Dienstmarke eines Officer der New Yorker Polizei, nur ein einfaches Stück Metall, das aber einem außergewöhnlichen Menschen dient, der seine Pflichten kennt. Mag man ihn auch mit allen möglichen Namen betiteln, so ruft man ihn doch stets, wenn man in Schwierigkeiten ist. Er ist unterbezahlt, hat ständig wechselnde Dienstzeiten und lebt mit der Gefahr, doch das ist seine Arbeit, und er liebt sie. Ich bin eine Dienstmarke, und ich bin stolz, von einem Angehörigen des New York Police Department getragen zu werden.* Ann betrachtete die Plakette. In wenigen Minuten würde ihr der befehlshabende Lieutenant die ihre überreichen, verziert mit der goldenen Waage, dem Symbol der Gerechtigkeit. Der Polizeidienst, dachte sie, ist eine Berufung. Sie hätte Anwältin in einer der angesehensten Kanzleien von Manhattan werden können. Doch das war nicht ihr Wunsch gewesen. Sie wollte dem Gesetz dienen.

In der riesigen, hohen Halle drängten sich Männer und Frauen unterschiedlicher Hautfarbe und Alterstufen zur Wachablösung. Ann überkam plötzlich Angst. Sie senkte den Kopf, da sie befürchtete, man könne sie entdecken und erklären, sie sei hier fehl am Platze. Ann *Lawrence*? Die Tochter von Robert Lawrence? Ein schlechter Scherz! Doch dann fasste sie sich wieder. Sie ballte die Hände in den Taschen, hob den Kopf und zwang sich, die Kollegen ringsumher zu betrachten. Die meisten trugen die Uniform der Streifenbeamten, eine Minderheit war in Zivil – das heißt Sakko und Krawatte, der vorgeschriebene Dress der Detectives.

Nach der Polizeiakademie war Ann ein Jahr lang in der Dienstkleidung der Polizeianwärterin Streife gegangen. Dann war dank ihres Psychologiestudiums am Hunter College und ihrer hervorragenden Arbeit ihr Antrag auf Versetzung zu den Detectives positiv beschieden worden. Eine Anerkennung, die nur wenigen so rasch zuteil wurde. Nach einer zusätzlichen Ausbildung, bei der man sie mit dem Strafrecht, mit Einsätzen und Zeugenverhören vertraut gemacht hatte und der Kunst, sich unauffällig auf der Straße zu bewegen, hatte sie ihre Uniform an den Nagel gehängt. Für immer, wie sie hoffte. Denn der Dienst auf der Straße war nicht ihr Ziel. Sie wollte ermitteln, Verbrechen aufklären, dem Gesetz dienen.

Die Einheit des 19. Reviers, der sie zugeteilt war, hatte ihre Büros im fünften Stock. Ann trat in den Aufzug. Dort traf sie auf einen jungen Mann in Zivil.

»Guten Tag. Möchten Sie Anzeige erstatten? Dann müssen Sie im zweiten Stock aussteigen.«

Er war stämmig, einen Kopf größer als sie, und seine schönen blauen Augen hatten einen freundlichen, selbstsicheren Ausdruck. Sie sah ihn ruhig an.

»Ich komme, um meinen Dienst anzutreten.«

»Oh, Entschuldigung. Zu welcher Abteilung gehören Sie?«

»Zu den Detectives.«

»Ach, dann sind Sie die Neue«, rief er aus und drückte den Knopf zum fünften Stock. »Wunderbar! Ich bin Frank Millar. Wir sind Kollegen.«

Sie entspannte sich ein wenig und ergriff die Hand, die er ihr entgegenstreckte. Männlich und neutral sollte seine Geste wirken. Doch sein Blick streifte kurz ihre Brüste, ehe er ihr ins Gesicht sah.

»Ann Lawrence«, antwortete sie und musste innerlich lächeln.

Es belustigte sie stets aufs Neue, wie sich die Männer in diesem lange Zeit rein maskulinen Milieu bemühten, ihre weiblichen Kollegen als Menschen wie alle anderen zu betrachten.

»Lawrence? Der Name sagt mir etwas.«

Wieder überkam sie Angst.

»Er ist sehr verbreitet«, erwiderte sie hastig.

»Sie sind etwas nervös, aber es wird schon klappen, Sie werden sehen.«

Ann zwang sich, tief durchzuatmen. Als sich die Türen öffneten, stieg sie als Erste aus und verabschiedete sich mit einem vagen »bis später«.

Lieutenant Woodruff würde etwas später kommen. Seine Assistentin bat Ann, Platz zu nehmen und zu warten. Diese versuchte sich zu erinnern, was sie über den Mann wusste, der den Ermittlern des Kommissariats vorstand. Mit dreißig Jahren war er noch ziemlich jung für einen solchen Posten. Doch die Aufklärungsrate seiner Abteilung war hervorragend und hatte einen ausgezeichneten Ruf. Ann hoffte, einen guten Eindruck zu machen, der erste war entscheidend … Eine Stimme riss sie aus ihren Gedanken. Sie wurde hereingebeten.

Lieutenant Woodruff hatte ein pausbäckiges Gesicht, wodurch er noch jugendlicher wirkte, als sie erwartet hatte.

»Guten Tag«, sagte er knapp.

Er kompensiert sein jungenhaftes Aussehen durch einen markigen Ton, analysierte sie sofort.

»Sie sind Ann Lawrence«, fuhr er fort, die Augen auf seine Akte geheftet. »Vierundzwanzig Jahre, Bachelor in Psychologie?«

»Ja.«

»Interessant …«

Er hob den Blick und sah sie an.

»Ihr Name … kommt mir irgendwie bekannt vor.«

Sie zuckte zusammen. Hoffentlich stellte er keine Verbindung her. Das war nicht der geeignete Augenblick … Einer NLP-Technik folgend, versuchte sie, sich mit ihrem Gegenüber zu synchronisieren. Er hatte die Beine übereinandergeschlagen und strich mit der Hand über sein Kinn. Sie tat es ihm gleich und bemühte sich, ihren Atemrhythmus dem seinen anzupassen.

»Es gab einen Senator in unserer Familie …«

»Das wird es vermutlich sein. Aber egal. Sie wissen sicher, wie man die Angehörigen des NYPD nennt?«

»Die Besten …«

»Seit zwei Jahren hat unsere Einheit bei der Verbrechensvorbeugung die besten Ergebnisse der Stadt. Ihnen sollte klar sein, dass Sie hier bei den Besten der Besten sind.«

Er lächelte ihr zu.

»Willkommen im Team, Miss Lawrence.«

Ann entspannte sich.

»Sie scheinen mir ein guter Neuzugang«, fügte er hinzu, während er in seiner Schreibtischschublade kramte. »Fürs Erste teile ich Sie meinem besten Mann zu. Jeff Mulligan. Bei ihm lernen Sie Ihr Handwerk.«

Er reichte ihr einen Gegenstand.

»Ihre Dienstmarke.«

Bewegt nahm sie die Plakette der Detectives entgegen, von der jeder Polizist träumte.

»Ich werde mich ihrer würdig erweisen, Sir.«

Woodruff hatte sich schon wieder in seine Akten vertieft und schenkte ihr keine weitere Beachtung.

»Was! Sie sollen mit Mulligan arbeiten?«

»Ja, und?«

»Ach nichts, Sie werden schon sehen … Am besten warten Sie hier auf ihn.«

Ann befand sich in der Cafeteria des Reviers. Ein Ermittler hatte ihr geraten, dort ihr Glück zu versuchen. Seit einer halben Stunde suchte sie vergeblich nach ihrem neuen Vorgesetzten.

»Aber wo bleibt er denn?«

»Das weiß niemand.«

Der Mann, der ihr das sagte, war ein Detective um die vierzig. Auf seinem Gesicht lag ein desillusioniertes Lächeln mit merkwürdig nach unten gezogenen Mundwinkeln.

»Hat sein Dienst nicht um acht Uhr begonnen?«

»Wenn man es genau nimmt, tritt Sergeant Mulligan seinen Dienst nie an. Man könnte die Auffassung vertreten, dass er immer im Dienst ist. Oder nie.«

»Und was soll ich jetzt tun?«

»Da der Lieutenant Sie ihm direkt unterstellt hat, warten Sie seine Befehle ab.«

»Aber wenn er doch nicht da ist?«

»Warten Sie, bis er kommt. Entschuldigen Sie mich jetzt bitte, ich habe noch Papierkram zu erledigen. Sie wissen ja, wie das ist.«

»Noch nicht.«

»Ja, natürlich …«

Wieder dieses schmallippige Lächeln.

»Wie heißen Sie?«

»Bert Garner. Nennen Sie mich Bertie.«

Cafeterien sind der beste Ort, um Bekanntschaften zu schließen. Nach zwei Stunden hatte Ann ein Dutzend Kollegen kennengelernt, das heißt fast die Hälfte der Truppe. Doch noch immer keine Spur von ihrem Vorgesetzten.

»Was, Sie sind Mulligan zugeteilt?«

Jedes Mal bekam die frischgebackene Ermittlerin des 19. Reviers denselben Ausruf zu hören. Doch die Gründe schienen nicht immer die gleichen. Ein Sergeant hatte bei der Nennung des Namens sogar auf den Boden gespuckt. Ein Detective, der älteste von allen, hatte bewundernd geseufzt: »Der beste Cop von New York!« Die anderen hatten nichts weiter gesagt. Manche hatten das Gesicht verzogen, was alles heißen konnte, oder auch das Gegenteil. Nur eins stand fest: Jeff Mulligan wurde gefürchtet … Frank Millar, der es ihr offensichtlich nicht weiter übel nahm, dass sie ihn an der Aufzugtür hatte stehen lassen, flüsterte ihr zu:

»Jeff Mulligan ist der größte Dreckskerl in der Geschichte des NYPD.«

»Wie meinen Sie das?«

»Es ist ein offenes Geheimnis, dass er eine Nutte aushält und Schutzgelder erpresst. Aber er wird protegiert.«

»Von wem?«

»Ich habe nichts gesagt.«

Also wartete Ann verwirrt. Mehrmals hatte sie die Cafeteria verlassen, war durch die Abteilung gelaufen, hatte hier und da den Kopf durch eine Tür gesteckt und sich überall nach ihrem Vorgesetzten erkundigt. Sie saß auf einer Bank und trank gerade ihren fünften schlechten Kaffee, als sie ein entferntes Brüllen aus ihrer Benommenheit riss:

»Lawrence!«

Sie sprang auf und hörte sich »ja« antworten, so als stünde der Rufer ihr gegenüber …

Sie lief hinaus.

»Lawrence!«

Ann beschleunigte ihr Tempo. Als sie um eine Ecke bog, prallte sie gegen einen kräftigen Körper.

»Lawrence?«

»Ja …«

»Ich suche Sie schon seit einer halben Stunde! Um wie viel Uhr hätten Sie Ihren Dienst antreten sollen?«

»Aber …«

»Das fängt ja gut an.«

Der Mann schob sie in den Aufzug und drückte den Knopf zum Untergeschoss. Während die Kabine langsam hinabglitt, musterte Ann verstohlen den Mann, der niemand anders als

Mulligan sein konnte. Reglos stand er ihr gegenüber, ohne eine der in solchen Momenten üblichen Posen: Er blickte weder auf seine Schuhspitzen noch zur Decke, und er pfiff auch nicht mit lässiger Miene vor sich hin. Seine Augen ruhten auf Ann, ohne dass er sie angestarrt hätte oder ihrem Blick ausgewichen wäre. So als wäre sie ihm gleichgültig, oder schlimmer noch: als würde sie gar nicht für ihn existieren. Er war nicht besonders groß, doch von seinem stämmigen Körper, der mit beiden Beinen fest auf dem Boden stand, ging eine beeindruckende Kraft aus, verstärkt durch die seltsame Undurchdringlichkeit seiner Züge. Sein Gesicht war nicht besonders attraktiv: Die Nase war platt, Schlupflider verdeckten einen Teil der mandelförmigen Augen, das Kinn war zu kantig. Doch das Zusammenspiel der einzelnen Züge, von denen keiner wirklich schön war, hatte etwas Wildes, das sie verwirrte.

Die Türen des Aufzugs öffneten sich auf den Parkplatz des NYPD. Mulligan schob Ann in den zivilen Streifenwagen und ließ den Motor an.

»Wohin fahren wir?«, fragte sie.

»Einen Dreckskerl verhaften.«

Der Ford fuhr über die Park Avenue und bog dann in die 136th Street Richtung Harlem ein. Ann brach das Schweigen:

»Das ist nicht mehr unser Bezirk …«

Mulligan machte vor einem Haus eine Vollbremsung.

»Die Anzeige ist aber bei uns erstattet worden.«

»Haben Sie einen Durchsuchungsbefehl?«

»Steigen Sie aus.«

Er wies sie an, die Eingangshalle zu überwachen, und verschwand im Treppenhaus. Also wartete sie und fragte sich, was genau das unter diesen Umständen zu bedeuten hatte. Die wenigen Passanten auf der Straße schenkten ihr keine Beachtung. Sollte sie den Zutritt untersagen, solange ihr Vorgesetzter oben war? Das Gebäude hatte keinen Hausmeister und wirkte ziemlich heruntergekommen. Die Wände mit Graffitis übersät, der Boden schmutzig. Plötzlich ertönte ein erstickter Schrei im Treppenhaus, gefolgt von Kampfgeräuschen. Schritte, die herunterkamen. Ann war sofort in Alarmbereitschaft, zog ihre 6.35 Automatik und richtete den Lauf auf die Metalltür. Ein dumpfes Scharren, als würde ein Körper über den Boden geschleift … Den Finger am Abzug, rief sich Ann die Verhaltensregeln in Erinnerung. Nur im äußersten Notfall schießen … Plötzlich tauchte Mulligan auf, den linken Vorderarm um den Hals eines hochgewachsenen weißen Mannes gelegt. Mit der anderen Hand hielt er ihm den Mund zu, um ihn am Schreien zu hindern. Sofort senkte sie die Waffe. Der Sergeant lockerte seinen Griff und versetzte dem Mann einen heftigen Stoß, sodass dieser zu Boden fiel. Wütend sprang der wieder auf und stürzte sich auf den Ermittler.

»Aufhören!«, brüllte Ann und hob erneut ihre Waffe. Doch schon lag der Mann am Boden, in einer sich langsam vergrößernden Blutlache. Niedergestreckt von einem Kinnhaken, der ihm die Nase gebrochen hatte. Ihr Vorgesetzter legte dem Opfer unverzüglich Handschellen an. Als er sich aufrichtete, musterte er sie mit durchdringendem Blick.

»Widerstand gegen die Staatsgewalt: Sie sind Zeugin, er hat mich angegriffen.«

»Haben Sie einen Durchsuchungsbefehl?«, fragte sie verwirrt.

»Brauche ich nicht. Die Eingangshalle eines Hauses gilt als öffentlicher Ort.«

»Aber Sie haben ihn mit Gewalt hergeschleppt.«

»Ganz und gar nicht!«

»Sie haben ihn am Hals gepackt!«

»Eine freundschaftliche Geste.«

»Sie haben ihn aus seiner Wohnung geholt, diese Verhaftung ist illegal.«

Er blickte sie unerschüttert an.

»Was wissen Sie denn davon? Sie haben hier in aller Ruhe Wache geschoben, und das Einzige, was Sie bezeugen können, ist, dass er mich an einem öffentlichen Ort angegriffen hat. Das reicht, um ihn festzunehmen, und jeder Richter wird mir einen Haussuchungsbefehl ausstellen. Wer sich gegen die Gesetzeshüter auflehnt, hat in jedem Fall etwas zu verbergen. Und ich weiß auch was.«

Er zog seinen Gefangenen hoch und hielt den taumelnden Mann, der kaum die Augen öffnen konnte, am Kragen fest.

»Lesen Sie ihm seine Rechte vor.«

»Wie bitte?«

»Tun Sie Ihre Arbeit. Lesen Sie ihm seine Rechte vor.«

»Sie haben das Recht zu schweigen. Alles was Sie sagen, kann vor Gericht gegen Sie verwendet werden. Sie haben das Recht, zu jeder Vernehmung einen Rechtsanwalt hinzuzuziehen …« Geistesabwesend und mechanisch klärte Ann diesen Typen, der zu k.o. war, um irgendetwas zu begreifen, über seine Rechte auf, während Mulligan ihn nach draußen zerrte.

Nachdem er ihn in den Fond des Wagens bugsiert hatte, befahl er ihr:

»Setzen Sie sich neben ihn und passen Sie auf ihn auf.«

Er schaltete Sirene und Blaulicht ein und fuhr mit quietschenden Reifen los.

Man brachte den Beschuldigten auf die Wache des 19. Reviers und sperrte ihn in eine Zelle.

»Ich schreibe den DD-5 selbst«, erklärte der Sergeant. »Ab dann sind Sie für den verflixten Papierkram zuständig.«

Klar, dachte Ann, er wollte seine Version der Dinge verkaufen …

Während der Sergeant im Justizpalast vor dem stellvertretenden Staatsanwalt den Fall schilderte, schwieg Ann. Von Zeit zu Zeit massierte sie ihren Bauch, um den Schmerz zu lindern, der ihren Magen zusammenkrampfte. Sie konnte unmöglich die Wahrheit sagen und sich an ihrem ersten Arbeitstag als Detective gegen ihren Vorgesetzten stellen. Außerdem hatte Mulligan dafür gesorgt, dass sie nicht direkt Zeugin des Vorgangs wurde. Resigniert und wütend hörte sie ihn also seine Version der Geschichte vortragen, wie er sie auch in seinem offiziellen Bericht dargelegt hatte: Sie hatten den Mann in der Eingangshalle seines Hauses angesprochen, um ihm einige Fragen über Videos mit pornographischem Inhalt zu stellen, dieser hatte sich der Staatsgewalt widersetzt, sie hatten ihn festgenommen und beantragten jetzt einen Durchsuchungsbefehl für seine Wohnung. Der Justizbeamte wandte sich an Ann:

»Sie bestätigen die Darstellung natürlich?«

…

»Detective?«

Man hatte sie in die Enge getrieben. Und sie wusste, dass auch Mulligan es wusste.

»Ja«, hörte sie sich antworten.

Ihre Karriere bei der Polizei begann mit einer Lüge. Mulligan lächelte ihr zu. Zum ersten Mal, seit sie ihm zugeteilt worden war.

Der Justizbeamte verließ den Raum und kam nach wenigen Minuten mit dem Papier zurück, das der Richter ohne weiteres ausgestellt hatte. Als sie den Justizpalast verließen, strich ihr Mulligan übers Haar.

»Sie werden bald verstehen, Kleine.«

Sie wich mit einer heftigen Bewegung zurück.

Betroffen starrte Ann auf den Bildschirm. Sie wollte den Blick abwenden, doch irgendetwas hinderte sie daran. War es eine Art Respekt für das Leid dieses jungen Mädchens, das die Kamera in Großaufnahme zeigte?

»Eine Minderjährige?«, murmelte sie.

»Schwer zu sagen.«

»Glauben Sie, man kann die Vergewaltiger identifizieren?«

»Ein Video wird von den Geschworenen nicht als Beweismittel anerkannt«, erklärte Jeff Mulligan. »Und es gibt keine Aufnahme von den Gesichtern. Aber es ist eine Arbeitsgrundlage für die Ermittlungen.«

Tränen verschleierten Anns Blick. Ein zweiter Mann tauchte auf. Auch er vergewaltigte das Opfer. Das Mädchen war noch sehr jung und hatte langes schwarzes Haar. Vermutlich eine Mexikanerin. Dann griffen die Verbrecher zu verschiedenen Metallinstrumenten, die sie selbstgefällig vor der Kamera präsentierten. Es folgte eine Folterszene. Ann spürte, dass sie nicht in der Lage war, sich die Bilder weiter anzusehen, und zum Glück schaltete Jeff Mulligan das Gerät ab.

Sie schwiegen eine Weile. Als Ann schließlich ihre Gefühle einigermaßen wieder unter Kontrolle hatte, stammelte sie:

»Natürlich ist keiner der beiden Männer der, den wir festgenommen haben?«

»Nein, er ist nur der Verkäufer. Aber ich schwöre, er wird die Namen ausspucken. In seiner Wohnung gab es Unmengen von diesen ekelhaften Snuff Movies. Hinter ihm steht ein gut funktionierender Ring. Und Sie wollten ihn frei herumlaufen lassen!«

»Ich wollte nur, dass das Gesetz befolgt wird.«

Mulligan lachte auf.

»Das Gesetz!«

Wieder stieg Wut in ihr auf. Doch sie zwang sich, die Distanz der Analytikerin zu wahren:

»Das Gesetz, ja. Der Beruf des Polizisten besteht darin, für die Einhaltung der Gesetze zu sorgen. Wenn Sie es selbst übertreten, verstoßen Sie gegen die Grundsätze, die Sie eigentlich verteidigen sollten.«

Sie suchte seinen Blick.

»Und das«, fuhr sie fort, »egal, ob Sie einen Dreckskerl dingfest machen wollen … oder ob Sie aus persönlichem Interesse handeln.«

Die Anspielung war eindeutig. Doch sie schien an Mulligan abzuprallen. Er nahm die DVD aus dem Rekorder und ließ sie vorsichtig mit behandschuhten Fingern in eine Plastikhülle gleiten.

»Meine Kleine, ich will Ihnen mal eine Geschichte erzählen, die Sie interessieren dürfte. Vor zehn Jahren war ich ein junger Polizist, der gerade seine Prüfungen abgelegt hatte und zum Sergeant ernannt worden war. Ausgezeichnete Noten. Mit fünfundzwanzig war ich der jüngste Sergeant des NYPD. Ich glaubte an die Polizei, wie auch Sie es offenbar tun. Ich war davon überzeugt, etwas gegen das Verbrechen ausrichten zu können, und ich liebte das Gesetz. Ich war ein junger Idiot. Ich ermittelte damals in einer Reihe von Mordfällen an Prostituierten. Ich war sicher, dass es sich um einen Serienkiller handelte, doch die Profiler behaupteten das Gegenteil, weil sie nicht genug Parallelen bei den Fällen fanden. Ich war wie besessen von der Geschichte. Tag und Nacht war ich vor Ort, stellte überall Fragen. Ein Informant erzählte mir von einem Verdächtigen. Ich überwachte ihn jede Nacht nach Dienstschluss. Eines Abends sprach er ein Mädchen an. Als er mit ihr in ein Stundenhotel gehen wollte, nahm ich ihn fest. In seinem Mantel fand ich einen Strick und ein Teppichmesser. Er hätte sie umgebracht. Haussuchung. Dieser Mistkerl kam aus einer Familie, die ein Penthouse an der Park Avenue bewohnte. Man fand bei ihm Fotos von den Leichen all seiner Opfer. Er legte ein umfassendes Geständnis ab. Der Typ war reif, bis an sein Lebensende Autokennzeichen im Staatsgefängnis zu stanzen. Aber dann vor Gericht … Der Vater dieses Schweins hatte einen skrupellosen Staranwalt engagiert. Und wissen Sie, wie er es angestellt hat, die Beweisführung zu Fall zu bringen?«

Ohne es wirklich zu wollen, lauschte Ann gebannt.

»Nein …«

»Er hat behauptet, die Verdachtsmomente seien nicht ausreichend gewesen, um den Mantel des Kerls zu durchsuchen … Können Sie sich das vorstellen? Ich hatte in der Innentasche Gegenstände gefunden, mit denen er sein Opfer erwürgen wollte! Aber die Verdachtsmomente waren nicht ausreichend, also hatte ich nicht das Recht, ihn zu durchsuchen. Ihrem ehernen Gesetz zufolge hätte das Mädchen sterben müssen!«

Mulligan verstummte und sah sie eindringlich an. Sie zwang sich, seinem Blick standzuhalten.

»Und wie lautete das Urteil des Richters?«, fragte sie.

»Freispruch. Der Kerl schlug erneut zu, aber es mussten erst zwei weitere Frauen sterben, ehe er ein für alle Mal hinter Gitter kam.«

Ann sprang auf.

»Sie zwingen mich zu einer falschen Aussage vor einem Justizbeamten, und dann kommt die klassische Story vom desillusionierten Cop, dessen Jugendideale an der traurigen Realität zerbrochen sind. Aber ich …«

»Sie kennen die Polizeiarbeit nur aus Büchern, und Ihre Meinung ist mir gleichgültig. Mit Ihren Methoden hätte ich den Mistkerl heute nicht festnehmen können, weil mir kein Richter einen Durchsuchungsbefehl ausgestellt hätte.«

»Ich werde nie so werden wie Sie.«

»Daran, meine Kleine, hege ich keinen Zweifel. Wir gehören nicht derselben Welt an. Wissen Sie übrigens, wie der Anwalt hieß, von dem ich gesprochen habe?«

Ann zuckte zusammen. Mulligans Lächeln entblößte seine Eckzähne.

»So ein Zufall, was? Er hatte denselben Namen wie Sie.«

Ann zerquetschte wütend eine Schabe auf dem Küchenboden, entdeckte zwei weitere, die unter den Spülstein flüchteten, riss die Schränke auf der Suche nach einem Insektenvernichtungsspray auf, fand es schließlich im Schlafzimmerschrank und stellte fest, dass die Dose leer war. Sie schleuderte sie an die Wand und ließ sich auf ihr Bett fallen.

Sie hatte eine Wohnung in einem alten, fast baufälligen Stadthaus in der 88th Street gemietet, einen Block von der Amsterdam Avenue entfernt. Vierter Stock ohne Aufzug. Als Berufsanfängerin verdiente sie knapp fünfunddreißigtausend Dollar im Jahr, bezahlten Urlaub und Nachtschichten eingeschlossen. Doch abzüglich aller Steuern und Abgaben würde ihr nicht genug bleiben, um die zwanzigtausend Dollar jährlich zu bezahlen, die ihre Vermieterin verlangte – selbst wenn sie sich von Konserven ernährte und Secondhand-Klamotten trug. Also unterstützte sie ihr Vater. Sie hatte seinen triumphierenden Gesichtsausdruck nicht vergessen, als er ihr dieses Angebot gemacht hatte: Er wusste, dass sie nicht ablehnen konnte. Sie saß in der Falle. Wie am Nachmittag bei Mulligan. Dieser hatte Gemeinsamkeiten mit ihrem Vater: Beide warteten nur darauf, dass sie kündigen würde. Oder aufgab. Dass sie zu Kreuze kroch. Dass der Anspruch des unerfahrenen, verwöhnten Kindes an der harten Realität zerbrach. Beide waren der Überzeugung, dass Ann, da sie eine Lawrence war, nichts bei der Polizei verloren hatte.

In ihren Augen brannten Tränen, die sie mit einer heftigen Geste fortwischte. Sie musste sich zusammenreißen. Sie legte sich hin, schloss die Augen, konzentrierte sich auf ihre Atmung und versuchte sich ihre Lieblingspflanze vorzustellen – die Sonnenblume. Doch stattdessen erschien das Gesicht von Jeff Mulligan, der sie sarkastisch musterte.

Das Klingeln des Telefons schreckte sie auf.

»Frank Millar. Störe ich?«

Sie war erstaunt, wie sehr dieser Anruf sie freute.

»Nein, Frank, ganz und gar nicht.«

»Wie war Ihr erster Tag als Detective?«

»Super …«

»Und Mulligan?«

»Etwas sonderbar. Aber ich gebe die Hoffnung nicht auf, ihn zähmen zu können.«

»Viel Glück.«

»Sie mögen ihn nicht.«

»Niemand mag Mulligan. Man fürchtet oder braucht ihn.«

»Und Sie?«

»Wenn er die erste Nacht im Knast verbringt, lasse ich die Champagnerkorken knallen. Übrigens, wollen Sie nicht ein Gläschen mit mir trinken gehen?«

Sie zögerte kurz. Nach Sergeant Mulligans widerwärtigem Verhalten tat ihr die Herzlichkeit des jungen Kollegen gut. Aber sie war müde.

»Das würde ich gerne tun, aber ich fange morgen früh an …«

»Verstehe. Dann ein andermal. Gute Nacht.«

»Gute Nacht, Frank.«

»Ach, übrigens …«

…

»Haben Sie etwas mit dem Anwalt Robert Lawrence zu tun?«

Ann schloss die Augen, eine maßlose Bitterkeit überkam sie. Wie gerne hätte sie ihre Arbeit bei der Polizei völlig anonym angetreten, wie jeder andere auch. Doch sie trug einen Namen, der sie, ohne dass man sie kannte, mit verabscheuungswürdigen Praktiken in Zusammenhang brachte. Eine Vergangenheit, die nicht die ihre war.

»Er ist mein Vater.«

Sie legte auf.

Die nächsten drei Tage verbrachte Ann in einem zivilen Streifenwagen mit der Überwachung eines Hauseingangs, an dem sich absolut nichts Interessantes ereignete. Hier sollte der Anführer einer der Erpressung verdächtigten

Bande wohnen, der sich allerdings nicht blicken ließ. Sie wusste, dass es zu den Aufgaben eines Detective gehörte, sich bei solchen Gelegenheiten in einem Auto zu langweilen. Besonders unangenehm wurde die Sache freilich, da ihr Vorgesetzter, von dem sie schließlich lernen sollte, kein Wort von sich gab. Mehrmals hatte sie versucht, das drückende Schweigen zu brechen. Sie hatte ihn gefragt, wo er geboren war, was seine Eltern machten, ob es eine Frau in seinem Leben gab ... Vergebliche Liebesmüh, der Mann war ein Betonklotz, der nichts Persönliches preisgab. Mit einer Ausnahme: Als sie ihn schließlich ermattet und nicht ohne Selbstironie gefragt hatte, welches Sternzeichen er sei.

»Stier.«

Überrascht und ermutigt zugleich hatte sie sich nach seinem Aszendenten erkundigt.

»Pitbull.«

»Wie bitte?«

»Stier, Aszendent Pitbull.«

Er machte sich über sie lustig, doch auch das ohne das kleinste Lächeln.

Am Morgen des vierten Tages begann das Funkgerät plötzlich zu knistern.

»Zentrale an alle Wagen: 10–30–3 in einem *General Store Trader Joe's* Ecke Lexington und 76th Street, ich wiederhole 10–30–3 ...«

Mulligan griff zum Mikro.

»Wagen 3–0 Edward an Zentrale: Nachricht erhalten, wir fahren hin.«

»Wagen 3–0 Edward. 10–4.«

Der Sergeant fuhr mit quietschenden Reifen, Blaulicht und heulender Sirene los und schlängelte sich durch den dichten Verkehr. Ann klammerte sich fest und versuchte sich zu erinnern, was 10–30–3 bedeutete. Auf der Polizeiakademie hatte sie alle Funkcodes gelernt, und normalerweise kannte sie sie auswendig, doch nun hatte sie im falschen Moment einen Aussetzer. Absurd. Mit gerunzelter Stirn ging sie alle Kombinationen durch. Vergeblich, 10–30–3 wollte ihr nicht einfallen. Sie konnte doch nicht völlig ahnungslos am Tatort ankommen! Gerade wollte sie sich überwinden und nachfragen, als sie plötzlich hörte:

»Zentrale an 3–0 Edward.«

Mit dem Kinn wies Jeff Mulligan sie an abzuheben.

»Bewaffneter Raubüberfall beendet. Verdächtiger wird überprüft. Zwei Streifenpolizisten vor Ort.«

»Sollen wir trotzdem hinfahren?«, fragte Ann ins Mikro.

Mit einer abrupten Bewegung schaltete der Sergeant das Funkgerät aus. Sie sah, wie sich sein Mund verächtlich verzog, so als würde er einen stummen Fluch ausstoßen. Sofort warf sie sich ihre Naivität vor. Man brauchte ja Detectives für die Zeugenaussagen und all den Routinekram, das wusste sie genau. Aber Sergeant Mulligan besaß die Gabe, sie völlig zu verunsichern.

Zwei Blocks weiter sahen sie eine Menschenmenge und zwei Polizeiwagen, einer von beiden mit Blaulicht. Mulligan bremste, sein Gesicht hatte plötzlich einen konzentrierten Ausdruck angenommen.

»Sie werden meine Anweisungen haargenau befolgen.«

»Was ist los?«

»Die Lage hat sich verändert.«

Ann war nichts Besonderes aufgefallen. Der Sergeant hielt und machte ihr ein Zeichen auszusteigen. In diesem Augenblick bemerkte sie, dass das Polizeiauto mit dem Blaulicht von

Kugeln durchlöchert war. Ein Stück weiter entfernt hielten zwei Streifenpolizisten die Schaulustigen hinter dem gelben Plastikband zurück, mit dem die Sicherheitszone abgetrennt war. Seine Dienstmarke in der Hand, bahnte sich Mulligan einen Weg durch die Menge und ging auf den ersten Uniformierten zu.

»Was ist passiert?«

Der Mann versuchte sich selbstsicher zu geben, doch in seinen Augen las Ann Emotionen, die er kaum zu beherrschen vermochte. An seiner Dienstwaffe waren noch Schmauchspuren zu erkennen.

»Wir sind in eine Schießerei geraten. Die Zentrale hatte uns gesagt, die Sache sei unter Kontrolle! Und während des Beschusses hat ein Querschläger …«

Er wandte sich ab, tat, als wolle er auf etwas zu seiner Linken deuten.

»… ein Kind getötet.«

Ann drehte sich um. Der zweite Cop hatte die Neugierigen zurückgedrängt. Rund zwanzig Meter entfernt lag auf dem Bürgersteig ein kleiner Körper in einer Blutlache. Mechanisch folgte sie Jeff Mulligan.

Ein großkalibriges Geschoss hatte den Schädel zerfetzt, doch das Gesicht hatte auch im Tode noch einen schmollenden, kindlichen Ausdruck. Der Junge war von weißer Hautfarbe und höchstens acht Jahre alt. Der Körper war zusammengekrümmt, die Hände waren verschmiert vom Malen. Ann trat zur Seite, um sich zu fassen, doch plötzlich musste sie sich übergeben. Jeff reichte ihr ein Taschentuch. Er wirkte seltsam abwesend.

»Wenn es Ihnen wieder besser geht, befragen Sie die beiden Cops und alle eventuellen Zeugen. Notieren Sie alles.«

Er kniete sich neben den Körper des Kindes. Aber er untersuchte ihn nicht. Reglos betrachtete er ihn, als suche er nach einer Erklärung für ein Mysterium.

Der zweite Polizist trat näher.

»Nach ersten Zeugenaussagen ist es dem Mörder gelungen, einen der beiden Kollegen, die ihn verhaftet hatten, zu entwaffnen. Den anderen hat er umgebracht, dann hat er die Waffe auf ihren Besitzer gerichtet und diesen schwer verletzt. Anschließend hat er beim Verlassen des *General Store* unseren Wagen mit seinem Sturmgewehr unter Beschuss genommen. Dabei hat der Junge eine Kugel abbekommen.«

»In welche Richtung ist er geflohen?«, wollte Mulligan wissen.

»Alles ging so schnell … Er ist die Straße hinaufgelaufen und dann …«

»Wenn er in der Menge untergetaucht ist, erwischen wir ihn nicht«, warf Ann ein.

Zwei Schüsse ließen sie zusammenzucken. Unter den Schaulustigen ertönten Schreie, die Menge wich panikartig zurück.

»Er ist dort oben«, sagte der Sergeant und deutete auf ein Gebäude.

Im sechsten Stock wurde ein Fenster geöffnet und reflektierte kurz einen Sonnenstrahl.

»Das ist keine Wohnung«, stellte Mulligan fest. »Er ist im Treppenhaus …«

Ein weiterer Schuss knallte, gefolgt von den Schreien der Umstehenden. Mit Hilfe ihrer eben eingetroffenen Kollegen drängten die Cops die Menschen außer Reichweite der Kugeln.

»Was macht er da?«, fragte Ann.

Mulligan, der sonderbar ruhig war, hielt den Blick starr auf das Kind gerichtet.

»Wenn man auf Sie schießt, suchen Sie Schutz. Er ist in das erstbeste Haus gerannt und wagt sich nicht mehr heraus.«

»Und warum schießt er?«

»Ich werde ihn fragen«, antwortete er spöttisch und wandte sich ab.

Wut überkam sie. Wie konnte er es wagen, sich unter solchen Umständen über sie lustig zu machen? Sie lief zu ihm, um ihn zur Rede zu stellen. Doch sie sah ihn nur fassungslos an. Jeff überprüfte die Trommel seiner Waffe.

»Das … ist nicht Ihr Ernst, oder?«

Ganz auf sich selbst konzentriert, schien er ihr keine Beachtung zu schenken.

»Jeff, er sitzt in der Falle. Warten Sie, bis Verstärkung eingetroffen ist.«

»Er schießt auf die Menge.«

»Rechtlich gesehen ist er ein gefährlicher Irrer. Dafür ist die Anti-Terror-Brigade zuständig.«

»Und wo ist Ihre Brigade?«

»Jeff, seien Sie vorsichtig. Vielleicht haben Sie es nicht mit einem einfachen Verbrecher zu tun …«

»Tatsächlich?«

Auf dem Gesicht des Sergeant lag noch immer der seltsame Ausdruck totaler Konzentration. Er sah zu dem Haus und atmete langsam durch.

»Er ist nicht geflohen«, fuhr sie fort, »er zielt auf die Masse … das nennt man in der Psychologie eine nicht angepasste Persönlichkeit.«

»Was Sie nicht sagen …«

»Diese Art Menschen verüben Verbrechen, damit man

sich um sie kümmert. Er hat eine Bühne gefunden, von der aus man ihn sehen und hören kann. Man muss mit ihm sprechen, ihm zu verstehen geben, dass man sich für ihn interessiert … Hören Sie mir zu?«

Jeff erhob sich.

»Nein.«

Zwei weitere Schüsse. Eine Kugel traf den Wagen der ersten Streife, der vor *Trader Joe's* stand.

In der jetzt fast unheimlichen Stille auf der Straße ertönte die Stimme des Mörders:

»Beschafft mir ein Auto!«

In diesem Augenblick ging Mulligan inmitten all der von ihren Besitzern verlassenen Wagen los.

»Stehen bleiben!«, schrie der Mörder.

Der Befehl beeindruckte Mulligan nicht. Ein weiterer Schuss. Ann unterdrückte einen Schrei. Jeff war unversehrt.

»Ich habe gesagt: keinen Schritt weiter!«, brüllte der Mann.

Der Sergeant nahm seine Pistole, die er so sorgfältig überprüft hatte, und warf sie weit weg.

»Ich bin unbewaffnet.«

Der Mann feuerte erneut zwei, drei Schüsse ab. Ann sah, wie eine Kugel zwei Meter vor Jeff in den Boden einschlug. Hatte der Verbrecher ihn absichtlich verfehlt? Mehrere Polizeiwagen parkten nun an der Stelle, von der aus Ann die Szene beobachtete. Die Kollegen stiegen aus und suchten hinter den Rädern Deckung.

»Was willst du?«, rief Mulligan. »Dass ich mich ausziehe?«

Langsam begann er sein Hemd aufzuknöpfen und zog es aus, ohne damit die geringste Reaktion zu erreichen. Mit nacktem Oberkörper ging er weiter. Seine Muskeln waren äußerst beeindruckend. »Der Kerl spinnt ja«, sagte ein Streifenpolizist in der Nähe von Ann.

»Einen Schritt weiter, und ich blase dir das Hirn weg!«, brüllte der Irre.

»Worauf wartest du?«, gab Mulligan zurück, ohne stehen zu bleiben.

Ein erneuter Schuss verfehlte ihn. Zielte der Schütze wirklich auf ihn, oder wollte er die Reaktion des Sergeant testen? Ungerührt und ohne den Schritt zu verlangsamen, machte sich dieser daran, seine Hose zu öffnen. Er war jetzt nur noch wenige Meter von dem Haus entfernt, direkt unter dem Fenster des Schützen. Aus dieser Entfernung hätte ihn ein fünfjähriges Kind treffen können.

Doch der Irre schoss nicht.

Als Mulligan das Haus betrat, war er in Unterhosen.

In diesem Augenblick kam mit quietschenden Reifen ein Mannschaftswagen zum Stehen. Zehn Männer mit kugelsicheren Westen und Sturmgewehren sprangen heraus. Als letzter stieg ein korpulenter Typ mit elegantem Jackett, breiter Krawatte und einer roten Baseballkappe aus.

»Captain Murray, Antiterroreinheit. Was ist hier los?«

Ann stellte sich vor und zeigte ihre Dienstmarke.

»Ein Verrückter hat sich im sechsten Stock dieses Gebäudes im Treppenhaus verschanzt. Er hat zwei Personen getötet.«

»Hat er eine Geisel genommen?«

»Offenbar nicht.«

»Also, dann los!«

»Captain … Mein Vorgesetzter ist schon drin.«

»Was?«

Sie fasste die Lage zusammen. Der Mann fluchte.

»Und er ist unbewaffnet raufgegangen? Das ist ja, als würde man dem Kerl eine Geisel auf dem Silbertablett präsentieren! Wenn dieser Idiot davonkommt, ist seine Karriere beendet, das schwöre ich.«

Er kehrte ihr den Rücken zu, um sich seinen Männern zu widmen. Ann hatte plötzlich das Gefühl, von einem Strudel von Farben und Geräuschen aufgesogen zu werden. Sie schloss die Augen und lehnte sich an den Mannschaftswagen.

»Ist Ihnen nicht gut?«

Ein uniformierter Polizist stand vor ihr.

Sie zwang sich, gerade zu stehen, und lächelte ihm zu.

»Soll ich Ihnen etwas Wasser holen?«

»Nein, danke.«

Jeff … Man hörte keine Schüsse mehr. Hatte er den Irren erreicht? Im Schutz des Polizeiwagens gab der Captain seinen Männern leise Anweisungen. Man brachte ihm ein Megaphon. Vermutlich wollte er zunächst verhandeln. Eine Panikattacke, deren Heftigkeit Ann überraschte, schnürte ihr den Magen zusammen.

Plötzlich richteten mehrere Polizisten ihre Waffen auf das Fenster, das sie die ganze Zeit überwacht hatten. Es öffnete sich einen Spaltbreit, und eine Gestalt tauchte auf. Von der Sonne geblendet, konnte Ann sie nicht erkennen.

»Es ist vorbei!«, rief der Mann.

Es war die Stimme von Mulligan.

Die Männer der Antiterroreinheit verharrten in ihrer Position. Der Sergeant stand mit nacktem Oberkörper am Fenster.

»Wer ist dieser Kerl?«, brüllte der Captain mit der Baseballkappe.

»Sergeant Mulligan!«, rief Ann, »mein Chef!«

»Sind Sie ganz sicher?«

Ann verließ ihr Versteck und lief zu dem Haus. Unterwegs sammelte sie einige der Kleidungsstücke auf, die Jeff Mulligan hatte fallen lassen. Hinter ihr wurde ein Befehl gebellt, und die Männer des Einsatzkommandos folgten ihr. Ann trat ins Haus.

»Warten Sie!«, rief man ihr nach.

Ohne sich weiter um die Aufforderung zu kümmern, stürzte sie die Treppe hinauf. Ein Mann rempelte sie an, als er sie überholte. Sie drückte sich an die Wand, um die Einheit vorbeizulassen.

Auf dem Treppenabsatz des sechsten Stocks stand Sergeant Mulligan in Unterhosen und rauchte eine Zigarette. Zu seinen Füßen lag der reglose Körper des Mörders in einer Blutlache.

»Er hat sich zur Wehr gesetzt«, erklärte er. »Sie erlauben?«

Er nahm die Kleidungsstücke, die Ann ihm reichte, und zog sich langsam an. Drohend trat der Captain näher.

»So kommen Sie mir nicht davon!«

»Ein Strumpf fehlt.«

Ein Polizist, der die Socke unterwegs aufgesammelt hatte, reichte sie ihm.

»Das werden Sie mir büßen, Mulligan.«

»Haben Sie mein Hemd?«

»Es liegt noch unten«, sagte Ann.

Wütend machte der Captain auf dem Absatz kehrt, seine Männer folgten ihm.

Als Jeff Mulligan hinter der Unfallbahre mit dem Mörder das Haus verließ, wurde er von Bravorufen empfangen, die ihn nicht im Geringsten zu beeindrucken schienen. Ann fragte sich, ob er diese Gleichgültigkeit nur spielte oder ob es ihm wirklich egal war, was die anderen von ihm dachten. Unter den Neugierigen waren schon die ersten Journalisten. Der Sergeant schob sie beiseite und stieg in den Wagen. Während er sein Hemd fertig zuknöpfte, nahm Ann auf dem Beifahrersitz Platz.

Als sie sich einen Weg durch das Gewühl bahnten, brach sie das Schweigen:

»Ich bewundere die Art, wie Sie diesen Fall gelöst haben.«

…

»Sie haben ein unglaubliches psychologisches Geschick bewiesen.«

…

»Dieser Mann suchte in seinem tödlichen Wahn offensichtlich nach einem Gefühl der Allmacht. Indem Sie vorgaben, noch verrückter zu sein als er, haben Sie ihn destabilisiert und um diesen Kick gebracht. Daher hatte er auch nicht die Kraft, Sie zu erschießen.«

Der Sergeant parkte den Wagen vor dem Revier. Bevor er ausstieg, beugte er sich zu ihr und flüsterte ihr zu:

»Meine kleine Intellektuelle, die sich für einen Cop hält, eine Hypothese haben Sie vergessen.«

Sie erstarrte.

»Welche?«

»Und wenn ich *wirklich* verrückt wäre?«

Er stieg aus und schlug die Tür hinter sich zu.

## Am nächsten Morgen

»Dieser Kerl ist seiner Dienstmarke nicht würdig!«

Ann machte sich ganz klein. Keiner der Männer im Büro von Lieutenant Woodruff schien das Schweigen brechen zu wollen. Gerade hatte Captain Murray eine äußerst heftige Tirade gegen Sergeant Mulligan vom Stapel gelassen. Er warf ihm vor, seine Befugnisse überschritten und sich in einen Fall eingemischt zu haben, der eindeutig in die Zuständigkeit der Antiterroreinheit fiel. Mulligan, dessen Gesicht keine Regung zeigte, schien sich nicht angesprochen zu fühlen. Der Lieutenant saß an seinem Schreibtisch und kaute nachdenklich an einem Stift. Schließlich ergriff er das Wort.

»Sergeant, was haben Sie dazu zu sagen?«

»Der Kerl hatte einen Cop und ein Kind getötet. Ich habe ihn festgenommen.«

»Das war nicht Ihre Aufgabe! Sie haben die Vorschriften übertreten«, brüllte Murray.

»Sollte ich ihn im Namen der Vorschriften auf die Menge schießen lassen?«

»Sobald er in dem Haus war, hat er in die Luft geschossen. Das haben die ballistischen Untersuchungen ergeben.«

»Ich habe ihn unschädlich gemacht.«

»Ihre Methoden sind die eines gefährlichen Irren. Bei der Polizei brauchen wir keine Helden! Es ist mir egal, ob Sie Ihr

Leben beim russischen Roulett riskieren, aber Sie dürfen die öffentliche Sicherheit nicht gefährden! Was wäre passiert, wenn der Kerl Sie als Geisel genommen hätte?«

»Er hat es nicht getan.«

»Wenn jeder x-beliebige Ermittler solche Maßnahmen ergreifen würde, könnte ich meine Einheit ja gleich auflösen, und es gäbe bei jeder Geiselnahme Tote.«

»Wenn ich schneller war als Sie, dann deshalb, weil Sie nicht rechtzeitig gekommen sind. Und dafür gibt es einen einfachen Grund.«

»Und zwar?«

»Ihre Abteilung ist nicht effizient.«

»Dich kriege ich, du Hurensohn!«

Lieutenant Woodruff griff ein.

»Sergeant, was können Sie zu Ihrer Rechtfertigung sagen?«

»Er hat geschossen.«

»In die Luft«, bellte Murray.

»Das behaupten Sie!«

»Die ballistischen Untersuchungen …«

Zu ihrer eigenen Überraschung fiel Ann ihm ins Wort:

»Lieutenant, ich kann bezeugen, dass zumindest ein Schuss auf die Straße abgefeuert wurde. Er hat den ersten Streifenwagen getroffen, der etwa zehn Meter von uns entfernt stand. Das dürfte leicht nachzuweisen sein. Der Handlungsbedarf war für alle Anwesenden eindeutig.«

Murray warf ihr einen wütenden Blick zu und wandte sich an Mulligan.

»Ich werde ein Untersuchungsverfahren gegen Sie einleiten. Das ist nicht Ihr erster Übergriff. Ich hetze Ihnen die Interne Dienstaufsicht auf den Hals, das wird Sie Ihre Dienstmarke kosten.«

»Bei allem Respekt, Captain«, unterbrach ihn Lieutenant Woodruff mit übertrieben sanfter Stimme, »aber dieser Mann untersteht mir. Demnach liegt es in meinem Ermessen, ein solches Verfahren einzuleiten oder nicht.«

Als der Captain seinen schweren Körper emporwuchtete, waren seine Fäuste so fest geballt, dass die Knöchel weiß hervortraten.

»Ich hoffe, Sie treffen die richtige Entscheidung, Lieutenant.«

»Ich werde mein Bestes tun, um Sie zufrieden zu stellen.«

Grußlos verließ Murray das Büro.

»Und jetzt zu uns, Mulligan.«

Ann fragte sich, ob sie sich zurückziehen sollte, doch da Woodruff sie nicht dazu aufforderte, blieb sie einfach sitzen. Der Sergeant strahlte eine teilnahmslose Gelassenheit aus, die nicht einmal gespielt wirkte. Der Lieutenant schaltete einen Fernseher ein. Auf dem Bildschirm erschienen leicht blaustichige Schwarz-Weiß-Bilder, offenbar von einer Überwachungskamera aufgenommen. Ann erkannte im Treppenhaus sofort Jeffs stämmigen, sehnigen Oberkörper. War er womöglich ganz nackt? Das ließ sich aus dieser Perspektive nicht feststellen. Er näherte sich dem Irren. Der hielt die Waffe auf ihn gerichtet und schien wie erstarrt. Mulligan schob sie zur Seite und entriss sie ihm mit einer heftigen, präzisen Bewegung. Der Lieutenant hielt das Video an.

»So weit, Mulligan, ist alles in Ordnung. Sie setzen Ihr Leben und Ihre Karriere aufs Spiel, das ist Ihr Problem. Sie gewinnen, sehr gut. Dieser Idiot Murray kann Ihnen nichts anhaben, solange ich Sie schütze, und das weiß er auch. Aber bitte erklären Sie mir *das* …«

Er schaltete das Band wieder ein. Der Sergeant ging auf den Schützen zu. Mit erschreckender Schnelligkeit und Brutalität schlug er ihn systematisch zusammen. Dann durchsuchte er den reglos daliegenden Mann, zog eine Zigarette aus der Tasche seines Opfers und zündete sie sich in aller Seelenruhe an. Woodruff schaltete das Gerät ab.

»Sie haben auf ihn eingedroschen, *nachdem* Sie ihn entwaffnet hatten, und das vor einer laufenden Überwachungskamera!«

»Den zweiten Punkt bedauere ich.«

»Das ist alles andere als komisch! Ich habe für heute Nachmittag 15.00 Uhr eine Pressekonferenz bei der Polizeidirektion einberufen. Sie werden mich natürlich begleiten. Stellen Sie sich bitte vor, die Aufzeichnung gerät in die Hände eines Journalisten …«

»Ein Cop müsste sie ihm zuspielen.«

»Haben Sie etwa den Eindruck, Sie hätten viele Freunde in dieser Abteilung? Von den Ermittlern, die mit der Untersuchung des Falls beauftragt sind, haben zwei die kleine Szene gesehen. Das heißt, das ganze Revier ist auf dem Laufenden. Ihre Heldentaten zu decken wird mich noch meine Karriere kosten!«

Mit einem kleinen ironischen Lächeln hielt Jeff Mulligan dem Blick seines Vorgesetzten stand. Ann begriff sofort die Bedeutung: »Immerhin waren meine ›Heldentaten‹, wie Sie es nennen, nicht ganz unbeteiligt an Ihrer Karriere …« Das entging auch Woodruff nicht.

»Sparen Sie sich Ihre Arroganz! Sie tragen maßgeblich zu unseren hervorragenden Ergebnissen bei, aber da Sie pausenlos die gelbe Markierungslinie überschreiten, könnten Sie uns auch mit in den Abgrund reißen. Also raus mit der Sprache,

Mulligan: Welche Notwendigkeit gab es, diesen Typen brutal zusammenzuschlagen?«

»Keine, Chef. Nur Spaß an der Freude.«

»Wenn sich diese Sache herumspricht, kann ich Sie nicht mehr schützen. Seit heute gibt es einen weiteren Cop in New York, der Ihren Kopf fordert, und das ist nicht irgendwer. Bald könnten meine Beziehungen zum Präsidium nicht mehr genug Gewicht haben. Sie sind ein Polizist auf Zeit, Mulligan.«

Der Lieutenant griff nach einer Akte und tat so, als wäre er allein in seinem Büro. Der Sergeant erhob sich und verließ den Raum. Ann folgte ihm.

Draußen drehte er sich um und legte ihr die Hand auf die Schulter.

»Danke, dass Sie mich unterstützt haben. Das war sehr mutig.«

Für den Bruchteil einer Sekunde lag in seinem Blick eine unendliche Sanftheit, die so gar nicht zu seiner sonstigen Art zu passen schien. Und lange noch fragte sich Ann, ob sie nicht geträumt hatte. Ein Schauder überlief sie, und sie suchte nach einer Antwort, brachte aber nur ein schwaches Lächeln zustande. Doch Jeff hatte sich ohnehin schon abgewandt.

Über einen schlechten Kaffee gebeugt, saß Ann in der Cafeteria des Reviers und zögerte möglichst lange den Augenblick hinaus, sich in ihr *home sweet home*, wie sie es nannte, zu begeben. Im Übrigen hatte sie vor, so bald wie möglich ihre Mutter einzuladen, nur um des Vergnügens willen, ihren entsetzten Aufschrei beim Anblick der Wohnung zu vernehmen … Seufzend lehnte sie den Kopf an die Wand. Mach dir doch nichts vor, sagte sie sich. Letztlich hatte sie bloß keine Lust, allein zu Hause vor dem Fernseher zu hocken und sich eine Sendung anzusehen, die sie vergessen haben würde, sobald sie im Bett lag. Wie lange hatte sie schon kein Buch mehr aufgeschlagen? Ihr neuer Beruf strapazierte ihre Nerven und raubte ihr jegliche Energie für ihr Privatleben. Sie traf sich mit niemandem mehr. Dabei hätte sie sich so gerne jemandem anvertraut. Nur wem? Sicher nicht ihren guten alten Freundinnen vom schicken Hunter College, die ihre Berufswahl nicht verstanden hatten und auf ihre Mailbox-Nachrichten nur zu antworten wussten, sie seien im Moment unglaublich beschäftigt, »aber in einigen Wochen …« Auch ihren Kollegen konnte sie nicht ihr Herz ausschütten, ihnen gegenüber durfte sie kein Zeichen von Schwäche zeigen. Doch sie würde sich auch keinen Psychiater nehmen … Seit sie bei der Polizei war, fühlte sie sich dünnhäutig. Es war aber auch so wahnsinnig viel passiert.

Innerhalb weniger Tage hatte sie eine illegale Verhaftung erlebt, eine Falschaussage vor Gericht gemacht und als Letztes (wie sie hoffte) der Verhaftung eines Verrückten beigewohnt, der zwei Menschen umgebracht hatte. Ann kannte die Statistiken, es war durchaus möglich, dass sie in ihrer ganzen Laufbahn nie mehr mit solchen Ereignissen konfrontiert werden würde. Der Cop, der ständig seine Waffe zieht? Ein Klischee aus schlechten Fernsehserien. Jährlich waren nur wenige von den vierzigtausend Polizisten, die dem NYPD angehörten, in eine Schießerei verwickelt. Doch ihr Gefühl der Unsicherheit wurde verstärkt durch die Tatsache, dass sie einem Brutalo zugeteilt worden war. Jeff Mulligan schien nichts so sehr zu lieben wie das Katz-und-Maus-Spiel. Dieser impulsive, völlig unberechenbare und eigensinnige Mann liebte ganz offensichtlich die Panik, die er auslöste … Ann wusste, dass sie selbst manchmal übergroße Angst durch einen fast exzessiven Kult der Selbstbeherrschung kompensiert hatte. Und Jeff verkörperte für sie diese Haltung, die ihr im Grunde zuwider war. Aber wenigstens bluffte er nicht nur: Bei der Festnahme des Schützen hatte er ohne Zögern sein Leben aufs Spiel gesetzt. Er hatte die Gefahr ignoriert, völlig entspannt und konzentriert wie ein Tier, das zum Sprung ansetzte. So als hätte der Tod keine Bedeutung für ihn. Ann fragte sich, woher er diese Kraft nahm.

»Mulligan hat also offenbar noch eine Schonfrist bekommen?«

Ann zuckte zusammen. Millar stand vor ihr.

»Darf ich?«

Er setzte sich.

»Einige Minuten der Entspannung, bevor ich meinen Dienst antrete …«, fügte er hinzu und sah sie eindringlich an.

Sie wandte den Blick ab und unterdrückte ein Lächeln.

»Woher weißt du, dass er eine Schonfrist bekommen hat?«

Er zuckte mit den Schultern.

»Eine einfache Schlussfolgerung. Du begreifst wohl langsam, wie das hier läuft. Woodruff ist ehrgeizig. Seit er bei der Polizei ist, nimmt er Abendkurse, er hat ein Diplom an der New York University gemacht und bereitet seine Doktorarbeit in Jura vor. Er ist ein geschickter Taktiker und genießt Protektion von hoher Stelle. Er strebt einen Posten in der Polizeiverwaltung an, und sobald er ihn hat, führt der Weg steil nach oben! Aber dazu braucht er zunächst gute Ergebnisse. Und dafür ist ihm dieserDreckskerl Mulligan von Nutzen. Nur …«

»Was nur?«

»Eines Tages wird Woodruff seinen verdammten Job bekommen, und ich wünsche ihm nur das Schlechteste. Und an diesem Tag wird es niemanden mehr geben, der Jeff Mulligan schützt. Und das …«

Seine Augen blitzten:

»Und das ist dann das Ende seiner Laufbahn!«

# Spanish Harlem

Die grellen Rottöne der Leuchtreklamen und die gespielte Heiterkeit der sich anbietenden Frauen bildeten einen Kontrast zu den trübseligen Mienen der Männer, die diese ihrem Verlangen geweihte Straße entlangschlenderten. Hier und da waren die Schatten anderer Männer auszumachen, die sich in Toreinfahrten verbargen, zurückhaltend, um die Macht der Triebe nicht zu beeinträchtigen, und doch präsent, um für den geregelten Ablauf ihres Geschäfts zu sorgen.

Einige der Mädchen machten Mulligan Offerten, andere erkannten ihn und begrüßten ihn mit einem Augenzwinkern oder einem Lächeln. Er entdeckte Leticia. Sie kehrte ihm den Rücken zu, so als hätte sie ihn nicht bemerkt. Jeff stellte sich neben sie und sog die süßlichen Gerüche der Straße ein.

»Schon lange her«, sagte sie, ohne sich umzudrehen.

»Du hast meine Nummer.«

»Eine Hure ruft den Kunden nicht an.«

»*Estúpida*. Gehen wir nach oben?«

Sie sah ihn an und streichelte seine Wange.

»Wie viel?«, flüsterte sie ihm ins Ohr.

»Zu teuer für dich.«

Sie gingen an dem schmutzigen kleinen Hotel vorbei, in das Leticia ihre Kunden führte, bogen rechts ab und betraten zwei Straßen weiter ein altes, für das Viertel ungewöhnlich sauberes Haus. Dort besaß Leticia eine kleine Zwei-Zimmer-Wohnung, die sic zwei Jahre zuvor zu einem Spottpreis gekauft hatte. Jeff Mulligan kannte einen Angestellten des städtischen Immobilienbüros, der ihm gegen einige diskrete Bestechungsgelder Einsicht in die vertrauliche Liste der Steuersünder gewährt hatte, deren Immobilien zwangsversteigert werden würden. Bei solchen Gelegenheiten musste man der Erste sein. Leticia hatte die Information genutzt und bei einem Geldverleiher, der keine weiteren Fragen stellte, einen Kredit aufgenommen, für den Mulligan bürgte. Sie schloss auf, trat als Erste ein, drehte sich um und warf sich in seine Arme. Die Wärme der jungen Frau tat ihm gut. Sie zog ihn ins Schlafzimmer und begann ihn auszuziehen. Es ließ es geschehen. Als sie nackt neben ihm lag, wollte sie sein Geschlecht berühren, doch er zog sie heftig an sich. So konnte sie nur seinen Rücken streicheln, und ihre Hand glitt über seinen Nacken und die Wirbelsäule hinab. Aus der sinnlichen Liebkosung wurde eine beruhigende Massage, der sich Jeff ganz hingab, und die aufgestauten Spannungen fielen nach und nach von ihm ab.

»Hast du keine Lust?«, flüsterte sie.

»Ich habe Lust, in deinen Armen zu sein.«

Er legte den Kopf in ihre Halsbeuge und suchte hinter dem schweren Parfum, das sie für ihre Kunden trug, ihren eigenen Duft. Sie legte die Hände auf seinen Kopf.

»Sie wollen mich rausschmeißen«, sagte er.

»Das sagst du schon seit Jahren.«

»Ich habe Mist gebaut.«

Sie streichelte sanft sein Haar.

»Das tust du auch schon seit Jahren.«

»Die Polizei ist mein Leben.«

»Du verabscheust die Cops noch mehr als ich.«

»Ich bin auch einer.«

»Bist du sicher, dass du mich heute nicht lieben willst?«

»Etwas in mir sucht den Tod.«

Leticia schob ihn ein wenig zurück, um ihn anzusehen.

»Der Tod ist wie ein Vater. Er wird dich holen kommen.«

Jeff Mulligan spürte, wie sein Geschlecht hart wurde, drehte Leticia auf den Rücken und drang in sie ein.

Dann lagen sie für eine Weile umschlungen da. Schließlich brach sie das Schweigen mit einem Scherz:

»Ich muss zurück ins Büro.«

»Bleib noch etwas«, bat er.

»Meinem Zuhälter wird das nicht gefallen …«

Er lächelte. Vor vier Jahren war Leticia Gonzales Esperanza illegal aus Mexiko in die Vereinigten Staaten gekommen. In New York, wo ein entfernter Cousin in der Küche eines großen Hotels arbeitete, war sie rasch in die Fänge eines Zuhälters geraten. An einem einsamen Abend war Jeff Mulligan mit auf ihr Zimmer gegangen. Bei diesem ersten Mal hatten sie sich nur unterhalten. Er war zurückgekommen, getrieben von einer unerklärlichen Sehnsucht, die die junge Frau in ihm geweckt hatte. War es ihr weicher mexikanischer Akzent, oder waren es ihre sanften Hände, die für einen kurzen Augenblick die tief vergrabene Erinnerung an seine einstige Lebensfreude geweckt hatten? Langsam hatten sie sich angefreundet, und auch sie dehnte diese Momente ihrer von Gewalt geprägten Existenz gern in die Länge. Dass sie so viel Zeit mit dem Polizisten verbrachte, verärgerte schließlich ihren Zuhälter. Eines Morgens war Jeff Mulligan auf der Treppe zu dem trübseligen Zimmer, das sie damals bewohnte, dem großen Puertoricaner mit dem von Narben entstellten Gesicht begegnet. Oben lag Leticia mit geschwollenem Gesicht in einer Blutlache. Er war dem Kerl nachgerannt und hatte ihn vor aller Augen mitten in seinem Viertel in eine kleine Seitenstraße geschleift. Danach hatte man in Harlem nie mehr etwas von ihm gehört. Leticia hatte keinen Zuhälter mehr. Jeff Mulligan hasste Zuhälter.

Sein Kopf ruhte auf der Brust der jungen Frau, und er schlief ein. Fünf Nächte lang hatte er kein Auge zugetan.

## Zur selben Zeit, Ciudad Juárez, Nordmexiko

Ein rosafarbenes Kreuz mit einem Namen darauf. Der Name der Frau, die an dieser Stelle tot aufgefunden worden ist. In Juárez wimmelt es von solchen improvisierten Gedenkstätten, die die Passanten daran hindern sollen zu vergessen.

Zu vergessen, dass sie sich in der Stadt befinden, in der weltweit die meisten Frauen getötet werden.

Mit über 1 300 000 Einwohnern ist Ciudad Juárez die größte Stadt des Bundesstaates Chihuahua. Sie liegt am rechten Ufer des Rio Bravo, den die Gringos Rio Grande nennen und der die Grenze zwischen den Vereinigten Staaten und Mexiko bildet. Geht man am Ufer spazieren, sieht man auf der anderen Seite eine andere Stadt: El Paso. Vom Flugzeug aus gesehen wirkt es wie ein einziger Ort, durch den ein breiter Fluss fließt. Doch vom Boden aus betrachtet sind es zwei gegensätzliche Welten, getrennt durch eine stark bewachte metallene Grenze. El Paso, die sechstgrößte Stadt von Texas, ist eine der bestgesicherten der Vereinigten Staaten. In Ciudad Juárez, so sagen seine Bewohner, »hat sich der Teufel niedergelassen«. Nach den Angaben von Amnesty International wurden innerhalb von zehn Jahren 375 Frauen ermordet. Vierhundert weitere gelten als vermisst. Manche behaupten, Tausende seien wie vom Erdboden verschluckt. Auch viele Männer verschwinden, aber das liegt an den Bandenkriegen und an der illegalen Emigration, deshalb gibt es dazu keine gesicherten Zahlen.

In das rosa Kreuz ist ein Name eingeritzt. Raúl Espejo geht daran vorbei, ohne es zu bemerken. Er hat es eilig. Dennoch ist sein Schritt gemessen, da er auf jede Bewegung in seiner Umgebung achtet. Es dämmert, die Straßen sind nicht erleuchtet, und Colonia Anapra ist gefährlich. Im Osten von Juárez befindet sich ein über mehrere kleine Hügel verteiltes Viertel, wo Wellblechhütten, hübsche bunt gestrichene Häuschen und ultramoderne Supermärkte unmittelbar nebeneinanderliegen. Raúl bleibt stehen und zieht eine kleine Taschenlampe hervor. Er liest noch einmal die auf ein Stück Papier gekritzelte Adresse und betrachtet einen Plan, auf dem die Straße allerdings nicht verzeichnet ist. Dazu muss man wissen, dass Juárez eine Stadt ist, die sich im steten Wandel befindet: Neue Viertel entstehen, andere verschwinden durch Umsiedlungen von der Bildfläche. Die dunkelhäutigen Bauern aus dem südlichen Mexiko, die nicht mehr von ihrer Ernte leben können, ziehen zuhauf in die Grenzstadt – erbarmungswürdige Anwärter auf ein illegales Exil bei dem reichen Yankee-Nachbarn oder einen Job in einer der rund vierhundert *Maquiladoras*, jenen Montagebetrieben, die die mulinationalen Konzerne wegen der steuerlichen Vorteile und der von der Regierung gefügig gehaltenen Arbeiter rund um die Stadt errichtet haben. Raúl mag Juárez nicht. Er ist heute nur aus einem einzigen Grund hier: Er will seinen Sohn wiedersehen. Und Teresa, die Mutter seines Sohnes. Denn seine Frau wagt er sie nicht mehr zu nennen.

Raúl ist dreißig. Als Sohn einer armen Familie, geboren am Rand von Mexiko-Stadt, hat er sich mit zwanzig bei der Armee verpflichtet. Nach einigen Jahren haben ihn seine herausragenden Verdienste und kämpferischen Fähigkeiten eine Versetzung zum Geheimdienst eingebracht. Dieser unverhoffte soziale Aufstieg war verbunden mit ansehnlichen Prämien und einer Beförderung zum Unteroffizier. Er meldete sich zu Spezialeinsätzen, die seiner Vorliebe für Action entsprachen, ohne sich groß Fragen über ihren Sinn oder ihre Rechtmäßigkeit zu stellen. Soldaten hatten schließlich zu gehorchen. Zu seinen Aufgaben, die er mit unglaublicher Effizienz erfüllte, gehörte es, Feinde der Partei zu eliminieren.

Dann lernte er Teresa kennen. Eine engagierte Journalistin und Feministin in einem Land, wo der Machismo keine Legende ist. Sie hatte ihm die Augen geöffnet. Je mehr sie ihm über die Ungerechtigkeiten und Skandale erzählte, hier in diesem Staat, dem er blind diente, umso mehr wuchs in ihm der Zorn und verwandelte sich nach und nach in Auflehnung. Die mexikanische Demokratie war bloßer Schein. Dahinter verbarg sich eine enorme Korruption innerhalb der politischen Elite, des Militärs und der Polizei. Dazu noch die geheimen Machenschaften zwischen den offiziellen Machthabern, (gewählten Volksvertretern, Wirtschaftsbossen und den verschiedenen Zweigen der Mafia). Raúl wurde bewusst, dass seine Geheimmissionen nicht etwa dem Volk nützten, sondern nur die Oligarchie stützten, die es ausbeutete. Er verließ die Armee.

Dieser mutige Schritt, der seine Zukunft gefährdete, verriet ein politisches Bewusstsein, das er ganz offensichtlich der Frau, die er liebte, verdankte. Darauf reagierten ihre Vorgesetzten mit Verdächtigungen und Unmut. Teresa wurde bedroht und schließlich von ihrer Zeitung entlassen.

Doch das Schlimmste sollte erst noch kommen.

Raúl hatte ihr nie seine Zugehörigkeit zu einer Organisation gestanden, auf deren Konto zahlreiche politische Morde gingen. Das erledigte einige Wochen nach der Geburt ihres gemeinsamen Sohnes ein anonymer Brief, der Raúls Vorleben mit zahlreichen Beweisen belegte.

Schlimmer als seine Vergangenheit war für sie, dass er sie belogen hatte. Sie trennte sich von ihm.

Da keine Zeitung sie mehr einstellen wollte, verließ sie Mexiko-Stadt mit ihrem Kind. Raúl brauchte zwei Jahre, um ihre Spur zu finden. Sie war jetzt Arbeiterin in einer *Maquiladora* in Juárez. Zahlreiche Briefe waren nötig, um sie nach einigen Monaten zu einem Wiedersehen zu bewegen. Er liebte sie immer noch, erhoffte sich aber nichts mehr. Doch er wollte unbedingt Guillermo in seinen Armen halten. Nie hätte er gedacht, dass ihm ein Kind, das er nur als Säugling gekannt hatte, so sehr fehlen könnte. Ein Schmerz, bei dem sich ihm ständig der Magen zusammenkrampfte und der ihn nachts aus den kurzen Augenblicken des Schlafes riss.

Raúl bleibt auf einem Hügel stehen und blickt sich aufmerksam um. In der Ferne, auf der anderen Seite des Grenzflusses, sind die erleuchteten Wolkenkratzer von El Paso zu erkennen. Um sich herum sieht er statt bunter Häuser jetzt Wellblechhütten, aus denen nur der zuckende Schein von Taschenlampen und Kerzen dringt. Er hat sich verlaufen. Sein Handy hat keinen Empfang mehr, und Teresa besitzt ohnehin kein Telefon. Weiter unten erhellt elektrisches Licht einen Teil der Straße. Eine geöffnete *Cantina*. Vielleicht kann man ihm dort weiterhelfen.

Mit klopfendem Herzen, um einen gemessenen Schritt

bemüht, geht er den ungeteerten Weg hinab. Hier gibt es weder gepflasterte noch asphaltierte Straßen. Als er Guillermo das letzte Mal gesehen hat, war dieser vier Monate alt. Er hat ihn angelächelt und erkannt. Jetzt ist er fast drei Jahre alt. Sein Vater war ein Fremder für ihn. Vielleicht würde er sogar Angst vor ihm haben. Raúl würde sich seinem Sohn vorsichtig annähern müssen. Das würde lange dauern und nur möglich sein, wenn er ihn regelmäßig sehen konnte. Würde Teresa ihm helfen?

Die *Cantina* ist nur noch wenige Meter entfernt. Dort findet ein Fest statt, man hört Rufe, Gelächter und Musik. Raúl will jetzt nur noch eines: seinen Sohn sehen. Er rennt los.

Das ist sein Fehler. Zu spät hört er den Lieferwagen, der sich ohne Scheinwerfer langsam von hinten nähert. Er muss sich gar nicht erst umdrehen, um zu wissen, dass die Männer, die jetzt ausgestiegen sind und ihm lautlos folgen, Profis sind. Er läuft schneller, doch der Lieferwagen gibt Gas und schneidet ihm den Weg ab. Ein Maskierter packt ihn am Arm. Er macht sich frei und schlägt seinen Angreifer nieder. In diesem Augenblick zuckt ein Blitz durch seinen Schädel, gefolgt von einem unbeschreiblichen Schmerz. Ehe er das Bewusstsein verliert, sagt sich Raúl, dass er nun sterben wird, ohne seinen Sohn wiedergesehen zu haben.

Er irrt sich. Die Männer, die seinen reglosen Körper in den Wagen zerren, haben nicht den Auftrag, ihn zu töten.

Es ist viel schlimmer.

## 19. Revier, 6.00 Uhr morgens

An jenem Morgen nahm für Jeff Mulligan alles seinen Anfang. Der Morgen nach einer Nacht, in der sich wie üblich die Stunden träge dahinzogen; eine Ödnis, in der er seit jeher umherirrte, außer in den allzu wenigen Momenten, wenn er Kopf und Kragen riskierte … Doch an diesem Tag hatte er ein Stelldichein mit dem Leben.

Die Tür des Sergeant stand offen. Bisweilen warfen Polizisten einen flüchtigen Blick hinein und gingen gleich weiter. Niemand betrat sein Büro ohne triftigen Grund. Jeff war sich bewusst, dass die anderen ihn fürchteten und für pervers, verrückt und gefährlich hielten … Auf dem Revier war er nicht beliebt. Daran lag ihm auch gar nichts. Solche Wertschätzung war selten aufrichtig, und meistens waren zwischenmenschliche Beziehungen reine Farce.

Es wurde langsam hell. Durch das Fenster beobachtete Mulligan, wie das rötliche Licht am dunkelblauen Himmel emporstieg. Im fünften Stock, in dem die Detectives saßen, herrschte Stille, nur wenige leise Unterhaltungen und das Rattern einiger Drucker war zu hören. Dabei waren hier fast so viele Menschen wie tagsüber anwesend, doch die Nacht schien einen geheimnisvollen Einfluss auf ihr Verhalten zu haben und eine gedämpfte Atmosphäre zu verlangen.

Der Dienst war in drei Schichten aufgeteilt: von 7.00 bis

16.00 Uhr, von 15.00 Uhr bis Mitternacht und von 23.00 bis 8.00 Uhr. Alle Beamten hatten wechselnde Dienstzeiten, und jedes Team hatte eine Stunde, um dem nachfolgenden die laufenden Fälle zu übergeben. Doch in der Realität waren Überstunden an der Tagesordnung. Eigentlich hätte Jeff Mulligan von 7.00 bis 16.00 Uhr Dienst gehabt, doch er war schon seit kurz nach Mitternacht anwesend. Er hatte liegengebliebenen Papierkram zu erledigen. Ohnehin stempelte er nie.

Jeff Mulligan war nicht zu Bett gegangen. Er ging nie zu Bett. Manchmal, wenn sein Körper vom allzu langen Wachsein erschöpft war, ließ er sich irgendwo hinfallen und schlief einige Minuten oder Stunden. Er hatte kein Zeitgefühl. Der Rhythmus der anderen war ihm gleichgültig. Tag, Nacht, ein Zyklus von Schlafen und Wachen, das interessierte ihn nicht. Es gab da eine innere Kraft, die ihn am Schlafen hinderte. Vielleicht hatte er zu viel Energie, denn richtige Müdigkeit kannte er nicht.

Doch an diesem Morgen schien ein ungewohntes Gewicht seine Bewegungen zu lähmen. Sein Körper war schwerfällig, sein Gehirn funktionierte langsamer, und ein sonderbares Gefühl erfüllte ihn. Eine unbestimmte Vorahnung, die er vergeblich aus seinem Bewusstsein zu verdrängen suchte. Seit einer Weile schon quälte er sich mit einem DD-5 über die Verhaftung des Treppenhaus-Schützen herum, den er bereits am Vorabend hätte abgeben müssen. Es war 6.00 Uhr, bald würde die Tagesschicht eintreffen. Plötzlich erregte etwas seine Aufmerksamkeit.

Es war kein Geräusch.

Im Gegenteil, das ganze Stockwerk war plötzlich in eine tiefe Stille getaucht. Wie im Flugzeug, wenn bei Start und Landung ein Druck auf den Ohren lastet.

Es war eine kaum wahrnehmbare Bewegung, die ihn aufgeschreckt hatte.

Da war jemand.

Er hob den Blick.

In der Tür stand eine Gestalt. Zuerst sah er die Beine, lang, feminin, wohlgeformt in schwarzen Strümpfen. Dann einen schwarzen Rock, eine rote Bluse unter einem offenen beigefarbenen Mantel. Langes blondes Haar.

Und dann ihre Augen ... Sie waren von einem unglaublichen Blau.

Die bildschöne Frau sah Jeff Mulligan flehend an. Lange blieb sie so stehen, reglos, als hindere sie eine übernatürliche Kraft daran, ihm etwas unerhört Wichtiges zu sagen. Schließlich wandte sie sich ab und verschwand.

Der Sergeant war wie erstarrt. Erst nach einigen Sekunden gelang es ihm, sich zu erheben und ihr zu folgen. Zu spät. Als er sein Büro verließ, war niemand auf dem Gang zu sehen. Er lief zum Aufzug. Die Halle war leer. Er rannte die Treppe hinunter. Am Empfang im Erdgeschoss traf er auf einige uniformierte Polizisten, die ihre Nachtschicht beendeten.

Die Frau war wie vom Erdboden verschluckt.

## 19. Revier, 8.00 Uhr morgens

Als Ann den Dienstraum der Detectives betrat, kam Mulligan auf sie zugestürzt, packte sie am Arm und zog sie mit sich. Millar folgte mit verdrießlicher Miene.

»Wohin fahren wir?«, fragte sie im Wagen.

»Eine Leiche anschauen.«

Während sich das Auto mit Blaulicht und Sirenengeheul einen Weg durch den morgendlichen Berufsverkehr bahnte, krampfte sich Anns Magen zusammen. Sie würde ihren ersten Tatort in Augenschein nehmen. Natürlich hatte sie die beiden Toten gesehen, die der Irre ermordet hatte. Aber eine Schusswunde ist meist unspektakulär. Der Einschuss ist abgegrenzt und das Blut schnell getrocknet. Sie wusste nicht, was sie jetzt erwartete. Ihre Lehrer in der Polizeiakademie hatten erklärt, man gewöhne sich an alles. Aber zunächst musste man dem Anblick standhalten …

In der 78th Street, nahe dem John Jay Park, standen vor einem eleganten Gebäude kreuz und quer mehrere Polizeiwagen, zwei mit geöffneten Türen und Blaulicht.

»Wie die Schmeißfliegen«, knurrte Frank beim Aussteigen an Ann gewandt.

»Was meinen Sie damit?«

Sie traten in die große marmorgeflieste Halle, wo sie ein uniformierter Polizist erwartete.

»Es ist im zwölften Stock.«

Die Ermittler traten in den Aufzug.

»Es sind immer zu viele Streifenbeamte an einem Tatort«, fuhr Frank fort. »Wie die Leute, die auf der Autobahn bremsen, um einen Unfall auf der anderen Seite zu beobachten. Das Schauspiel des Todes fasziniert die Leute … Drei Viertel der Typen müssten auf der Straße sein.«

Im zwölften Stock öffneten sich die Türen. Ein Schild verriet den Namen der Wohnungsbesitzerin: eine gewisse Lucie Milton. Sie traten ein. In der Wohnung standen überall Cops herum, sie schienen nur auf jemanden zu warten, der ihnen Anweisungen gab. Und das geschah augenblicklich.

»Welches Team ist zuständig?«, bellte Mulligan.

Gemeint war die erste Streife, die vor Ort angekommen war und deshalb einen Bericht schreiben und befragt werden musste. Sogleich traten ein Polizist und sein Partner vor. Sie waren von der Putzfrau verständigt worden, die die Leiche entdeckt hatte.

»Alle, die hier nichts zu suchen haben, raus!«

Die Wohnung leerte sich im Handumdrehen. Die Ermittler folgten dem Polizisten über einen langen Gang, an dessen Ende ein erleuchtetes Zimmer lag. Mulligan trat als Erster ein.

Ann, deren Kehle sich zusammenzog, ließ den beiden anderen den Vortritt. Dann folgte sie ihnen.

Das Erste, was sie sah, war nicht die Leiche der blonden jungen Frau, die in einer riesigen Blutlache lag, sondern der fassungslose Gesichtsausdruck ihres Vorgesetzten.

Mit den Augen eines Wahnsinnigen starrte Jeff auf die Tote.

Zum ersten Mal in seinem Leben glaubte Jeff Mulligan, er müsse ohnmächtig werden. Seine Knie wurden weich, er fürchtete, sie könnten nachgeben, und konzentrierte sich ganz auf den Bodenkontakt seiner Füße.

Es war *sie.*

Die Frau, die er früh am Morgen auf dem Revier gesehen hatte. Sie war die fünf Stockwerke hinaufgekommen, über den Flur gelaufen, von dem aus sie durch die verglasten Wände die anwesenden Ermittler sehen konnte. Und sie war vor seinem Büro stehen geblieben. Sie hatte ihn lange angesehen, offenbar unschlüssig, wie sie sich verhalten sollte. Hätte er etwas zu ihr gesagt, nur ein einziges Wort, hätte sie vielleicht geredet! Aber wie gelähmt hatte er sich damit begnügt, sie anzustarren. Und sie war gegangen. Er hätte sie einholen können. Instinktiv hatte er ihr nacheilen wollen, war aber einen Moment lang wie festgenagelt auf seinem Stuhl geblieben. Als er sich erhoben hatte, war es zu spät gewesen.

Jetzt lag sie mit durchschnittener Kehle auf dem Bett.

Ganz automatisch wollte er sich der Leiche nähern, um sie zu untersuchen. Doch zu seiner eigenen Überraschung bewegte sich sein Körper in Richtung Tür. Er verließ den Raum.

Ann beobachtete ihn heimlich. Die Fassungslosigkeit ihres Vorgesetzten verblüffte sie. Dabei war es ja nicht seine erste Leiche … Jeff ließ sich also noch immer vom Schauspiel des Todes berühren. Frank, der etwas zu gelassen schien, sah sich schweigend im Zimmer um, als würde er etwas suchen.

»Was kann ich tun?«, fragte sie ihn.

»Nichts Besonderes. Wir müssen auf den Gerichtsmediziner und die Spurensicherung warten. Solange sie nicht da sind, dürfen wir nichts anrühren.«

Er trat in das angrenzende Badezimmer. Ann war allein mit der auf dem Bett ausgestreckten Frau. Es war nicht die erste Leiche, die sie aus der Nähe sah. Während ihres Studiums an der Polizeiakademie hatte sie im Rahmen eines Praktikums im New Yorker Leichenschauhaus an drei Autopsien teilgenommen. Aber dies hier war anders. Die Frau auf dem hellrosa Laken, deren Gesicht von unveränderter Schönheit war, schien noch lebendig, hier, in ihrem Zimmer, inmitten all der vertrauten Gegenstände – Grünpflanzen, ein Buch über den Himalaja, einige Familienfotos, Haarnadeln und ein kleines ledernes Notizbuch (schrieb sie ihre Träume oder ihre nächtlichen Gedanken auf?). Der Kopf war kaum verdreht, die Augen quollen nicht aus den Höhlen, sondern schienen nachdenklich die Decke zu betrachten. Der ganze Körper machte einen entspannten Eindruck, so als würde sie sich jeden Moment zu Ann umwenden, verwundert über ihre Anwesenheit. Doch in ihrem Hals klaffte eine blutige Wunde wie das groteske Lächeln eines Clowns. Ann spürte, wie die Trauer ihre Brust zerriss. Als Frank aus dem Badezimmer kam, ging sie hinaus zu Jeff Mulligan.

Sein Blick war ins Nichts gerichtet. Er riss sich zusammen, sobald er sie kommen sah. Ann legte ihm die Hand auf die Schulter.

»Man gewöhnt sich wohl nie daran, was?«

Er verzog verärgert das Gesicht und machte sich mit einer heftigen Bewegung frei.

»Nein, an Ihre Dummheit bestimmt nicht.«

Gekränkt zuckte Ann zurück.

»Warten Sie draußen auf die Gerichtsmediziner und zeigen Sie ihnen den Weg.«

Er ließ sie einfach stehen.

Jeff Mulligan zwingt sich, das Zimmer der Toten zu betreten. Noch nie ist er derart von seinen Gefühlen übermannt worden. Zu Anfang, als junger Detective, hat er angesichts des Todes am Tatort natürlich ein gewisses Unbehagen verspürt. Doch schnell hat er sich einen Schutzpanzer zugelegt. Cop ist ein Beruf, eine Leiche ein Gegenstand, das wichtigste Indiz des Verbrechens. Man muss sie emotionslos und unbeteiligt betrachten. Der letzte Wille eines jeden Ermordeten ist, dass man den verfluchten Kerl findet, der das getan hat. Und um diese Aufgabe zu meistern, muss ein Detective vergessen, dass die Leiche einmal gelebt hat.

Doch heute ist alles anders.

Jeffs Blick schweift durch das Zimmer, meidet aber das Bett, auf dem die Frau liegt.

Darauf ist er nicht vorbereitet gewesen.

Sie heißt Lucie Milton, und er weiß nicht, ob er in diesem Fall wird ermitteln können.

Denn er kennt sie.

Verwundert versucht er diesen absurden Gedanken zu vertreiben: Wie kommt er auf eine solche Idee, nachdem er sie gerade mal ein paar Sekunden gesehen hat? Er überwindet die merkwürdige Kraft, die ihm verbieten will, sie anzusehen, und heftet den Blick auf die Leiche. Doch erfüllt von einer seltsamen Scheu, muss er sogleich die Augen abwenden. Dabei hat er genügend nackte Leichen gesehen, die der Tod in den obszönsten Stellungen hat erstarren lassen – die Gedärme aus dem Leib quellend, das Grauen in das Gesicht gemeißelt. Aber hier … Eine unverständliche Scham schnürt ihm die Kehle zu. Lucie liegt, vollständig bekleidet in einer Stellung da, als würde sie schlafen. Doch das tut sie nicht. Selbst im Schlaf, ja, vor allem im Schlaf, verbirgt ein Mensch etwas von sich selbst. Dieser auf dem Bett ausgestreckte Körper aber lässt nichts mehr im Schatten, er bietet sich in einer unerträglichen Präsenz dar. Als wäre der Tod die totale Entblößung. Doch das Übermaß an Präsenz, das dieses Fleisch durch seine endgültige Reglosigkeit bekommt, birgt zugleich eine grausame Abwesenheit. *Etwas* ist aus diesem Leib gewichen. Der Atem? Das Leben? Lucie *selbst* ... Dieser dargebotene Körper, der nichts verbirgt, hat auch nichts mehr zu geben.

Plötzlich begreift Jeff Mulligan. Zwar war er schon mit vielen Leichen konfrontiert, doch es ist das erste Mal, dass er *ihn* sieht.

Den Tod.

Die Spurensicherung, fünf Männer in Begleitung eines Sergeant, stürmte herein. Ann wollte ihnen den Weg zeigen, doch sie steuerten spontan das einzige erleuchtete Zimmer an. Kurz darauf tauchte der Gerichtsmediziner auf, ein Mann asiatischen, vermutlich koreanischen Ursprungs namens Julian Lee. Ann folgte ihm in das Schlafzimmer des Opfers.

Zwei Männer vom Erkennungsdienst machten Fotos von allen Ecken des Raums. Über der Leiche ging ein wahres Blitzlichtgewitter nieder. Dann stellten sie neben dem Bett Scheinwerfer auf. Einer faltete sorgfältig die Decken zusammen. Als sie fertig waren, inspizierten sie das Laken, sammelten mit einer Pinzette kleinste Hautpartikel und Haare ein und schoben alles vorsichtig in eine kleine Plastikhülle. Ann musste niesen. Im ganzen Zimmer schwebte das Pulver zur Erkennung von Fingerabdrücken, das zwei der Männer mit einem Pinsel auf alle Oberflächen auftrugen. Um die Techniker nicht bei der Arbeit zu stören, wollte Ann hinausgehen, als sie plötzlich Jeff gegenüberstand, aus dessen Gesicht alle Feindseligkeit gewichen war. Sie fragte sich sogar, ob sie sich seine Fassungslosigkeit nur eingebildet hatte. Hatte sie vielleicht ihre eigenen Emotionen an ihrem ersten Tatort auf ihn projiziert?

Er trat zu dem Gerichtsmediziner, der über den leblosen Körper gebeugt war.

»Und, was sagen Sie, Doktor?«

Dieser umkreiste mit seinem behandschuhten Finger die Wunde.

»Alles deutet auf eine Waffe mit Doppelklinge hin«, murmelte er, als spräche er mit sich selbst. »Ein Kampfmesser …«

»Ein banaler Ehekrach ist also ausgeschlossen«, stellte Mulligan fest.

»Warum?«, wollte Ann wissen.

»Diese Frau mag ja einen Freund gehabt haben, der mit einem Dolch herumspazierte. Aber wenn ein Familienstreit ausartet, ist meistens ein einfaches Küchenmesser die Tatwaffe … Fest steht allerdings, dass sie sich bedroht fühlte.«

»Woher wissen Sie das?«

Der Sergeant überhörte die Frage und wandte sich wieder an den Gerichtsmediziner.

»Können Sie den Todeszeitpunkt feststellen?«

»Das werden wir gleich sehen. Helfen Sie mir bitte.«

Er fasste die Leiche an den Schultern, um sie umzudrehen. Plötzlich, wie vor den Kopf geschlagen, erstarrte Mulligan. Nach kurzem Zögern ergriff Ann die Füße des Opfers, um es auf den Bauch zu drehen. Der Arzt zog ein Thermometer aus der Tasche und maß die Temperatur. 33,2 Grad …

Er sah auf seine Uhr. Es war 8.55 Uhr.

»Der Tod ist gegen 5.30 Uhr eingetreten.«

Mulligan starrte ihn mit offenem Mund an. Diesmal hätte Ann schwören können, dass er erneut völlig fassungslos war.

»5.30 Uhr? Sind Sie ganz sicher, Doktor?«, stammelte er.
»Natürlich, Sergeant. Warum fragen Sie?«
Wortlos wandte sich Mulligan um und ging hinaus.

Millar war zum Revier geschickt worden, um die Aussagen der Streifenpolizisten aufzunehmen und erste Berichte zu schreiben. Seit einigen Minuten warteten Ann und Jeff, einen Kaffee in der Hand, im Empfangsraum des Leichenschauhauses an der Ecke 30th Street und First Avenue. Der Raum war mit Sofas, Sesseln und Couchtischen ausgestattet, auf denen Schachteln mit Papiertaschentüchern standen. Außer ihnen warteten noch zwei Personen, offenbar Angehörige eines Opfers, die gekommen waren, um den Leichnam zu identifizieren. Doch ihre geröteten Augen hatten so viel geweint, dass die Tränen jetzt versiegt waren.

Ein Angestellter bat Mulligan und Ann, ihm zu folgen. Sie liefen über einen langen Gang mit tristen grauen Betonwänden. Auf der einen Seite befanden sich kleine Metalltüren, darüber digitale Temperaturanzeigen, die sich immer um null Grad bewegten. Als sie mit ihrer Klasse der Polizeiakademie zu einer Führung hier gewesen war, hatte man Ann erklärt, es handele sich um Kühlfächer (insgesamt 125), in denen die Leichen aufbewahrt wurden, die auf eine Autopsie, eine Feuer- oder Erdbestattung warteten.

Sie betraten einen langgestreckten Raum, in dem nebeneinander acht Tische aufgestellt waren, über denen Operationslampen ein gleißendes Licht verbreiteten. Und auf jedem der Tische lag ein vollständig nackter Körper. Die weiblichen Leichen, von denen drei noch recht jung waren, wirkten klein und zusammengekrümmt. Die Brüste waren eingefallen, und das Schambein war die einzige Erhebung. Die Virilität der männlichen Leichen war weniger beeinträchtigt, so als attackiere der Tod lieber die weiblichen Attribute. An zwei Tischen waren Gerichtsmediziner tätig. Ann zuckte zusammen, als sie im Vorbeigehen das Splittern eines Knochens vernahm.

Am Ende des Raums stand Dr. Lee mit einem jungen Assistenten, vielleicht noch Student, vor einem Tisch, der Ann sehr groß erschien. Darauf lag Lucie Miltons Leiche, der Kopf ruhte auf einer Art Kissen aus dunklem Holz. Darüber hing ein Mikro, das mit einem Aufnahmegerät verbunden war. Der Gerichtsmediziner sprach hinein:

»18. September 2007, zehn Uhr vormittags. Julian Lee, verantwortlicher Gerichtsmediziner, assistiert von dem Praktikanten Brian Merlinwood. Ebenfalls anwesend sind Sergeant Jeff Mulligan und Detective Ann Lawrence. Autopsie von Lucie Milton, achtundzwanzig Jahre, Hautfarbe weiß, weiblich, Körper normal entwickelt, Gewicht dreiundfünfzig Kilo, Größe eins neunundsechzig, Haarfarbe blond, Zähne gepflegt, Augen blau. Vollständige Starre von Kiefer und Lidern. Weder Totenflecken noch grüne Stellen. Ungefährer Todeszeitpunkt: 5.30 Uhr.«

Lee unterbrach sich, griff zu dem Skalpell, das ihm sein Assistent reichte, und nahm den ersten Schnitt vor. Ann zwang sich, keinerlei Regung zu zeigen. Statt der Stimme des Arztes vernahm man jetzt das Schnittgeräusch. Dann ein Knacken, gefolgt von einem weiteren. Der Gerichtsmediziner näherte sich dem Mikro, um etwas zu sagen, doch Mulligan kam ihm zuvor.

»Doktor …«

»Ja?«

»Sind Sie sich bei der Todesstunde ganz sicher?«

»So sicher, wie man es sein kann, Sergeant.«

»Wie hoch ist das Fehlerrisiko?«

»Im vorliegenden Fall sehr gering. Der Tod liegt noch nicht lange zurück.«

»Ist es nicht möglich, dass Sie sich um eine Stunde vertan haben?«

»Nein. Wir haben die Körpertemperatur um neun Uhr morgens gemessen, und sie betrug 33,2 Grad. Das heißt, der Tod ist weniger als dreieinhalb Stunden vorher eingetreten.«

»Warum?«, fragte Ann.

»Nach dem Tod verliert eine Leiche pro Stunde ungefähr ein Grad, bis sie die Raumtemperatur erreicht hat.«

»*Ungefähr*«, betonte der Sergeant.

»Hören Sie«, erwiderte der Arzt in einem Ton, der leichten Unwillen verriet, »ich habe *ungefähr* gesagt, weil wir Wissenschaftler uns einer äußerst vorsichtigen Ausdrucksweise zu bedienen pflegen. Aber diese Messeinheit ist eine der sichersten, die es gibt.«

»Es muss aber ein Irrtum vorliegen.«

»Wollen Sie weitere Beweise? Der Körper zeigt, die Unterschenkel ausgenommen, eine fast vollständige Leichenstarre. Die tritt im Allgemeinen zwischen der vierten und sechsten Stunde nach dem Tod ein, nie aber vor der dritten, und beginnt im Gesicht und an den Augenlidern. Bei meinem Eintreffen am Tatort um 8.45 Uhr war das Gesicht dieser Frau schon starr. Ich kann Ihnen also versichern, dass sie um 5.30 Uhr bereits tot war oder im Sterben lag.«

»Aber das ist unmöglich.«

»Und warum?«

»Weil Lucie Milton um sechs Uhr morgens vor der Tür meines Büros stand.«

## Zur selben Zeit im Norden Mexikos

Raúl kneift die Augen zusammen und versucht trotz des heftigen Holperns die Landschaft zu erkennen, die hinter der schmutzigen Scheibe des gepanzerten Lieferwagens vorbeizieht. Hat der Schlag seine Sehkraft beeinträchtigt, oder war es die Ohnmacht, aus der er gerade erwacht ist? In dem Laderaum, in den man ihn gesperrt hat, ist es finster, auch draußen ist alles dunkel.

Raúl verzieht das Gesicht. Er hat furchtbare Kopfschmerzen. Doch hinter dem Schmerz übernimmt sein durch die jahrelangen Sondereinsätze geschärfter Überlebensinstinkt das Kommando. Er analysiert seine Lage. Um wie viel Uhr ist er angegriffen worden? Soweit er sich erinnert, war es am frühen Abend. Plötzlich lässt eine heftige Windböe den Wagen ausbrechen, und der Fahrer hat alle Mühe, ihn unter Kontrolle zu bringen. Die Straße ist schlecht, eher ein holpriger Feldweg als eine asphaltierte Fahrbahn. Ein weiterer, deutlich stärkerer Windstoß wirft den Lieferwagen fast um, und Raúl wird zu Boden geschleudert. Als er die Nase wieder an die Scheibe presst, wird er von einem grellen Lichtstrahl geblendet, der kurz den dichten erdig-braunen Nebel draußen durchbricht. Als Raúl in die Richtung blickt, aus der das Licht kommt, erblickt er eine weiße, leuchtende Kugel, die sie zu begleiten scheint; sie erinnert an den Mond, doch das ist unmöglich, dazu ist sie zu grell. Es kann nur die Sonne sein, gefiltert durch … Durch was? Eine dritte Sturmböe bringt den Lieferwagen gefährlich ins Schleudern, und plötzlich begreift Raúl. Er entdeckt im Sonnenlicht eindeutige braune Spuren, die typisch für einen Sandsturm sind.

Es ist Tag, und er befindet sich mitten in der Wüste.

Wie lange war er bewusstlos? Die ganze Nacht und einen Teil des Tages, je nachdem, wie spät es jetzt ist. Man hat ihm seine Uhr abgenommen. Der Schlag, den er abbekommen hat, erklärt keine so lange Bewusstlosigkeit. Sicher hat man ihm ein Betäubungsmittel verabreicht. Darauf deuten auch seine trockene Zunge und die ungewöhnlich schweren Augenlider hin.

Der Sturm scheint nachzulassen. Raúl blickt angestrengt in das sich langsam erhellende Dämmerlicht und erblickt, so weit das Auge reicht, eine riesige Sandfläche mit vereinzelten Sträuchern und einigen wenigen Anhöhen. In welche Richtung bringen sie ihn? Er weiß es nicht. Er kennt die Wüsten um Ciudad Juárez herum nicht. In der Ferne bemerkt er einen kleinen Hügel, der an eine Haifischflosse erinnert, und prägt sich die Form ein.

Das könnte für die Orientierung nützlich sein.

## Saranac Lake, Bundesstaat New York

Die Angestellten des Bestattungsinstituts lassen Lucie Miltons Sarg in ihre, wie man sagt, letzte Ruhestätte hinab. Das heißt, an den Ort, wo ihr Körper fern von allen Blicken verrotten wird. Hässlich, so ein verwesender Körper. Das stinkt. Das ist nicht menschlich. Jeff Mulligan lehnt etwas abseits an einem Baum. Die Menge, die sich um das Grab drängt, versperrt ihm den Blick. Aber er weiß, wie Beerdigungen ablaufen. Der Sarg wird langsam heruntergelassen, dann ein leichter Aufprall. Lucie kannte offensichtlich viele Leute. Nach den traurigen Gesichtern und feuchten Augen zu urteilen, war sie sehr beliebt gewesen. Das wundert Jeff Mulligan nicht weiter. Sie war etwas Besonderes.

Wie kommt er darauf? Er hat sie gar nicht gekannt. Woher also dieser Eindruck von Vertrautheit? Dieses Gefühl von *Nähe*?

Eine leichte Brise streift sein Gesicht und treibt würzige Düfte von den umliegenden Bergen herüber. Er entfernt sich langsam. Die Zeremonie ist noch nicht beendet, aber er will unbemerkt bleiben. Mulligan betrachtet das Grün der Tannen. Hier also hat sie gelebt. Saranac Lake in den Adirondack Mountains. Eine kleine friedliche Stadt am Ufer eines Sees mitten im Wald. Nur im Stadtzentrum stehen ein paar höhere Gebäude. Überall sonst wachsen die Häuser zwischen den Bäumen. Wenn man den Kopf hebt, erblickt man die Berge.

Jeff weiß nicht, warum er hergekommen ist. Die Ermittlungen? Er hat einige Bewohner befragt. Die meisten kannten Lucie. Sie ist hier aufgewachsen, sie liebte Bergwanderungen und badete gerne im See. Nach ihrem Biologiestudium in Harvard kehrte sie hierher zurück und fand eine Stelle als Wissenschaftlerin am Trudeau Institute. Saranac Lake hat etwas Dörfliches. Doch trotz der geringen Größe und der Lage ist es eine moderne Stadt. Es gibt eine örtliche Tageszeitung, ein Theater, ein Krankenhaus, zahlreiche Hotels … Und ein Forschungszentrum für Biomedizin und Immunologie, das 1964 gegründet wurde und zu den wichtigsten und angesehensten der Welt gehört. Dort hatte Lucie ihren ersten Job gefunden. Hatte ihre Berufswahl damit zu tun, dass sie in der Nähe dieser prestigeträchtigen Einrichtung aufgewachsen war? Nach übereinstimmenden Aussagen fühlte sie sich dort wohl und blieb, bis das AdamTech-Institute sie abwarb. War es ihr schwergefallen, ihre Familie zu verlassen?

Als Jeff Mulligan an diesem Morgen durch die luftigen Straßen von Saranac Lake gelaufen ist, haben ihm einige Passanten zugelächelt, ohne ihn zu kennen. Kann man unbeschadet das einfache, nachbarschaftliche Leben im Bergland gegen die geballte Einsamkeit von Big Apple eintauschen, wo sich die Schicksale kreuzen, ohne dass der eine vom anderen weiß? Er selbst ist in diesem städtischen Dschungel aufgewachsen, im Herzen von Brooklyn, in einem Haus, das in den fünfzehn Jahren, die er dort verbracht hat, vergeblich auf seine Renovierung wartete. Ein vierstöckiges Backsteingebäude mit rostiger Außentreppe, 25 Quadratmeter für vier … Er verscheucht das Bild. Er erinnert sich nicht gerne. Doch der

Asphalt ist seine Heimat, Gewalt und Verzweiflung haben seinen Horizont geprägt. Saranac Lake verströmt einen Frieden, den er nie verspürte. Er hat keine Gemeinsamkeiten mit Lucie Milton. Warum ist er hergekommen? Warum fühlt er sich ihr so nah? So nah, und doch ist es zu spät …

Zurück in Manhattan, begab sich Jeff in die Wohnung der jungen Frau. Er kam schon zum dritten Mal hierher. Dort blieb er über eine Stunde, ausgestreckt auf dem Bett, auf dem man die Tote gefunden hatte.

# Eine Woche später

Ann verließ das Kommissariat und ging in Richtung Lexington Avenue. Sie war in einer Bar an der Ecke 66th Street verabredet. Millar hatte sie eingeladen, zusammen mit den Kollegen, die für Mulligan arbeiteten, ein Glas zu trinken.

Die junge Ermittlerin hatte genau gespürt, dass es sich nicht um eine private Zusammenkunft handelte, sondern um etwas Offizielles. Seit mehreren Tagen schwelte die Krise, und dieses Treffen war vielleicht ein Anzeichen dafür, dass der Ausbruch kurz bevorstand. Seit man die Leiche von Lucie Milton gefunden hatte, war Jeff Mulligan nicht mehr er selbst. Er war noch unausstehlicher als früher – sofern das überhaupt möglich war. Diesem Mann schien es völlig gleichgültig zu sein, ob man ihn mochte, und diese Freiheit verlieh ihm ein unbestreitbares Charisma. Offenbar legte er es nun geradezu darauf an, von allen verabscheut zu werden. Er schreckte nicht vor systematischen Drohungen zurück und schien es zu genießen, dass er anderen damit Angst einjagte. Neu aber war, dass sich zu diesen menschlich unmöglichen Verhaltensweisen berufliche Eigenwilligkeiten gesellten, die größtenteils unsinnig erschienen. Der Sergeant war felsenfest davon überzeugt, das Opfer am Morgen seiner Ermordung gesehen zu haben, und zwar zu einer Zeit, zu der es laut Autopsiebericht bereits seit mindestens einer halben Stunde tot gewesen war. Er hatte ein

Gegengutachten in Auftrag gegeben, was sehr ungewöhnlich und kostspielig war. Natürlich kam es zum selben Ergebnis. Dann hatte er seinen Leuten befohlen, im Kommissariat intern zu ermitteln und alle Männer zu befragen, die an diesem Tag im Dienst gewesen waren. Die Detectives hatten sich gesträubt und eingewandt, sie seien schließlich nicht die Polizei der Polizei. Diese Befragungen hatten für erheblichen Wirbel auf dem Revier gesorgt. Letztlich hatten sie nur bestätigt, dass keiner der an diesem Tag Anwesenden das Opfer bemerkt hatte. Schließlich hatte Mulligan, der von dieser Frau wie besessen schien, darauf bestanden, ihre Vergangenheit zu durchleuchten. Darüber hatte er die Verhöre in der Nachbarschaft vernachlässigt, die bei einem solchen Verbrechen an der Tagesordnung waren. Bisher ließ nichts in Lucie Miltons Vorleben darauf schließen, dass ihr jemand Schlechtes wollte. Offenbar war sie sehr beliebt gewesen. Ihre Forschungsarbeit hatten der herausragenden Biologin, Spezialistin für Alterungsprozesse, im Vorjahr einen angesehenen Preis eingebracht, an dessen Namen sich Ann nicht mehr erinnerte. Als Angestellte des offensichtlich kapitalkräftigen AdamTech-Institute verdiente die achtundzwanzigjährige Lucie bereits mehr als 140 000 Dollar pro Jahr. Doch diesem beruflichen Erfolg stand eine private Tragödie gegenüber: Vor zwei Monaten hatte Lucie ihren Verlobten, einen gewissen Steve Buchanan, der im selben Institut gearbeitet hatte, durch einen Unfall in den Bergen verloren. Jeff war überzeugt, dass die junge Frau sich bedroht gefühlt hatte. Er war sich sicher, dass sie ihn am Morgen ihres Todes aufgesucht hatte, ihn persönlich, ehe sie es sich aus unerklärlichen Gründen im letzten Moment anders überlegt hatte. Niemand auf dem Revier glaubte an diesen Besuch, für den es außer ihm keinen Zeugen gab und dessen Uhrzeit den Angaben des Gerichtsmediziners widersprach. Doch der Sergeant leitete die Ermittlungen, und sein Team hatte sich seinen Anordnungen fügen müssen.

Ann betrat die Bar. Die Gaststube war trotz der frühen Stunde gut gefüllt, vor allem mit Männern, die gekommen waren, um sich nach der Arbeit ein Bier zu genehmigen und die Heimkehr ein wenig hinauszuzögern. An einem der hinteren Tische saß Millar mit Bert Garner und den beiden anderen Detectives, die Sergeant Mulligan unterstellt waren: der junge Bob Zimmermann, der noch keine zwei Jahre dabei war und mit Millar arbeitete, und John Mercuri, ein beleibter Vierzigjähriger mit einem nachsichtigen, sanften Lächeln. Ann ging zu ihnen. Auf dem Weg streckte ein offensichtlich angetrunkener Gast die Hand nach ihr aus und rief ihr etwas zu. Ann verstand das Wort nicht, doch sein ordinärer Ton sagte alles. Millar sprang so abrupt auf, dass sein Stuhl umfiel. Er packte den Typen am Kragen, riss ihn hoch, wehrte den Schlag ab, den dieser ihm zu versetzen versuchte, drehte ihm den Arm auf den Rücken und drückte seinen Kopf auf den Tisch.

»Wirt«, rief er in die plötzliche Stille, »ich will diesen Kerl hier nicht mehr sehen!«

Der fette, fast zwei Meter große Koloss verließ seinen Posten hinter dem Tresen und kam näher.

»Klar, Detective, tut mir leid.«

Er nahm den Mann beim Arm, hielt ihm seinen Mantel hin und führte ihn zur Tür.

»Die Biere gehen auf mich. Lassen Sie sich hier nie wieder blicken!«

Der andere ging wortlos davon.

Millar legte den Arm um Anns Taille und geleitete sie zu

ihrem Platz. Diese wusste nicht, wie sie reagieren sollte. Sie entschied sich für ein Lächeln.

»Danke, Cowboy. Aber ich wäre durchaus in der Lage gewesen, mich selbst zu verteidigen.«

Er erwiderte ihr Lächeln.

»Das hätte mich um das Vergnügen gebracht, es zu tun.«

»Wir können euch auch allein lassen«, meinte Garner in seinem schleppenden Tonfall.

»Nein, nein«, erwiderte Frank, »dies ist eine Arbeits- oder besser gesagt eine Krisensitzung.«

Ann runzelte die Stirn.

»Krise?«

Mercuri strahlte sie an. Es hieß, dass er bei Verhören immer den Part des Guten übernahm, und bei einem Einsatz vermochte keiner so geschickt die Situation zu entspannen wie er.

»Du bist ja noch neu und sagst dir wahrscheinlich, dass all das ganz normal ist, dass es bei der Polizei nun mal so zugeht …«

»Nachdem du das unvergleichliche Glück hast, ein Team mit Jeff Mulligan zu bilden«, spottete Frank, »wie hältst du das bloß aus?«

Damit wären wir also beim Thema, dachte Ann. Sie wollen, dass ich mit den Wölfen heule …

»Es ist nicht leicht«, antwortete sie nach kurzem Nachdenken, »aber ich lerne viel.«

»Und was lernst du?«, höhnte Frank. »Dich demütigen zu lassen, ohne aufzubegehren?«

»Oder die Technik illegaler Verhaftungen?«, fügte Garner hinzu und trank sein Bier aus. »Ich war vier Jahre lang sein Partner, und ich frage mich, wie ich es geschafft habe, noch immer Cop zu sein. Dieser Typ hat mich dazu angehalten,

Beweise zu manipulieren und vor Gericht Falschaussagen zu machen. Dank Woodruffs Unterstützung kommt er jedes Mal davon. Aber es wird immer schlimmer, und letztlich werden wir seinetwegen alle in Schwierigkeiten geraten.«

Mercuri ergriff das Wort. Er lächelte nicht mehr:

»Seit er mich im Rahmen dieser Ermittlungen beauftragt hat, die Kollegen im Kommissariat zu befragen, nennen mich alle den Cop der Polizei. Es ist nicht nur so, dass niemand Mulligan leiden kann, er sorgt auch dafür, dass sich alle, die mit ihm arbeiten, unbeliebt machen …«

»Ich«, erklärte Garner bestimmt, »habe neunzehn Dienstjahre auf dem Buckel. In einem Jahr gehe ich in Altersteilzeit. Das ist nicht der richtige Augenblick, um rauszufliegen!«

»Oder dich umbringen zu lassen«, fügte Millar hinzu.

»Das kannst du laut sagen! Mit ihm war ich in drei Schießereien verwickelt.«

»Und wie hat er sich dabei verhalten?«, fragte Ann.

»In fünfzehn Dienstjahren habe ich nicht einmal Gebrauch von meiner Waffe machen müssen. In den vier Jahren mit Mulligan: drei Schießereien!«

»Und wie hat sich der Sergeant verhalten?«, beharrte Ann.

Millar fiel ein:

»Alle wissen, dass Mulligan in solchen Situationen großartige Arbeit leistet. Das Problem ist nur, dass er sie sucht. Er hält sich für einen Filmhelden. Im NYPD gibt es Tausende von Cops, gute Cops, die in ihrer Laufbahn nicht einmal in eine Schießerei verwickelt wurden.«

»Trotzdem kann man sich in gefährlichen Situationen auf ihn verlassen.«

»Er zieht einen aus der Scheiße – nachdem er einen vorher selbst reingeritten hat.«

»Er ist ein gemeingefährlicher Irrer und noch dazu gewalttätig«, rief Garner. »Alles und jeder ist ihm egal.«

»Er ist ein Mischling«, warf Mercuri ein.

»Welcher Abstammung?«, fragte Ann.

»Seine Mutter ist Mexikanerin. Ich will nichts Schlechtes über die Latinos sagen, in allen Volksgemeinschaften gibt es Gute und Schlechte ... Aber man muss doch klarstellen, dass Mulligan aus einem Milieu mit hoher Kriminalitätsrate stammt. Er hat sich nie von der Umgebung, in der er aufgewachsen ist, gelöst.«

»Ich sehe das anders«, protestierte Ann. »Ich halte ihn für grundehrlich, aber ...«

Höhnisches Gelächter unterbrach sie. Doch sie fuhr unbeirrt fort:

»... aber er ist verzweifelt. Vielleicht ist er zu idealistisch für diese Welt.«

»Nennt man das nicht das Stockholm-Syndrom?«, spöttelte Garner.

Mercuri meinte:

»Du bist neu bei der Polizei. Dieser Mann fasziniert dich.«

»Vielleicht sogar mehr ...«, rief Garner dazwischen.

Ann errötete. Mit einer gewissen Heftigkeit ergriff Millar das Wort:

»Über den Menschen mag jeder denken, was er will. Wenn ich euch hierhergebeten habe, dann um über den Cop zu sprechen. In der Vergangenheit hat er schwierige Fälle gelöst. Aber wir alle wissen, dass er ein Borderliner ist. Meiner Meinung nach befindet er sich auf Abwegen und ist dabei, seine Kompetenz einzubüßen.«

Ann biss sich auf die Lippe und schwieg. Warum erfüllte sie der Wunsch, Mulligan zu verteidigen, obwohl er sie doch nur demütigte? Wenn sie sich für ihn einsetzte, schadete das ihrem Ansehen bei den Kollegen.

»Mulligan ist davon überzeugt, das Opfer auf dem Revier gesehen zu haben. Der Gerichtsmediziner versichert, dass das unmöglich ist, und kein Polizist hat die Frau bemerkt.«

Zimmermann lachte:

»So ein Mädchen wäre im Kommissariat nicht unbemerkt geblieben!«

»Ganz recht. Vermutlich hatte der Sergeant eine Halluzination. Wir alle wissen schon seit geraumer Zeit, dass er verrückt ist. Nur der Lieutenant will es nicht wahrhaben …«

Zweifel überkamen Ann. Und wenn Mulligan wirklich krank war?

»Die Sache ist sehr wichtig. Schließlich wird im 19. Distrikt nicht jeden Tag eine Frau ermordet. Sie war eine herausragende Forscherin, in wissenschaftlichen Kreisen bekannt, und ihr Foto ging durch die Presse … Das Präsidium setzt Woodruff unter Druck. Mulligan lässt uns über die Tote ermitteln, als wolle er alles über ihr Leben erfahren. Wenn wir ihm in diesen Wahnsinn folgen, verlieren wir wertvolle Zeit. Denn es gibt eine viel einfachere Theorie als die vom geplanten Verbrechen. Jemand folgt ihr nach Hause und bringt sie um. Oder eine Affäre, die eine schlechte Wendung genommen hat …«

»Der Autopsie zufolge wurde sie nicht vergewaltigt«, warf Garner ein.

»Stimmt. Aber es nützt überhaupt nichts, Theorien aufzustellen, wir müssen handeln.«

»Und wie?«

Millar senkte die Stimme:

»Hier mein Vorschlag. Gleich nach der Entdeckung der

Leiche hätten wir uns um die Nachbarschaft kümmern müssen. Die Zeit arbeitet gegen uns. Wir müssen jetzt dringend damit anfangen.«

»Aber der Sergeant …«, stöhnte Mercuri.

»Wir sagen ihm nichts davon«, unterbrach ihn Millar. »Um seinen Argwohn nicht zu wecken, tun wir ein Minimum von dem, was er von uns verlangt. Nebenbei führen wir die Ermittlungen auf unsere Art, wenn es sein muss, nach Dienstschluss. Was haltet ihr davon?«

»Ich bin einverstanden«, stimmte Garner zu.

»Ich auch«, erklärte Zimmermann mit leicht gezwungenem Enthusiasmus.

Mercuri zögerte kurz.

»Gut, ich auch«, erklärte er schließlich.

Alle Blicke richteten sich auf Ann. Millar sah sie eindringlich an. Sie spürte eine große Verwirrung. Man erwartete, dass sie Partei ergriff. Das war ihr ein Graus. Was die Ermittlungen betraf, so hatten sie vermutlich recht. Was Jeff anging, spürte sie tief in ihrem Inneren, dass sie sich täuschten.

»Der Sergeant ist mein Chef …«, begann sie.

»Okay«, unterbrach sie Millar. »Wir haben verstanden.«

Er warf einen Geldschein auf den Tisch und erhob sich. Die anderen folgten seinem Beispiel, und sie gingen, ohne Ann auch nur eines Blickes zu würdigen.

Ann hatte von Mulligan den Befehl erhalten, ihn zu begleiten. Um Zeugen zu vernehmen, mehr hatte er nicht gesagt. Auch als sie im zivilen Streifenwagen saßen, schwieg er. Ann hätte gern mit ihm gesprochen, ihm von der Kluft erzählt, die sich zwischen ihm und seinen Männern auftat. Doch sie konnte auf keinen Fall preisgeben, was sie am Vorabend bei dem vertraulichen Treffen erfahren hatte. Sie machte sich ohnehin schon unbeliebt, weil sie sich nicht von Jeff distanziert hatte. Da mochte sie sich nicht auch noch den Vorwurf des Verrats einhandeln.

Sie begnügte sich damit, Mulligan verstohlen zu beobachten. Er schien sich völlig unter Kontrolle zu haben: Das beruhigte sie ein wenig. Doch viele Psychotiker verhielten sich vollkommen normal, wenn sie gerade keine Krise durchmachten …

Sie waren auf der 79th Street Richtung Central Park. Dort folgten sie der Transverse No. 2, bogen in die Amsterdam Avenue und fuhren bis Höhe 91st Street, wo sie vor einem Wohnhaus hielten.

Im siebten Stock klingelten sie an einer rot gestrichenen Tür. Eine Frau zwischen vierzig und fünfzig Jahren öffnete ihnen. Ein breites Lächeln entblößte ihre weißen Zähne.

»Hallo, ich bin Mia Sheldon!«, rief sie und bat sie herein.

Zahlreiche exotische Armreifen klimperten an ihrem Handgelenk, das lange Haar war hennagefärbt, und sie trug einen weiten indischen Sari, der genauso bunt war wie der Rest der Wohnung. Porträts fernöstlicher Gurus hingen neben farbigen geometrischen Gemälden und wild gemusterten Tüchern, die von einer Wand zur anderen gespannt waren. Der süßlich-herbe Duft von Räucherstäbchen erfüllte den Raum. Ann fühlte sich in dieser Umgebung etwas unbehaglich.

»Aber so setzen Sie sich doch!«

Die junge Frau sah sich um und konnte keine Sitzgelegenheit entdecken, nur ein paar dicke Kissen, die auf dem Boden lagen. Resigniert wählte sie eins davon und schob es an die

Wand, damit sie sich anlehnen konnte. Jeff Mulligan ging in die Hocke.

»Wir wollen Ihnen nur ein paar Fragen stellen.«

»Ich habe Tee gekocht«, verkündete die Frau des Hauses und verschwand in der Küche.

Zwar hatte sie ein faltiges Gesicht und ging auf die fünfzig zu, doch sie gebärdete sich wie ein junges Mädchen. Eine alte Junge, dachte Ann unwillkürlich. Gleich bietet sie uns einen Joint an …

»Ich habe auch Weizengrassaft oder …«

»Ich fürchte, wir haben nicht so viel Zeit, Ma'am«, unterbrach sie der Sergeant höflich. Ein Ton, den seine Kollegin gar nicht an ihm kannte.

Die Frau kam zurück und kauerte sich im Schneidersitz auf den Fußboden. Ihre Augen waren verquollen.

»Natürlich, entschuldigen Sie. Sie wollen sicher über Lucie sprechen.«

»Bitte.«

»Was möchten Sie wissen?«

»Sie waren eng mit ihr befreundet …«

»Mehr als das.«

Jeff runzelte die Stirn.

»Was wollen Sie damit sagen?«

Sie lachte leise.

»Auf jeden Fall nicht das, was Sie denken …«

Für einen Moment wirkte Mulligan verwirrt, was Ann überraschte.

»Ich kannte Lucie, seit sie fünf war. Ich war ihr Babysitter. Ich freundete mich mit ihrer Mutter an und später auch mit Lucie. Ich will damit sagen, dass ich gewissermaßen zur Familie gehöre.«

Eine Träne rann über ihre Wange.

»Sahen Sie sich häufig?«

»Etwa einmal in der Woche.«

»Waren Sie ihre Vertraute?«

»Ebenso wie sie es für mich war. Der Altersunterschied spielte keine Rolle. Sie war sehr reif für ihre achtundzwanzig Jahre ...«

»Gab es Ihrer Meinung nach in ihrem Leben Ereignisse, die mit dem Mord in Zusammenhang stehen könnten?«

»Das weiß ich nicht. Wer hätte auf so eine Idee kommen sollen? Alle Welt mochte sie.«

»Vielleicht ein Mann, der sie ... ein wenig zu sehr liebte?«, meldete sich Ann zu Wort.

»Seit dem Tod ihres Verlobten hat sie sich mit niemandem mehr getroffen.«

»Steve Buchanan gilt seit einem Unfall in den Bergen als vermisst, nicht wahr?«, hakte Jeff nach.

»Ja. Die Sache war umso schrecklicher, weil sie ihn zu dieser Tour überredet hatte.«

»Sie war wohl sehr sportlich ...«

»Das trifft es nicht ganz. Sie war eine sehr athletische Frau, die in der Lage war, große körperliche Herausforderungen zu meistern, so viel steht fest. Es war nicht leicht, mit ihr mitzuhalten! Doch das war es nicht, was sie interessierte.«

»Was meinen Sie damit?«

»Sie war keine von diesen Alpinisten, die den Berg ... bezwingen wollen. Nein, sie war verliebt in die Berge. In die Berge, die Natur, das Leben ...«

Die Erinnerung an die junge Frau wirkte beruhigend auf Mia Sheldon. Ihre Augen strahlten, und sie schien zu vergessen, dass sie von einer Toten sprach.

»Sie liebte die Morgendämmerung. Sobald sie ein neues Fleckchen entdeckt hatte, musste sie es bei Sonnenaufgang erleben. Sie behauptete, nur in diesem Licht werde einem die Seele eines Ortes bewusst. Eine Manie von ihr. Alle ihre Bekannten zogen sie damit auf, lachten über diese Marotte … Übrigens, bevor sie sich ihre Wohnung kaufte, hatte sie darauf bestanden, sie bei Tagesanbruch zu besichtigen. Ich hätte zu gern das Gesicht des Immobilienmaklers gesehen, der um fünf Uhr morgens die Vorzüge der Wohnung anpreisen musste! Doch sonst hätte sie sie nicht gekauft. Sie konnte sehr stur sein, vor allem als …«

»Wie verhielt sie sich gegenüber ihren Angehörigen und Freunden?«, unterbrach sie der Sergeant.

Die Frage überraschte Ann.

»Sie war … herzlich.«

Mia Sheldon hielt inne und betrachtete ihre Besucher, als wolle sie sichergehen, dass die beiden sie auch richtig verstanden hatten.

»Was ich sagen will, alles an ihr strahlte eine große Warmherzigkeit aus. Wenn sie einen Raum betrat, bemerkte man sofort ihre Anwesenheit: ein ausgleichender Mensch mit sinnlicher Aura. Eine seltene Gabe! Sie war nicht aufdringlich, aber …«

So kommen wir nicht weiter, dachte Ann belustigt. Sie beobachtete Jeff, der dem endlosen Redefluss lauschte und nicht gewillt schien, ihn zu unterbrechen, als sei er von dem entworfenen Bild fasziniert. Es tat dieser Frau sichtlich gut, von der Toten zu sprechen. Und es ist normal, dass man in dieser Phase der Trauer den Verstorbenen idealisiert und jemanden braucht, der einem zuhört. Aber ein Cop ist weder ein Vertrauter noch ein Therapeut. Um mit der Untersuchung voranzukommen, hätte ihr Vorgesetzter präzise und ineinandergreifende Fragen stellen müssen, was er offensichtlich nicht vorhatte. Ann schüttelte den Kopf. Vielleicht hatten die anderen ja doch recht. Der Sergeant schien sich mehr für das Opfer als für seinen Mörder zu interessieren.

Schließlich aber griff er doch ein:

»Wirkte sie in der Zeit kurz vor ihrem Tod irgendwie verändert?«

»Seit dem Verschwinden ihres Verlobten war sie wie verwandelt. Sie hatte sich noch nicht von dem Schock erholt.«

Ann hätte schwören können, dass Mulligan bei ihrer Antwort leicht zusammenzuckte.

»Es war nicht so, dass sie sich eingeigelt hätte«, fuhr die Frau fort. »Aber … Wie soll ich sagen? Sie fühlte sich unbehaglich, als hätte sie ein Problem mit sich selbst. Verstehen Sie? Das war so gar nicht ihre Art … Manchmal war sie sogar richtig hektisch. Seit einer Woche, um genau zu sein.«

»War etwas vorgefallen?«

»Nicht, dass ich wüsste.«

Schließlich erhob sich Jeff. Er ging auf die Frau zu und reichte ihr seine Karte.

»Haben Sie vielen Dank. Hier, falls Ihnen noch irgendetwas einfällt, eine Erinnerung, ein Gedanke, ein Eindruck, rufen Sie mich an, egal zu welcher Tages- oder Nachtzeit.«

»In Ordnung, das werde ich tun, Sergeant«, erwiderte sie. Erneut stiegen ihr Tränen in die Augen.

»Ich werde den Typen kriegen, der sie umgebracht hat«, fügte er mit Nachdruck hinzu. »Um jeden Preis, denn Lucie Milton hat es nicht verdient zu sterben.«

Und in diesem Moment stand für Ann eindeutig fest, dass er verrückt war.

In den darauffolgenden Tagen übertrug Mulligan ihr nur administrative Aufgaben. Die Nachforschungen führte er allein durch, und auch die Ergebnisse behielt er für sich.

Die anderen Detectives aus ihrem Team arbeiteten unter größter Geheimhaltung und trafen sich gelegentlich, um Informationen auszutauschen. Doch sobald Ann in ihre Nähe kam, verstummte das Gespräch. Sie misstrauten ihr.

Abends, wenn sie nach Hause kam, kuschelte sie sich auf das Sofa in ihrem kleinen Wohnzimmer. Allein der Gedanke, aufzustehen, um sich etwas in der Mikrowelle aufzuwärmen, kostete sie ungeheure Überwindung.

In ihrem ganzen Leben hatte sie sich noch nie so einsam gefühlt.

# Mitten in der Wüste von Juárez

Seit gut zwei Stunden fuhr der Lieferwagen schon durch diese öde Wüstenlandschaft, in der nur hin und wieder mal ein Kaktus auftauchte. Plötzlich bremste der Fahrer und hielt an. Stimmengewirr, das Quietschen eines Gitters. Sie fuhren wieder los und an einer grauen, schier endlosen Betonmauer entlang. Als es endlich wieder etwas zu sehen gab, traute Raúl seinen Augen nicht. Um ihn herum war auf einmal alles grün. Sie waren nicht mehr in der Wüste, sondern in einem riesigen Garten mit belaubten Bäumen, hinter denen zahlreiche moderne, schmucke, drei- oder viergeschossige Gebäude zum Vorschein kamen. Dahinter konnte er die hohe, mit Stacheldraht versehene Mauer erkennen, die das Gelände umgab. Auf stählernen Türmen waren überall schwer bewaffnete Wachen postiert.

Ein uniformierter Mann öffnete die hintere Tür des Lieferwagens und befahl ihm, auszusteigen. Zwei Männer richteten ihre Maschinengewehre auf ihn. Sie führten ihn über einen mit Steinplatten belegten und von Rhododendron gesäumten Weg zu einem Gebäude, in das sie ihn hineinschoben. Wortlos wurde er in ein Zimmer mit kahlen Wänden gesperrt. Hier gab es lediglich einen Stuhl und einen Holztisch, auf dem ein Glas und eine Karaffe mit frischem Wasser standen. Raúl trank alles aus.

Seine Kerkermeister ließen ihn noch fast eine Stunde warten. Genug Zeit, um nachzudenken.

Besonders auffällig an der ganzen Geschichte war, dass man ihm auf seinem Weg hierher nicht die Augen verbunden hatte. Das konnte Verschiedenes bedeuten. Zunächst, dass man ihn nicht lebend gehen lassen würde. Ferner, dass seine Entführer nichts von ihm und seiner Vergangenheit wussten und ihn womöglich rein zufällig ausgewählt hatten. Denn sie rechneten offenbar nicht im Mindesten mit der Möglichkeit eines Fluchtversuchs.

Oder damit, dass ihm dieser gelingen konnte.

Je länger er über alles nachdachte, desto mehr gelangte Raúl zu der Überzeugung, dass seine Entführung nichts mit ihm persönlich zu tun hatte. Etwas anderes steckte dahinter.

Aber was?

Wohin hatte man ihn verfrachtet?

Das Stockwerk, in dem die Kriminalpolizei untergebracht ist, gleicht einem Großraumbüro: Niedrige Trennwände, die eher die Dicke von Paravents als von Mauern haben, grenzen die einzelnen Büros voneinander ab. Alle Gespräche vermischen sich zu einem lauten Stimmengewirr, das Ann Kopfschmerzen verursacht, auch wenn sie sich noch so sehr bemüht, die Geräuschkulisse auszublenden. Am Arbeitsplatz geht man wohl davon aus, dass ausnahmslos jeder extravertiert ist, denkt sie grimmig. Nur die Sergeants und der Lieutenant haben ein Recht auf Privatsphäre und genießen den unerhörten Luxus einer Tür, die sie allerdings auch nur selten schließen. Die Wände ihrer Büros sind aus Glas und mit Rollos versehen, die, wie alle Welt weiß, nur in außergewöhnlichen Situationen heruntergelassen werden.

An diesem Morgen hat Lieutenant Woodruff die Rollos heruntergelassen und die Tür geschlossen, nachdem Sergeant Mulligan, einen aschfahlen Millar quasi gewaltsam hinter sich herschleifend, wütend in das Büro seines Chefs gestürmt ist. Lautes Gebrüll ist zu hören und lässt die Heftigkeit der Auseinandersetzung erahnen. Ausnahmslos alle Detectives spitzen neugierig die Ohren. Es scheint um eine Analyse zu gehen, die Millar ohne Mulligans Genehmigung im Labor in Auftrag gegeben hat. Millar verteidigt sich. Woodruffs Stimme ist nicht zu hören. Er scheint der Einzige zu sein, der Ruhe bewahrt. Ann fragt sich, um was es wohl geht.

Unvermittelt wird die Tür aufgerissen, und der Sergeant kommt heraus.

»Lawrence!«

Hastig erhebt sich Ann und folgt ihm.

In Mulligans Büro zögert Ann einen Moment, ehe sie sich einfach setzt. Ihr Vorgesetzter hat schon Platz genommen, ohne ihr einen Stuhl anzubieten. Schweigend mustert er sie. Ann bemüht sich, seinem Blick standzuhalten.

»Sind Sie auf dem Laufenden?«, erkundigt er sich schließlich.

»In welcher Angelegenheit?«

Er fixiert sie mit seinem Blick, als wolle er ihre Gedanken lesen. Die junge Frau fühlt sich, als richte er den Strahl einer Lampe auf ihr Gesicht.

»Diese Idioten ermitteln hinter meinem Rücken im Lucie-Milton-Fall! Erzählen Sie mir jetzt ja keine Märchen: Sie haben davon gewusst!«

»Ich wusste nur, dass sie es vorhatten.«

»Und Sie haben mir nichts gesagt!«

»Das ist nicht meine Aufgabe.«

»Aber Sie unterstehen mir!«

»Das verpflichtet mich nicht, mich in die internen Angelegenheiten der Abteilung einzumischen.«

»Sie stehen also auf deren Seite.«

»Ich stehe auf niemandes Seite.«

»Aber Sie geben ihnen recht!«

»Wie Sie mir freundlicherweise zu verstehen gegeben haben, bin ich lediglich eine blutige Anfängerin bei der Polizei und noch unfähig, mir Einblick in die Kompetenzen der Kollegen zu verschaffen. Also verwickeln Sie mich bitte nicht in die Probleme, die Ihnen Ihre Untergebenen bereiten.«

»Sie wussten also, dass ein Messer gefunden wurde.«

»Nein, das ist mir neu. Handelt es sich um die Tatwaffe?«

»Millar, dieser Dreckskerl, hat ohne mein Wissen ein Gutachten angefordert, und Woodruff stärkt ihm den Rücken.«

»Möglicherweise hat er gute Gründe …«

»Ein Kind will einen Schwarzen mit Kapuze gesehen haben, der in großer Eile das Haus von Lucie Milton verlassen und das Messer weggeworfen hat. Angeblich hat es das Messer an sich genommen …«

»Und Sie glauben nicht, dass das die Expertise eines Sachverständigen rechtfertigt?«

»Ich weiß, wie man eine Untersuchung führt und …«

Millars Stimme unterbricht Mulligans Redeschwall:

»Ich habe gute Neuigkeiten für Sie, Sergeant! Für die ganze Mannschaft.«

Der Detective baut sich im Türrahmen auf und kostet die Wirkung seiner Worte aus.

»Das Ergebnis der Untersuchung ist eingetroffen. Wir wissen jetzt, wer der Mörder von Lucie Milton ist.«

Auf der Leinwand im Besprechungsraum war das erkennungsdienstliche Foto eines fünfundzwanzigjährigen Schwarzen zu sehen.

»Simon Brooks«, kommentierte Frank Millar. »Vor drei Jahren wegen Mordes und sexueller Gewalt festgenommen. Man hatte sein Sperma auf der Leiche einer strangulierten Frau gefunden, was eindeutig durch die Laboranalyse bestätigt wurde. Dieses Schwein profitierte jedoch davon, dass das Verfahren wegen eines Formfehlers eingestellt wurde.«

Ann wurde unbehaglich. Sie machte sich schon auf das unvermeidliche Klagelied über die Saubande der Rechtsverdreher gefasst, doch da ergriff Woodruff das Wort:

»Welche Beweise haben Sie, Detective?«

Der Computer projizierte nun verschiedene Fingerabdrücke auf die Leinwand.

»Wir haben in der Wohnung des Zeugen eine Stichwaffe gefunden, auf der das Labor Blutspuren nachweisen konnte. Aufgrund der DNA-Analyse steht fest, dass es sich um das Blut von Lucie Milton handelt.«

»Welche Verbindung besteht zum Verdächtigen?«

»Der Griff dieses Messers weist drei partielle Abdrücke auf. Einer von ihnen hat fünf Gemeinsamkeiten mit dem Abdruck von Brooks, ein anderer vier.«

»Das reicht vor Gericht nicht aus!«, rief Mulligan.

»Das weiß ich auch, Sergeant. Wir haben wirklich sehr lange gebraucht, um die Waffe ausfindig zu machen.«

Die Anspielung war deutlich. Fingerabdrücke zersetzen sich mit der Zeit, und die Befragung der Nachbarschaft hatte verhältnismäßig spät begonnen. Ann unterdrückte den Drang, sich nach Jeff umzudrehen.

»Das Ergebnis hat vielleicht vor Gericht keinen Bestand«, fuhr Millar fort. »Aber wir alle wissen doch: Die Wahrscheinlichkeit, dass diese Abdrücke nicht von Brooks stammen, ist – mathematisch gesehen – relativ gering. Darüber hinaus ähnelt die Vorgehensweise des Mörders von Lucie Milton in allen Punkten der, die der Verdächtige bei seiner ersten Tat angewendet hat. Er folgte dem Opfer nach Hause, zwang die Frau, ihn hereinzulassen, und erwürgte sie anschließend …«

»Die Geschworenen dürfen die Ähnlichkeit mit einem Verbrechen, das wegen eines Verfahrensfehlers eingestellt wurde, nicht berücksichtigen«, sprudelte es ungewollt aus Ann heraus.

Frank quittierte ihren Einwurf mit einem sarkastischen Lächeln, als wollte er sagen: »Ich weiß schon, auf wessen Seite du stehst!«

»So weit sind wir noch nicht. Ich mache lediglich eine Bestandsaufnahme der bisherigen Ergebnisse und Vermutungen für unseren Fall. Und das Gehörte erscheint mir ausreichend, um diesen Mann als Hauptverdächtigen in Betracht zu ziehen.«

Jeff schlug wütend mit der Faust auf den Tisch.

»Ich bin nicht einverstanden! Du redest von einem Verbrechen, für das dieser Mann nicht einmal verurteilt wurde! Außerdem handelte es sich damals um ein Sexualverbrechen. Doch Lucie Milton wurde *nicht vergewaltigt.*«

»Sergeant, Sie wissen, was fünf Übereinstimmungen bedeuten?«

Jeff sprang so heftig auf, dass sein Stuhl nach hinten kippte, und ging auf seinen Untergebenen zu.

»Nichts«, brüllte er, »das bedeutet rein gar nichts!!!«

Ann sah, wie in Millars Blick Furcht aufflackerte.

»Sergeant, setzen Sie sich gefälligst hin!«, befahl Woodruff.

Das war das erste Mal, dass er in Anns Gegenwart die Stimme erhob.

»Wir reißen uns jetzt alle zusammen und beruhigen uns wieder«, fuhr der Lieutenant fort. »Wir sind ein Team, wir müssen uns nicht mögen, aber wir bleiben professionell. Ist das klar?«

Jeff Mulligan hatte sich wieder hingesetzt. Sein Gesicht wirkte undurchdringlich. Die Wut, die ihn gepackt hatte, war so rasch verflogen, wie sie gekommen war.

»Die von Detective Millar vorgetragenen Fakten erscheinen mir ausreichend, um diesen Brooks als unseren Hauptverdächtigen zu bezeichnen«, fasste Woodruff zusammen. »Wir werden in dieser Richtung ermitteln.«

Er wandte sich an Jeff.

»Und damit meine ich: *alle*.«

Die Ermittlungen waren kurz. Die Tatwaffe war von dem Verdächtigen drei Wochen zuvor in einem Waffengeschäft zwei Blocks von seiner Wohnung entfernt gekauft worden. Außerdem hatte er mit seiner Kreditkarte bezahlt. Bei seiner Verhaftung leugnete Simon Brooks im Übrigen nicht, der Besitzer der Stichwaffe zu sein. Zu seiner Verteidigung behauptete er, das Messer sei ihm zwei Tage vor dem Mord entwendet worden, und zwar von zwei Ganoven, die nachts bei ihm eingebrochen hätten.

»Dieses Mal kommt er uns nicht davon«, meinte Millar im Büro des Lieutenant.

Man veranstaltete einen kleinen Umtrunk, zu dem alle Detectives unter Mulligan eingeladen waren. Die erfolgreichen Ermittlungen sollten gefeiert werden, die diesmal kein noch so gewiefter Anwalt wegen eines Verfahrensfehlers vor Gericht widerlegen konnte. In entspannter Runde stieß man mit Softdrinks an. Woodruff beglückwünschte die ganze Mannschaft, wobei er besonders Sergeant Mulligans Leistung hervorhob. Doch keiner ließ sich täuschen. Der Lieutenant wusste, dass Jeff nichts zu diesem Erfolg beigetragen hatte, Jeff wusste, dass der Lieutenant es wusste, und Frank Millar genoss sichtlich seinen Triumph. Sein Chef war diskreditiert, bei seinen Leuten und bei seinem eigenen Vorgesetzten, und hatte einen beträchtlichen Teil seines guten Rufes eingebüßt.

Was Ann anging: Sie hatte in jeder Hinsicht verloren. Aus Loyalität zu Jeff Mulligan hatte sie sich aus der Sache herausgehalten, und dieser war ihr dafür noch nicht einmal dankbar, sondern bezichtigte sie sogar, sich an dem Komplott seiner Mitarbeiter beteiligt zu haben. Aus unterschiedlichen Gründen war sie bei jedem schlecht angeschrieben und fühlte sich nun als Außenseiterin.

Immer häufiger fragte sie sich, ob sie wirklich für den Polizeidienst geeignet war.

Sie irren sich.«

Zum wiederholten Male murmelte Jeff diesen Satz halblaut vor sich hin. Schweigend strich Leticia ihm durchs Haar. Sie lagen nackt auf dem Bett.

»Ich *weiß*, dass sie sich irren.«

Die junge Frau küsste ihn auf die Stirn.

»Du denkst zu viel.«

»Sie fühlte sich bedroht. Sie kam, weil sie mich um Hilfe bitten wollte. Wenn ich nur schnell genug reagiert hätte …«

»Du kannst nicht der Retter aller Frauen in Not sein.«

»Wie konnte sie voraussehen, dass sie von einem Sexualstraftäter überfallen werden würde? Solche Typen kündigen ihre Taten schließlich nicht vorher an!«

»Vielleicht ist sie wegen etwas anderem gekommen …«

»Nein!«

Seine Reaktion war so heftig, dass Leticia unwillkürlich zurückwich.

»Entschuldige«, sagte Jeff und schloss sie in die Arme.

»Warum nimmst du dir die Sache so zu Herzen …«

»Sobald ich einschlafe, träume ich von ihr. Sie steht da, vor mir, und bittet mich um Hilfe.«

»Sie ist tot, Jeff.«

»Ja, sie ist tot! Ihr Fleisch verfault, die Würmer zerfressen es! Tag für Tag sage ich mir das immer wieder. Doch wenn es Nacht wird …«

»Ich habe Lust auf dich.«

»Eine Hure kann noch Lust haben, Liebe zu machen?«

»Mit dir, ja.«

Jeff drehte sich zu ihr um. Sie schmiegte sich an ihn und massierte seinen Nacken. Da nahm er sie mit verzweifelter Grobheit.

Als er kam, murmelte er Lucies Namen.

Leticia presste ihn an sich und wiegte ihn sanft.

Ein Gitter. Dann noch eins. Und wieder eins. Jedes Mal benutzt der Schließer, ein großer Mann mit hämischem Dauergrinsen, einen anderen Schlüssel. Gut ein Dutzend hängen an der Metallkette, die an seinem Gürtel befestigt ist. Jedes Klirren hallt wie in einer Bahnhofshalle wider.

Er öffnet die letzte Tür.

»Soll ich dabeibleiben, Sergeant?«

»Nicht nötig.«

»Er ist gefährlich.«

»Ich auch.«

»Das ist ein Psychopath.«

»Ich auch.«

Für einen Augenblick verschwindet das hämische Grinsen aus dem Gesicht des Wärters. Er öffnet die schwere Tür und lässt den Sergeant hinein. Hinter sich hört Jeff, wie der Schlüssel zweimal quietschend im Schloss herumgedreht wird.

Am Ende eines langen Tisches sitzt Brooks, die Hände gefesselt. Lange mustert Mulligan ihn schweigend. Den anderen stört das offenbar nicht. Mit unbewegtem Gesicht fixiert er einen unsichtbaren Punkt, den nur er zu sehen scheint. Doch er ist nicht verrückt. Die Psychiater haben ihn für schuldfähig erklärt.

Jeff nähert sich dem Gefangenen und beugt sich an sein Ohr:

»Hast du Lucie Milton umgebracht?«

»Nein!«

Der Sergeant legt ihm eine Hand auf die Schulter und beginnt zu drücken. Der andere verkrampft sich.

»Du bist ein Arschloch und ein Mörder.«

»Ich habe sie nicht getötet!«

»Welche?«

»Ich bin kein Mörder.«

Jeff drückt fester zu.

»Lüg mich nicht an. An welchem Verbrechen bist du unschuldig?«

Der andere verzieht vor Schmerz das Gesicht.

»Lucie Milton!«

»Du hast wirklich kein Glück, mein Junge: Du bist für ein Verbrechen freigesprochen worden, von dem alle Welt weiß, dass du es begangen hast, und wirst wegen einer anderen Geschichte unschuldig den Rest deines Lebens im Knast verbringen. Ironie des Schicksals, was?«

Er lockert den Druck.

»Es sei denn … Ich kann dir vielleicht helfen.«

»Und warum sollten Sie das tun?«

»Weil ich den wahren Mörder hinter Gittern sehen will.«

Der Gefangene hebt den Kopf und sieht Mulligan zum ersten Mal an. Dieser geht um den Tisch herum und setzt sich ihm gegenüber hin.

»Warum war an deinem Messer das Blut des Opfers?«

»Man hat es mir gestohlen.«

»Erzähl!«

»Als ich nachts heimkam und die Tür zu meiner Wohnung öffnete, hielten mir zwei Kerle eine Knarre unter die Nase.«

»Wie spät war es da?«

»Drei oder vier Uhr morgens …«

»Wie sahen die beiden aus?«

»Ich habe nicht allzu viel von ihnen gesehen. Es war dunkel, und dann war ich ein bisschen … Ein bisschen zugedröhnt, okay?«

»Haben sie was gesagt?«

»Kein Wort. Einer der beiden hat mich durchsucht und mir mein Messer abgenommen.«

»Was sonst noch?«

»Sonst nichts.«

»Willst du mich verarschen? Du hattest doch sicher Geld bei dir …«

»Wirklich, sie wollten sonst nichts! Ich weiß, dass das verrückt klingt. Ihre Kollegen wollten es mir ja auch nicht glauben.«

Jeff denkt kurz nach. Falls Brooks die Wahrheit sagt, ist alles ein abgekartetes Spiel, um ihn zum eindeutig Schuldigen zu stempeln. Mulligan ist sich sicher: Lucies Mörder hat geschickt einen Raubmord vorgetäuscht. Die Tat ist demnach vorsätzlich begangen worden.

»Also, ich glaube dir«, sagt er und steht auf. »Und weißt du warum?«

»Nein.«

»Weil deine Geschichte absolut unglaubwürdig klingt.«

Seit über einer Woche hatte sich Mulligan schon nicht mehr auf dem Revier blicken lassen. War einfach nicht zu erreichen. Seine Männer schlossen daraus, dass er seine Niederlage nur schwer verdaute. Millar hatte in dieser Zeit auffallend gute Laune. Ann dagegen war besorgt. Immer mehr gelangte sie zu der Überzeugung, dass Jeff ein psychisches Problem hatte, dessen Ausmaß sie nicht beurteilen konnte.

Da sie nichts zu tun hatte, stellte sie ihre Arbeitskraft dem Lieutenant zur Verfügung. Da dieser nicht wusste, wie lange Sergeant Mulligans Abwesenheit dauern würde, teilte er sie auch keinem anderen Kollegen zu. So verbrachte Ann ihre

Tage damit, DD-5 und andere Formulare zu tippen. Eine lästige Schreibtischarbeit, die die anderen mit dem größten Vergnügen auf sie abwälzten. Ann, die stets davon geträumt hatte, knifflige Kriminalfälle zu lösen, fand sich nun als Sekretärin wieder!

Eines Abends, sie war gerade nach Hause gekommen, klingelte das Telefon. Ihr Vater war am Apparat.

»Na, wie geht es meinem kleinen Cop? Weißt du, dass heute ein großer Tag ist?«

»Warum?«

»Dein Bruder hat heute Nachmittag seinen ersten Fall für unsere Kanzlei gewonnen!«

Diese Nachricht versetzte Ann einen Stich. Sean und sie mochten sich sehr, aber ihr Vater hatte immer wieder dafür gesorgt, dass sie miteinander konkurrierten.

»Fantastisch«, sagte sie so neutral wie möglich. »Richte ihm bitte meine Glückwünsche aus.«

»Das wirst du höchstpersönlich tun können. Wir geben am Samstag eine kleine Party, um dieses Ereignis zu feiern. Es kommen nur ein paar Freunde und Verwandte.«

»Leider habe ich Wache.«

»Wie das?«

»Ich habe dieses Wochenende Dienst bis Sonntagnachmittag.«

»Willst du mir etwa sagen, dass du nicht zu diesem Fest kommen kannst?«

»Tut mir wirklich leid.«

»Aber, mein Schatz, kannst du den Dienst nicht mit jemandem tauschen? Immerhin ist es wichtig!«

»Was ist daran wichtig?«

»Seans erster Fall! Er wird eine fantastische Karriere machen. Er ist sehr vielversprechend. Fast so sehr, wie du es einmal warst …«

Diese letzte Bemerkung weckte Anns verborgenen Zorn, doch sie wollte sich nichts anmerken lassen:

»Ich kann mich nicht erinnern, dass du jemals auch nur die kleinste Party gegeben hättest, um meine Erfolge zu feiern.«

»Welche Erfolge?«

»Ach, da war so einiges … Ich hatte den besten Abschluss meines Jahrgangs in Psychologie am Hunter College.«

»Ach, das …«

»Und dann war ich die jüngste Anwärterin, die je bei den Detectives des NYPD angenommen wurde.«

»Mein Liebes, du weißt, dass wir alle ganz stolz auf dich sind … Aber du hast nun mal deine Wahl getroffen, und …«

»Und meine Wahl verdient es nicht, gefeiert zu werden.«

»Du hast recht. Samstagabend werden wir genauso deine brillanten Erfolge feiern. Also, abgemacht, wir erwarten dich gegen fünf …«

Die Kehrtwendung ihres Vaters verblüffte Ann, doch sie blieb hart:

»Ich habe dir doch schon gesagt, dass ich nicht kann.«

»Einen Dienst tauschen? Lass deinen Charme spielen.«

»Grüß alle schön von mir. Wiederhören, Papa.«

Als sie auflegen wollte, ließ Ann versehentlich den Hörer fallen. Er knallte auf den Boden und zerbrach in zwei Teile. Sie konnte die ganze Nacht nicht schlafen.

## Spanish Harlem, 3.00 Uhr morgens

Nach und nach erlöschen die Lichter. Die Rollgitter vor den Sexshops werden heruntergelassen. Die Mädchen verlassen ihre Posten und gehen nach Hause. Bevor sie sich auf den Weg machen, küssen sich einige zum Abschied auf die Wangen, als wären sie Bürokolleginnen. Jeff ist unterwegs und genießt die frische Luft. Tief in seinem Innern ist er von einer großen Ruhe erfüllt. Er denkt nicht mehr, sein Körper ist bereit. Er wird zur Tat schreiten.

Eines der größten Probleme, mit denen ein auf Erfolg abonnierter Detective konfrontiert wird, sind die Spitzel. Der Großteil der gelösten Fälle basiert nicht auf Zeugenaussagen oder gesicherten Spuren, sondern auf Hinweisen, die – vorsichtig formuliert – von Informanten stammen. In Wirklichkeit sind es berüchtigte Kriminelle ohne Skrupel. Jeff verachtet sie. Aber er weiß, dass er sie braucht. Ein guter Cop hat gute Spitzel. Das Schwierige an der Sache ist, dass jeder Informant nicht nur an der Protektion interessiert ist, die ihm der Ermittler für einen guten Tipp mehr oder weniger legal garantieren kann, sondern vor allem an Geld. Die Hinweise kosten, und zwar nicht wenig. Dafür gibt es ein Budget, doch die Mittel der städtischen Polizei sind begrenzt. Der Bundespolizei stehen ganz andere Summen zur Verfügung, weshalb sie das Exklusivrecht auf die besten Quellen besitzt.

Sergeant Mulligan hat stets ausgezeichnete Informanten gehabt. Weil er – wie er es nennt – seine Privatbank hat.

Und genau heute Abend wird er dort Geld abheben.

Octavio Sanchez ist ein glücklicher Mann. Auch in dieser Nacht sind die Einnahmen gut gewesen. In weniger als drei Jahren hat er es zum wichtigsten Zuhälter von Spanish Harlem gebracht. Natürlich steht er nicht auf einer Stufe mit den Bossen, die fünfzig Huren durch ihre Handlanger kontrollieren lassen und Provision kassieren, ohne je mit den Mädchen in Berührung zu kommen. Er ist eher auf gute alte Handarbeit spezialisiert. Sieben Mädchen stehen für ihn an guten Plätzen, die er sich hat sichern können. Um das zu schaffen, musste er zu Einschüchterungsmaßnahmen und körperlicher Gewalt greifen, auch ein paar Morde auf sich nehmen. In Harlem sind die Plätze teuer. Doch Octavio schreckt vor nichts zurück. Grenzen sind ihm fremd. Sein Spitzname ist *El Loco*, der Verrückte.

Langsam zählt er die Einnahmen dieser Nacht. Wenn eine mehr als hundert Dollar eingenommen hat, lässt er ihr dreißig. Großzügig wie er ist. Die Mädchen beklagen sich nicht. 2870 Dollar. Keine außergewöhnliche, aber immerhin eine gute Nacht. Octavio wird sie gemeinsam mit den Jungs, den *chicos* von Spanish Harlem, in einer Disko ausklingen lassen. Dann wird er sich, wie jeden Tag, bis 14.00 Uhr aufs Ohr legen. Ein saugutes Leben. Der Zuhälter schiebt ein paar Scheine in sein Portemonnaie und legt den Rest in eine metallene Kassette, die schon ordentlich mit hübschen grünen Banknoten gefüllt ist. Wenn man kein Pate ist und nicht die Möglichkeit hat, sein Geld zu waschen, kann man es sich in diesem Metier nicht erlauben, seine Einkünfte auf die Bank zu tragen. Sonst hat man sofort die Steuerfahndung am Hals, die mit Abstand schlimmsten Cops von ganz Amerika. Also muss man viel ausgeben. Wie gut, dass Octavio es versteht, mit Geld nur so um sich zu werfen.

Das Gebäude sieht nach nichts aus, aber es ist sauber und neu verputzt, was in diesem Viertel ein Zeichen für großen Reichtum ist. Jeff kauert sich in eine Türöffnung, zwei Hausnummern von der Adresse der Person entfernt, auf die er wartet. Im Verborgenen lauert er dem Mann auf. Der wird nicht lange auf sich warten lassen. Er hat seine festen Gewohnheiten.

Genau um 3.45 Uhr läuft ein Schauder durch Jeffs Körper. Einen Augenblick später knarrt die schwere Tür des Gebäudes. Mulligan hat seine Beute bereits gewittert, bevor er sie überhaupt hören konnte. Sanchez kommt heraus und geht in seine Richtung. Er trägt einen langen schwarzen Mantel, darunter eine rote Krawatte.

Als er an Jeff vorbeikommt, löst sich dieser mit einer geschmeidigen Bewegung aus seinem Versteck und drückt ihm seine Ruger Security Six gegen die Stirn.

»Gehen wir zu dir.«

Der andere prallt erschrocken zurück, fasst sich aber sofort wieder. Sein Blick ist wachsam, angestrengt denkt er nach. Wer ist der Angreifer? Was genau will er?

Jeff, selbst überrascht von seinem Verhalten, lässt den imposanten Revolver auf die Nase des Opfers heruntersausen. Blut quillt hervor. Sanchez schwankt und geht in die Knie. Jeff zieht ihn am Kragen hoch und presst ihm die Waffe ins Genick.

»Los, gehen wir zu dir!«

Halb blind von dem Blut in seinem Gesicht gehorcht der andere. Taumelnd öffnet er die Tür des Hauses, geht in den offenen Fahrstuhl, sucht tastend den Knopf für das fünfte Stockwerk. Oben im Gang muss Jeff ihn stützen, da er sich kaum auf den Beinen halten kann. Nur mit Mühe gelingt es seiner zitternden Hand, den Schlüssel in das Schloss seiner Wohnungstür zu schieben. Als diese endlich offen ist, stößt Jeff den Mann mit voller Wucht hinein, sodass er auf dem dicken blauen Teppich in seinem Wohnzimmer zusammenbricht. Mulligan drückt den Revolver an seine Schläfe und flüstert ihm ins Ohr:

»Ich hasse den Job, mit dem du dein Geld verdienst. Also wirst du es mir jetzt geben. Wo hast du's versteckt?«

Panisch schüttelt der andere den Kopf. Jeff verpasst ihm eine kräftige Ohrfeige, packt ihn an den Ohren und fixiert ihn.

»Schau mich gefälligst an!«

Entsetzen zeichnet sich auf dem Gesicht des Ganoven ab. Jeff kennt nur zu gut die Wirkung, die sein Blick auf andere hat, während er selbst in solch spannungsgeladenen Momenten eine große innere Ruhe verspürt. Er drückt den Lauf seiner Waffe auf das rechte Knie des Mannes.

»Ich zähle bis drei, und dann humpelst du für den Rest deines Lebens. Eins …«

»Warten Sie!«

»Also, wo ist das Geld?«

Der andere deutet auf eine Kassette in einem Regal. Jeff steht auf und nimmt sie sich.

»Du versteckst deine Kröten ja nicht mal …«

Er schüttet den Inhalt auf den Boden. Schätzungsweise um die zwanzigtausend Dollar. Ohne nachzuzählen, stopft Jeff die ganzen Scheine in einen Beutel, packt seine Ruger am Lauf und zieht seinem Opfer den Kolben über den Schädel.

»Dein Geld stinkt, ich werde es reinwaschen. Es wird einem sehr guten Zweck dienen.«

Leise schließt er die Tür hinter sich und verschwindet.

Für drei Nächte tauchte Jeff vollkommen in die Unterwelt ein. Wenn er in einer dieser Nuttenbars aufkreuzte, die Ganoven jeden Kalibers gerne frequentieren, genügte meist ein diskretes Zeichen, damit sein gewünschter Gesprächspartner sich in einer Ecke des Lokals mit ihm traf. Mulligan kreuzte zu jeder Tages- und Nachzeit bei seinen potenziellen Informanten auf oder sprach sie auf der Straße an, wobei er ihnen keine Wahl ließ, ob sie mitkommen wollten oder nicht. Sehr rasch mobilisierten seine persönlichen Nachforschungen viele Leute im Milieu. Es war allgemein bekannt, dass Jeff gut zahlte. Außerdem wussten alle, dass es ratsam war, sich nicht mit ihm anzulegen. Viele hatten es am eigenen Leib erlebt: Niemand sonst konnte einem das Leben derart zur Hölle machen wie Jeff Mulligan. Unter diesem Druck hatten einige sogar Manhattan den Rücken gekehrt. Zweimal hatten seine Opfer aufgemuckt und versucht, ihn aus dem Weg zu räumen. Doch das war die Ausnahme von der Regel. Für alle Gangster galt nach wie vor das ungeschriebene Gesetz, niemals einen New Yorker Cop umzubringen, denn sonst hatte man bis zur Aufklärung des Falls das gesamte NYPD am Hals. Selbst die Mafia hielt sich an diese goldene Regel (die einzige Ausnahme waren Schießereien, bei denen der Tod eines Menschen als Zufall angesehen werden konnte). Jeder aus ihren

Reihen, der gegen diese Regel verstieß, konnte nur hoffen, von der Polizei geschnappt zu werden, ehe seine Kumpane ihn aufspürten. Wie auch immer, das Schicksal von Jeffs Gegnern war derart abschreckend, dass er seit mehreren Jahren nicht mehr bedroht worden war.

Die Mobilisierung aller Kräfte der Unterwelt trug schon bald erste Früchte. Eines Morgens um 7.30 Uhr rief ihn ein gewisser Mehmet Ozalici an. Er war ein Gelegenheitsdealer und schuldete Jeff außerdem einen Gefallen, denn der Sergeant hatte ihn vor einigen Jahren bei einer groß angelegten Verhaftung im Zusammenhang mit einem Raubüberfall laufen lassen. Mehmet hatte ihm einiges zu erzählen. Dazu wollten sie sich eine Stunde später im Jefferson Park treffen.

Spitzel spielen bei polizeilichen Untersuchungen eine erhebliche Rolle, da im Milieu eigentlich so gut wie jeder über alles bestens informiert ist. Denn der Ruf eines Ganoven bestimmt indirekt, aber sehr konkret seine Stellung in der Hierarchie der Unterwelt. Daher ist es wichtig, seine Heldentaten zu verbreiten.

Seit einigen Tagen machte das Gerücht die Runde, dass ein in Queens recht bekannter Profikiller das perfekte Verbrechen begangen haben sollte. Mit Hilfe eines Komplizen hatte er angeblich eine junge Frau umgebracht. Es hieß, er habe sich dabei der Vorgehensweise eines bestimmten Sexualstraftäters bedient und sogar dessen Messer verwendet. Ozalici nannte ihm zwei Namen, eine Adresse und verlangte sein Honorar.

Jeff verbarg seine innere Erregung. Der Spitzel würde seinen Lohn erst dann erhalten, wenn er die Information überprüft hatte. Mürrisch verabschiedete sich Ozalici von Jeff. Doch er wusste, er würde sein Geld bekommen.

Der mutmaßliche Mörder hieß Ed Lombardi, sein Komplize James Fletcher. Jeff beschloss, sich zunächst Letzteren vorzuknöpfen. Da er nur der Helfershelfer war, würde er sich wohl zu einer Aussage vor Gericht bereit erklären, wenn man ihm eine Reduzierung des Strafmaßes in Aussicht stellte.

Am Nachmittag nahm Jeff Kontakt zu Fletcher auf. Er passte ihn am Ausgang einer Bar in der 112th Street West ab und setzte sich ungebeten in seinen Wagen. Ein fetter Kerl, der einen mit der kaum verhohlenen Aggressivität eines geprügelten Hundes von unten her ansah.

»Sagt dir der Name Lucie Milton was?«

Der Angesprochene schluckte.

»Lucie wie, Sergeant?«

»Oder etwa Simon Brooks?«

»Kenne ich auch nicht.«

Er konnte seine Nervosität kaum noch verbergen. Der Typ war keine harte Nuss.

»Du steckst bis zum Hals in der Scheiße. Brooks hat dich identifiziert.«

»Unmöglich!«

»Warum?«

»Ich …«

»Weil du dich bei dem Überfall auf ihn mit einem Schal maskiert hast?«

»Sie haben nichts gegen mich in der Hand.«

»Ich hab doch gar nichts gegen dich. Im Gegenteil, ich kann dir das Leben retten.«

»Wie, mein Leben?«

»Kennst du Ed Lombardi?«

»Vom Namen her …«

»Was würde der wohl sagen, wenn er erfährt, dass du ihn in der Sache Lucie Milton verpfiffen hast?«

»Das würde ich nie tun.«

»Klar doch, das ist nicht deine Art. Aber man ist nie vor tragischen Missverständnissen gefeit … Angenommen, ich nehme dich in Polizeigewahrsam. In der Zwischenzeit erzähle ich überall rum, dass du Ed wegen Mordes verpfiffen hast … Und dann setze ich dich wieder auf freien Fuß.«

Fletcher wurde bleich. Er wusste, dass kein Polizist, der etwas auf sich hielt, zu solchen Mitteln greifen würde. Doch er kannte Sergeant Mulligans Ruf.

»Was wollen Sie?«

»Du lieferst mir Lombardi, und ich bringe dich in das Zeugenschutzprogramm. Bis zum Prozess bist du in Sicherheit.«

»Und danach?«

»Lombardi wandert sicher für zwanzig Jahre hinter Gitter.«

»Er hat Freunde.«

»Sie werden dich nicht am anderen Ende des Landes suchen. Egal, was passiert, hier bist du geliefert.«

Der Ganove vergrub den Kopf in den Händen und schien intensiv nachzudenken. Jeff beobachtete ihn schweigend. Er wusste, der andere würde klein beigeben.

Fletcher richtete sich auf, massierte sich die Schläfen und Augenbrauen. Dann holte er tief Luft, um zu antworten.

Doch dazu blieb ihm keine Zeit mehr.

Jemand trat aus dem Schatten hervor, und im nächsten Moment zerbarst das Seitenfenster in einem Kugelhagel. Mit zerschossenem Schädel sackte Fletcher zu Mulligan hinüber. Eine weitere Detonation war zu hören, und nun zersplitterte die Scheibe auf Jeffs Seite. Dieses Mal galten die Schüsse ihm, doch instinktiv hatte er sich rechtzeitig geduckt. Der Schütze machte sich aus dem Staub. Jeff richtete sich auf. Die Zeit, die er brauchte, um den schweren, stark blutenden Körper beiseitezuschieben, kostete ihn wertvolle Sekunden.

Als er es endlich geschafft hatte, aus dem Wagen zu kriechen, registrierte er gerade noch die Gestalt eines Mannes, der hinter einer Kreuzung verschwand. Er rannte los. Der Mörder hatte rund fünfzig Meter Vorsprung. Doch Mulligan war schnell. Vor allem konnte er ausdauernd laufen. Wenn er einmal in Fahrt kam, wurde er auch nicht so rasch müde. Es war, als würde sein Körper alle Zeichen der Erschöpfung leugnen und wäre bereit, sämtliche Energiereserven auszuschöpfen, bis er tot zusammenbrach. Im Grunde war es diese Leere, die er suchte: Jeff träumte davon, in Aktion zu sterben.

Der Mann bog ab, und der Sergeant verlor ihn erneut aus dem Blickfeld. Jeff legte noch einen Zahn zu, rempelte Passanten an und sah den Mann wieder vor sich. Der Mörder überquerte die 110th Street. Jeff blieb ihm auf den Fersen. Beinahe hätte ihn ein Auto angefahren, doch das bemerkte er kaum. Er folgte seiner Beute in den Central Park.

Der Typ hatte ihm einen großen Gefallen getan, als er Fletcher abknallte. Jetzt versuchte der Kerl ihn abzuhängen, indem er durch das Gebüsch rannte. Doch Jeff holte auf. Ihn interessierten nicht die kleinen Würstchen. Auch Lombardi war nur ein Auftragskiller. Der Mann, dem Jeff in die Augen sehen wollte, war der Drahtzieher, der Lucie Miltons Ermordung angeordnet hatte. Und dieser Killer hier würde ihn direkt zu ihm bringen. Er hatte nur noch rund zehn Meter Vorsprung. Ein großer, massiger Kerl, der zu viel auf den Rippen hatte, um dieses Tempo lange durchzuhalten. Plötzlich drehte er sich um, und im gleichen Augenblick rollte sich Jeff auf die

Seite. Ein Schuss war gefallen. Sogleich sprang der Detective wieder auf, doch der Kerl hatte sich hinter einem Granitfelsen verschanzt und schoss erneut. Mulligan suchte Deckung hinter einem Baum und eröffnete seinerseits das Feuer. Eine Frau mit Kinderwagen schrie entsetzt auf, zwei Jogger duckten sich ins Gras.

Du entgehst mir nicht, dachte Jeff. Du wolltest meine einzige Spur zunichtemachen, jetzt wirst du mich eben zu deinem Auftraggeber bringen.

Der Schusswechsel brach ab.

Für einen kurzen Augenblick herrschte Totenstille. Die Vögel hatten aufgehört zu zwitschern und waren davongeflogen. Die Spaziergänger, die sich einen Unterschlupf gesucht hatten, wagten sich nicht zu rühren. Nur ein Hund trottete unbeeindruckt vom Irrsinn der Menschen seelenruhig über den Weg.

Der Killer konnte nicht lange in seinem Versteck bleiben. Bestimmt hatten die Schüsse Jeffs Kollegen alarmiert, die in wenigen Minuten am Schauplatz eintreffen würden. Andererseits ahnte der Täter vermutlich, dass Mulligan nicht vorhatte, ihn zu erschießen, da er ja seinen besten Informanten erledigt hatte. Er würde also verzweifelt nach einem Ausweg suchen. Jeff ließ seine Blicke schweifen. Die Frau mit dem Kinderwagen hatte hinter einem anderen Felsen, rund zehn Meter vom Mörder entfernt, Schutz gesucht. Sie als Geisel zu nehmen war seine einzige Chance.

Jeff musste ihm zuvorkommen.

Er feuerte los und sprang mit einem Satz aus seinem Hinterhalt. Während er sich dem Versteck seines Widersachers näherte, sah er, wie dieser auf die junge Mutter zulief. Jeff legte an und drückte, auf die Beine zielend, ab. Der andere hielt abrupt inne und brach stöhnend am Boden zusammen. Keine Sekunde später lag Jeff auf ihm. Er nahm ihm die Waffe ab und drückte ihm mit einer Hand die Gurgel zu, während er ihm mit der anderen seine Ruger auf die Stirn presste. Er hatte ihn.

Er nahm sich etwas Zeit, seine Beute zu betrachten. Der Mörder war circa ein Meter achtzig groß und ein reines Muskelpaket. Sein zerfurchtes Gesicht, die glatten schwarzen Haare und sein Schnurrbärtchen verrieten seine südamerikanische Herkunft. Er hatte die Augen halb geschlossen, als würde er vor sich hindösen. Dann bewegten sich seine Lippen:

»*Chinga tu madre, cabrón!*«

Jeff war wie elektrisiert. Der Kerl hatte eine typisch mexikanische Beschimpfung gebraucht, die in ihm die Erinnerung an Wortgefechte unter den halbwüchsigen Einwandererkindern im Brooklyn seiner Jugend weckte. Für den Bruchteil einer Sekunde war er abgelenkt.

Und das machte sich der Killer zunutze.

Blitzschnell griff er nach Jeffs Waffe und zog derart heftig an seinem Arm, dass der sie losließ. Mit der linken Hand ging der Angreifer ihm an die Gurgel. Jeff hatte den Eindruck, er müsste mit seinen langen und kräftigen Fingern nur einmal zudrücken, um ihn zu erwürgen. Nach Luft schnappend sank er zu Boden, und schon lag der Mexikaner auf ihm. In seiner rechten Hand kam plötzlich ein langer Dolch zum Vorschein, der sich auf seine Brust herabsenkte. Jeff wollte ihn am Unterarm packen, doch er konnte die Bewegung nur verlangsamen. Als die Klinge noch etwa zehn Zentimeter vom Revers seiner Jacke entfernt war, hielt der Killer inne und sah ihm direkt in die Augen. Jeff mühte sich mit aller Kraft, das Messer wegzustoßen, doch vergeblich. Das Gesicht des Mexikaners ließ nicht die geringste Anstrengung erkennen. Er lächelte ihn fast freundlich an, aber seine Augen, in denen ein seltsames Funkeln aufflackerte, das aus den Tiefen der Hölle zu kommen schien, waren so kalt wie die eines toten Fisches.

»Sag *adios*, du Schwein …«

Die Klinge schwebte genau über seinem Herzen. Sein Gegner schien nahezu übermenschliche Kräfte zu besitzen.

Jeff wusste, dass er nun sterben würde.

Alles verlief mit einem Mal wie in Zeitlupe. Die Sekunden schienen sich auszudehnen. Etwas tief in seinem Innern ließ vollkommen los. Er fühlte sich gut. Nicht nur, dass er sich damit abfand. Diesen letzten Moment vor dem großen Sprung ins Nichts hätte Jeff gerne ganz bewusst ausgekostet. Die Welt war absurd, das Leben ein Irrtum. Seit dem Tod seiner Mutter hatte er nie wieder Angst gehabt. Jetzt, da die Erlösung nahe war, verspürte er Neugier. Wie lange wäre er bei Bewusstsein, bevor es endgültig mit ihm zu Ende ging? Würde der Tod am Ende noch ein allerletztes Geheimnis für ihn bereithalten? Jeff war in seinem ganzen Leben niemals glücklich gewesen, doch was er nun empfand, kam diesem Zustand vielleicht sehr nahe.

Der Mexikaner stieß zu.

Genau in diesem Moment stieg aus den Tiefen seines Unterbewusstseins eine neue und völlig unerwartete Energie in ihm empor.

Lucie.

Sie wollte nicht, dass er starb.

Sie brauchte ihn doch, hier.

Da wich sein Körper instinktiv dem Dolchstoß aus. Damit hatte der Killer nicht gerechnet. Jeff lenkte die Waffe in Richtung Gras und verpasste seinem Angreifer einen gezielten Kinnhaken, der diesem allerdings nicht das Geringste anzuhaben schien. Anders der gleich darauffolgende Schlag gegen seinen Kehlkopf: Der Mexikaner ließ die Waffe fallen, was Jeff eine kurze Verschnaufpause einbrachte. Doch sein Gegner hatte sich schon wieder gefangen. Seine Kraftreserven schienen unerschöpflich. Aber Jeffs plötzlicher Wunsch, am Leben zu bleiben, gab dem Kampf die entscheidende Wendung.

Unerwartet ertönte ein schroffer Befehl. Der Mexikaner sprang sofort auf. Zwei Streifenpolizisten hielten keine zehn Meter von ihnen entfernt ihre Revolver auf sie gerichtet. Ein weiteres Einsatzteam eilte von der anderen Seite herbei. Ohne auch nur eine Sekunde zu zögern, zog der Mexikaner seine Pistole und streckte einen der beiden Männer nieder. Sein Kollege schoss augenblicklich zurück und traf ihn an der linken Schulter. Der Killer wollte erneut feuern, doch Jeff stieß seinen Arm zur Seite und schlug ihm mit voller Wucht auf die Schläfe. Ungerührt konterte der Mann mit einem Hieb seines Ellenbogens, der den Sergeant an der Stirn traf. Benommen ließ Jeff ihn los. Der Mexikaner eröffnete erneut das Feuer, um die zweite Patrouille auf Abstand zu halten, und ergriff die Flucht. Der Polizist, der ihm am nächsten war, schoss zurück, verfehlte ihn aber. Als Jeff sich endlich wieder aufrappeln konnte, war sein Gegner schon in weiter Ferne.

»Lassen Sie alle Parkausgänge schließen«, befahl er, während er dem Kollegen seine Dienstmarke zeigte.

Dieser schien unter Schock zu stehen.

»Ich habe ihn getroffen. Ich bin sicher, dass ich ihn getroffen habe.«

»Tun Sie, was ich Ihnen gesagt habe!«

Der Mann zuckte zusammen und schien sich wieder zu fassen. Er holte sein Handy heraus und rief die Zentrale an.

Jeff ging auf den am Boden liegenden Polizisten zu. Er war tot.

Sein Mörder war geflohen. Er hatte eine Kugel im Schenkel, eine andere in der Schulter. Vermutlich hatte ihn noch ein drittes Projektil erwischt.

Doch Jeff war sicher, dass sie ihn nicht zu fassen bekämen.

# Irgendwo in der Wüste von Juárez

Die Morgendämmerung weckte Raúl sanft aus seinem Schlummer. Es dauerte eine Weile, bis er wieder wusste, wo er sich befand. Er räkelte und streckte sich ein paar Mal in den seidigen Laken. Sein Zimmer war geräumig und komfortabel, fast luxuriös. Auf jeden Fall besser als die Unterkünfte, die er Teresa während ihrer seltenen Urlaube hatte bieten können.

Er war nun bereits seit zwei Tagen im Camp. Und noch immer hatte er nicht die geringste Ahnung, wo genau er war beziehungsweise was seine Entführer von ihm wollten. Alles hier war äußerst merkwürdig.

Er zog sich eine Badehose, Shorts und ein T-Shirt an. Alle Kleidungsstücke waren grau und gehörten zu den Sachen, die er gleich bei seiner Ankunft gestellt bekommen hatte. Er hatte nackt geschlafen. Das Zimmer war nicht klimatisiert. Doch die Hitze in dieser sonderbaren Oase inmitten der Wüste war auszuhalten, wozu mit Sicherheit die üppige Vegetation beitrug, die sorgfältig gepflegt und ständig bewässert wurde. Gewiss hatte man mehrere Brunnen gegraben, und Raúl wollte sich lieber nicht vorstellen, bis in welche Tiefen man dafür vordringen musste … Nun, wer auch immer dieses mysteriöse Camp hatte errichten lassen, schien offenbar über unbegrenzte Mittel zu verfügen.

Aber welchem Zweck diente es?

Sein Zimmer war nicht abgeschlossen, er musste nur die Tür öffnen, um hinauszukommen. Über einen Außenflur mit mehreren Türen, die wie seine aussahen, gelangte er zur Treppe und stieg die drei Stockwerke des kleinen Gebäudes hinab, in dem alle Bewohner des Camps untergebracht waren.

Es war 8.00 Uhr morgens, und der Speisesaal war noch relativ leer. Man konnte den Eindruck gewinnen, die Gefangenen hätten inzwischen vergessen, wie sie hierhergekommen waren. Sie schienen sich tatsächlich in einem Cluburlaub zu wähnen und gewöhnten sich allmählich an die Essenszeiten und die anderen Gepflogenheiten. Auf dem Weg zum Buffet grüßte Raúl einen Mann, der ein Croissant verzehrte und dabei las. Bisher hatte er sich noch mit niemandem unterhalten. Allerdings hatte er den Eindruck, dass die Leute generell wenig miteinander sprachen. Sie schwammen im Pool, dösten auf Liegestühlen in der Sonne und lasen Bücher aus der Bibliothek, in der es offensichtlich nur leichte Unterhaltungslektüre gab … Kein Fernsehen, kein Telefon, keinerlei Verbindung zur Außenwelt. In den wenigen Gesprächsfetzen, die er aufgeschnappt hatte, ging es darum, ob man eine angenehme Nachtruhe gehabt hatte und ob einem das Essen schmeckte.

Jetzt wurde es Zeit, mehr in Erfahrung zu bringen.

Nachdem er sein Tablett mit Kaffee, Konfitüre und zwei Brötchen beladen hatte, steuerte Raúl entschlossen den Tisch des Croissant-Essers an und bat ihn, sich setzen zu dürfen. Der etwa vierzigjährige Mann wirkte sehr erschöpft und hatte dunkle Ringe unter den Augen. Gleichgültig willigte er ein und vertiefte sich wieder in sein Buch. Raúl verzehrte sein Frühstück und gab sich einen Ruck.

»Sind Sie schon lange hier?«, begann er das Gespräch.

Der Angesprochene zog eine Augenbraue hoch und sah ihn argwöhnisch an.

»Sie offensichtlich nicht …«

In seiner Verblüffung wusste Raúl nicht sofort, was er darauf erwidern konnte. Da bemerkte er einen roten Fleck auf der Haut seines Gegenübers, der unter dem T-Shirt auf der rechten Brustseite bis zum Kehlkopf verlief. Es sah aus, als sei die obere Hautschicht verbrannt oder bestrahlt worden.

»Sie sind erst seit Kurzem hier, oder?«

»Ja«, sagte Raúl. »Tut mir leid, ich wollte nicht aufdringlich sein.«

Sein Gegenüber entspannte sich ein wenig. Dann beugte er sich zu Raúl hinüber und raunte:

»Wir dürfen nur über Belangloses reden. Verstehen Sie?«

»Nicht so richtig«, erwiderte Raúl genauso leise. »Was ist Ihnen denn passiert?«, fragte er und deutete dabei auf die rote Hautverfärbung seines Gesprächspartners.

»Wussten Sie schon, dass um fünf ein Volleyballmatch angeboten wird?«, fuhr der Mann nun lauter fort, doch in seiner Stimme schwang Furcht mit.

Er fixierte einen Punkt hinter Raúl, der sich sogleich umdrehte. Ein Mann kam auf sie zu. Er trug nicht die gleiche Kleidung wie die gefangenen Urlauber, sondern eine dunkelblaue Uniform mit gerade geschnittener Hose und kurzärmeligem Hemd. An seinem Gürtel hingen ein Schlagring und ein Gummiknüppel.

»Treiben Sie Sport?«, erkundigte sich sein Tischnachbar voller Panik.

»Guten Tag, die Herren«, sagte eine Stimme hinter Raúl. »Schöner Tag, nicht wahr?«

»Herrlich«, erwiderte sein Gegenüber.

Als Raúl sich umdrehte, legte der Wachposten ihm beide Hände auf die Schultern und begann seinen Nacken zu massieren, allerdings zu fest, als dass es angenehm gewesen wäre.

»Und fühlt sich unser Neuzugang auch wohl?«

Raúl wollte aufstehen, doch der Mann hinderte ihn mit einem markigen Druck auf die Schultern. Er verfügte über beeindruckende Kräfte.

»Sie sind hier, um sich zu entspannen und um sich zu amüsieren. Ihre Gefährten sind aus dem gleichen Grund hier. Man sollte tunlichst alles vermeiden, was nervös machen könnte. Gewisse Fragen, gewisse Gesprächsthemen sind dabei nicht besonders hilfreich ... Haben wir uns verstanden?«

Raúl nickte mit ergebener Miene. Zu diesem Zeitpunkt war es sinnlos aufzubegehren.

»Nun gut, mein Freund«, sagte der Aufseher und lockerte seinen Griff. »Lassen Sie sich ruhig Zeit.«

Er entfernte sich.

Raúls Gegenüber verließ mit einem Kopfnicken seinen Platz.

Auf dem Rückweg in sein Zimmer beobachtete Raúl die Männer und Frauen, die ihm begegneten. Etwas, das ihm bis dahin entgangen war, erregte seine Aufmerksamkeit.

Bis auf wenige Ausnahmen, zum Beispiel er selbst, wiesen alle Gefangenen dieses mysteriösen Camps körperliche Anomalien auf. Einige humpelten, andere hatten verbrannte Hautstellen oder Narben, wieder andere Geschwülste an den verschiedensten Körperstellen ...

Dieser geheimnisvolle Ort wirkte wie ein Zentrum für Schwerkranke.

Nur, dass die Patienten bei bester Gesundheit »eingeliefert« worden waren.

Raúl legte sich aufs Bett. Er hatte Magenschmerzen.

Sie wissen ja wohl, dass man stichhaltige Erklärungen von mir verlangen wird, oder? Also tun Sie gut daran, mir diese zu liefern.«

Jeff Mulligan hatte Woodruff noch nie so nervös erlebt. Ihm gelang es nicht einmal mehr, den Schein jener kühlen Selbstbeherrschung und Distanz zu wahren, die er sonst zur Schau trug.

»Ich habe einen Killer verfolgt, der kurz zuvor einen meiner Zeugen getötet hatte. Er hat das Feuer eröffnet. Ich habe zurückgeschossen.«

»Einen Ihrer Zeugen?«

»James Fletcher. Er gehörte zu der Lombardi-Bande, einer Gang aus Queens.«

»Und wo wurde er ermordet?«

»In seinem Wagen. In der 112th Street.«

»Waren Sie vor Ort?«

Jeff Mulligan deutete auf seine befleckte Jacke.

»Es ist sein Blut.«

»Wann ist das passiert?«

»Am frühen Nachmittag.«

Der Lieutenant griff zum Telefon.

»Hallo? Lieutenant Woodruff, 19. Revier. Ich wüsste gern Genaueres über den Mord in der 112th Street. Heute, ja. Ich warte.«

Er musterte Jeff.

»In welchem Fall haben Sie ermittelt?«

Der Sergeant wollte schon antworten, doch sein Vorgesetzter nahm das Telefongespräch wieder auf.

»Wie das? Kein Mord? Sind Sie sicher? Ich rate Ihnen, das Ganze noch einmal zu überprüfen. Einer meiner Männer war vor Ort! Die genaue Stelle, Mulligan?«

»112th Street, Ecke Manhattan Avenue. Eine graue Corvette.«

Woodruff gab die Information weiter und legte auf.

»Diese Idioten haben nichts davon mitbekommen.«

»Dabei gibt es Zeugen.«

»An welchem Fall haben Sie gearbeitet?«

»Lucie Milton.«

Woodruff riss die Augen auf.

»Wollen Sie mich auf den Arm nehmen?«

»Ich habe neue Fakten.«

»Dieser Fall ist abgeschlossen!«

»Brooks ist unschuldig. Lombardi ist der Mörder.«

»Haben Sie Beweise dafür?«

»Ich habe meine Informanten.«

»Na, großartig. Das müssen Sie nur noch den Geschworenen beibringen.«

»Chef, es handelt sich um einen Auftragsmord. Ich hatte Fletcher gerade überredet, gegen Lombardi auszusagen, als er erschossen wurde.«

»Brooks bekommt mindestens zwanzig Jahre, egal von welchem Gericht. Reicht Ihnen das nicht?«

»Ich will Lucies Mörder.«

»*Lucie*? Ich nehme an, Sie sprechen von dem Opfer. Sie ticken nicht richtig, Mulligan.«

»Wir müssen die Ermittlungen wieder aufnehmen.«

»Sie haben an einem abgeschlossenen Fall gearbeitet. Ein Streifenpolizist musste deshalb sterben. Die Presse wird sich erneut auf uns stürzen, und ich kann Ihnen versichern, das Präsidium hat es satt, Ihren Namen im Zusammenhang mit jeder unklaren Geschichte zu sehen. Diesmal weiß ich wirklich nicht, was ich denen erzählen soll, um Ihren Kopf zu retten. Also hören Sie mir gut zu: Wenn Sie weiter im Fall Milton ermitteln, suspendiere ich Sie vom Dienst. Ist das klar?«

»Der Mord an Fletcher ist der Beweis dafür, dass ich mich nicht getäuscht habe.«

»Sergeant, können Sie sich noch vage erinnern, was das Wort ›Beweis‹ bedeutet?«

»Es ist zumindest ein neues Element, das eine Wiederaufnahme des Falls rechtfertigt.«

»Da es sich um rein private und nicht um dienstliche Ermittlungen handelt, können die Ergebnisse nicht in die Akten aufgenommen werden. Es gibt also kein neues Element im Fall Milton. Außerdem …«

Das Telefon klingelte.

»Lieutenant Woodruff. Ja. Wie bitte? Sind Sie sich ganz sicher? Gut. Vielen Dank.«

Er sah Mulligan an.

»Keine graue Corvette. Keine Leiche. Nicht die geringste Spur.«

Jeff hatte für einen kurzen Augenblick den Eindruck, das Gleichgewicht zu verlieren. Er deutete auf seine blutbefleckte Jacke.

»Dieses Blut …«

»Wünschen Sie, dass die Interne Dienstaufsicht Erklärungen über die Herkunft verlangt?«

»Es waren Passanten vor Ort.«

»Ich kann einen Zeugenaufruf starten. Aber …«

»Aber?«

»Wäre das *wirklich* in Ihrem Interesse, Sergeant?«

»Was wollen Sie damit sagen?«

»Der Tod eines Polizisten wirbelt Staub auf. Wenn Sie den angeblichen Mord an diesem Fletcher in Zusammenhang mit den Ermittlungen über die Schießerei im Central Park bringen, wird auch herauskommen, dass Sie an einem offiziell abgeschlossenen Fall gearbeitet haben. Das ist ein eindeutiger Regelverstoß, der noch dazu den Tod einer unserer Männer zur Folge gehabt hat. Bei Ihrer Vorgeschichte könnte ich dann wirklich nichts mehr für Sie tun.«

»Und die Wahrheit?«

»Was ist die Wahrheit?«

»Verstehe …«

Jeff Mulligan musterte seinen Vorgesetzten einen Augenblick schweigend. Dann erhob er sich und steuerte auf die Tür zu. Auf der Schwelle hielt Woodruff ihn zurück.

»Halten Sie sich an die Vorschriften, Mulligan. Es ist Ihre letzte Chance.«

Außerstande, Ruhe zu finden, lief Mulligan die ganze Nacht durch die Stadt. Vergeblich hoffte er seine überschüssige Energie abzubauen, die ihm Schmerzen im ganzen Körper bereitete.

Was konnte er jetzt noch tun?

Sein einziger Zeuge war erschossen worden. Der Mörder war entkommen. Und Minuten nach dem Mord hatte *irgendjemand* alle Spuren beseitigt: Leiche, Blut, Wagen. Was auf eine perfekt funktionierende Organisation hindeutete, die noch dazu über erhebliche Mittel verfügte.

Und die dabei war, die Partie zu gewinnen.

Glaubte der Lieutenant denn überhaupt, dass sich der Mord wirklich ereignet hatte?

Mulligan fühlte sich wie gefesselt, machtlos.

Wütend trat er gegen einen Mülleimer, dessen Inhalt sich über den Gehsteig ergoss.

»Lucie«, murmelte er … »Verzeih mir.«

Robert Lawrence' Entschluss, die Prüfungsergebnisse seiner Tochter genauso zu feiern wie den Erfolg seines Sohns, wirkte auf Ann wie ein Schuldbekenntnis. Da sie den unendlichen Stolz ihres Vaters nur allzu gut kannte, war sie gerührt und beschloss, ihren Wachdienst zu verschieben. Die wenig begeisterte Reaktion der Kollegen vermochte sie nicht zu entmutigen. Da sie sich in ihrer selbst gewählten »Berufs-Familie« so isoliert fühlte, lag ihr daran, die Hand zu ergreifen, die ihr die leibliche entgegenstreckte … Am Ende konnte sie sich freimachen und begab sich zu der Familienparty.

Doch die erwies sich als der Gipfel an Heuchelei.

Zwar wurden Bruder *und* Schwester gefeiert, doch keinem der um Robert Lawrence versammelten Verwandten entging, dass der väterliche Stolz im Grunde nur dem Sohn galt. Die etwas übertriebenen Gesten der Zuneigung und das angestrengte Lächeln wirkten auf sie wie ein »Wir lieben dich … trotzdem«. Die krampfhaften Bemühungen, ihr zu vermitteln, dass man ihre Entscheidung nicht verurteilte, machten ihr auf grausame Weise klar, wie wenig man sie verstand und wie sehr ihre Berufswahl sie von der Familie entfernte. Für ihre eigene Verwandtschaft war sie eine Fremde geworden.

Am allerunerträglichsten aber war die Art, wie ihr Vater ständig den Arm um sie legte und sie »mein kleiner Cop« nannte – wobei der herzliche Tonfall eine Gönnerhaftigkeit zum Ausdruck brachte, die an Verachtung grenzte.

Und plötzlich war ihr alles klar. Ihr Vater hatte es darauf angelegt, sie in seinen Einflussbereich zurückzuholen. Dass er darauf bestand, sie bei diesem Fest dabeizuhaben, war keineswegs ein Versöhnungsversuch, sondern die typische Strategie des gerissenen Advokaten. Da er ihren Ehrgeiz kannte, ging er davon aus, dass Seans Erfolg ihr einen Stich versetzen würde. Und die wenig überzeugende Lobhudelei würde ihr klarmachen, dass er ihre berufliche Entwicklung für einen Fehlschlag hielt. Er ahnte ihre Probleme und wollte ihr nicht etwa helfen, sondern im geeigneten Moment seine Trümpfe ausspielen.

Kurz vor acht verdrückte sie sich und kehrte in ihre Wohnung zurück.

Auf ihrem Anrufbeantworter erwartete sie eine Nachricht von Frank Millar. Er schlug ihr vor, gemeinsam auszugehen. In der vergangenen Woche hatte er nicht ein Wort mit ihr gesprochen. Sie nahm sein Angebot an. Er erwartete sie in einer Bar an der Broadway Avenue. Als sie eintrat, eilte er ihr entgegen und legte den Arm um ihre Taille, um sie an seinen Tisch zu führen. Er hatte sich in Schale geworfen: dunkler Anzug, Seidenhemd, gewienerte Mokassins. Nachdem sie ihren *Americano* bestellt hatte, fragte er, wie es ihr gehe. Ihr war nicht danach zumute, ihm etwas vorzuspielen.

»Ich mache gerade etwas schwierige Zeiten durch«, gestand sie.

»Kann ich verstehen. Kein leichter Start für einen Detective. Und es ist wirklich kein Honigschlecken, ausgerechnet in die Fänge von Mulligan zu geraten.«

Sie hatte keine Lust, über Jeff zu sprechen.

»Alles ist so neu«, gab sie ausweichend zurück. »Man braucht eine gewisse Eingewöhnungszeit.«

»Die ersten Monate bin ich immer mit einem Knoten im Magen zu Bett gegangen.«

»Ach, wirklich?«

Die spontane Antwort überraschte sie.

»Ach, weißt du, man legt sich allmählich einen Panzer zu. Im Revier darf man seine Schwächen unter keinen Umständen zeigen. Aber es ist ein harter Job. Für alle.«

»Sicher.«

»Hat deine Familie deine Entscheidung gebilligt?«

Sie zog eine Augenbraue hoch. Er war offenbar feinfühliger, als sie gedacht hätte.

»Es bleibt ihr nichts anderes übrig.«

»Dein Vater steht in dem Ruf, ein knallharter Bursche zu sein.«

Sie verspürte auch keine Lust, über ihren Vater zu sprechen.

»Man sollte dem Ruf eines Menschen stets misstrauen.«

»Natürlich.«

Er leerte sein Glas und holte tief Luft.

»Weißt du, Ann, es gab vielleicht zu einem bestimmten Zeitpunkt Missverständnisse zwischen uns. Aber ich war immer fest davon überzeugt, dass du ein exzellenter Detective wirst.«

Er beugte sich weit zu ihr vor.

»Du bist wie geschaffen für die Polizei.«

Sie wusste nicht, ob er das ernst meinte oder ihr nur ein Kompliment machen wollte, doch der Satz berührte sie mehr, als ihr lieb war. Frank Millar wollte ihre Differenzen ausräumen. Ein Beweis für seine Großzügigkeit und eine Geste, die besonders an diesem Abend höchst willkommen war! Vor allem waren es ermutigende Worte, die sie gern aus einem anderen Mund gehört hätte. Aus dem ihres Vaters? Sehr viel lieber von ihrem Vorgesetzten, gestand sie sich missmutig ein. Sie schenkte Millar ein Lächeln.

»Danke.«

»Ich schlage vor, wir gehen jetzt essen.«

Er führte sie in ein französisches Restaurant, in dem der jungen Frau eine Karte ohne Preise präsentiert wurde. Frank hatte also beschlossen, sich in Unkosten zu stürzen. Sie tranken zwei Flaschen erstklassigen Bordeaux, der sie leicht euphorisch machte. Am Ende des Essens ergriff er ihre Hand. Sie zog sie nicht zurück. Seit mehreren Monaten schon hatte sie keinen Liebhaber mehr gehabt. Sie begleitete ihn in seine Wohnung.

Er liebte sie mit großer Achtsamkeit, aber auf derart konventionelle Weise, dass sie nur wenig Lust empfand. Man hätte meinen können, er würde eine Lektion abspulen. Als er fertig war, nahm er sie fest in die Arme und machte ihr eine leidenschaftliche Liebeserklärung. Sobald er eingeschlafen war, zog sie sich an und ging nach Hause.

Während der ganzen Zeit, die sie mit ihm im Bett verbrachte, hatte sie ein Bild nicht losgelassen: das von Jeff Mulligans Körper.

In dieser Nacht kehrt besagter Jeff Mulligan spät in seine Wohnung zurück.

Er hat übermäßig getrunken, fühlt sich aber nicht ausreichend benebelt. Nicht einmal der Alkohol kann ihm mehr helfen.

Er möchte Lucie Milton vergessen.

Er möchte vergessen, dass er nichts für sie tun konnte.

»Armer Irrer«, sagt eine Stimme in seinem Kopf, während er sich in der Küche einen letzten Whisky einschenkt. »Sie ist tot und begraben; was hat sie davon, wenn du ihren Mörder findest?«

Sie hat mich aufgesucht.

Sie hat mich um Hilfe gebeten.

Und ich habe nichts tun können. Warum habe ich gezögert, warum bin ich nicht sofort aufgestanden? Ich hätte sie einholen können. Dann wäre sie heute noch am Leben.

»Aber sie ist tot, du Idiot. Tot, tot, tot. Du kannst nichts mehr für sie tun.«

Jeff Mulligan leert sein Glas und füllt es gleich wieder. Warum lässt ihn das Bild dieser Frau nicht los? Weil er davon überzeugt ist, dass man den falschen Mörder verhaftet hat. Seit er Cop ist, hat er so manchen ungelösten Fall erlebt. Er weiß, dass mehr Mörder frei herumlaufen als in den Gefängnissen sitzen … Ein echter Detective freut sich über eine gelungene Untersuchung und grämt sich nicht bei einer Schlappe.

Die Wahrheit ist, dass er von ihr besessen ist. Er denkt an sie. Er träumt von ihr.

Lucie.

Schön bis in den Tod.

Woher rührt dieser Eindruck, dass er sie hätte lieben können?

Dass er nur sie hätte lieben können …

Noch ein Glas.

Liebe meines Lebens, warum bin ich dir zu spät begegnet?

Jeff Mulligan schreckt aus dem Schlaf hoch. Ein stechender Schmerz durchzuckt seine rechte Gesichtshälfte. Blut … Wo ist er? Er erkennt das Sofa im Wohnzimmer, neben dem er betrunken zu Boden gestürzt sein muss. Dabei hat er sich wohl verletzt … Der Fernseher läuft, aber ohne Ton. Er tastet nach der Fernbedienung und schaltet ihn aus. Draußen ist es stockfinster. Ein Knacken. Er zuckt zusammen. Was hat ihn wecken können aus seinem Schlaf, der so tief war, dass er kaum zu erwachen vermag? Ein sonderbarer Eindruck … als ob jemand da wäre. Seine Augen drohen wieder zuzufallen, sein Mund ist trocken. Eine Kraft in ihm zwingt ihn, sich aufzusetzen. Blinzelnd sieht er sich im Raum um. Niemand. Und doch … Er rappelt sich mühsam auf, zieht den Revolver aus seiner Jacke, die an der Garderobe im Flur hängt. Er inspiziert die Küche. Überall am Boden Erbrochenes und Glassplitter. Er hat die Whiskyflasche wohl selbst umgeworfen. Doch er hat nicht die geringste Erinnerung daran. Er steuert auf sein Schlafzimmer zu. In dem Augenblick, als er eintreten will, hält ihn etwas zurück. Ein Gefühl. Ein ungewöhnlicher Geruch …

Da ist jemand.

Jeff stößt die Tür heftig mit dem Fuß auf und schwenkt den Lauf seiner Waffe von links nach rechts und wieder zurück. Nichts. Doch der Duft eines Frauenparfums steigt ihm in die Nase. Er betritt das benachbarte Bad. Niemand. Fieberhaft durchsucht er seine ganze Wohnung. Er ist allein. Trotzdem bleibt das Gefühl, dass jemand da ist. Der mysteriöse

Geruch scheint ihm von Raum zu Raum zu folgen. Es ist nicht nur ein Frauenparfum. Es ist das Parfum einer Frau, der Geruch einer Haut, so real, als hielte er sie in den Armen.

Er kehrt ins Bad zurück und lässt eiskaltes Wasser über seinen Kopf rinnen. Er muss wieder zu sich kommen. Ist er dabei, verrückt zu werden?

Ihre Gegenwart ist eindeutig.

Er spürt sie – *sie*.

Als er das Badezimmer verlässt, hat sich dieser Eindruck leicht abgeschwächt. Mulligan zieht sich an und verlässt das Haus. Erst unterwegs wird ihm klar, was sein Ziel ist.

Die Wohnung von Lucie Milton.

Jeff Mulligan hatte den Schlüssel zu Lucies Wohnung nicht mehr, weil die polizeilichen Ermittlungen abgeschlossen waren. Da der Tatort noch immer wichtige Beweisstücke für die Anklage enthalten konnte, war die Tür versiegelt worden. Jeff brach sie mit Geschick, jedoch nicht geräuschlos auf. Er drang in diese Räume ein, die er so gut kannte, in denen Lucie gewohnt hatte und gestorben war.

Es war, als hätte er hier gelebt.

Sein erster Reflex war, eine Plastikflasche mit Leitungswasser zu füllen und die Grünpflanzen zu gießen. Seit der Fall offiziell abgeschlossen war, war er nicht mehr vorbeigekommen, und einige der zahlreichen Pflanzen hatten offensichtlich gelitten. Lucie schien sie zu lieben und sorgsam zu pflegen. Dann, wie jedes Mal, legte er eine CD der Beatles auf (Lucie war ein Fan dieser Band, sie besaß all ihre Platten und mehrere ihnen gewidmete Bücher) und schlenderte ziellos von einem Raum zum nächsten, betrachtete die Möbel und Andenken, berührte den einen oder anderen flüchtig, fast schüchtern, als bewege er sich in einem Heiligtum. Lucie reiste gerne und hatte eine offensichtliche Vorliebe für Asien. Von dort hatte sie zahlreiche Souvenirs mitgebracht, die sorgfältig geordnet waren: ein betender Mönch aus Thailand, eine Schale aus Tibet, ein meditierender Buddha aus Kambodscha. Mulligan fragte sich, ob sie wohl auch betete. War sie gläubig? Mia Sheldon war davon überzeugt. Zwei andere Freunde aber hatten das Gegenteil behauptet. »Lucie war viel zu bodenständig und nicht am Jenseits interessiert. Sie liebte diese Welt viel zu sehr.« Mulligan liebte sie nicht und glaubte deshalb auch nicht an eine andere. Vielleicht hätte Lucie ihn überzeugen können, dass dieses verfluchte Leben doch wert war, gelebt zu werden.

Im Badezimmer griff er automatisch nach einem Flakon mit dem Parfum *Porte d'Or* und öffnete ihn.

Er erschauerte.

Das war genau der Duft, den er noch vor wenigen Minuten eingeatmet hatte!

Das Parfum von Lucie.

Er roch erneut wie besessen daran, als wolle er sie zu neuem Leben erwecken.

Aber etwas fehlte.

Ihr eigener, individueller Geruch, der ihrer Haut, fehlte hier auf grausame Weise. Dies war nur ein künstlicher Duft ohne die weibliche Note, die er, da war er ganz sicher, in seiner eigenen Wohnung wahrgenommen hatte.

Wütend warf er den Flakon in die Badewanne, wo er mit einem lauten Knall zerbarst.

Er streckte sich auf Lucies Bett aus und durchblätterte ihr in schwarzes Leder eingebundenes Notizbuch, dessen Inhalt er auswendig kannte. Es war kein eigentliches Tagebuch, sie hielt darin vielmehr ihre Eindrücke, ihre Gedanken fest.

Einer darunter hatte ihn ganz besonders fasziniert: »Der Tod soll uns ermahnen zu leben.« Sie zeichnete auch Tiere und wusste mit wenigen Strichen den charakteristischen Ausdruck eines Panthers oder Bären festzuhalten … Sie hatte eine Vorliebe für wilde Tiere.

Er schaltete Lucies Computer ein.

Er wusste, er sollte es nicht tun, er würde erneut leiden. Doch er konnte es nicht lassen, noch einmal in der Korrespondenz zwischen der jungen Frau und ihrem Verlobten herumzustöbern. Sie schrieb an Steve Buchanan zärtliche und sinnliche Mails, und für wenige Sekunden konnte sich Jeff Mulligan vorstellen, dass sie ihm galten. Dann holte ihn die Realität wieder ein und führte ihn auf brutale Weise in eine Welt zurück, in der er niemals gehofft hatte zu lieben oder geliebt zu werden.

Eine Welt, in der er die Frau seines Lebens getroffen hatte, als es zu spät war.

Wie jedes Mal ging er durch alle Phasen des Schmerzes hindurch und las die Briefe vom ersten bis zu dem letzten – diesen mysteriösen Zeilen von Steve, geschrieben in einer Sprache, die Mulligan nicht verstand und für Latein hielt: *Noli me tangere. Nondum ascendi ad patrem meum.*

Draußen erwachte der Tag. Im Licht des Morgengrauens, das sie so geliebt hatte, schien sich die Gegenwart von Lucie aufzulösen. Mulligan fröstelte plötzlich, er zog seine Jacke wieder an. In dem Augenblick, als er den Computer ausschalten wollte, hatte er plötzlich die Vorahnung, dass er das letzte Mal an diesem Ort war, wo er sich auf so seltsame Weise wohl fühlte. Er fertigte eine Kopie der Festplatte an, vergewisserte sich, dass alles in der Wohnung an seinem Platz war, löschte die Lichter und öffnete die Tür.

Auf dem Gang erwarteten ihn zwei Streifenpolizisten, die Revolver auf ihn gerichtet. Jeff wollte ihnen seine Dienstmarke zeigen, doch sie ließen sogleich die Waffen sinken.

»Ach, Sie sind das, Sergeant … Ein Nachbar hat Geräusche aus der Wohnung gehört und uns verständigt.«

»Er glaubte, es wäre ein Einbruch«, fügte der andere hinzu.

Beide wirkten äußerst verlegen.

Ihnen war durchaus bewusst, dass es keinen legalen Grund für die Anwesenheit des Detective gab.

Und Jeff wusste, dass nichts auf der Welt sie davon abhalten konnte, ihren ordnungsgemäßen Bericht zu schreiben.

Und damit war seine Laufbahn als Cop wohl beendet.

# Irgendwo in der Wüste von Juárez

Raúl schrak aus dem Schlaf auf, als zwei Aufseher in sein Zimmer stürmten. Es war sehr früh am Morgen. Ohne auf seine Fragen zu antworten, zerrten sie ihn in einen kleinen Kastenwagen und fuhren ihn in die verbotene Zone. Diese war vom restlichen Teil des Camps durch eine lange Betonmauer abgetrennt, deren einziges Tor durch Panzertüren verschlossen war. Einer der Wärter öffnete sie mit einem Digitalcode. Dahinter erhob sich ein Gebäude, das sich durch sein nüchternes, abweisendes Äußeres von den anderen unterschied. Mit seinen nackten grauen Mauern und schmalen Fenstern erinnerte es an einen Bunker. In einem langen Korridor mit elfenbeinfarbenen Wänden begegnete Raúl zwei Männern und einer Frau in Kitteln, die ihn an Krankenpfleger denken ließen. Doch er sah keinen Kranken. Man führte ihn in ein Büro, wo ihn ein junger Mann erwartete. Auf die Brusttasche seines Kittels war sein Name genäht: PROF. STEVE BUCHANAN. Er bot ihm einen Stuhl an, wobei er ihm ein freundliches Lächeln schenkte, das freilich nicht zu seinem sonderbar leblosen Blick passte.

»Wir werden uns ein wenig unterhalten.«

Schweigend nahm Raúl Platz. Seit seiner Entführung war er lediglich anderen Gefangenen begegnet, mit denen nur oberflächliche Unterhaltungen gestattet waren, sowie seinen brutalen Wächtern, die auf keine Fragen antworteten. Vielleicht würde er jetzt endlich etwas erfahren.

»Zunächst einmal möchte ich Ihnen für Ihre Anwesenheit hier danken«, begann Buchanan.

Raúl spürte, wie sich seine Hände zu Fäusten ballten. Ging es diesem Typen nur darum, sich über ihn lustig zu machen?

»Mir ist natürlich klar, dass Sie von Ihrer Warte aus betrachtet keine andere Wahl hatten. Das ist für mich ein weiterer Grund, Ihnen meine Dankbarkeit auszudrücken, die meine und die der ganzen Menschheit.«

Der Professor sprach mit einer seltsam tonlosen Stimme.

Ein Verrückter, dachte Raúl. Und diese Perspektive war vielleicht erschreckender als jede andere.

»Der Zufall hat Sie ausgewählt, um einer Sache zu dienen. Der Traum der Menschheit seit ihren Ursprüngen. Und ein Mann hat beschlossen, diesen Traum zu verwirklichen. Dazu bedarf es eines außerordentlichen Genies und auch absoluter Entschlossenheit. Wenn es uns gelingt, erzielen wir einen unendlichen Gewinn für das Menschengeschlecht. Unser Anliegen ist es, diesen zum geringsten Preis zu erreichen. Sie sind Teil des Preises.«

»Ich verstehe nichts von diesem Kauderwelsch.«

»Das Verständnis wird Ihnen zuteil werden. Wenn Sie etwas wissen müssen, dann dies: Von nun an sind Sie ein Held, und die Nachwelt wird Ihrer gedenken.«

»Aus welchem Grund wurde ich entführt?«

»Heute müssen wir einige medizinische Untersuchungen an Ihrer Person durchführen. Sie sind schmerzlos. Wir müssen Sie vollständig kennenlernen.«

»Warum haben Sie mich entführt?«, schrie Raúl.

Hinter ihm öffnete sich die Tür, und die beiden Wärter traten neben ihn. Auf ein Zeichen von Buchanan rissen sie Raúl hoch.

»Ein Steinchen nach dem anderen, und das Puzzle wird sich zusammenfügen …«

In dem Augenblick, da er durch die Tür trat, hörte er ein letztes Mal die monotone Stimme des Professors:

»Wenn Sie bereit sind, sagen Sie einfach ›ja‹.«

Als Jeff Mulligan in Woodruffs Büro trat, war ihm klar, dass er nun eine letzte Standpauke über sich ergehen lassen musste.

»Sergeant, ist Ihnen bewusst, in welche Lage Sie mich bringen?«

Der Tonfall des Lieutenant war fast sanft, was nichts Gutes verhieß.

»Sie dringen nachts ohne Durchsuchungsbefehl und noch dazu gewaltsam in eine versiegelte Wohnung ein, um in einem Fall zu ermitteln, der offiziell abgeschlossen ist … Ein Geschenk für die Verteidigung von Brooks! Das genügt, um die ganze Untersuchung für ungültig zu erklären! Dank Ihrer Hilfe kommt er ein zweites Mal davon.«

»Brooks ist unschuldig.«

»Das ist Ihre ganz persönliche Überzeugung, Mulligan«, erwiderte der Lieutenant geduldig, »nicht aber das Ergebnis der offiziellen Ermittlung, die von Ihren eigenen Leuten durchgeführt wurde. Und die werden – unabhängig von den Ressentiments, die sie Ihnen aus diversen Gründen entgegenbringen – nicht verstehen, dass ein Vorgesetzter, der mit seinen Nächten nichts Besseres anzufangen weiß, als ihre Arbeit zunichtezumachen, von einer Disziplinarstrafe verschont bleibt.«

»Bieten Sie ihnen meinen Kopf an.«

»Es geht nicht nur um sie. Manch einer über mir möchte ihn schon seit langem rollen sehen. Ich muss Sie um Ihre Dienstmarke bitten.«

Jeff Mulligan hatte damit gerechnet, und doch verblüffte ihn die Heftigkeit des Schmerzes, der sein Innerstes durchzuckte. Er ließ sich nichts anmerken und reichte die Marke seinem Vorgesetzten, der sie nahm und eine Weile betrachtete.

»Sie haben mir nicht geholfen, sie für Sie zu retten, Sergeant.«

»Ich weiß.«

Woodruff blickte seinem Gegenüber fest in die Augen.

»Wir sind sehr verschieden, Sie und ich. Aber eines haben wir gemeinsam.«

»Das würde mich wundern …«

»Ich habe genauso wenige Illusionen, was das verdammte System betrifft, das wir verteidigen sollen. Das Geschwätz über die Gerechtigkeit bringt mich zum Gähnen oder ruft Übelkeit in mir hervor, je nach Situation … Wir verhaften kleine oder mittelschwere Ganoven im Namen eines Ordnungssystems oder eines Gesetzes, das ausschließlich den Interessen der großen Gangster dient – denen, die unsere Welt regieren. Mulligan, Sie lassen sich von Ihrem Zorn mitreißen und zerstören sich selbst. Ich ziehe es vor, mir eine Stellung zu sichern. Aber …«

Mulligan war verblüfft. Fast gegen seinen Willen lauschte er aufmerksam.

»Im New York Police Department sind Sie der Wurm in der Frucht. Das belustigt mich. Ich habe mir alle Mühe gegeben, Sie zu halten.«

»Ein Spielchen …«

»Nicht nur. Es müsste mehr Menschen geben wie Sie. Mir persönlich fehlt der Mut zu solch einer Integrität. Leider sind Sie am Ende zu weit gegangen.«

Jeff erhob sich. Er hatte genug von den platten Analysen dieses Mannes, der nicht mehr sein Vorgesetzter war.

»Und vielleicht ist es genau das, was Sie retten wird«, fuhr Woodruff unbeirrt fort.

Der Sergeant hielt überrascht inne.

»Was wollen Sie damit sagen?«

»Ein Cop sieht abscheuliche Dinge, nicht wahr? Mag man sich noch so einen dicken Panzer zulegen, man ist doch nur ein Mensch … Eine Leiche zu viel …«

»Ich verstehe nicht.«

»Setzen Sie sich, Sergeant.«

Jeff Mulligan nahm erneut Platz.

»Wir üben einen wirklich harten Job aus … Wissen Sie, wie viele Polizisten wegen nervöser oder psychischer Störungen vom Dienst suspendiert werden? Vier- bis sechshundert im Jahr. Das ist mehr als ein Prozent. Die Polizei von New York hat einen sehr guten Versicherungsvertrag abgeschlossen. Wenn ich bestätige, dass die Ausübung Ihres Berufes Sie krank gemacht hat, anstatt Sie bis zur internen Untersuchung zu beurlauben, die zwangsläufig zu Ihrer Entlassung führt, kann ich für Sie einen reizenden kleinen Sanatoriumsaufenthalt auf Staatskosten erwirken …«

»Sie wollen mich für verrückt erklären lassen?«

»Wem können Sie denn beweisen, dass Sie es nicht sind?«

»Ich bin nicht krank.«

Woodruff spielte gedankenverloren mit Mulligans Dienstmarke.

»Nicht krank, nicht geheilt. Nicht geheilt, keine Marke. Überlegen Sie sich das gut.«

»Wenn ich bereit bin, mich behandeln zu lassen, könnte ich wieder in den Dienst zurückkehren?«

»Das ist Ihre einzige Chance.«

Jeff überlegte einen Augenblick. Dann erhob er sich und steuerte auf die Tür zu.

»Ich nehme Ihr Angebot an.«

»Und wer sagt«, meinte der Lieutenant, als Jeff die Tür seines Büro öffnete, »dass Ihnen so eine kleine Kur nicht guttun wird?«

Jeff trat auf den Gang. Alle Blicke waren auf ihn geheftet, die einen spöttisch, die anderen feindselig. Nur Ann trat auf ihn zu.

»Was hat Ihnen der Lieutenant gesagt?«

»Was geht Sie das an?«

»Sie sind mein Vorgesetzter.«

»Nicht mehr.«

»Hat er Sie rausgeworfen?«

»Auch auf das Risiko hin, viele zu enttäuschen: noch nicht.«

»Das freut mich.«

Er blieb stehen und musterte sie.

»Ständig versuchen Sie, sich bei allen lieb Kind zu machen. Können Sie nicht damit aufhören?«

Die junge Frau starrte ihn ungläubig an.

»Sergeant Mulligan, ich muss Ihnen etwas gestehen.
»…?«
»In Sachen Psychologie sind Sie ein Vollidiot.«
Sie wandte sich ab und kehrte in ihr Büro zurück.

# Zweiter Teil

Zufall: Maske, die das
Leben über seinen eigenen Sinn legt,
damit jene, die seiner bedürfen,
noch an die Macht des Willens
glauben können.
Tariq Demens

## Juli 1969

*Meine Geliebte für alle Ewigkeit,*
*Ich schreibe Dir, um nicht zu schreien.*
*Ich schreibe Dir, um nicht mit Dir zu sprechen.*
*Ich schreibe Dir, um mich von diesen Worten zu befreien, die Du nicht hören kannst und niemals lesen wirst. Dieser Brief hat keinen anderen Sinn, als meinen Schmerz zu sammeln. Und ihn Dir zu ersparen.*
*Ich belüge Dich, meine Liebe.*
*Ich belüge Dich aus Liebe.*
*Diese Lüge trennt mich gänzlich von Dir. Diese Lüge verurteilt mich zur grausamsten Einsamkeit. Diese Lüge ist der letzte Liebesbeweis, den ich Dir geben kann.*
*Ein Beweis, der Dich niemals erreichen wird.*
*Ein Fluch, dieses Wissen, das ich nicht teilen kann …*
*Ein Fluch, diese Forschung, die ich so geliebt habe …*
*Die Krankheit, die Deinen angebeteten Körper zerfrisst, will ich Dir in der Sprache des Arztes mit lindernden Worten ausmalen, und Du lauschst mir mit diesem ernsten und vertrauensvollen Blick, mit diesen Augen des Kindes, das die Grausamkeit der Dinge noch keine Zweifel gelehrt hat …*
*Und was mich tötet, ist nicht, dass ich Dich belüge, sondern Deine Gewissheit, dass mich nichts erschüttern kann …*
*Denn Du glaubst mir, nicht wahr?*

*Sag mir, dass Du ihn nicht kennst, Ihn, der bereits seine dunklen*
*Schatten nach Deinem geliebten Fleisch ausstreckt …*
*Dein Tod, Du, die Schönste unter den Lebenden.*
*Oder täuschst auch Du diesen blinden Glauben an mich nur vor,*
*um mir den Schmerz Deines Schmerzes zu ersparen?*
*Belügst Du mich aus Liebe, meine Liebe?*
*Ich weiß es nicht.*
*Ich weiß nichts.*
*Du und ich, sind wir uns schon so fern?*
*Hat Er uns schon getrennt, bevor Er Dich mir entreißt?*

## Zwei Wochen später …

»Ich muss Ihnen die Kehle durchschneiden.«

Jeff Mulligan schreckte hoch. Der Kerl hatte sich neben ihn ins Gras gesetzt. Er hatte ihn nicht kommen hören. Vermutlich die Medikamente …

»Eine Stimme befiehlt es mir«, fügte der andere hinzu. In seinen Augen lag ein beängstigendes Flackern.

»Spiel woanders. Ich möchte allein sein.«

»Aber das ist nichts Persönliches. Sie sind mir sehr sympathisch. Es ist der Meister.«

»Der Meister?«

Der Verrückte schloss für einige Sekunden die Augen, als lausche er einer Stimme in seinem Innern. Anfang dreißig, das Haar allzu sorgfältig gekämmt mit einem Seitenscheitel, weiß vom ständigen Nachziehen. Auf seinem Gesicht lag stets ein Ausdruck von leicht irrer Leutseligkeit.

»Er sagt mir, dass es von größter Wichtigkeit ist. Aber leider kann ich es nicht.«

»Ach, wirklich?«

»Ich bräuchte ein Messer. Hier gibt man uns keine Messer.«

»Vielleicht wegen solchen Verrückten wie dir.«

»Ich bin nicht verrückt. Diese Stimme ist ganz und gar real. Ich habe an der Universität studiert, müssen Sie wissen.«

»Donnerwetter.«

»Ich habe eine Theorie. Eine genetische Veränderung hat die Wahrnehmungsfähigkeit der Menschheit verkümmern lassen. Leider ist heute die Mehrheit der Menschen außerstande, die andere Seite der Dinge zu erfassen.«

»Die andere Seite?«

»Deshalb bezeichnen sie diejenigen, die noch nicht degeneriert sind, als verrückt. Und deshalb hat man uns eingesperrt. Interessant, was?«

»Sehr. Und jetzt lässt du mich in Ruhe, okay?«

Der andere blickte plötzlich verängstigt drein. Er packte Jeff am Ärmel.

»Ich habe solche Angst, es zu vergessen. Sie erinnern mich dran, ja?«

»Woran denn?«

»Dass ich Ihnen die Kehle durchschneiden muss.«

»Lass den Herrn doch in Frieden, Colbert«, sagte jetzt eine andere Stimme.

Es war der Prediger. Dieser hochgewachsene dürre Typ mit grauem Haar, der seine metaphysischen Weisheiten ständig an den Mann zu bringen versuchte, schien sich für ein Mitglied des Pflegepersonals zu halten. Mit einer gebieterischen Geste schob er Jeff beiseite, nahm den anderen bei der Schulter und begann ihm Sätze ins Ohr zu flüstern, die ihn offenbar sogleich beruhigten. Jeff ließ sie stehen und ging durch den Garten zum Hauptgebäude. Er brauchte Ruhe, und die würde er hier draußen nicht finden. Er ging in sein Zimmer und streckte sich auf der harten Matratze seines Eisenbettes aus.

Obwohl er erst vor einer Woche eingewiesen worden war, hatte er schon jetzt genug von all den Verrückten. Denn das »Sanatorium«, von dem Lieutenant Woodruff gesprochen hatte, war in Wirklichkeit eine echte Irrenanstalt.

Bei seiner Ankunft war er von dem leitenden Arzt empfangen worden, einem gewissen Morrow. Er hatte ihm seine Klinik als fortschrittliche Einrichtung präsentiert:

»Stoßen Sie sich nicht an der Gesellschaft von Patienten, die Ihnen etwas … seltsam erscheinen mögen. Es handelt sich um neue Methoden. Die Trennung geisteskrank – normal ist überholt, verstehen Sie? Was ist schon normal? Wir wissen es nicht. Die Grundidee ist: Wenn wir die wirklichen Psychopathen, statt sie zu isolieren, mit ›normalen‹ Personen« – er malte zwei Gänsefüßchen in die Luft – »zusammenbringen, werden Erstere leichter wieder ›normal‹.«

Eine Woche später fragte sich Mulligan, ob eine solche Vermischung nicht eher dazu führte, dass die verhältnismäßig Normalen in dieser Klinik verrückt wurden. Lag es an den ständigen Unterhaltungen mit manisch Kranken, die von ihren Zwangsvorstellungen gequält wurden? Oder an den ihm täglich verabreichten Medikamenten, die seine geistigen Fähigkeiten deutlich beeinträchtigten? Mulligan hatte jedenfalls den Eindruck, dass ihm der Boden seiner früheren Gewissheiten unter den Füßen weggezogen wurde. Hatte er geträumt an jenem Morgen, als er Lucie zu einer Stunde gesehen hatte, zu der sie schon tot gewesen sein musste? Hatte der Mord an Fletcher, der keine Spuren hinterlassen hatte, wirklich stattgefunden? Woher rührte seine Besessenheit von dem Mordopfer, die ihm inzwischen unverständlich und unwirklich schien? Und würde er eines Tages seine Dienstmarke wieder zurückbekommen?

Dafür musste er gesund werden, hatte Woodruff gesagt.

War er wirklich krank?

Denn eine letzte Frage ließ ihn nicht los: Trug Dr. Morrow seine kleine Empfangsrede – dass er, der ja normal war, sich nicht über die Irren wundern sollte – vielleicht *jedem Neuzugang* vor? Schließlich hatte Jeff seine medizinische Akte nicht einsehen dürfen. Vielleicht war er in den Augen aller hier ebenso verrückt wie die anderen …

Die ganze Situation hatte nur einen Vorteil: Seitdem er behandelt wurde, war er weniger von Lucie besessen. Tag und Nacht in einem Zustand leichter Benommenheit, litt er praktisch nicht mehr.

In seine Gedanken versunken, schlief er schließlich ein. Geweckt wurde er von der Glocke, die zum Abendessen rief. Er verließ sein Zimmer und machte sich auf den Weg in den Speisesaal. Wie jeden Abend hatte sich am Eingang eine Schlange gebildet, denn laut Vorschrift hatte sich jeder Patient an der Theke des Pflegepersonals ein Glas Wasser und seine Medikamente abzuholen, die er gleich vor Ort einnehmen musste. Mulligan schluckte die ihm gereichten Pillen und steuerte auf einen unbesetzten Tisch zu. Kaum hatte er Platz genommen, erschien auch schon besagter Colbert und bat sehr höflich, sich zu ihm setzen zu dürfen. Es folgte der Prediger, den Colbert gleichsam unterwürfig anblickte. Mulligan bedeutete beiden, Platz zu nehmen.

»Haben Sie immer noch den Wunsch, mir die Kehle durchzuschneiden?«

»Oh, nein!«

Jetzt ergriff der Prediger mit einem milden Lächeln das Wort.

»Ich habe den Herrn überzeugen können, dass dies ein Fehler wäre.«

»Das freut mich aber«, brummte Jeff und kaute seine geraspelten Karotten.

»Mir ist klar geworden, dass ich nicht mehr auf diese

Stimme hören darf. Es war die eines Dämons, den mein neuer Meister vertrieben hat.«

»Ein *neuer* Meister?«

»Mr. Colbert sollte mich vielmehr seinen Diener nennen«, erklärte der Prediger. »Betrachten Sie mich ebenfalls als den Ihren.«

»Geben Sie mir bitte das Salz.«

»Gern. Als Priester der Heiligen Kirche der Verzweiflung stehe ich im Dienst einer jeden Kreatur, die in der Hölle leidet.«

»Dann müssten Sie eigentlich eher dort unten Ihres Amtes walten«, bemerkte Jeff.

»Gehören Sie etwa zu jenen Menschen, die verkennen, dass wir in der Hölle *sind*?«

»Ich hatte dieses Detail übersehen.«

»Öffnen Sie die Augen, Mr. Mulligan.«

Woher kennt er meinen Namen, fragte sich der Angesprochene.

»Wie nennen Sie eine Welt«, fuhr der andere fort, »bevölkert von blassen Schatten, die sich in unermesslicher Einsamkeit begegnen, jeder eingeschlossen im Trugbild seiner Schimären und doch überzeugt, in Beziehungen mit anderen zu leben, während es sich nur um Projektionen handelt, mit denen er sich der Vereinsamung zu entziehen versucht. Tritt jedoch die Wahrheit ans Licht, wird die Verzweiflung nur noch umso größer. Eine Welt, in der die Menschen nur von dem einzigen Wunsch beseelt sind, ihre Existenz zu vergessen, in der sie absurde Ziele verfolgen, die sie gegeneinander aufhetzen. In der die Überlebensstrategien jedes Einzelnen Kriege auslösen – jeder gegen jeden – und das universelle Elend ständig zunimmt. Eine Welt, in der das Viertel der Menschheit, das nicht verhungert, sich grämt, weil es nicht in der Lage ist, seinen tödlichen Fresstrieb zu beherrschen, eine Welt obszöner Lauheit und Gleichgültigkeit, in der wir alle übersättigt von Gelüsten und unseres Verlangens beraubt umherirren, eine Welt …«

»Genug, Prediger, genug! Sie haben mich überzeugt! Wir leben in der Hölle und ich bislang in der Illusion.«

»Seien Sie unbesorgt, Letzteres gilt für die Mehrzahl der Menschen. Und wissen Sie warum? Weil es sie erleichtert. Zunächst die Vorstellung, dass es noch Schlimmeres geben kann. Dann die Tatsache, sich etwas hienieden zu erhoffen. Und genau darin ruht die gute Nachricht, die ich zu verkünden habe …«

»Endlich eine gute Nachricht! Und worin besteht sie?«

»Es gibt nicht die geringste Hoffnung.«

Jeff hätte sich fast verschluckt.

»Im Namen der gesamten Menschheit, Prediger: danke!«

»Sie müssten mehr Respekt an den Tag legen«, sagte Colbert streng.

»Lassen Sie nur, mein Freund«, ergriff jetzt der Prediger erneut das Wort. »Dieser Mann ist voll guten Willens. Ich spüre, dass er zuhört. Bedenken Sie dieses, Mr. Mulligan. Woran leiden wir?«

»Nun …«

»Ich werde es Ihnen sagen. An der Angst. Und warum haben wir Angst?«

»Sie werden es mir sagen.«

»Genau: wegen der Hoffnung. Wenn uns bewusst würde, dass von dieser Welt nichts zu erwarten ist, dann wären wir befreit von der Angst und würden gelassen auf das Ende unseres Elends warten.«

»Denn es wird ein Ende haben?«

»Natürlich. Die Hölle ist nicht ewig. Wie hätte ein gerechter und gütiger Gott eine solche Abscheulichkeit ersinnen können? Das Grauen ist von kurzer Dauer. Der Tod wird uns davon befreien.«

»Wenn es so ist, was hält uns ab, es zu verkürzen? Warum begehen wir dann nicht Selbstmord?«

Der Prediger schloss für wenige Sekunden die Augen.

»Ach, das ist eine großartige Frage, Mr. Mulligan«, erwiderte er mit leicht verträumter Stimme. »Aber es ist verboten. Zweifellos sind wir verdammt, hier für ein rätselhaftes, uns unbekanntes Vergehen zu büßen. Das schrecklichste aller göttlichen Verbote …«

Der Prediger verstummte. In seinen Augen flackerte eine Erregung, die er kaum zu zügeln vermochte. Colbert schwieg andächtig.

Abrupt schob Jeff sein Dessert beiseite, stand auf und verließ den Speisesaal. Er hatte Kopfschmerzen. Gerne hätte er diesen unangenehmen Eindruck, dass der Prediger vielleicht gar nicht so unrecht hatte, weggewischt.

In diesem Augenblick – er befand sich gerade auf dem Flur, nur wenige Meter von seiner Zimmertür entfernt – sprach ihn ein junger Blondschopf mit wirrem Haar an.

»Da ist eine Frau, die auf Sie wartet.«

»Wie bitte?«

»Bei Ihnen braucht man wirklich Geduld …«

»Wovon redest du?«

Der Blick des Irren fixierte etwas hinter Mulligan. Dann zwinkerte er ihm zu.

»Noch dazu ist sie nicht zu verachten!«

Mulligan drehte sich abrupt um. Und natürlich war da niemand. Genervt stieß er den Blonden beiseite. Der strauchelte und landete wie ein Clown auf seinen vier Buchstaben.

»Autsch!«, jammerte er mit plötzlich kindlicher Stimme.

Leicht beschämt über seine Unbeherrschtheit reichte Jeff ihm die Hand, um ihm aufzuhelfen.

»Tut mir leid.«

»Macht nichts. Sie haben eine brutale Seite, aber Ihre Mama ist tot, und Ihr Herz ist rein. Ich darf keine Angst vor dem Herrn haben.«

»Was redest du da?«

»Das ist sie.«

»Sie WAS?«

Jeff bemerkte, dass er geschrien hatte. Er musste sich zusammenreißen.

»Sie sagt mir Dinge. Sie wartet auf Sie.«

»Kannst du sie sehen?«

»Natürlich.«

»Beschreib sie mir.«

Und in den folgenden Sekunden hatte Jeff zum ersten Mal den Eindruck, wirklich dem Wahnsinn zu verfallen.

»Sie ist blond. Sie hat verdammt schöne Beine und traumhafte blaue Augen. Sie trägt eine rote Bluse, einen Rock und eine schwarze Strumpfhose, und sie wartet auf dich, sehr, sehr.«

Mit weichen Knien wandte sich Jeff ab und betrat sein Zimmer.

Die beschriebene Frau war *nicht* die Lucie, die ihn am Morgen auf dem Revier aufgesucht hatte. An dem Tag, als sie gestorben war.

Das war nicht möglich.

Es war ein Zufall. Die Beschreibung von irgendeiner Frau.

Nicht von Lucie …

Jeff fährt aus dem Schlaf hoch.

Es war also nur ein Traum. Ein einfacher Traum.

Wenige Sekunden lang hätte er sterben wollen.

Er lag in ihren Armen. Sie zog ihn an sich. Er fühlte sich geliebt.

Er reibt sich mit beiden Händen das Gesicht, versucht wieder zu sich zu kommen.

Es ist, als wäre sie noch da. Er spürt sie. »Lucie«, möchte er rufen … Doch sein Mund bleibt geschlossen.

Einen Moment lang glaubt er, ihr Parfum wahrzunehmen. Er atmet es ein. Der Eindruck verfliegt.

Was hat ihn so brutal aus dem Schlaf reißen können?

Durch den Vorhangspalt dringt das fahle Licht der Laternen auf dem Innenhof. Während sich seine Augen an das Halbdunkel gewöhnen, beginnt er, die Konturen seines Zimmers genauer zu erkennen.

Irgendetwas ist nicht normal.

Es ist die Tür.

Sie ist angelehnt.

Er steht auf. Wer hat seine Tür öffnen können? Barfuß tritt er auf den Flur. Da ist niemand.

Er schließt die Tür, öffnet sie erneut, spielt mit dem Schnappschloss. Sie hat sich nicht von selbst öffnen können.

Fröstelnd kehrt er ins Bett zurück. Er schließt die Augen. Schlägt sie wieder auf, lässt den Blick in alle Winkel des Zimmers wandern.

Er will nicht verrückt werden.

Er will nicht.

Ann wurde von Lieutenant Woodruff empfangen, der ihr mitteilte, dass Frank Millar ihr neuer Vorgesetzter sein würde. Sprachlos blickte ihn die junge Frau an.

»Ich muss hinzufügen, dass es sein ausdrücklicher Wunsch war. Sagt Ihnen das nicht zu?«

»Doch, doch, Lieutenant.«

»Er ist ein exzellenter Ermittler. Er hat eine glänzende Karriere vor sich, und Sie werden viel lernen.«

»Da bin ich sicher.«

Später führte Frank Millar sie in eine etwas abseits gelegene Pizzeria – aus Gründen der Diskretion, wie er sich ausdrückte. Sie bat ihn um eine Erklärung.

»Freust du dich denn nicht, mit mir zusammenzuarbeiten?«

»Doch«, log sie lahm.

Er ergriff ihr Handgelenk und streichelte liebevoll ihren Arm.

»Ich auch. Ich möchte immer mit dir zusammen sein.«

Er sah sie zärtlich an. Sie zwang sich zu einem Lächeln. Nach wenigen Sekunden zog sie die Hand zurück.

»Glaubst du nicht, das könnte Probleme geben?«

»Wie meinst du das?«

»Diese Mischung aus Arbeit und …«

»Liebe?«

Sie nickte, obwohl sie ein anderes Wort vorgezogen hätte.

»Wir müssen eine klare Grenze ziehen. Das erfordert natürlich ein Minimum an Disziplin. Doch ich glaube nicht, dass es ein Hinderungsgrund ist.«

»Bist du dir da sicher?«

Er setzte eine Beschützermiene auf.

»Ja, mein Herz. Wenn wir im Dienst sind, müssen wir uns

einfach wie Kollegen verhalten und zärtliche Gesten vermeiden. Das heißt … Solange wir es nicht für nötig halten, das Ganze offiziell zu machen …«

Ann zuckte zusammen. Offenbar hatte er sehr weitgehende Absichten …

»Wenn du meinst, das wird zu schwer für dich, kannst du dir immer noch einen anderen Teamchef suchen. Ich nehme es dir nicht übel – versprochen!«

Er tätschelte ihre Wange.

»Ich möchte nur das Beste für dich.«

Ann ließ sich über den Tisch hinweg küssen und mied bis zum Ende der Mittagspause jedes persönliche Thema. Am Abend ging sie zu ihm, da ihr keine Ausrede eingefallen war, seine Einladung abzulehnen, verließ ihn aber schon früh.

Zurück in ihrer Wohnung wurde ihr plötzlich speiübel, und sie übergab sich in heftigen Krämpfen. Nach einer schlaflosen Nacht rief sie einen Arzt an, der ihr drei Ruhetage verschrieb, im Laufe derer sie drei Kündigungsbriefe verfasste und wieder zerriss. In ihrem Adressbuch suchte sie vergebens jemanden, dem sie sich hätte anvertrauen können.

In allen folgenden Nächten träumte Jeff von Lucie Milton. Er konnte sich nur schwer aus diesen Träumen lösen. Jedes Mal wachte er wie benommen auf und hatte keine konkreten Erinnerungen, lediglich den Eindruck ihrer Gegenwart und, sobald dieser verflogen war, ein qualvolles Gefühl des Mangels. Sie fehlte ihm jeden Tag ein wenig mehr.

Des Öfteren fand er die Tür, die er vorher sorgsam geschlossen hatte, angelehnt vor. Eines Nachts, als er über einen langen Flur lief, öffneten sich vor ihm die schweren Flügel einer Feuerschutztür, die er gerade aufstoßen wollte, mit einem deutlich vernehmbaren Quietschen. Zunächst hielt er es für einen Luftzug, obwohl er nicht den geringsten Windhauch wahrgenommen hatte. Das Phänomen wiederholte sich. Jedes Mal ohne Zeugen. Jeff sagte sich jetzt immer häufiger, dass er verrückt sein musste, und dieser Gedanke war das Einzige, was ihn noch beruhigen konnte; er klammerte sich daran wie an einen letzten Beweis, dass ihn das von den übrigen Insassen der Anstalt unterschied, die ja nichts von ihrer Geisteskrankheit wussten. Trotz der Medikamente litt er mehr und mehr darunter, von der Frau, die er liebte, getrennt zu sein. Die einzigen Augenblicke, in denen der Schmerz nachließ, waren diejenigen, die er *mit ihr* verbrachte. Bald geschah es nicht nur des Nachts. Ihm war weiterhin bewusst, dass es nicht die Lucie aus Fleisch und Blut war. Bisweilen aber nahm er ihre Gegenwart mit solcher Intensität wahr, dass er sich widerstandslos diesem Wohlbefinden hingab und damit die Stimme zum Schweigen brachte, die ihm einflüsterte, dass er dem Gefühl widerstehen musste, um nicht endgültig in die Psychose abzugleiten.

Eines Morgens nach dem Frühstück, das er abseits und in finstere Gedanken versunken eingenommen hatte, sah er den Prediger, der mit ungewohnter Eile das Hauptgebäude verließ. Durch das Fenster konnte er beobachten, wie er den Hof in Richtung Park durchquerte. Von einer Intuition geleitet, folgte er ihm in gebührendem Abstand. Nach etwa fünf Minuten sah er ihn plötzlich nicht mehr und glaubte schon, ihn verloren zu haben. Dann aber nahm er ein Geräusch zu seiner Linken wahr. Der kleine Wald, der den Weg säumte, wies dort eine Lücke auf, in die er sofort vorstieß. Nach etwa zehn Metern öffnete sich das Wäldchen zu einer Lichtung.

Dort entdeckte er den Prediger.

Seine Lippen bewegten sich wie im Gebet … Er hielt den Lauf eines Revolvers an seine Schläfe!

Ohne nachzudenken, warf sich Jeff auf ihn und packte die Hand mit der Waffe.

»*Noli me tangere!*«, brüllte der Prediger.

Jeff zuckte zusammen. Obwohl er diese Worte nicht verstand, lösten sie etwas in seiner Erinnerung aus. Aber was? Sein Gegner nutzte diesen Augenblick des Zögerns, um ihn wegzustoßen.

»Rühre mich nicht an, denn ich bin noch nicht aufgefahren zum Vater!«

Mulligan verdrehte ihm den Arm.

»Her mit der Knarre!«

»Unglückseliger, was hast du getan?«

»Dir das Leben gerettet, Idiot.«

Der Prediger stürzte sich plötzlich mit erstaunlicher Schnelligkeit auf ihn, um ihm den Revolver wieder zu entreißen. Jeff verlor das Gleichgewicht, und der Verrückte sprang mit einem Satz auf ihn. Beseelt vom Todestrieb, war er trotz seines Alters unerwartet stark. Er biss Jeff ins Handgelenk, damit er die Waffe fallen ließ, und dieser konnte sich nur mit einem Fausthieb direkt in den Solar Plexus befreien. Der Prediger kauerte jetzt am Boden, alle Muskeln angespannt, um erneut zum Angriff überzugehen, als mit einem Donnerschlag die ersten Tropfen eines Wolkenbruchs auf sie niedergingen.

Die Miene des Mannes veränderte sich von einer Sekunde zur nächsten.

Ekstatisch, in einer verblüffend sinnlichen Haltung, hob er das Gesicht und öffnete die Hände, als wollte er das Wasser des Himmels auffangen.

»Wasser … Wasser! Welch ein Wunder!«

Fassungslos rappelte sich Jeff auf.

»Sie liebte es so … Und wie vermisst sie den Regen und das ganze Wasser der Welt dort, wo sie heute ist …«

»Von wem sprichst du?«

»Die Sonne. Sie braucht deine Hilfe.«

»Meine Hilfe?«

Doch der Prediger hörte ihn in seiner Verzückung schon nicht mehr.

Zurück in der Anstalt, vertraute Jeff einem der Pfleger den Revolver an. Er wurde zu Dr. Morrow zitiert, dem er den Vorfall schilderte. Als er dessen Büro verließ, begegnete er dem Prediger, der immer noch in Ekstase war und jetzt von zwei Psychiatern in einen der Behandlungsräume geführt wurde. Gedankenvoll machte er sich auf den Weg zu seinem Zimmer, als eine Stimme ihn zusammenzucken ließ:

»Lucie!«

Er schnellte herum. Direkt hinter ihm bewegte sich ein Insasse, den er noch nie gesehen hatte, in Tanzschritten und sang dabei aus vollem Halse:

»*Lucy in the sky with diamonds* …«

Jeff erkannte den Beatlessong. Er zwang sich, tief durchzuatmen, und setzte seinen Weg fort. Als er vor seiner Tür angelangt war, tauchte aus einem Gang zu seiner Linken der Blondschopf auf. Er kam näher und fixierte Jeff mit einem sonderbaren Blick. Nur noch einen Meter entfernt, die Augen noch immer in die von Mulligan getaucht, begann er zu singen:

»*Help! I need somebody, help* …«

Ein weiterer Song der Beatles.

Ihre Lieblingsband …

Jeff bekam weiche Knie und musste sich an der Wand abstützen. *Lucy* … *Help* … Und die Worte des Predigers, die noch in seinem Kopf widerhallten: »Sie braucht deine Hilfe …«

*Sie* …

Die Sonne.

Lucie …«

Plötzlich fiel ihm ein weiterer Song der Beatles ein:

»*Here comes the sun* …«

»Sie braucht deine Hilfe.«

Ich werde verrückt.

Er sammelte seine letzten Kräfte, taumelte in sein Zimmer und brach auf dem Bett zusammen.

»*Sie braucht deine Hilfe.*«

Nein!

Sie ist tot! Tot und begraben. Das sind Zufälle. Reine Zufälle. Es gibt hundert Millionen Beatles-Fans auf der Welt, jeder trällert ihre Lieder vor sich hin. Jeff stand auf und spritzte sich kaltes Wasser ins Gesicht. Das war die reinste Paranoia. Es gab keine Zeichen, keine Bedeutung. Nichts zu interpretieren. Die blinden und grausamen Possen des Zufalls.

Nichts weiter.

Lucie ist tot.

Du musst deine Dienstmarke zurückbekommen.

Sonst nichts.

Während er zornig die Gedanken verdrängte und jedes Gefühl zurückstieß, glitt er sanft in eine Art hypnotischen Dämmerzustand.

Gerade als er glaubte, endgültig einzuschlafen, riss ihn plötzlich etwas aus seiner Benommenheit.

Wie gelähmt glaubte er für einige Sekunden, sein Herz würde aufhören zu schlagen.

Die Tür seines Zimmers, die er kurz zuvor zugeschlagen hatte, war mit einem Mal aufgesprungen.

Getrieben vom Reflex des Ermittlers stürzte er auf den Gang. Der war leer, doch er vernahm ein deutliches Quietschen aus einem benachbarten Flur. Er bog in den Gang ein … und dort empfing ihn das zahnlose, verzückte Lächeln eines Greises mit langem grauem Bart, der im Rollstuhl saß. Konnte der es gewesen sein …? Nein. Er hätte nicht genügend Zeit gehabt, um nach dem Öffnen der Tür hierherzugelangen. Auf jeden Fall hätte Jeff den Rollstuhl quietschen gehört.

Er kehrte in sein Zimmer zurück und schloss die Tür. Sobald er über die Schwelle getreten war, schlotterte er vor Kälte. Er schlüpfte unter seine Bettdecke. Aber das genügte nicht. Es war, als wäre ein Eishauch unter seine Haut gekrochen und würde sein Fleisch durchdringen. Er fröstelte und klapperte mit den Zähnen.

Plötzlich ein kurzer Lichtstrahl und eine blitzschnelle Bewegung in seinem Blickfeld, gefolgt von einem Lärm, der ihn zusammenzucken ließ.

Mit weit aufgerissenen Augen sah Jeff, wie sich in Zeitlupe Hunderte kleiner Splitter über die Fliesen seines Zimmers verstreuten.

Das Glas.

Das er mitten auf den Tisch gestellt hatte.

Es war durch den Raum geflogen, um an der Wand gegenüber zu zerbersten.

Jeff war wie gelähmt und wagte kaum zu atmen. Nie hatte er bei Einsätzen Angst gekannt, jeden Augenblick war er bereit gewesen zu sterben, hatte im Innersten nur diesen Tod erwartet, den er so viele Male herausgefordert hatte, auch wenn er sich jedes Mal entzog – doch jetzt war sein ganzer Körper von einem namenlosen Grauen erfüllt.

Es gab keine Erklärung.

Außer einer. Doch er war nicht bereit, ihr ins Auge zu blicken.

Und dennoch …

Erneut *spürte er sie*.

Sie.

Jetzt aber war es nicht mehr die Gegenwart der Liebenden, die ihn so oft mit ihrer endlosen Sanftheit umhüllt hatte.

Diesmal war Lucie zornig.

Während der drei Tage, die sie krankgeschrieben war, ging Ann nicht ans Telefon. Sie beantwortete weder Frank Millars Anrufe noch die von irgendwem sonst. Als sie wieder auf dem Revier erschien, lud er sie zu einem Mittagessen ein, in dessen Verlauf sie ihm mitteilte, dass es zwischen ihnen aus sei. Sie war überrascht, dass er nicht im Geringsten damit gerechnet hatte. Er glaubte ihr zunächst nicht, begann dann zu argumentieren und sie schließlich regelrecht anzuflehen. Am Ende verließ er sie zornig und gedemütigt, weil er sich so weit erniedrigt hatte. Sie sah ihn den ganzen Nachmittag nicht.

Tags darauf nahm er den Dienst wieder auf, als wäre nichts gewesen. Während der folgenden Tage ermittelten sie zusammen, ohne irgendein persönliches Thema anzuschneiden. Frank schien sogar bester Laune, und Ann hoffte schon, dass alles wieder in Ordnung käme.

Doch nach einer Woche, als sie mittags im Streifenwagen ein Sandwich aßen, zog er plötzlich ein schwarzes Schächtelchen mit einer Schleife hervor. Angespannt öffnete sie es. Es enthielt einen sehr hübschen Ring, einen Smaragd, eingefasst in kleine Diamanten, ein Geschenk, für das er sich sicher verschuldet hatte. In feierlichem Tonfall machte er ihr daraufhin einen Heiratsantrag. So taktvoll wie möglich lehnte sie das Schmuckstück und den Antrag ab. Er nahm es sehr schlecht auf.

»Ich bin wohl nicht gut genug für dich, wie?«

»Unsinn, Frank.«

»Die Tochter vom Staranwalt Robert Lawrence lässt sich schon mal mit einem Cop ein, heiratet aber nur einen aus ihren Kreisen!«

Ann biss die Zähne zusammen und beherrschte sich. Wozu sich verteidigen? Allein die Tatsache, dass sie Lawrence hieß, ließ für all die Idioten in ihrer Abteilung die wildesten Spekulationen zu. Niemand, nicht einmal Jeff Mulligan, wollte verstehen, wer sie wirklich war … Vor allem Jeff Mulligan nicht, dachte sie mit einer Mischung aus Zorn und Bitterkeit. Ganz offensichtlich hatte sie die letzte Bemerkung, mit der er sie bedacht hatte, noch nicht verdaut.

Noch am selben Nachmittag beantragte und bekam Frank Millar einen anderen Partner. Ann wurde Bert Garner zugeteilt, der von der ersten Minute an seine dauerhaft schlechte Laune an ihr ausließ.

Von diesem Tag an verhielten sich alle Detectives ihr gegenüber kühl und abweisend, richteten so gut wie nie das Wort an sie und antworteten kaum auf ihre Fragen. Ihr Dienst wurde zur Hölle.

Jeden Abend, wenn sie in den Spiegel sah und sich wütend

ein paar Tränen aus den Augenwinkeln wischte, schwor sie sich, durchzuhalten.

Sie erfuhr nie, was Frank Millar über sie erzählt hatte.

Als Jeff Mulligan aus einem bleiernen Schlaf erwachte, in den ihn das selbst verlangte Sedativum versetzt hatte, erinnerte er sich, dass er heute seinen Termin beim Psychiater hatte. Zum ersten Mal ging er bereitwillig hin. Dabei war ihm dieser Glatzkopf, der ihn von seiner wissenschaftlichen Warte aus in eine seiner Schubladen einordnen wollte, nie sympathisch gewesen. Nach den Ereignissen vom Vortag aber erschien ihm das Büro von Dr. Walker wie ein Hafen der Normalität in all dem Wahnsinn ringsum, dem er selbst zu verfallen fürchtete. Er wollte von seinen immer häufiger auftretenden Halluzinationen geheilt werden, und das war schließlich der Job eines Psychiaters …

Als er seinem Arzt gegenüber Platz nahm, war Jeff bereit, mit offenen Karten zu spielen, jedenfalls bis zu einem gewissen Punkt. Wenn er dem Mann ausführlich schilderte, was er durchlebte, würde Dr. Walker vielleicht eine Diagnose stellen. Ihn würde es bereits beruhigen, wenn die Störungen, unter denen er litt, einen Namen erhielten. Ein erster Schritt auf dem Weg zur Heilung. Sein Gegenüber blickte von seiner Akte auf und lächelte.

»Wie geht es Ihnen, Steve?«

Mulligan spürte, wie seine Kinnlade herunterklappte. Walker sah ihn freundlich an, so als wäre nichts.

»Wie bitte?«

»Ich habe gefragt, wie Sie sich fühlen …«

»Nein. Wie haben Sie mich genannt?«

»Aber Ste … ähm … Oh, entschuldigen Sie, Jeff«, sagte der Arzt nach einem erneuten Blick in die Akte.

Die Zeit schien stillzustehen. Mulligan war nicht mehr Herr über die Gedanken, die durch seinen Kopf jagten. In einem so brutalen Tempo, dass er glaubte, sein Schädel müsse explodieren. Für einen Moment hatte er den Eindruck, alles würde einen Sinn ergeben. Die einzelnen Elemente, die, für sich betrachtet, absurd wirkten, fügten sich plötzlich zu einem erschreckenden Ganzen zusammen.

Steve war der Vorname von Lucies Verlobtem.

*Noli me tangere.* Der Satz auf Latein, den der Prediger geschrien hatte.

Er erinnerte sich jetzt genau: Es war der erste Teil der letzten Nachricht, die Steve kurz vor seinem Tod an Lucie gerichtet hatte.

*Lucy in the sky … Help …*

Sie bittet um deine Hilfe.

Sie wartet auf dich …

Es war, als hätte sich rund um Mulligan alles verschworen, um ihn zu Lucie zu führen.

Doch nicht nur das.

Man hätte meinen können … hinter diesem Gespinst von Zeichen verberge sich ein geheimnisvoller Weg, auf den er gegen seinen Willen gelenkt würde, durch eine Kraft …

Durch Lucie?

Nein, das war unmöglich. Der Psychiater starrte ihn leicht irritiert an. Mulligan versuchte sich wieder zu fassen.

»Warum haben Sie mich Steve genannt?«

Wider Willen war er etwas lauter geworden. Angst flackerte im Blick des Arztes auf.

»Tut mir leid, das war ein Irrtum. Ein Lapsus …«

»Haben Sie derzeit einen Patienten mit Namen Steve?«

»Ja«, stammelte Walker, »das ist wohl der Grund, ich …«

»Sind Sie sicher?«

»Nun …«

»Prüfen Sie's!«

Der Arzt schien unschlüssig, ob er vielleicht Hilfe anfordern sollte. Er tat es aber nicht, sondern blätterte nervös in seinem Dossier.

»Also?«

»Hören Sie, nein, ich betreue zurzeit keinen Kranken mit dem Vornamen Steve, aber wissen Sie …«

Mulligan erhob sich und verließ wortlos das Büro.

Er verbrachte den ganzen Tag in seinem Bett. Die Augen auf die Decke gerichtet, ging er immer wieder die Ereignisse durch, die sich auf so mysteriöse Weise zusammenfügten und ihm einen Weg zu weisen schienen.

Da waren auch die Türen, die sich ohne Erklärung öffneten. Und das hatte er nicht geträumt.

Als ob …

Als ob Lucie ihn aufforderte, diesen Ort zu verlassen.

In dieser Nacht kletterte Jeff über die mit Stacheldraht gesicherten Mauern der Anstalt und floh.

## Wüste von Juárez, geheimes Gefängnis

Raúl ist in der Hölle.

Das dumpfe Geräusch der Maschinen. Der quälende Rhythmus der Pieptöne.

Überall Drähte.

Zwei Perfusoren versorgen die Venen an seinen geschwollenen Handgelenken in regelmäßigen Abständen mit einer Flüssigkeit. Kopf und Brust sind an verschiedene Instrumente angeschlossen, die in Realzeit die Auswirkungen auf seinen Organismus analysieren.

Man hat ihn mit dicken Gurten, die in Arme und Fußgelenke einschneiden, an ein Eisenbett gefesselt.

Wegen der Reaktionen seines Körpers auf den Schmerz.

Und der ist in manchen Momenten so heftig, dass er verrückt zu werden glaubt. Er, der das Kommandotraining der Sondereinheit absolviert hat, bei dem die Grenzen der Belastbarkeit und Schmerzresistenz ständig überschritten wurden …

Bisweilen wird sein ganzer Körper von Krämpfen gelähmt, die jeden einzelnen seiner Muskeln zu beeinträchtigen scheinen.

Und sein Bauch quält ihn jede Sekunde … Seit drei Tagen hat man ihm nichts zu essen gegeben.

Aber er würde ohnehin nichts herunterbringen.

Zwei oder dreimal pro Tag präsentiert ihm ein Arzt eine Skala von eins bis zehn, auf der Raúl den Grad seines Schmerzes anzeigen muss. Angeblich ist zehn das Maximum des Erträglichen. Anfangs blieb Raúls Finger auf vier oder fünf stehen. Im Laufe der Tage ist er bis auf acht, dann neun geklettert. Einmal – war es gestern oder vorgestern? – auf dem Höhepunkt der Qual, hat seine zitternde Hand auf einen Punkt weit über der Zehn gedeutet. Kurz darauf ließ der Schmerz nach. Sicher hatte man die Dosis reduziert …

Das geschah jedoch nicht aus Mitgefühl. Der Skalatest dient nicht dem Zweck, ihm Erleichterung zu verschaffen.

Professor Steve Buchanan hat es ihm erklärt: Man gibt ihm kein Morphium, und das aus zwei Gründen. Erstens könnte es mit den Substanzen, die man ihm verabreicht, interferieren. Zweitens lässt sich die Wirkung Letzterer leichter ablesen, wenn man über Schmerzparameter verfügt.

Und welche Substanz wird ihm verabreicht?

Der Professor hat sich geweigert, sie ihm zu nennen.

Raúl, der sich nicht erinnern kann, seit seiner frühsten Kindheit je geweint zu haben, fühlt eine Träne, die er nicht fortwischen kann, über seine Wange rinnen. Guillermo … Wird er ihn eines Tages wiedersehen? Auch Bilder von Teresas Körper tauchen vor seinem geistigen Auge auf. Das wundert ihn zunächst. Doch inmitten dieser Hölle vermag er sich selbst nichts mehr vorzumachen.

Er liebt sie noch immer.

Teresas Arme sind der einzige Ort auf der Welt, wo sich Raúl jemals in Frieden, entspannt und glücklich gefühlt hat. Er, der sich einer Frau niemals hatte hingeben können, liebte es so sehr, in ihrer Umarmung einzuschlafen … An ihr bebendes Fleisch geschmiegt, das so viel Liebe verströmte, spürte

Raúl endlich kein Unbehagen mehr. Nur bei ihr fühlte er sich geborgen.

Wenn die schrecklichen Schmerzen wenige Sekunden nachlassen, peinigt ihn eine Frage.

Warum hat er nicht versucht zu fliehen, als er noch in dem Camp untergebracht war? Schließlich hat er sich dort relativ frei bewegen können. Er hätte die Wärter ausschalten können, die ihn überwachen sollten. Denn da war er noch in guter körperlicher Verfassung.

Nun aber – gefesselt, gefoltert, gemartert, geschunden – kann er gar nichts mehr tun.

Warum ist er nicht geflohen, als es noch Zeit war?

Raúl kennt die Antwort.

Armer Narr …

Wenn er nichts unternommen hat, als es noch die Möglichkeit dazu gab, dann aus einem Grund: weil er es *wissen* wollte. Er wollte auf die andere Seite des Spiegels vordringen.

Dort ist er jetzt. Doch er weiß nicht viel mehr als zuvor. Und er ist verloren.

Ich habe alles versaut.«

Jeff Mulligan hatte sich mitten in der Nacht zu Leticia geflüchtet. Fest an ihn geschmiegt, hörte sie ihm zu.

»Ich werde niemals mehr ein Cop sein.«

»Warum kehrst du nicht in die Anstalt zurück?«

»Weil ich dort völlig den Verstand verlieren würde.«

Er erzählte ihr von den Phänomenen, die zu seiner Flucht geführt hatten. Danach blieb sie eine ganze Weile stumm.

»Glaubst du, ich bin verrückt?«

Sie zögerte.

»Hat dir deine Mutter nie Geschichten von Toten erzählt, als du noch klein warst?«

Er erstarrte.

»Ich habe keine Erinnerung an meine Mutter.«

»Du hast deine Wurzeln verloren.«

»Den Sinn dieses Wortes habe ich nie verstanden.«

Lächelnd strich sie über sein schwarzes Haar und die dunkle Haut seiner Wangen.

»In Mexiko haben wir keine so festgelegten Grenzen zwischen der Welt der Toten und der Lebenden. Wir sprechen mit denen, die nicht mehr sind. Und manchmal antworten sie.«

»Mit solchem Aberglauben kann ich nichts anfangen.«

»Welches Gewicht hat das, was du glaubst, gegenüber dem, was du *gespürt* hast?«

Mit einer fahrigen Bewegung schlug Jeff die Bettdecke zurück und setzte sich auf.

»Das ist unmöglich!«

»Was war der Grund, dass du die Anstalt verlassen hast?«

»Die Halluzinationen einer Bande von Irren und der Versprecher eines blöden Psychiaters …«

»Oder das Gefühl, dass dich jemand gerufen hat?«

»Das sind Hirngespinste.«

Sie musterte ihn einige Sekunden und lachte dann leise. »Es ist das erste Mal, dass ich Angst in deinen Augen sehe.«

»Wovor sollte ich Angst haben?«

»Vor dem, was du nicht begreifst.«

Er hielt inne und überlegte.

»Leticia … Was denkst du?«

»Ich denke, man sollte nicht zu viel denken. Die Wirklichkeit ist voller Mysterien. Vertrau auf das, was du spürst.«

Jeff schwieg eine Weile. Dann stand er auf und begann sich anzuziehen.

»Mir bleibt eine winzige Chance, eines Tages wieder als Ermittler zu arbeiten. Und die besteht darin, den Fall zu lösen.«

Er küsste die junge Frau und ging zur Tür.

»Ich werde mal in Sachen Steve Buchanan recherchieren, … denn das ist die Spur, die ›man‹ mir zu weisen scheint.«

## Routt National Forest, Colorado

Während seiner Fahrt über die kurvenreiche Straße nach Steamboat Springs war Jeff Mulligan übelster Laune. Hätte man ihn gefragt, was er hier mitten in den Rocky Mountains zu suchen hatte, er hätte es nicht sagen können.

Eine Stunde zuvor war er auf dem Hayden Airport gelandet und hatte sich einen Wagen gemietet. Die kleine Stadt, von der aus Lucies Verlobter zu seiner letzten Wanderung aufgebrochen war, lag nur 65 Kilometer vom Flughafen entfernt. Mulligan würde sie in zehn Minuten erreicht haben. Er hatte höllische Kopfschmerzen.

Sein Geist arbeitete auf Hochtouren, aber wie eine Maschine im Leerlauf. Er suchte konkrete Anhaltspunkte, präzise Fakten, auf denen er aufbauen konnte, um seinen Ermittlungen eine konkrete Richtung zu geben. Doch er fand nichts. Er hatte lediglich ein Ziel vor Augen: die Orte aufzusuchen, wo dieser Zombie Steve Buchanan zuletzt gesehen worden war, um Nachforschungen über sein Verschwinden anstellen zu können. Doch sobald er sich fragte, was genau der Sinn dieses Unterfangens war, stieß er nur auf einen dichten Nebel, dem er nichts Weiteres zu entnehmen wusste als eine völlig absurde Überzeugung: »Lucie weist dir diese Spur, um dich zu ihrem Mörder zu führen.«

Wäre er ehrlich gewesen, hätte er sich eingestehen müssen:

Dies war der einzige Grund, weshalb er aus der Anstalt geflohen war.

Aber seit seiner Flucht hatte er nie mehr die Gegenwart von Lucie gespürt. Das, was er in der Anstalt wahrgenommen hatte, schien ihm fern, unwirklich, unvorstellbar. Je mehr sein logisches Denken zurückkehrte, desto unsinniger kam ihm sein Plan vor.

Nur wusste er, dass es kein Zurück mehr gab.

Als wäre seine Lage nicht schon schwierig genug gewesen, hatte er sich durch seine Flucht enorm geschadet. Selbst wenn er sich weiter behandeln ließ, würde er nicht wieder in den Polizeidienst aufgenommen. Außerdem wollte er nicht zu diesen Wahnsinnigen zurück, an jenen Ort, wo die Welt aus den Fugen schien.

In einem Punkt hatte Leticia sicher recht: Er hatte Angst. Was aber nicht bedeutete, dass er sich den Aberglauben aus grauer Vorzeit zu eigen machte.

Seine letzte Chance war, den wirklichen Mörder von Lucie zu finden. Wenn er sich nicht auch hier auf der ganzen Linie täuschte … Denn seine innerste Überzeugung, dass die junge Forscherin nicht das Opfer eines zufälligen Übergriffs war, beruhte darauf, dass er sie am Morgen ihrer Ermordung auf dem Revier gesehen hatte. Sie musste sich also bedroht gefühlt haben.

Das Problem war nur, dass sie laut dem Gutachten des Gerichtsmediziners zu diesem Zeitpunkt bereits tot gewesen war.

Hatte er geträumt?

Konnte er recht haben, auch wenn alle anderen vom Gegenteil überzeugt waren?

Jeff trat nervös aufs Gas. Er hatte keine Augen für das Glitzern des ewigen Schnees, der hier und da die Gipfel schmückte.

Ihm blieb nur eine Chance, wieder ins normale Leben zurückzukehren: Er musste bis ans Ende seines Wahns gehen.

Die Straße wurde ebener, die ersten Häuser tauchten auf. Jeff hatte Steamboat Springs erreicht. Der letzte Ort, an dem dieser Steve Buchanan gesichtet wurde, war das Hotel Bunkhouse. Jeff hatte dort ein Zimmer reserviert. Er kurvte ein wenig in der Stadt herum, die größer war, als er erwartet hatte, und fragte schließlich nach dem Weg. Nachdem er den Wagen auf dem Hotelparkplatz abgestellt hatte, meldete er sich an der Rezeption und bezog sein Zimmer. Er streckte sich auf seinem Bett aus, ohne sich Zeit zum Essen zu nehmen. Erschöpft und aufgewühlt zugleich fühlte er sich wie ein Spielball der Gedanken, die durch seinen Kopf rasten.

Während der offiziellen Ermittlungen zum Tod von Lucie hatte er ein Dossier über Steve Buchanan anfertigen lassen, das er nun abermals auf seinem Laptop durchlas. Er war nach einer Bergwanderung am 17. Mai 2007 als vermisst gemeldet worden. Sein Leichnam wurde nie gefunden. Genau wie Lucie hatte er für das AdamTech-Institute gearbeitet. Er galt allgemein als brillanter Forscher mit einer großen Zukunft.

Zwei erfolgreiche junge Leute, die sich liebten, waren innerhalb von drei Monaten gestorben … Gab es da einen Zusammenhang? Hatten Steve und Lucie aus demselben Grund den Tod gefunden? Würde die Erklärung für Steves Verschwinden die Suche nach Lucies Mörder erleichtern?

Wurde er in diese Richtung … geführt?

Paranoides Delirium, sagte er sich. Sein Kopfweh wurde immer heftiger.

Er nahm ein in Wasser aufgelöstes Tütchen Aspirin. Die Wirkung war gleich null.

Die ganze Nacht tat er kein Auge zu.

Am nächsten Morgen befragte Jeff den Hotelbesitzer – ein Mann um die fünfzig, groß, stämmig, die Haut gegerbt von der Bergsonne. Er konnte sich gut an Steve Buchanan erinnern.

»Der junge New Yorker, der im Frühjahr verschwunden ist? Armer Teufel … Das musste ja passieren!«

»Warum?«

»Ein Typ, der hier aufkreuzt und ganz offensichtlich nicht in Topform ist, wenn Sie verstehen, was ich meine. Blass, Ringe unter den Augen, den Blick ins Leere gerichtet … Und gleich am ersten Tag nach seiner Ankunft setzt er sich in den Kopf, eine extrem schwere Tour zu machen. Dabei war klar, dass er nie höher gekommen ist als auf das Empire State Building, und das auch nur per Aufzug!«

»Woher wissen Sie das?«

»Nun, erst mal bricht einer, der die Berge kennt, niemals mit Turnschuhen zu einer Wanderung in über dreitausend Meter auf, vor allem nicht im Mai.«

»Haben Sie ihm das gesagt?«

»Selbstverständlich! Er hat geantwortet: ›Wieso, das Wetter ist doch schön.‹«

»Stimmte das nicht?«

»Sie sind genau wie er! Haben Sie noch nie gehört, dass ab einer gewissen Höhe das Wetter innerhalb weniger Minuten umschlagen kann? Und genau das war auch der Fall. Es gab Gewitter. Und da der arme Teufel ohne Karte oder Kompass aufgebrochen ist …«

»Ja und?«

Der Hotelbesitzer musterte Jeff Mulligan wie einen Vollidioten.

»Bei schlechtem Wetter können Sie von einem Moment zum nächsten die Hand nicht mehr vor Augen sehen, geschweige denn Ihren Weg. Und wenn Sie sich erst einmal in den Bergen verirrt haben … Noch dazu hatte er nicht mal einen Rucksack dabei.«

»Sie werden mich erneut für einen kompletten Trottel halten, aber …«

Zum ersten Mal erschien ein leichtes Lächeln auf dem Gesicht des Mannes.

»Wenn Sie sich im Gebirge verirren, werden Sie gesucht, okay? Doch das braucht Zeit. In dieser Gegend gibt es Hunderte von zum Teil winzigen Tälern, ganz abgesehen von den Schluchten, den Steilhängen, die vom Rettungshubschrauber aus nicht einzusehen sind … Deshalb muss man eine Ausrüstung dabeihaben, mit der man zwei oder drei Nächte überleben kann: ausreichend Wasser, Lebensmittel, warme Kleidung. Es kann nachts frieren, selbst mitten im Sommer.«

»Bestimmt haben Sie ihn gewarnt …«

»Ich habe ihm sogar vorgeschlagen, mit meinem Cousin aufzubrechen, der Bergführer ist. Aber wissen Sie …«

Der Mann zögerte.

»Was ich Ihnen jetzt sage, ist mein ganz persönlicher Eindruck«, fuhr er in vertraulichem Tonfall fort. »Dieser Junge wollte sterben.«

»Wie kommen Sie darauf?«

»Er wirkte sehr niedergeschlagen. Und außerdem hat er all meine Warnungen in den Wind geschlagen … Ich glaube, er wusste, dass er nicht zurückkehren würde.«

Jeff dankte dem Hotelbesitzer und verließ ihn nachdenklich. Und wenn dieser Zombie Steve gar nicht, wie er gedacht hatte, bei einem Wanderunfall gestorben war? Wenn er Selbstmord begangen hatte? Doch aus welchem Grund? Er hatte Erfolg im Beruf und Glück in der Liebe …

Es sei denn, in seinem Leben hatte es einen dunklen Fleck gegeben … War er vielleicht in eine dubiose Affäre verwickelt? Eine Geschichte, die etwas mit dem Mord an Lucie zu tun hatte?

Reine Spekulationen … Jeff Mulligan hatte definitiv nichts Konkretes in der Hand.

Er verbrachte den Tag damit, die Einwohner von Steamboat Springs in Sachen Buchanan zu befragen. Er erfuhr nichts Neues. Obwohl alle von einem jungen Mann aus New York wussten, der vor mehreren Monaten als vermisst gemeldet worden war, konnten sich doch nur wenige genauer an ihn erinnern. Jeff machte einen Mann von der Bergwacht ausfindig, der an der Suche teilgenommen hatte, was ihn aber auch nicht weiter brachte. Vier Tage lang hatten sie das Gebirge durchforstet. Keine Spur. Am fünften Tag hatte ein Unwetter eingesetzt, das eine halbe Woche angedauert hatte. Danach erübrigte es sich weiterzusuchen.

Jeff kehrte früh in sein Zimmer zurück und aß vor dem Fernseher ein Sandwich, ohne dem Programm Beachtung zu schenken. Eine abgrundtiefe Niedergeschlagenheit überfiel ihn. Für seine Recherchen gab es weder eine Grundlage noch eine Richtung. Er hatte nicht die geringste Chance.

Trotzdem beschloss er, am nächsten Morgen den Pfaden zu folgen, auf denen Steve Buchanan verschwunden war. Welche Spuren konnten nach vier Monaten von einem Mann zurückgeblieben sein, der tagelang vergebens von Hubschraubern gesucht worden war? Doch das war die letzte Möglichkeit.

Als Jeff Mulligan nach einer Stunde Fußmarsch die glatte Oberfläche des Gold Creek Lake betrachtete, war seine schlechte Stimmung plötzlich wie weggeblasen. Ein Fisch, der aus dem Wasser sprang, entlockte ihm ein Lächeln. Der Gesang der Vögel und das Murmeln der leichten Brise hoben sich wohltuend von der Stille ab, die aus den Tiefen seiner Seele aufzusteigen schien. Er fühlte sich gut. Kannte Lucie solche Zustände des Wohlbehagens, nachdem sie so vertraut mit der Bergwelt war? Ihre Lebensfreude kam Jeff plötzlich weniger fremd vor. War er imstande, selbst so etwas zu empfinden? In einer Umgebung wie dieser hier erschien es ihm weniger schwer. Hier galt es nicht, ein Ziel zu verfolgen, irgendetwas anzustreben – es genügte, einfach da zu sein und die Schönheiten der unberührten Natur fernab vom menschlichen Chaos in sich aufzunehmen.

Er vergaß, warum er hierhergekommen war, und lehnte sich an einen Baum. Sein Körper war entspannt. Sein Blick schweifte über die schneebedeckten Berggipfel und folgte dem Flug eines Raubvogels, der seine Kreise am blauen Himmel zog. Dabei überließ er sich ganz seinen Empfindungen.

Das Gefühl der Ruhe war derart tief, dass er bald spürte, wie sein Körper schwerer wurde, sein Kinn langsam auf seine Brust sank. Kaum konnte er noch die Augen offen halten. Sein Kopf fiel leicht nach vorne. Traumbilder legten sich über die Schönheiten der Gebirgslandschaft.

*Er ist zehn Jahre alt. Nach einer ausgedehnten Wanderung durch den Wald setzt er sich an den weißen Stamm einer Birke. Sein keuchender Atem vermischt sich mit der Brise, die seine Haut erfrischt. Er spürt nicht mehr die Grenzen seines Körpers und verschmilzt mit dem Baum. Er ist eins mit allem, endlos glücklich in einem Moment der Ewigkeit. Und dann …*

Jeff zuckte zusammen und schlug die Augen auf. Voller Verwunderung versuchte er seine tauben Glieder zu bewegen. Für gewöhnlich hatte er nie Erinnerungen an seine Kindheit. Seine frühen Jahre waren immer in einen dichten Nebel eingehüllt gewesen … Merkwürdigerweise hinterließ diese Vision keine friedliche Stimmung. Vielmehr fühlte er sich bedrückt. Er stand auf, machte ein paar Schritte. Er musste seinen Weg fortsetzen.

Hinter einer Biegung des Pfades tauchte der Flattop Mountain auf, den ewiger Schnee bedeckte. Laut seiner Karte musste er jenseits der markierten Pfade zum Gipfel des Red Dirt Pass aufsteigen. Die Hänge waren mit Wildblumen übersät, und bald war Jeff von Mückenschwärmen umgeben, die er vergebens zu verscheuchen suchte. Nach seinen Informationen war dies die Route, die Steve Buchanan eingeschlagen hatte oder wenigstens hatte einschlagen wollen. Bald ließ er die Baumgrenze hinter sich. Ohne die geringste Ermüdung setzte er seinen Aufstieg fort, machte einen Bogen um ein Schneefeld und erreichte schließlich den Red Dirt Pass.

Von hier aus konnte er die gesamte Bergkette überschauen. Er stand da, lauschte auf seinen Atem und genoss die völlige Einsamkeit.

Während seiner ganzen Wanderung war er keiner Menschenseele begegnet.

Als er sich darauf besann, weshalb er sich überhaupt in den Rocky Mountains befand, überkam ihn eine tiefe Niedergeschlagenheit. Es gab keine Chance, hier auch nur das geringste Indiz zu finden. Steve Buchanan war vor über drei Monaten verschwunden, seine Leiche wurde nie gefunden, und das war auch nicht weiter verwunderlich. Das Gebirge war mit schmalen Tälern und Schluchten übersät … Ein idealer Ort, um Selbstmord zu begehen. Man konnte Medikamente schlucken und sicher sein, nicht vorzeitig gefunden zu werden.

»Ein idealer Ort, um eine Leiche verschwinden zu lassen«, sagte eine Stimme in seinem Kopf. »Und einen Unfall vorzutäuschen.«

Wenn es eine Verbindung zwischen dem Tod von Steve und dem Mord an Lucie gab, so konnte Steve natürlich genauso gut umgebracht worden sein.

Was nützte ihm das … Er hatte nichts in der Hand.

Für seinen kleinen Spaziergang auf den Spuren von Lucies Verlobtem gab es keinen rationalen Grund. Er musste den Tatsachen ins Auge blicken: Er war durchgedreht und hatte seine Laufbahn als Cop zerstört. Was sollte er fortan tun? Privatdetektiv werden? Seine Tage damit verbringen, untreuen Ehemännern oder -frauen nachzuspüren? Sehr wenig verlockend für ihn. Für viele der unteren Dienstgrade brachte es durchaus Vorteile, wenn sie zu privaten Sicherheitsdiensten wechselten. Doch die korrupten Superreichen zu beschützen interessierte ihn genauso wenig. Wenn er nicht mehr Cop sein konnte, hatte sein Leben keinen Sinn mehr.

Er stieg wieder hinab zur Baumgrenze, wobei er bisweilen auf dem Geröll ausrutschte. Auf dem Pfad, der ihn zum Gold Creek Lake zurückführte, kamen ihm die ersten Wanderer entgegen – ein Liebespaar, das sich eng umschlungen hielt. Ein Stück weiter unten bemerkte Jeff etwas, das ihm auf dem Hinweg nicht aufgefallen war. In einem tiefer gelegenen Tal befand sich eine Hütte, um die herum Schafe grasten. Sie musste bewohnt sein. Er verließ den Pfad und nahm eine Abkürzung über den steilen Hang, wo er sich immer an Baumstämme klammerte, um sein Tempo zu bremsen. Bald hatte er die Wiese erreicht. Die Schafe stoben auseinander, ein Hund rannte bellend auf ihn zu.

»Platz, Wilson«, rief eine Stimme.

Wie konnte man einen Hund Wilson nennen? Das Tier gehorchte, und der Schäfer kam auf ihn zu. Der hagere lächelnde Mann, der eine Weste aus Schafsfell und einen eindrucksvollen Stetson trug, schien erfreut, dass er Besuch bekam. Er bat ihn, einzutreten und einen Kaffee mit ihm zu trinken, doch Jeff lehnte die Einladung ab.

»Haben Sie von dem jungen New Yorker gehört, der vor einigen Monaten hier in der Gegend verschwunden ist?«

»Gewiss. Hier gibt es nicht so viele tödliche Unfälle. Und für gewöhnlich wird die Leiche gefunden.«

»Sind Sie diesem Mann zufällig begegnet?«

»Nein.«

»Sie kennen die Berge. Kommt Ihnen an dieser Geschichte etwas merkwürdig oder verdächtig vor?«

»Nein … Sie sind etwas spät dran, würde ich sagen! Die Burschen, die mir diese Art von Fragen gestellt haben, waren schon drei Tage nach dem Unglück hier.«

»Wer hat Sie verhört? Die Polizei?«

»Nein, nein, das waren keine Polizisten. Zwei komische Kerle. Ich glaube, es …«

Der Hirte verstummte mitten im Satz und starrte über Jeffs Schulter hinweg auf etwas.

»Ich glaube, das waren genau diese beiden Typen dort drüben …«

Jeff Mulligan fuhr herum. Zwei Männer in modischen langen Mänteln, die so gar nicht in diese Umgebung passten, kamen näher. Es waren stämmige Burschen, die ganz bewusst eine finstere Miene aufgesetzt hatten, um ihr Gegenüber einzuschüchtern ... Ohne sich abzusprechen, trennten sie sich plötzlich und postierten sich so, dass für Jeff kein Rückzug möglich war.

»Hallo, mein Freund«, sagte der Kräftigere der beiden, ein Bärtiger mit kahl rasiertem Schädel und einem Ring im linken Ohr.

Jeff antwortete nicht. Der andere, ein Blonder mit einer schlecht operierten Hasenscharte, ergriff jetzt das Wort.

»Es scheint so, als würden Sie sich für Steve Buchanan interessieren.«

Die beiden Männer näherten sich langsam von beiden Seiten. Der Schäfer zog sich still und leise in seine Hütte zurück und verschloss sie von innen.

»Darf man wissen, was genau Sie suchen?«, fragte der Erste in übertrieben freundlichem Tonfall, der nichts Gutes verhieß.

»Wir wüssten auch gerne, wer Sie sind«, flötete der große Blonde, der sich direkt vor Jeff aufgebaut hatte.

Der gab keinen Ton von sich.

»Hast du die Sprache verloren, Idiot?«

Der Glatzkopf hatte einen Ochsenziemer aus der Tasche gezogen, während der andere sanft über einen Schlagring strich.

Jeff wusste aus Erfahrung: Wirklich gefährliche Typen versuchten nicht, Eindruck zu schinden. Den Blick auf die Berge gerichtet, behielt er die beiden Schläger, die ihn in die Zange genommen hatten, im Auge und wartete den richtigen

Moment ab. Sie durften ihm nicht entkommen. Denn er selbst hatte ihnen ein paar Fragen zu stellen.

Der Glatzkopf war nur noch einen halben Meter von ihm entfernt. Er streckte lässig die Hand aus und streifte Jeffs Wange mit seinem Ochsenziemer.

Sofort schnellte dessen Arm vor, und seine Faust traf die Nase des Glatzkopfs, der drei Meter nach hinten flog.

Jetzt stürzte sich der Blonde auf ihn, doch Jeff versetzte ihm einen Tritt in den Unterleib, den dieser allerdings unbeschadet überstand. Er musste einen Tiefschutz tragen. Er konterte mit einem Hieb seiner bewaffneten Hand, dem Jeff auswich, um dann seinen Angreifer mit einem üblen Uppercut zu Boden zu strecken. Der Glatzkopf, dessen Gesicht blutüberströmt war, schlich sich von hinten an und schlug ihm mit seinem Ochsenziemer in den Nacken. Ein gemeiner Hieb, doch Jeff war hart im Nehmen. Mit gesenktem Kopf stürzte er sich wie ein Stier auf seinen Gegner, schlang beide Arme um dessen Oberkörper und schob ihn rückwärts bis zur Hüttenwand, auf die er so heftig prallte, dass es ihm den Atem verschlug. Der Sergeant, der mit allen Techniken des Nahkampfes vertraut war, nutzte seinen Vorteil mit einer Reihe von Schlägen in den Unterleib und einem Haken in die Leber.

Der Bursche war zäh. Er hatte zwar nicht die Kraft zu kontern, wankte aber nicht.

Jeff versetzte ihm mehrere Hiebe ins Gesicht, bis der Mann, an Nase und Kinn blutend, zusammenbrach.

Der Sergeant ahnte die Gegenwart des Blonden in seinem Rücken und wirbelte herum.

Zu spät.

Der andere baute sich vor ihm auf und schwang einen Holzknüppel.

Jeff hatte gerade noch Zeit, einen Schritt zurückzutun. Das reichte nicht, um dem Schlag auszuweichen, minderte aber die Wucht. Der Gangster hatte so kräftig zugeschlagen, dass er Jeff den Schädel hätte spalten müssen. Dank seines halb geglückten Ausweichmanövers aber büßte der nur ein Stück Kopfhaut ein. Er taumelte, konnte sich jedoch nach ein paar Sekunden wieder fangen.

Diese Frist nutzten die beiden Kumpane, um sich aus dem Staub zu machen.

Jeff stürzte hinterdrein.

Sie rannten quer über die Wiese zu dem Weg, auf dem sie gekommen waren.

Plötzlich schnellte der Blonde herum, und Jeff warf sich zu Boden. Diese Reflexhandlung rettete ihm das Leben. Aus zwanzig Meter Entfernung gab der Gangster mit seiner Automatik eine Salve in seine Richtung ab. Die Kugeln pfiffen ihm um die Ohren. Der Sergeant rollte sich hinter einen Erdhügel.

Die Maschinenpistole verstummte.

Der Sergeant zögerte einige Sekunden. Entweder wartete der Killer, dass er seine Deckung verließ, oder er hatte bereits die Flucht ergriffen ... Jeff musste sich beeilen, sonst würde er die beiden aus den Augen verlieren.

Er konnte gerade noch den dunklen Ledermantel des großen Blonden zwischen den Bäumen erkennen, hinter denen der Weg oberhalb der Wiese verlief. Keuchend erklomm er den Steilhang, doch als er den Pfad erreicht hatte, waren die beiden schon hinter der Biegung verschwunden. Jeff setzte zu einem Sprint an, doch das Dröhnen von zwei Motorrädern bremste seinen Elan. 125er, dachte er.

Unmöglich, sie einzuholen.

Mit einem wütenden Fußtritt kickte er einen toten Ast den Hang hinab.

Er hatte sich eine Chance entgehen lassen, die sich vielleicht nicht wieder bieten würde …

Doch bei aller Enttäuschung erfüllte eine stille Freude sein Herz.

Das Auftauchen dieser beiden Schläger bewies, dass es jemanden gab, dem seine Nachforschungen nicht in den Kram passten.

Sein Instinkt hatte ihn also nicht getäuscht.

Er war irgendeiner Sache auf der Spur.

Als Jeff Mulligan am letzten Abend seines Aufenthalts auf dem Bett seines Hotelzimmers lag, dachte er angestrengt nach.

Die beiden Spaßvögel, die auf ihn losgegangen waren, hatten nicht den Auftrag, ihn umzubringen. Sie sollten ihn einschüchtern, damit er auf ihre Fragen antwortete. Mit ihren Schüssen hatten sie nur ihren Fluchtweg sichern wollen.

Wie hatten sie ihn ausfindig gemacht?

Man musste sie von seiner kleinen Untersuchung unterrichtet haben.

Seine Nachforschungen hatten in Steamboat Springs Staub aufgewirbelt, denn immerhin hatte er die halbe Stadt befragt …

Wahrscheinlich hatte ihr Auftraggeber mehrere Bewohner angewiesen, ihm Bescheid zu geben, falls jemand Erkundigungen zum Verschwinden von Steve Buchanan einzog.

Aber wer mochte das sein?

Allem Anschein nach jemand, der kein Interesse daran hatte, dass dieser Vorfall aufgeklärt wurde … Sein Mörder?

Je länger Jeff darüber nachgrübelte, desto mehr kam er zu der Überzeugung, dass Lucies Verlobter umgebracht worden war.

Wie Lucie … Und vielleicht auf Befehl derselben mysteriösen Person.

Wer hatte ein Interesse an ihrem Tod?

Und wieder verdunkelte dichter Nebel sein Gehirn.

Lucie, hilf mir …

Hilf mir.

Jeff fühlte sich mutloser denn je.

Nur ein dringendes Bedürfnis konnte ihn bewegen, sein Bett zu verlassen, auf das er sich anschließend gleich wieder fallen ließ. Mechanisch schaltete er den Fernseher an und stieß auf eine dieser albernen *Soap Operas* …

Was konnte er im Moment überhaupt tun?

Erst einmal musste er einen Arzt aufsuchen, und am besten gleich am nächsten Morgen. Seine Wunde am Schädel, auf die er ein feuchtes Tuch gelegt hatte, wollte nicht aufhören zu bluten und musste sicher mit einigen Stichen genäht werden.

Was seine Nachforschungen anbetraf … Jeff konnte plötzlich nicht mehr denken. Er fühlte sich völlig hilflos. Leer.

Er öffnete die Schublade seines Nachtkästchens und suchte tastend nach einem Telefonbuch. Bestimmt würde er einen Arzttermin bekommen, wenn er gleich früh am nächsten Morgen anrief. Zwei dicke Bücher lagen nebeneinander. Er zog blind eines heraus und schlug es auf. Es war kein Telefonbuch.

Es war die Bibel.

Er wollte sie schon wieder schließen, als sein Blick auf einen Satz links von seinem Daumen fiel.

»Rühre mich nicht an, denn ich bin noch nicht aufgefahren zum Vater!«

Er erschauerte.

Das waren haargenau die Worte, die der Prediger bei seinem missglückten Selbstmordversuch gerufen hatte!

Er hatte es auf Lateinisch gesagt: *Noli me tangere* … Dann hatte er hinzugefügt »Rühre mich nicht an, denn …«

Und wenn *»noli me tangere«* nun ganz einfach »rühre mich nicht an« bedeutete? Womöglich hatte der Prediger, der über eine gewisse Bildung zu verfügen schien, nacheinander den lateinischen und den übersetzten Text gerufen.

Der komplette Sinn von Steves lateinischer Botschaft wäre also folgender: »Rühre mich nicht an, denn ich bin *noch* nicht aufgefahren zum Vater!«

Wieder so ein unglaublicher Zufall – auf die Bibelseite zu geraten, wo diese Worte standen! Hatte Lucie ihm die Übersetzung der Worte aus Steves Mail liefern wollen?

Jeff versuchte sich zu fassen. Die Stimme der Vernunft hämmerte ihm ein, keinen tieferen Sinn in einem Zufall zu suchen, es handele sich schlicht und einfach um einen Deutungswahn. Doch die Wahrheit war: Er hörte immer weniger auf diese Stimme. Es gab einfach zu viele seltsame Fügungen, als dass man hier noch an ›Zufall‹ glauben konnte.

Heute Abend hatte er Lucie gerufen.

Sie hatte geantwortet.

Und Jeffs Brust wurde von einem so freudigen Beben erfasst, dass er nicht die geringste Lust verspürte, sich dem Zweifel hinzugeben.

Die einzige Frage war: Was wollte sie ihm mitteilen? Gewiss verbarg sich eine Botschaft in dieser letzten Mail, die ihr Verlobter ihr hatte zukommen lassen … Aber welche?

»Rühre mich nicht an, denn ich bin noch nicht aufgefahren zum Vater …«

Hielt sich dieser Zombie Steve für Jesus, oder was?

»… noch nicht aufgefahren zum Vater.« Noch nicht zum lieben Gott zurückgekehrt, das hieß noch nicht *tot*? Hatte Steve ihr bedeuten wollen, dass er sterben würde? Dass er Selbstmord begehen wollte?

Oder dass er sich bedroht fühlte und man ihn töten würde?

»Rühre mich nicht an …« Nähere dich mir nicht. Halte dich fern, denn es besteht Gefahr.

Die Korrespondenz von Steve und Lucie war gespickt mit kodierten Sätzen und lateinischen, griechischen, biblischen oder esoterischen Verweisen. Die beiden vereinte nicht nur ihre Leidenschaft für die Forschung, sondern auch ein gemeinsames Interesse an kulturellen Zusammenhängen, die Jeffs Horizont überstiegen. Sinnlos der Versuch, ihre sprachlichen Spielchen zu entschlüsseln! Es tat auch weh: Die beiden vereinte so vieles, das sich ihm nie erschließen würde.

Warum hatte sie gerade ihn, Mulligan, gewählt, um ihren Mord aufzuklären?

Plötzlich wurde ihm die Absurdität dieses Gedankens bewusst, und er fürchtete, sich immer mehr in einer Welt des Wahnsinns zu verlieren.

Er musste zurück auf den Boden der Tatsachen.

Bevor Steve in die Rolle von Gottes Sohn schlüpfte, war sein Vater ein Mensch aus Fleisch und Blut mit Namen Henry Buchanan gewesen. Jeff erinnerte sich vage an das Dossier über ihn. Ein ungeheuer erfolgreicher Geschäftsmann und Milliardär.

Konnte Steves Vater in die Sache verstrickt sein? Und Lucie ermordet haben? Und Steve? Nein … Nicht seinen eigenen Sohn. Doch womöglich war er dennoch in dunkle Machenschaften verwickelt.

»Rühre mich nicht an, denn ich bin noch nicht aufgefahren zum Vater …«

Nähere dich mir nicht, denn ich bin noch nicht zu meinem Papa zurückgekehrt, um gewisse Dinge mit ihm zu regeln … Hatte Steve Lucie auf Abstand halten wollen, um sie zu schützen, solange ein gewisses Problem mit Henry Buchanan nicht geklärt war? Und der weitere Verlauf der Ereignisse hatte ihm recht gegeben: Er war wirklich in Gefahr. Und sie auch.

Befand sich der Schlüssel zu den beiden Morden bei Henry Buchanan? Versuchte Lucie ihm diese Richtung zu weisen?

Jeffs Kopfwunde beginnt wieder heftig zu schmerzen. Unwillkürlich muss er lachen. Noch nie hat er einen Teamkollegen im Jenseits gehabt. Und seines Wissens auch kein anderer Polizist. Er dreht durch.

Oder auch nicht.

Oder doch …

Er muss durchatmen. Jeff öffnet die Fenstertür und tritt auf den winzigen Balkon. Die Nachtluft füllt seine Lungen mit wohltuender Frische. Majestätisch ragt die gigantische Silhouette des Bergmassivs über dem Tal empor. Noch nie hat sich Jeff so klein gefühlt.

In diesem Augenblick wird es ihm in aller Deutlichkeit klar: Die Kräfte, die den Menschen lenken, sind größer als er selbst.

Sein Entschluss ist gefasst.

Er wird Nachforschungen über Henry Buchanan anstellen.

## Wüste von Juárez, geheimes Krankenhaus

Nach Tagen der Qual ließ der Schmerz langsam nach, und Raúl befand sich in einem Zustand totaler Erschöpfung, der zwar weniger peinigend, aber tiefgehender war, eine andere Form des Leidens. In den folgenden beiden Tagen vegetierte er in seinem Bett dahin und fand kaum die Kraft, den lebenswichtigen Sauerstoff einzuatmen. Niemand suchte sein Zimmer auf. Vor lauter Grübeln war sein Kopf völlig leer, und er hatte nicht einmal mehr genügend Energie, um sich zu langweilen.

Dann kam jemand.

Raúl, der kaum die Augen öffnen konnte, erkannte die Stimme von Professor Steve Buchanan.

»Raúl Espejo, ich weiß, welche Qualen Sie durchgemacht haben. Wir bringen Sie zurück ins Camp, und Sie können sich eine Zeitlang erholen. Jetzt sind Sie ein vollwertiger Mitarbeiter unseres großartigen Projekts.«

Raúl war zu schwach, um etwas zu erwidern. Wäre er in der Lage dazu gewesen, hätte er Buchanan mit den bloßen Händen erwürgt.

Später legten ihn zwei bewaffnete Pfleger grob auf eine Bahre und verfrachteten ihn in ein weißes Lieferauto, das zu einem Krankenwagen umfunktioniert worden war. Auf einer Liege neben ihm ruhte ein bewusstloser Mann.

Der Wagen fuhr an.

»Sie können sich eine Zeitlang erholen.«

Also wollte man ihn anschließend in diese Teufelsklinik zurückbringen, um weitere Versuche vorzunehmen.

Nein.

Der Lieferwagen fuhr im Schritttempo an der endlosen Betonmauer entlang, die das Camp von dem Ort der Folter trennte.

Er würde nicht hierher zurückkehren.

In drei oder vier Minuten würden sie das gepanzerte Tor erreichen und das gesicherte Areal verlassen. Raúl begann sein linkes Handgelenk, dessen Fessel etwas lockerer war, hin- und herzubewegen, um sich ihrer zu entledigen. Wenn er den Lieferwagen in seine Gewalt bringen konnte und mit etwas Glück dem Geschosshagel von den Wachtürmen entkam, würde er es schaffen, die Sperre am Eingang zu durchbrechen. Andernfalls … Doch er wollte lieber sterben als weiter das Versuchskaninchen spielen.

Nur noch zwei Minuten. Weniger vielleicht. In seiner Spezialausbildung hatte er eines gelernt: Wenn man sich einer Fessel absolut nicht zu entledigen vermochte, gab es nur ein Mittel, um garantiert freizukommen: so viel Fleisch von der gefangenen Gliedmaße abzuwetzen, bis sie Spielraum hatte. Wie besessen scheuerte er sein Handgelenk an dem Riemen. Es kümmerte ihn nicht, dass das Blut in Strömen über seinen Schenkel floss, und seltsamerweise machte ihm auch der heftige Schmerz nichts aus. So gelang es Raúl, sich zu befreien.

Knapp eine Minute, und es war so weit.

Raúl warf einen Blick auf seinen Leidensgenossen neben ihm. Er lag im Koma. Durfte er das Leben dieses Mannes aufs Spiel setzen?

Aber war das Leid, dem die Menschen in dieser Hölle ausgesetzt waren, nicht schlimmer als der Tod?

Der Wagen verlangsamte das Tempo und hielt schließlich an. Offenbar hatten sie das gepanzerte Tor erreicht.

Er durfte nicht zögern.

Auf dem Hinweg hatte es rund dreißig Sekunden gedauert, bis sich die schweren Flügel geöffnet hatten. Sobald sie wieder anfuhren, müsste er handeln. Er konnte nicht warten, bis sie das Camp erreicht hatten, wo es von Wärtern wimmelte. Auf dem Weg zwischen der Betonmauer und der Einfahrt zum Camp musste er eine Strategie finden, um mindestens einen seiner Bewacher herzulocken, zu überwältigen und ihm die Waffe abzunehmen.

Doch es gab ein Hindernis.

Raúl war völlig entkräftet.

Es war sehr anstrengend gewesen, seinen Arm zu befreien. Keuchend rang er nach Luft. Er fühlte sich nicht einmal in der Lage, sich zu erheben.

Doch er wusste, dass seine Schwäche zugleich seine Stärke war. Seine Bewacher kannten seinen Zustand und rechneten daher nicht mit einem Angriff. Seine einzige Chance war der Überraschungseffekt.

Es war das erste Mal seit langer Zeit, dass Raúl betete.

Um im richtigen Augenblick die Kraft zu finden, die ihm fehlte.

Jeff ging nach Hause. Er hatte keinen Grund, sich zu verstecken. Seine Flucht aus der Anstalt war für seine Dienststelle zwar ein grober Verstoß, der seine letzten Chancen auf Wiedereinstellung zunichtemachte, aber er hatte kein Verbrechen begangen.

Seit seinem Ausbruch hatte er die Mailbox seines Handys nicht mehr abgehört. Mehrere Nachrichten von Ann erwarteten ihn. Seine junge Kollegin fragte besorgt, wo er sich aufhielte und warum er diese Torheit begangen habe … Sie teilte ihm auch mit, dass Lieutenant Woodruff die Sache bisher vor seinen Vorgesetzten geheim gehalten hatte. Es war also vielleicht noch Zeit, in die Anstalt zurückzukehren … In einer letzten Nachricht flehte sie ihn an, Kontakt mit ihr aufzunehmen. Sie würde ihm helfen.

Jeff ließ ein heißes Bad einlaufen, legte sich hinein und dachte in Ruhe über sein weiteres Vorgehen nach. Anschließend schenkte er sich einen kräftigen Whisky ein, den er langsam und genussvoll trank. Dann griff er zum Telefon und wählte Anns Nummer. Als sie seine Stimme hörte, konnte sie einen Aufschrei nicht unterdrücken. Sie fragte ihn, wo er sei, und schlug vor, bei ihm vorbeizukommen. Er willigte ein.

Eine halbe Stunde später klingelte es an seiner Tür. Sie hatte nicht ihre übliche Kluft an – keine Jeans und kein schwarzes Lederblouson. Jeff wurde bewusst, dass er sie eigentlich nur vom Dienst her kannte. Jetzt trug sie einen halblangen Rock und ein auf Taille geschnittenes Oberteil. Vor ihm stand nicht mehr die unerfahrene junge Kollegin, sondern eine Frau. Und noch dazu eine, die gut gebaut war, wie er sich eingestehen musste.

»Sie haben niemandem Bescheid gesagt?«

»Ich bitte Sie, rufen Sie den Lieutenant an. Sie sind ihm wichtiger, als Sie ahnen.«

»Ich kann nicht in die Anstalt zurück.«

»Warum?«

»Aus Gründen, die Sie nicht verstehen können.«

Sie trat näher und ergriff seinen Arm.

»Jeff, jeder macht einmal eine schwierige Zeit durch. Lassen Sie mich Ihnen helfen.«

»Ich werde Sie in der Tat brauchen.«

Ein strahlendes Lächeln erschien auf ihrem Gesicht:

»Wir können gerne reden, wenn Ihnen danach ist. Ich kann auch den Lieutenant für Sie anrufen. Oder wenn Sie wollen, begleite ich Sie ins Sanatorium … Ich stehe ganz zu Ihrer Verfügung.«

»Ich brauche Informationen über Henry Buchanan.«

»Wie bitte?«

»Das ist der Vater von Steve Buchanan, dem Verlobten von Lucie Milton, der einige Wochen vor ihrem Tod in den Bergen verschwunden ist. Ich habe gute Gründe anzunehmen, dass er mit dem Mord zu tun hat.«

Anns Lächeln erlosch auf der Stelle.

»Mein Gott, Jeff, beschäftigen Sie sich noch immer mit dieser Geschichte …«

»Natürlich müssen Sie dabei mit äußerster Diskretion vorgehen.«

»Ich bitte Sie, kommen Sie wieder auf den Boden der Tatsachen zurück. Vergessen Sie die Geschichte! Der Fall ist gelöst. Sie sind im Begriff, Ihre Karriere und Ihr Leben zu zerstören.«

»Sie wollen mir also nicht helfen?«

»Helfen Sie sich doch erst mal selbst. *Ich habe nicht das Recht*, eine parallele Untersuchung zu einem Fall durchzuführen, den meine Dienststelle für abgeschlossen erklärt. Verlangen Sie bitte nicht von mir, dass ich Sie in diesem Wahnsinn unterstütze.«

»Sie haben Angst vor dem Lieutenant!«

Sie schüttelte den Kopf und sah ihn fest an:

»Was für ein guter Psychologe Sie doch sind …«

»Ann, ich habe keine Dienstmarke mehr. Ich habe keinen Zugang zu den Polizeiakten. Sie sind Cop. Ich brauche Sie. Darum frage ich Sie noch einmal: Wollen Sie mir helfen?«

Ann seufzte tief:

»Ja, Jeff, ich will Ihnen helfen, aber nicht auf diese Art.«

Sie sitzt allein im Wartezimmer. Dr. Yudkowski hat sie gebeten, nach seinem letzten Termin vorbeizukommen. Doch dieser will kein Ende nehmen. Die Sprechstundenhilfe ist bereits nach Hause gegangen. Nur die gedämpften Stimmen, die aus dem Sprechzimmer dringen, deuten darauf hin, dass noch jemand in der Praxis ist. Ann sieht auf ihre Uhr: halb neun. Nachdem sie etwas zu früh gekommen ist, wartet sie jetzt bereits seit einer Stunde.

Dr. Yudkowski ist der Hausarzt von Henry Buchanan. Nach ihren Informationen steht er ihm auch recht nahe. Wenn sie sich beiläufig nach ihm erkundigt, kann sie vielleicht einige nützliche Hinweise erhalten.

Vielleicht …

Aber worüber eigentlich? Sie weiß nicht einmal, wonach sie sucht. Jeff, der in seinen Wahnvorstellungen gefangen ist, scheint auch nicht mehr zu wissen …

Und Ann fragt sich, was sie hier zu suchen hat.

Nachdem sie seine Bitte abgeschlagen hatte und schon auf dem Weg zur Tür war, hatte Jeff sie bei der Schulter gefasst und zurückgehalten. Er hatte sie völlig hilflos angesehen, so als hätte er jeglichen Halt verloren. In diesem Moment hatte Ann gespürt, dass es nicht nur darum ging, ihm die Unterstützung bei den Ermittlungen zu versagen, sondern dass sie seine einzige Hilfe, vielleicht sogar der einzige Orientierungspunkt war, seine letzte Verbindung zur realen Welt jenseits seiner Wahnvorstellungen. Also hatte sie eingewilligt.

Nur aus diesem Grund, Ann? Seinetwegen, aus reinem Altruismus … Sieh der Wahrheit ins Gesicht!

Sie biss sich auf die Lippe. Sie, die immer ehrlich gegenüber sich selbst sein wollte, musste sich eingestehen: Natürlich gab es einen anderen, entscheidenderen Grund, der sie bewogen hatte, diesem Mann bei seiner absurden Suche zu helfen.

Die letzten Wochen, in denen sie von allen im Revier geschnitten wurde, waren unerträglich gewesen. Aber sie hatte die Zähne zusammengebissen und durchgehalten: Keiner von ihnen, weder Millar noch ihr Vater oder Jeff Mulligan würde sie von ihrer Berufung abbringen. Nie. Sie war ein Cop. Sie würde es ihnen zeigen. Dann aber hatte sie erfahren, dass Jeff aus dem Sanatorium geflohen war und damit die letzte Chance vertan hatte, seine Dienstmarke zurückzubekommen. Und zu ihrem eigenen Erstaunen war ihre Entschlossenheit tiefer Verzweiflung gewichen, so als hätte sie keine Lust mehr zu kämpfen. Als hätte sie die Energie, die ihr geholfen hatte durchzuhalten und die täglichen Demütigungen zu ertragen, nur aus einer Hoffnung geschöpft: wieder ein Team mit Jeff Mulligan zu bilden. Jeden Tag in seiner Nähe zu sein.

Das war der eigentliche Grund, warum sie so schnell eingewilligt hatte, als er sie wie ein geprügelter Hund ansah – ein völlig unerwartetes Verhalten bei diesem Mann, das sie rührte. Vor allem deshalb, weil sie in ihrer Naivität immer auf etwas mehr Feingefühl gehofft hat und unbedingt wieder mit ihm zusammenzuarbeiten will. Selbst bei illegalen und unsinnigen Ermittlungen …

Ann fährt sich nervös mit der Hand durchs Haar. Sie macht sich Vorwürfe. Warum fühlt sie sich von Männern angezogen, die ein gestörtes Verhältnis zur Legalität haben? Jeff hat einen ausgeprägten Gerechtigkeitssinn. Doch er scheint außerstande, den Sinn und Zweck des Gesetzes zu erfassen – er, der es eigentlich vertreten sollte. Ein bitteres Lächeln gleitet über das Gesicht der jungen Frau. Jeff ist im Grunde genau das Gegenteil ihres Vaters. Dieser versteht und interpretiert die Gesetze sehr genau – für ihn ist Gerechtigkeit kein Wert, der über die geniale Auslegung der Paragraphen hinausgeht. Und sie selbst, was denkt sie über das Gesetz und die Gerechtigkeit? Sie schiebt die Frage beiseite.

Etwas drängt sie zu gehen. Sich keine Gedanken mehr über Mulligan zu machen. Dieser Mann kann ihr nichts Positives geben. Er steht am Rande des Wahnsinns, hat vielleicht sogar die Grenze schon überschritten … Ist ihr als Diplompsychologin denn nicht bewusst, dass sie der zerstörerischen Anziehungskraft eines Mannes zu verfallen droht, der alle Symptome einer paranoiden Psychose aufweist und wahrscheinlich zeitweilig unter Halluzinationen leidet?

Ein Mann, der sich nur für sie interessiert, weil er ihre Hilfe braucht bei seiner krankhaften und irrsinnigen Suche …

Ann erhebt sich und nimmt ihre Handtasche. Sie wird nach Hause gehen.

Jeff Mulligan vergessen.

Stimmen lassen sie zusammenzucken. Die Tür des Behandlungsraums öffnet sich. Mehrere Personen treten ins Wartezimmer.

Nervös nimmt Ann wieder Platz.

Zu spät, um zu verschwinden …

Ein Mann und eine Frau, zwischen ihnen ein blondes blasses Mädchen mit einem engelsgleichen Lächeln. Der strahlende Blick der Kleinen passt nicht zu der bedrückten Miene ihrer Eltern. Sie ist höchstens sechs oder sieben Jahre alt, doch ihr Benehmen und ihre Haltung zeugen von einer seltsamen alterslosen Weisheit. Spontan geht sie auf Ann zu und streckt ihr die Hand entgegen.

»Guten Tag. Darf ich dir ein Küsschen geben?«

Ann geht in die Hocke.

»Sehr gerne. Und ich dir?«

»Ja.«

»Naomi, belästige die Dame nicht«, tadelt ihre Mutter sanft und wischt sich die Augen.

»Lassen Sie sie doch bitte«, entgegnet Ann. »Sie ist bezaubernd.«

»Bist du auch eine Mama?«, fragt Naomi.

»Nein. Aber wenn ich dich sehe, habe ich Lust, eine zu werden!«

Eine männliche Stimme unterbricht sie:

»Tut mir sehr leid, dass ich Sie habe warten lassen, Detective.«

Die Familie verabschiedet sich und geht. Ann steht einem sehr athletischen Mann von etwa vierzig Jahren gegenüber. Er lächelt sie an und bittet sie in sein Sprechzimmer.

»Nehmen Sie doch bitte Platz. Mir schien, Sie wollten gerade gehen. Entschuldigen Sie bitte. Normalerweise gibt es keine so langen Wartezeiten bei mir, aber ich hatte es mit einem sehr heiklen Fall zu tun, der mehr als eine einfache Diagnose verlangte. Verstehen Sie?«

Ann zieht die Augenbrauen hoch und schüttelt den Kopf. Der Arzt wirkt verlegen.

»Nun, ohne meine ärztliche Schweigepflicht zu brechen, kann ich sagen, dass … die kleine Naomi ein wunderbares Mädchen von unglaublicher Reife ist … Sie leidet unter einer seltenen Krankheit, an der sie bald sterben wird. Außer die Forschung würde sehr rasche Fortschritte machen … Aber die Wahrscheinlichkeit ist gering. Sie hat die Situation voll und ganz verstanden und scheint sie auch zu akzeptieren. Auf alle Fälle besser als ihre Eltern.«

Das leichte Zittern in Yudkowskis Stimme verrät seine Bewegung, die er zu unterdrücken versucht:

»Aber ich möchte Sie nicht mit meinen Geschichten langweilen! Detective, was verschafft mir die Ehre Ihres Besuchs?«

»Nun, es gibt Dinge im Mordfall Lucie Milton, die noch nicht geklärt scheinen und …«

Er unterbricht sie:

»Ach, Lucie … welch ein Verlust …«

»Kannten Sie sie gut?«

»Ich habe sie durch Henry Buchanan kennengelernt, den Mann, der ihr Schwiegervater geworden wäre, hätte es diese doppelte Tragödie nicht gegeben. Ich habe diese Frau sehr bewundert. Forscherinnen wie sie gibt es nicht viele. Sie war die einzige Wissenschaftlerin, die wirklich vor jener Versuchung gefeit schien, die beispielsweise mich von der Forschung ferngehalten hat.«

»Welche Versuchung?«

»Haben Sie die Eltern des kleinen Mädchens gesehen? Wenn sie es verlieren, ist das für sie schlimmer als der eigene Tod. Sie haben nur eine einzige Hoffung: die Wissenschaft. Und meine Aufgabe ist es, sie vor der Verzweiflung zu bewahren, ohne ihnen falsche Hoffnungen zu machen. Heute glaubt doch kaum mehr jemand an Gott, nicht wahr? Es gibt kein

Jenseits mehr, das uns über unsere Sterblichkeit hinwegtröstet … Alle Erwartungen, die sich früher auf die Religion konzentriert haben, richten sich jetzt auf die Wissenschaft. Die Forschung ist nach dem Tod Gottes die ultimative Religion, deren Priester den Platz des höchsten Wesens eingenommen haben, indem sie sein größtes Gut in Reichweite der menschlichen Träume rückten: die Allmacht. Ist Ihnen nicht aufgefallen, dass die Wissenschaftler die wahren Götter unserer Zeit sind, da man von ihnen Wunder erwartet? Wie sollte einem das nicht zu Kopf steigen?«

Der entschiedene, sonderbar deklamatorische Ton dieses Mannes verbarg nur schlecht seine tiefe Verunsicherung. Während er sprach, spielten seine Hände nervös mit einem Rezeptstapel. Wie schwer musste es für einen Arzt sein, sich seine Ohnmacht gegenüber der Krankheit eines Kindes einzugestehen …

»Und Sie meinen, dass es Lucie Milton gelang, sich nicht davon beeindrucken zu lassen?

»Ich glaube, ihr war jegliche Form von Macht völlig gleichgültig. Einmal habe ich gehört, wie sie zu Steve sagte: ›Du forschst, weil du die Wissenschaft liebst, ich tue es, weil ich das Leben liebe.‹ Sie war Forscherin aus Leidenschaft. Sie strebte danach, den Baum des Lebens zu erkennen. Doch die Art, wie wir uns ihm nähern, machte ihr Angst.«

»Was wollen Sie damit sagen?«

»Verfolgen Sie ein wenig die Entwicklung der Wissenschaft, Detective?«

»Zugegebenermaßen nur aus der Ferne …«

»Stellen Sie sich die Welt in zwanzig Jahren vor. Ihre Leber zeigt Schwächen. Wenn es weiter nichts ist: ein kleiner Besuch in einer Klinik, und man macht Ihnen einen Kostenvoranschlag. Tausend Dollar für eine künstliche Leber. Für eine mit dem Immunsystem kompatible Schweineleber zweitausend Dollar. Für eine aus Ihren eigenen Stammzellen gezogene Leber dreitausend Dollar – aber dabei gibt es eine gewisse Wartezeit! Schon sehr bald werden wir in der Lage sein, menschliche Organe auszutauschen wie Maschinenteile.«

»Man könnte dem Menschen die Leber eines Tieres einpflanzen?«

»Schockiert Sie das? Dabei werden solche Versuche bereits gemacht. Es gibt zu wenige menschliche Spenderorgane. Im Moment scheitert die Sache an einem technischen Hindernis: Menschen und Tiere sind organisch nicht kompatibel, und die Xenotransplantate werden abgestoßen. Dennoch gibt es eine Lösung.«

Ann, unwillkürlich fasziniert, dachte gar nicht mehr daran, den Arzt auf das Thema zurückzubringen, das sie hergeführt hatte.

»Man braucht den Tieren nur ein oder mehrere Gene einzupflanzen, die die Organe für den menschlichen Körper verträglich machen. Dabei handelt es sich natürlich um menschliche Gene, und die Tiere werden ein wenig zu Menschen ...«

»Mensch-Tier-Hybriden ...«

»Derzeit gibt es eine spezielle Testfarm, auf der unter Ausschluss möglicher bakterieller oder viraler Kontaminationen Affen und Schweine gezüchtet werden, die man einer solchen genetischen Manipulation unterzieht. An einem anderen Ort wird Hämoglobin hergestellt, indem menschliche Gene in die Tabakpflanze transplantiert werden – halb Pflanze, halb Mensch! Wieder anderswo wird Kühen ein menschliches Gen eingepflanzt, um ihre Milch für Säuglinge verträglicher zu machen. Und es gäbe noch viele andere Beispiele ...

Durch die Entdeckung der genetischen Gesetze ist der Mensch in der Lage, Gott Konkurrenz zu machen. Bald werden wir jedwedes Organ aus Stammzellen herstellen können, die einem Embryo entnommen wurden oder besser noch einem dezerebrierten Klon, der als lebende Organbank aufbewahrt wird.«

Ann starrte ihn an, und die Science-Fiction-Bilder, die vor ihrem geistigen Auge vorbeizogen, verursachten ihr Übelkeit.

»Nein … Ich glaube nicht, dass es so weit kommt.«

»Und wer sollte dafür sorgen, dass diese Manipulationen aufhören?«

»Es gibt Grenzen …«

»Aber wer legt sie fest? Die einzige Grenze ist die kollektive Stimmung des Augenblicks. Was heute inakzeptabel erscheint, gilt in fünf oder zehn Jahren als normal. Dann wird man sich über Monstrositäten empören, die wir uns heute nicht einmal vorstellen können und die früher oder später ebenfalls Realität werden!«

»Die Forscher müssen die Notbremse ziehen.«

»Und wenn nun Sie oder ein Verwandter an einer unheilbaren Krankheit leiden würde? Würden Sie nicht inständig beten, die Wissenschaft möge ein Heilmittel entwickeln?«

»Ich weiß es nicht …«

»Und das kleine Mädchen, das Sie vorhin gesehen haben? Möchten Sie nicht, dass es lebt?«

Sein Blick glitt zum Fenster, dann fuhr er leiser fort:

»Die Forschung rettet Leben. Wie viele Kinder haben es ihr zu verdanken, dass sie ihre Eltern noch haben? Wie viele Liebende sind durch die Fortschritte in der Forschung noch immer vereint? Darum wird sie auch so sehr verehrt. Ein Beispiel: Warum hat Steve Buchanan wohl auf Macht und Ruhm verzichtet, wofür sein Vater ihn ausersehen hatte, wenn nicht, um sich dem Kult der einzigen und höchsten Göttin der modernen Zeit zu verschreiben?«

Ann zuckte zusammen. Nun kam der Arzt ganz von selbst auf das Thema zu sprechen, das sie in seine Praxis geführt hatte.

»Und wofür hatte Buchanan seinen Sohn ausersehen?«

»Henry hat aus dem Nichts ein Industrieimperium aufgebaut. Es ist sein Werk, und es bedeutet ihm mehr als alles andere. Seine größte Angst war immer, eines Tages zu sterben, ohne die Fackel weitergereicht zu haben. Doch er hatte nicht das Glück, einen Sohn zu bekommen …«

»Und Steve?«

»Henry hatte zunächst eine Tochter, Angelina. Dann starb seine Frau. Er liebte sie über alles und hat nicht wieder geheiratet. Aber er brauchte einen Nachfolger. Also hat er einen Jungen angenommen. Steve ist sein Adoptivsohn.«

»Und Angelina?«

»Ich denke, er hat nie an sie geglaubt. Dabei ist sie herausragend, sehr talentiert und hegt unendliche Bewunderung für ihren Vater. Aber er wollte einen männlichen Erben … Armer Henry! Mit Steve hatte er Glück und zugleich Pech.«

»In welcher Hinsicht?«

»Man kann sich niemanden vorstellen, der intelligenter ist als Steve Buchanan. Aber er wollte dem vom Vater vorgezeichneten Weg nicht folgen.«

Ann lauschte gebannt.

»Er hat sich lieber der Forschung verschrieben, was Henry Buchanan als Verrat empfand. Es gab jahrelange Konflikte.«

In ihrem Innern empfand Ann Sympathie für den Verlobten von Lucie Milton, der mit ähnlichen Problemen der Berufung konfrontiert gewesen war wie sie selbst! Umso interessierter lauschte sie dem Bericht von Dr. Yudkowski:

»… Und das umso mehr, als Steve in seinem Labor eine Art Ersatzvater gefunden hat, verstehen Sie? Dazu muss man sagen, dass Professor Irkalla nicht nur ein großer Wissenschaftler, sondern auch sehr menschlich und äußerst charismatisch ist. Wie auch immer, Steve stand ihm sehr nah, was die Beziehung zu seinem Vater nicht eben einfacher machte … Aber letztlich kann sich Henry nicht über die Wahl seines Sohnes beklagen, denn vielleicht hat er ihm das Leben gerettet!«

»Was meinen Sie damit?«

Der Arzt atmete tief durch.

»Das ist eine für mich sehr schmerzliche Geschichte. Vor etwas mehr als einem Jahr kam Henry Buchanan in meine Praxis. Seit einiger Zeit hatte er Sprechstörungen. Ich habe ihn zu einem befreundeten Neurologen überwiesen, der alle möglichen Untersuchungen vorgenommen und mir dann die Diagnose übermittelt hat: eine unheilbare Degenerationskrankheit im Endstadium. Ich musste ihm die furchtbare Nachricht überbringen. Und dann habe ich ihn nicht mehr gesehen. Auf meine Nachrichten hat er nicht geantwortet. Aus seinem Umfeld hörte ich, es gehe ihm besser. Nachdem ich wusste, unter welcher Krankheit er litt, konnte ich das natürlich nicht glauben. Aber etwa sechs Monate später trafen wir uns eines Abends zufällig bei gemeinsamen Freunden … Und ich traute meinen Augen nicht. Er war bei bester Gesundheit.«

»Es gab doch schon öfter Fälle, dass Menschen, die die Medizin aufgegeben hatte, auf wundersame Weise geheilt wurden …«

»Nicht bei ALS!«

»Wie bitte?«

»Amyotrophe Lateralsklerose. Diese Krankheit ist unheilbar. Die Muskeln werden nach und nach gelähmt. Zunächst in der Halsregion, dann in den oberen und unteren Extremitäten, sowie in der Rumpfmuskulatur. Eine unerbittliche Krankheit, die kontinuierlich fortschreitet. Zum Schluss sind nur noch die Augenlider, die fünf Sinne und das Gehirn funktionsfähig. Der Tod tritt meist durch Atemnot ein. Man hat bei dieser Krankheit nie Heilung, Verbesserung oder Erholung gesehen.«

»Was dann?«

»Ich weiß nur, dass Henry sich in Professor Irkallas Klinik hat behandeln lassen.«

»Bei dem Chef von Steve Buchanan?«

»Genau. Er leitet das AdamTech-Institute und eine Privatklinik, in der die Spitzentechnologien aus seiner Forschungsarbeit zum Einsatz kommen.«

»Und er hat Henry Buchanan geheilt?«

»Nein, ich habe mich sicher bei der Diagnose geirrt, ebenso wie die Neurologen, die die Untersuchungen vorgenommen haben. Aber er hatte wirklich alle Anzeichen einer bulbären ALS. Diese Diagnose hätte jeder Arzt gestellt. Und dennoch muss es ein Irrtum gewesen sein. Oder aber ein Wunder!«

Über Dr. Yudkowskis Gesicht huschte ein Lächeln.

»… Aber ich glaube nicht an Wunder. Auf jeden Fall hat Henry mir die Sache sehr übel genommen. Obwohl ich mich entschuldigt habe, ist der Kontakt zwischen uns quasi abgebrochen. Und ich kann ihn verstehen. Ich habe ihm seinen bevorstehenden Tod angekündigt und habe mich geirrt …«

»Jeder kann sich irgendwann mal irren …«

»Ein Arzt hat nicht das Recht, sich zu irren.«

»Sie sollten nachsichtiger gegenüber sich selbst sein. Sie sind ein gewissenhafter Mensch.«

Gerührt lächelte Yudkowski.

»Ich würde Sie gerne wiedersehen.«

Ann erhob sich.

»Das könnte gut der Fall sein. Ich habe bestimmt noch Fragen.«

»Ich möchte Sie näher kennenlernen.«

Er hielt ihre Hand etwas länger als nötig.

»Ich melde mich bei Ihnen«, sagte sie und machte sich mit einer unbefangenen Geste frei.

»Tun Sie das doch bitte.«

Schlecht gelaunt fuhr Ann zu Jeff, um ihm Bericht zu erstatten.

»So, das ist alles, was ich herausgefunden habe.«

»Ich danke Ihnen für Ihre Hilfe.«

»Ich helfe Ihnen nicht.«

»Doch, natürlich.«

»Die einzige Art, wie ich das tun könnte, wäre, Sie von diesen absurden Ermittlungen abzuhalten. Das, was ich Ihnen berichtet habe, bringt keine neuen Erkenntnisse.«

»Woher wollen Sie das wissen?«

»Was zum Teufel erhoffen Sie sich?«

»Ich weiß es nicht.«

»Statt den Tatsachen ins Auge zu sehen und zuzugeben, dass Sie sich getäuscht haben, beharren Sie auf Ihrem Wahnsinn und steuern auf den sicheren Untergang zu. Seien Sie etwas demütiger und gestehen Sie Ihre Schwächen ein.«

»Ich habe mich in meinem ganzen Leben noch nie so schwach gefühlt.«

Das Geständnis verwirrte die junge Frau.

»Dann lassen Sie sich behandeln. Jeder kann irgendwann einmal den Halt verlieren. Sie müssen in die Realität zurückkehren.«

»Was ist die Realität?«

»Sie können nicht gegen alle recht haben.«

»Ist die Realität das, was alle glauben?«

»Wenn Sie der Einzige sind, der auf dem Revier eine Frau gesehen hat, und wenn man Ihnen später beweist, dass die Frau zu diesem Zeitpunkt bereits tot war, dann sind Sie zwangsläufig im Irrtum.«

»Und trotzdem habe ich sie gesehen.«

»Darum müssen Sie sich behandeln lassen.«

Jeff dachte eine Weile nach.

»Die beiden Männer, die mich in den Bergen angegriffen haben …«

»Was ist mit denen?«

»Sie sind der Beweis dafür, dass ich keinen Hirngespinsten nachjage. Es gibt bei diesen beiden Todesfällen ungeklärte Elemente.«

»Bei Steve Buchanan vielleicht. Nicht aber bei Lucie Milton.«

»Ich verstehe Ihre Sichtweise. Sie können mir nicht folgen. An Ihrer Stelle würde ich genauso reagieren.«

»Dann akzeptieren Sie die Stimme der Vernunft. Weil Sie diese Frau auf dem Revier gesehen zu haben glauben, haben Sie sich in einer Sackgasse verrannt. Egal ob dort nun eine Frau war oder nicht, es kann nicht Lucie Milton gewesen sein.«

»Sie war es aber.«

»Das ist unmöglich. Das wurde wissenschaftlich nachgewiesen.«

»Was ist schon ein Beweis?«

Ann schwieg. Sie hatte Angst. Jeffs impulsive Art hatte sie von Anfang an verwirrt und in ihr eine unangenehme Mischung von Furcht und Anziehung ausgelöst. Doch diese irrationale Komponente führte den Sergeant jetzt an den Rand des Wahnsinns, den sie selbst durch den Schutzpanzer ihres analytischen Geistes immer auf Distanz gehalten hatte … Nun, da ihre Argumente diesen Mann nicht zur Vernunft bringen konnten, war sie wieder mit ihrer eigenen psychischen Labilität konfrontiert.

»Jeff«, begann sie mit flehender Stimme, »versuchen Sie sich an die Logik des Polizisten zu erinnern, an die Zeit, bevor Sie in diese Besessenheit abgeglitten sind … Wie hätten Sie den Mann beurteilt, der Sie heute sind?«

Jeff dachte einen Augenblick nach.

»Vielleicht richtet der Mann, zu dem ich mich entwickle, über den, der ich früher war …«

»Unsinn!«

»Ann, ich danke Ihnen für alles, was Sie für mich getan haben. Wenn ich scheitere, sehen wir uns vermutlich nicht wieder. Daher möchte ich Ihnen noch eines sagen: Geben Sie den Beruf nicht auf. Er ist es wert, ein wenig dafür zu leiden.«

Die Ermittlerin versuchte die Rührung zu verbergen, die sie plötzlich überkam.

»Sie sind ein unglaublicher Starrkopf …«

Jeff lächelte, was so gar nicht zu seiner düsteren Wesensart zu passen schien. Ann musterte ihn einige Sekunden, bevor sie fortfuhr:

»Jeff, ich glaube, dass Sie verloren sind. Aber ich kann nicht anders, ich muss Sie unterstützen. Wenn Sie mich brauchen, rufen Sie mich an. Ich werde Ihnen helfen.«

Er fasste sie sanft bei den Schultern und sah ihr in die Augen.

»Warum?«

Ohne den Blick abzuwenden, nahm sie seine Hände und machte sich frei:

»Da Sie ja so ein guter Psychologe sind ... Raten Sie!«

Am 1. November fand Jeff in seinem Briefkasten einen kleinen Sarg, auf dem sein Name eingraviert war. Er biss hinein: Er war aus Zucker, und Jeff wusste sofort, wer der Absender war. Sofort rief er Leticia an. Diese lud ihn für den nächsten Abend zum mexikanischen Totenfest ins *Barrio Latino* ein.

»Das bringt dich auf andere Gedanken«, meinte sie, und Jeff hätte nicht sagen können, ob die Bemerkung ironisch gemeint war.

In der 110th Street East herrschte ein lärmendes Treiben. Es dunkelte bereits, aber die Straßenlaternen brannten noch nicht, und das einzige Licht kam von den vielen Fackeln auf dem Bürgersteig und von den unzähligen Kerzen auf den Fensterbrettern. An den vielen Ständen am Straßenrand wurden nicht nur Zuckersärge verkauft, sondern auch Hefegebäck in Form von Knochen oder Totenköpfen und ein buntes Durcheinander von Heiligenbildern, Kerzen, Plastikblumen, Holzminiaturen, vergoldeten Waagen, Soda, Tequila und Mezcal, Knallfröschen und Glöckchen. Eine Bäckerei verkündete stolz: »Hier echtes Totenbrot«. Jeff zuckte mit den Schultern. Der mexikanische Brauch, die Toten am Tag ihres Festes mit Nahrung zu versorgen, war ihm bekannt, doch er hatte nie etwas mit diesem abergläubischen Zeug anfangen können.

Leticia hatte ihn zu Freunden in ein kleines baufälliges Haus an der Ecke zwischen 110th Street und First Avenue bestellt. Als er gerade eintreten wollte, hielt ihn ein Junge auf, schob ihm einen Totenkopf aus Zucker in die Hand und rannte davon. Jeff brachte es nicht übers Herz, ihn wegzuwerfen, und hielt ihn ungeschickt in der Hand, während er die Stufen hinaufstieg. In dem nur vom Kerzenschein erhellten Treppenhaus kreuzten sich flüchtige Schatten. In allen Stockwerken waren die Türen geöffnet, und man wechselte vom einen zum anderen. Überall war leises Gelächter zu hören, vermischt mit Flüstern und gedämpften Rufen. Die Stimmung war zugleich feierlich und fröhlich.

Im vierten Stock trat Jeff in die linke Wohnung. Er wurde von einem kleinen dunkelhäutigen Mann mit vernarbtem Gesicht empfangen, den er sogleich erkannte: ein polizeilich gesuchter Gangster. Der Typ streckte ihm lächelnd die Hand entgegen:

»Willkommen, Cop!«

Zögernd ergriff Jeff die Hand.

»Sind wir Kumpel?«

Der Ganove schob ihn über den dunklen Gang zu einem von Kerzen erhellten Zimmer, aus dem leises Gemurmel drang. Dabei erklärte er lachend:

»Heute sind wir alle Freunde der *Niña Blanca*!«

In dem mit roten und schwarzen Tüchern ausgeschlagenen Raum drängten sich etwa zwanzig Personen um einen Tisch, beladen mit Fotos und Speisen. Ganz hinten saß Leticia neben einem kleinen Altar und winkte ihn zu sich. Jeff bahnte sich einen Weg durch die Menschen und küsste sie auf die Stirn.

»Wer ist die *Niña Blanca*?«

»Das junge Mädchen in Weiß? Sie steht vor dir«, sagte Leticia lächelnd und deutete auf eine Frauenfigur, die den Altar zierte.

Jeff zuckte zurück. Er hatte der Figur keine weitere Aufmerksamkeit geschenkt, da er sie für eine Darstellung der Jungfrau von Guadalupe hielt. In einen goldenen Mantel gehüllt, um den Kopf einen mit roten Rosen besetzten Schleier, grinste sie ihn herausfordernd an. Der Totenschädel wirkte so echt, dass sich der Sergeant fragte, ob er vielleicht wirklich von einem Menschen stammte.

»*Santa Muerte*«, flüsterte ihm Leticia zu. »Du kannst dich unter ihren Schutz stellen. Sie ist sehr mächtig.«

Jeff zuckte mit den Schultern.

»Was soll der Unsinn?«

Leticia runzelte die Stirn.

»Du solltest etwas mehr Ehrfurcht zeigen. In unserer Heimat beten Millionen von Menschen zur *Santa Muerte*.«

Ungläubig beobachtete Jeff, wie eine Frau ehrfürchtig vor dem geschmückten Skelett niederkniete und ihm ein Glas Tequila zwischen die gelben Zähne goss.

»Glaubst du etwa an diesen Blödsinn?«

»Verachte nicht, was du nicht kennst. Für mich ist *Santa Muerte* die Figur der Großen Mutter.«

»Der was?«

»Maria. Die Göttin. Das Leben.«

Fassungslos versuchte Jeff diese dunklen Worte zu verstehen. Es war das erste Mal, dass Leticia ihm Angst machte.

»Spürst du sie?«, wollte sie wissen.

»Wen?«

»Die Toten.«

Jeff erschauderte. Im flackernden Kerzenlicht schienen die Fotos der Toten auf dem festlich gedeckten Tisch von einem eigentümlichen Leben beseelt. Alle, die sich hier versammelt hatten, waren offenbar überzeugt, dass ihre geliebten Verstorbenen unter ihnen weilten. Jeff musste sich zusammenreißen, um nicht ebenfalls dem bedrängenden Eindruck ihrer Gegenwart zu erliegen.

»Mich interessieren die Lebenden«, sagte er schließlich in einem Ton, der wenig überzeugend klang.

Leticia kicherte, und ihre Augen blitzten schelmisch.

»Ach ja? Das ist mir noch gar nicht aufgefallen!«

Jeff war verwirrt und wusste nicht, was er antworten sollte. Seit er hier war, hatte er noch nicht einmal an Lucie gedacht. Leticia stellte sich vor den Altar und verneigte sich.

»Du erlaubst? Es ist Zeit, dass ich bete.«

Sie nahm einen Apfel und ein Stück Kuchen und legte beides zu Füßen der makabren Statue vor das Schwarz-Weiß-Foto eines jungen Mannes hispanischen Typs. Dann schlug sie dreimal das Kreuz über ihm und betete eine Weile, ehe sie sich wieder zu Jeff umwandte.

»Die *Santa Muerte* muss ernährt werden.«

»Wer ist das?«, fragte Jeff und deutete auf das Foto.

»Raúl Espejo. Er ist mein Cousin. Als Kinder standen wir uns sehr nahe.«

»Ist er tot?«

»Ich habe ihn dem Schutz der *Santa Muerte* anempfohlen, denn ich hoffe, dass sie ihn noch retten kann. Er ist in Juárez verschwunden. Vermutlich entführt.«

»Hat man nach ihm gesucht?«

»Dort unten sind in den letzten zehn Jahren Tausende von Menschen verschwunden. Die Polizei kann oder will nichts tun. Also bleibt uns nur noch Beten.«

Leticias Augen füllten sich mit Tränen, und Jeff zog sie an sich.

»Ich möchte mit dir beten.«

»Wirklich?«

»Muss man gläubig sein, um zu beten?«

»Man muss nur glauben, dass man nichts weiß.«

»Ich weiß nichts mehr.«

»Dann kannst du es auch.«

Er schloss die Augen, da das anscheinend die angemessene Haltung beim Gebet war. Aber er fand keine Worte. In seinem Inneren herrschte ein verzweifeltes Schweigen.

»Ich kann es nicht.«

»Bitte um Hilfe.«

»Wen?«

»Deine Freundin dort oben.«

Hinter seinen geschlossenen Lidern tauchte sofort Lucies Gesicht auf, das von ergreifender Lebendigkeit und Schönheit war und ihn mit unendlicher Zärtlichkeit anblickte. Ein Gefühl des Friedens durchflutete ihn.

Dann stieg ein Gebet in seinem Herzen auf: »Lucie, mach, dass Raúl Espejo wiedergefunden wird.«

»Absurd!«, sagte eine Stimme in seinem Inneren. Er wurde verrückt. Er betete zu Lucie, als wäre sie die Heilige Jungfrau. Um wieder Fuß in der Realität zu fassen, öffnete er die Augen. Zwei Schritte von ihm entfernt saß eine Frau mit sehr langem schwarzem Haar. Sie hatte das Gesicht dem Foto eines Mannes genähert, zu dem sie leise sprach. Um die Verstorbenen herbeizulocken, hatte man vor ihre Bilder auf dem Tisch ihre einstigen Lieblingsspeisen gestellt.

Waren all diese Menschen tatsächlich verrückt, weil sie hier in der Hoffnung versammelt waren, dass die Seelen der Toten an ihrem Festtag zu den Lebenden zurückkehrten?

Jeff wurde bewusst, dass die größte Prüfung seines Lebens nicht die Entlassung aus dem Polizeidienst war; auch nicht die Tatsache, dass alle ihn für verrückt hielten; ja nicht einmal die leidvolle Liebe zu einem Phantom, das vielleicht nur in seiner Einbildung existierte. Nein, es war dieser quälende Zweifel, der ihm keinen Frieden ließ: Hatte er wirklich seine Karriere ruiniert wegen einer Sinnestäuschung, einer Halluzination, einer Wahnvorstellung?

»Lucie«, betete er, »wenn du wirklich in mein Leben getreten bist, wenn du wirklich etwas von mir erwartest, dann gib mir ein unwiderlegbares Zeichen.

Und gib es mir *jetzt*!«

Leticia ergriff seine Hand.

»Geht es dir nicht gut?«, flüsterte sie.

»Ich bin erledigt. Ich bin nicht einmal mehr sicher, Lucie Milton am Morgen ihres Todes gesehen zu haben. Alle halten es für ein Hirngespinst oder glauben, ich hätte eine andere Frau gesehen und mich dann beim Anblick von Lucies Leiche in ein Delirium hineingesteigert.«

»Seltsam …«

»Findest du?«

»Vor einigen Tagen habe ich mit meiner Kollegin Milena Kaffee getrunken. Sie hat mir eine merkwürdige Geschichte erzählt. Vielleicht gibt es einen Zusammenhang zu deiner …«

Sie hielt nachdenklich inne.

»Nun erzähl schon«, drängte Jeff.

»Du wirst sie verrückt finden.«

»An dem Punkt, an dem ich stehe …«

»Milena stammt aus Ohio. Ihre Großeltern mütterlicherseits hatten eine Farm. Ihre beiden Söhne kämpften im Vietnamkrieg. Eines Abends, als die Großmutter allein zu Hause war, klopfte es an der Tür. Es war ihr ältester Sohn. Sie bat ihn herein. Er rührte sich nicht, sagte kein Wort, sah sie nur lange an. Dann drehte er sich um und verschwand in der Nacht. Überzeugt, dass er Heimaturlaub hatte, wartete sie drei Tage auf ihn. Schließlich bekam sie Besuch von einem Leutnant, der ihr mitteilte, ihr Sohn sei drei Tage zuvor gestorben.«

»Ich verstehe nicht, was das mit meinem Problem zu tun hat«, brummte Jeff.

»Wirklich nicht?«

»Was ist an der Geschichte denn besonders? Der Typ ist während seines Heimaturlaubs ums Leben gekommen.«

»Er ist nicht während seines Heimaturlaubs gestorben, sondern im Kampf gefallen.«

»Du hast gesagt, er sei in Vietnam stationiert gewesen.«

»Dort ist er auch gestorben.«

»An jenem Tag, an dem …«

»Genau an dem Tag und genau zu der Stunde, als ihn seine Mutter gesehen hat.«

»Das ist unmöglich.«

»Bist du nicht selbst mit dem Unmöglichen konfrontiert worden?«

»Aber welche Erklärung sollte es dafür geben?«

»Milena hat mir versichert, dass es viele Berichte über solche Phänomene gibt: Im Augenblick ihres Todes erscheinen manche Wesen ihren Tausende von Kilometern entfernten Verwandten oder Freunden. Als wollten sie sie von ihrem Tod unterrichten. Oder ihnen ein Zeichen geben …«

»Du meinst eine Art Phantom …«

»Ich weiß es nicht.«

»Willst du mir weismachen, dass mir Lucie in dem Moment auf dem Revier erschienen ist, als sie am anderen Ende von Manhattan ermordet wurde?«

»Fühlst du dich nicht seit ihrem Tod von ihr geleitet? Hast du nicht ihre Gegenwart gespürt?«

Jeff fühlte sich, als würde ihm der Boden unter den Füßen weggezogen.

Also hätte er Lucie …

… nie lebend gesehen.

Es wäre lediglich eine Erscheinung, ein Phantom gewesen, das …

Nein, das war unmöglich. Ihre Gegenwart war so stark, so intensiv … Sie war es gewesen.

Es konnte nur sie gewesen sein.

*Er hatte Lucie gekannt.*

Jeff sprang auf und verließ die Wohnung, ohne Leticia eines weiteren Blickes zu würdigen.

Jeff wälzt sich im Bett hin und her. Wieder findet er keinen Schlaf. Seine Gedanken überschlagen sich so heftig, dass er manchmal verrückt zu werden glaubt.

Und wenn Leticia recht hätte?

Nein.

Nein! Lucie ist zu ihm gekommen, um ihn um Hilfe zu

bitten. Sie wurde bedroht. Sie war kein Phantom. Sie war absolut real.

Aber hat sie ihm nicht *nach ihrem Tod* Zeichen gegeben? Hat er nicht ihre Gegenwart gespürt? Kann er daran zweifeln?

Und der Psychopath in der Anstalt, der in seinem Delirium eine so exakte Beschreibung von Lucie abgegeben hatte, der ihm versicherte, sie zu *sehen* … Wenn so viele Zeichen zusammenkommen, ist es dann noch vernünftig, an Zufall zu glauben?

Er setzt sich auf die Bettkante und vergräbt den Kopf in den Händen. Zum ersten Mal seit langer Zeit denkt er an seine Mutter. Ihr Bild verfolgt ihn, er vermag es nicht zu vertreiben und auch nicht den aufkeimenden Schmerz, den er für immer in den Tiefen seiner Seele vergraben glaubte.

Warum hat ihm seine Mutter nach ihrem Tod nie das geringste Zeichen gegeben?

Hat er sie in einem Abgrund verschwinden lassen, dem seines Gedächtnisses, hermetisch verschlossen durch die Weigerung, an sie zu denken? Warum hat er seine Mutter in seinem Herzen ein zweites Mal getötet – durch die Verbannung jeglicher Erinnerung?

Weil er ihr vorwarf, ihn im Stich gelassen zu haben?

Wie eine Blase, die an die Wasseroberfläche steigt und dort zerplatzt, überkommt ihn ein grenzenloser Kummer, bricht in einem Tränenstrom aus ihm heraus. Er durchlebt noch einmal den Augenblick, in dem er von ihrem Tod erfuhr. Er ist auf dem Land, in den Catskill Mountains. Sie wohnen in dem großen Haus jenes reichen Mannes, mit dem seine Mutter …

Er kommt von einer langen einsamen Wanderung im Wald zurück.

Er ist glücklich, ohne einen konkreten Grund.

Jene eigenartige Erinnerung, die in ihm aufstieg, als er in

den Bergen den Spuren von Steve Buchanan folgte, überwältigt ihn aufs Neue. *Er lehnt am weißen Stamm einer Birke. Sein keuchender Atem vermischt sich mit der Brise, die seine Haut erfrischt. Er spürt nicht mehr die Grenzen seines Körpers und verschmilzt mit dem Baum. Er ist eins mit allem, endlos glücklich in einem Moment der Ewigkeit. Er fühlt sich unendlich geliebt.*

Das ernste Gesicht eines alten Mannes empfängt ihn. Ist es ein Arzt? Oder der Hausbesitzer?

»Deine Mama ...«

Jeff ballt die Fäuste.

Warum müssen sich die Tore des Gedächtnisses öffnen? Erinnerung verhindert Leben. Nur die Gegenwart existiert!

Doch in seinem Kopf überschlagen sich die Fragen, und er hat nicht mehr die Kraft, sie zu verdrängen.

Hat er nach dieser Wanderung vom Tod seiner Mutter erfahren?

*Hatte er genau nach diesem Gefühl von Ewigkeit, als er das Leben wirklich unendlich geliebt hatte, diesen schlimmsten Schmerz empfunden, der einem Kind zugefügt werden kann?*

Am nächsten Morgen ging Jeff in die New York Public Library an der Fifth Avenue. Zwei steinerne Löwen, der eine hieß »Tapferkeit«, der andere »Geduld«, bewachten die Treppe zu der ehrwürdigen Bibliothek. Jeff musste sich beherrschen, um darin nicht ein erneutes Zeichen zu sehen, während er die Stufen zu dem riesigen Portal hinaufstieg. Es war das erste Mal, dass er hierherkam, und er fühlte sich ein wenig eingeschüchtert. Die Leute, denen er begegnete, schienen ihm fremd. Diese Intellektuellen hatten fast alle die gleiche Körperhaltung: den Kopf leicht vorgeneigt, so als spürten sie einer Idee nach, die ihnen zu entkommen suchte. Außerirdische, die zwischen zwei Welten schwebten und vermutlich durch ein einfaches Schulterklopfen aus dem Gleichgewicht zu bringen waren.

Der Sergeant suchte sich einen Platz in dem riesigen Lesesaal, den man ihm für seine Recherchen angewiesen hatte. Dort blieb er den ganzen Tag sitzen, bis das Klingelzeichen die Schließung ankündigte.

Am nächsten Morgen kam er wieder. Unter dem erstaunten Blick der Angestellten, die es nicht gewöhnt waren, in diesem Tempel des Wissens nach alten Zauberbüchern über Erscheinungen, Geister und andere paranormale Phänomene zu suchen, verbrachte er auch diesen Tag damit, eine eindrucksvolle Menge von Werken durchzublättern. Am Abend hatte er sich eine Meinung gebildet.

Es gab zahlreiche Zeugnisse ähnlicher Fälle wie dem, den Leticia ihm geschildert hatte. Manche tauchten sogar in Polizeiberichten auf. Bei anderen wurden verschiedene Zeugen genannt, deren Aussagen sich deckten. Wenige Wochen zuvor hätte er so etwas als Aberglauben abgetan. Doch nach dem, was er erlebt hatte, konnte er es jetzt ohne Schwierigkeiten akzeptieren. Offensichtlich gab es viele Menschen, denen der Tod eines Nahestehenden angekündigt wurde – genau in dem Augenblick, da er eintrat. Und zwar entweder durch ein intensives Gefühl, manchmal begleitet von einer Ohnmacht, durch eine Stimme oder eben durch *die Erscheinung des Verstorbenen*. Diese wirkte so täuschend echt, dass die Menschen sich ganz sicher waren, die Person lebend gesehen zu haben, selbst wenn es unwiderlegbare Beweise dafür gab, dass dies unmöglich war.

Das Klingelzeichen, das die Schließung verkündete, riss Jeff aus seinen Gedanken. Er erhob sich und verließ mit schwerem Schritt die Bibliothek.

Raúl stieß einen triumphierenden Schrei aus. Das Knattern der Schüsse war wenige Minuten zuvor verstummt. Der Lieferwagen fuhr noch, was bedeutete, dass kein wichtiges Motorteil getroffen worden und der Tank unbeschädigt geblieben war. Immer wieder blickte er in den Rückspiegel, konnte aber keine Verfolger ausmachen. Seine Entführer waren sicher dabei, die Jagd zu organisieren. Denn sie würden niemals kampflos zwei ihrer Opfer entwischen lassen. Er musste einen möglichst großen Vorsprung gewinnen.

Bis jetzt hatte er Glück gehabt. Nachdem sie durch das gepanzerte Tor gefahren waren, war einer seiner Wächter von selbst in den hinteren Teil des Lieferwagens gekommen, um die Fesseln der beiden Gefangenen zu überprüfen. Raúl hatte ihn an der Gurgel gepackt, ihm die Waffe entrissen und ihn gezwungen, ihn loszubinden. Sein Kollege war herbeigeeilt. Raúl hatte auf die beiden geschossen und sich ans Steuer gesetzt. Weit schwieriger war der Versuch gewesen, die Sperre zu durchbrechen. Er war auf sie zugerast, doch der Aufprall hatte sie nur zur Hälfte niedergerissen. Raúl musste zurücksetzen, ein zweites Mal auf die Metallstange zubrausen und dabei auch noch das Feuer der beiden Posten am Eingang und der MG-Schützen auf den Wachtürmen erwidern.

Das Fahrzeug war von Kugeln durchlöchert, und es wirkte

wie ein Wunder, dass er noch lebte. Plötzlich fragte er sich, ob sein Passagier den Geschosshagel überstanden hatte ... Darum würde er sich später kümmern. Im Moment konnte er nichts für ihn tun. In ihrer beider Interesse musste er weiterfahren. Und nachdenken.

Ja, er hatte viel Glück gehabt. Oder war es etwas anderes? Er hatte sich dabei ertappt, dass er kurz vor seinem Angriff um die nötige Kraft gebeten hatte. Er wusste nicht, an wen oder was er sich gewandt hatte, musste aber zugeben, dass plötzlich eine unerwartete Energie seinen Körper durchflutet und alle Erschöpfung vertrieben hatte. Trotzdem war seine Lage immer noch kritisch. Ringsumher nichts als Wüste. Er wusste weder, wo er war, noch welche Richtung er einschlagen sollte, um zum nächsten bewohnten Ort zu gelangen. Der Tank war zu drei Viertel leer, was bedeutete, dass er auf einem solchen Gelände maximal hundert Kilometer zurücklegen konnte. Noch dazu waren seine Verfolger für diese Umgebung weit besser ausgerüstet.

Es musste ein Wunder geschehen.

Als Raúl erneut einen Blick in den Rückspiegel warf, zuckte er zusammen. In der Ferne zeichnete sich eine dichte Staubwolke ab. Er kniff die Augen zusammen und konnte das Fahrzeug erkennen, das von Sekunde zu Sekunde näher kam. Es war ein riesiger Jeep mit einem Turm-Maschinengewehr. Raúl rechnete sich aus, dass ihn das Fahrzeug in kürzester Zeit eingeholt haben würde. Er wusste nicht, ob seine Gegner den Auftrag hatten, ihn zu erschießen oder lebendig zurückzubringen. Im einen wie im anderen Fall hatte er mit seinen beiden halb leeren Pistolen und noch dazu am Steuer eines wüstenuntauglichen Wagens keine Chance. Die Vorstellung zu sterben ängstigte ihn nicht. Nur der Gedanke an seinen

Sohn Guillermo verband ihn noch mit dem Leben, aber für den war er schon seit Jahren tot.

Da seine Lage hoffnungslos war, konnte er auch das Unmögliche versuchen.

Raúl legte den Sicherheitsgurt an, gab Vollgas und holte das Letzte aus dem Motor heraus.

Dann riss er so plötzlich das Lenkrad herum, dass der Lieferwagen ausbrach. In unkontrolliertem Zickzackkurs kam er von der Piste ab, knallte gegen einen Felsen und überschlug sich.

Der Aufprall war brutal. Raúl verlor zwar nicht das Bewusstsein, brauchte aber eine Weile, um wieder klar denken zu können. Benommen und mit blutigem Gesicht öffnete er den Sicherheitsgurt, hielt ihn aber fest, sodass es aussah, als sei er geschlossen. Mit einer Hand umklammerte er die Pistole – wenn er sich recht erinnerte, musste sie noch vier Kugeln enthalten. Mit der anderen tastete er vergeblich nach der zweiten Waffe. Vermutlich war sie bei dem Unfall unter den Sitz gerutscht.

Ihm blieb keine Zeit, sie zu suchen. Das Dröhnen des Motors schwoll an. Das bewaffnete Fahrzeug seiner Verfolger kam mit einer Vollbremsung zum Stehen und wirbelte eine Staubwolke auf, die für einige Sekunden die Landschaft verhüllte. Schritte. Durch die zersplitterte Scheibe des verunglückten Lieferwagens erkannte Raúl einen hochgewachsenen Mann in Uniform, der, das Maschinengewehr im Anschlag, vorsichtig die Fahrertür öffnete. Raúl zwang sich, reglos zu verharren, gleichzeitig spannte er seine Muskeln an und kniff die Augen zusammen, um die anderen Männer auszumachen. Der Lauf einer Waffe bohrte sich in seine Rippen, um ihn aufzurichten. Er packte ihn, riss ihn zur Seite und feuerte gleichzeitig mit der anderen Hand eine einzige Kugel ab, die den Mann in die Stirn traf. Blitzschnell beugte er sich aus dem Fahrzeug, erkannte eine Gestalt, die sich zu ihm umwandte und die er sofort niederschoss, ehe er im Wagen Schutz vor den Schüssen des dritten Verfolgers suchte.

Ihm blieben nur noch zwei Kugeln. Oder vielleicht nur eine? Er musste schnell handeln. Er war nicht getroffen worden, weil sich der letzte Angreifer ein Stück hinter dem verunglückten Wagen befand. Wenn der dritte es schaffte, ihn zu umrunden und zum Fahrerhaus zu gelangen, wäre er unweigerlich tot. Denn die Kugeln durchschlugen das Blech, als wäre es Pappe.

Er konnte nur hoffen, dass der Mann derselben Logik folgte und um das Auto herumlief.

Aber auf welcher Seite?

Raúl stützte sich auf die Arme und rollte sich mit gezogener Waffe auf die andere Seite.

Das war die richtige Entscheidung gewesen.

Ein Mann mit umgehängtem Maschinengewehr schlich am Lieferwagen entlang. Ihm blieb keine Zeit, seinen Gegner ins Visier zu nehmen. Augenblicklich drückte Raúl, der sich seiner Zielfähigkeit nicht sicher war, zweimal hintereinander ab.

Der Angreifer brach tot im Sand zusammen.

Es war nur ein einziger Schuss losgegangen. Mit den letzten drei Kugeln in seinem Magazin hatte Raúl drei Männer erschossen.

Er hatte wirklich Glück.

Raúl ging um den Lieferwagen herum und öffnete die Hecktür. Er hörte ein Stöhnen. Sein Fluchtgefährte hatte überlebt. Der füllige junge Mann war blutüberströmt. Sein

Kiefer war gebrochen, und in der Schulter steckte eine Kugel. Weitere mögliche Verletzungen waren auf den ersten Blick nicht sichtbar.

Unter großen Mühen gelang es Raúl, ihn zu befreien. Der Körper war schwer, und er musste äußerst behutsam vorgehen. Er zerrte ihn aus dem Unfallwagen und schleifte ihn in den Schatten des Jeeps, in dem er einen Kanister mit Wasser entdeckte. Er flößte dem Mann etwas Wasser ein und trank dann selbst.

Und nun?

Er hatte vermutlich zwei Stunden Vorsprung vor dem nächsten Verfolgertrupp, der aufbrechen würde, sobald man feststellte, dass der erste nicht zurückkam. Im Wüstensand hinterließ jeder Wagen eine Reifenspur, die man unmöglich verwischen konnte. Seine Lage hatte sich verbessert, weil er jetzt über Wasser, ein ausgerüstetes Fahrzeug und etwas mehr Zeit verfügte. Doch er irrte noch immer durch feindliches Gebiet, das seine Gegner gut kannten. Er musste einen Kranken mitnehmen, der ihm zur Last fiel und ihn unweigerlich aufhalten würde.

Kurz spielte er mit dem Gedanken, ihn zurückzulassen. Selbst allein waren seine Chancen minimal. Und er musste überleben, wenn er die Verbrechen, die in der verdammten Oase begangen wurden, aufklären und die anderen Opfer befreien wollte …

Raúl betrachtete seinen Gefährten. Der Mann lag halb ohnmächtig da, zitternd und stöhnend.

Er hatte ihn ungefragt in diese Flucht verwickelt. Also war er für ihn verantwortlich.

Er konnte ihn nicht im Stich lassen.

Raúl fasste ihn unter den Achseln und zog ihn vorsichtig in

den Jeep. Er stellte den Wasserkanister neben ihn und befahl ihm, regelmäßig zu trinken. Der andere schien mit einem Kopfnicken zuzustimmen. Dann setzte sich Raúl ans Steuer.

Er war in Frieden mit sich selbst.

Leichten Herzens ließ er den Motor an und lenkte den Wagen auf die Piste.

Er wusste, dass er höchstwahrscheinlich sterben würde. Aber alle Angst war von ihm abgefallen.

Denn Raúl war bis in die Letzte seiner Zellen von einer Gewissheit durchdrungen: Der Tod war weniger schlimm als die Hölle, der er entkommen war.

Jeff streift durch die Stadt. Er ist nicht nach Hause gegangen. Ohne Müdigkeit zu verspüren, läuft er seit drei Stunden durch die Straßen von Manhattan. Sein Körper braucht Bewegung. Er ist es nicht gewohnt, so viel zu grübeln. Bislang hat er nur im Rahmen seiner Ermittlungen nachgedacht; sein Gehirn funktionierte mechanisch, setzte Fragen und Hypothesen als kalte Instrumente ein, die keinerlei Gefühle in ihm wachriefen und keine Rolle mehr spielten, wenn er das gewünschte Resultat erreicht hatte. Nichts liebte er so sehr wie die Momente, in denen er in Aktion war, sein Kopf völlig leer, sein Körper angespannt wie der eines wachsamen Tieres, bereit, auf die Anforderungen des Augenblicks zu reagieren. Jetzt dagegen läuft sein Geist wie ein Motor auf Hochtouren, der durch nichts aufzuhalten ist, jeder seiner Gedanken peinigt ihn, und sein ganzer Körper schmerzt. Denn er denkt nach, um eine Art Ordnung in seine Beziehung zu der Welt, zum Leben und zu sich selbst zu bringen, das seit seiner »Begegnung« mit Lucie immer wieder völlig aus den Fugen geraten ist.

Bis zu diesem Zeitpunkt lebte Jeff in der dumpfen Angst, verrückt geworden zu sein. Hat er geträumt, ist er einer Halluzination zum Opfer gefallen, als er Lucie auf dem Revier sah?

Seltsam: Durch die neue Hypothese ist all seine Ungewissheit wie von Zauberhand verscheucht worden.

Er ist nicht verrückt. Es war keine Täuschung.

Gut, er hat nicht die Lucie aus Fleisch und Blut gesehen – sie war tatsächlich tot oder starb in eben jenem Augenblick. Aber sie ist ihm erschienen, zum ersten Mal im Moment ihrer Ermordung, dann mehrmals auf verschiedene Art.

Aber warum?

Welch grausame Ironie: Nun, da Jeff zu der Ansicht gelangt ist, dass es sich nicht um eine Wahnvorstellung handelt, sind auch die Gründe gegenstandslos geworden, die ihn zu der Annahme verleiteten, Lucie könne unmöglich Opfer eines Raubmords sein. Fest davon überzeugt, dass sie zu Lebzeiten aufs Revier gekommen war, um ihn um Hilfe zu bitten, hatte er daraus den Schluss gezogen, dass sie sich vor ihrem Tod bedroht gefühlt hatte. Was bedeutete, dass der Mord nicht auf einen schlichten Zufall zurückzuführen war und Simon Brooks unschuldig sein musste.

Diese Theorie ist nun hinfällig.

Und wenn Brooks doch der Mörder wäre? Wenn Jeff sich von Anfang an geirrt hätte?

Nein.

Zwar hat Lucie sich nicht zu Lebzeiten an ihn gewandt, aber sie hat sich ihm gezeigt. Sie hat ihm zahlreiche Zeichen gegeben. Zeichen, die auf eine andere Spur hindeuteten …

Ganz gleich, ob Lucie sich wirklich vor ihrem Tod bedroht gefühlt hat oder nicht.

Gewiss, Jeff war aus falschen Gründen zu dieser Annahme gelangt. Aber hätte er sich sonst so in diese Ermittlungen gestürzt? Lucie wollte, dass er glaubte, sie real an seiner Bürotür gesehen zu haben!

Jeff zuckte zusammen.

*Lucie musste Jeff täuschen, um ihn zur Wahrheit zu führen …*

Aber welche Wahrheit? Ist er seit Beginn der Ermittlungen auch nur ein winziges Stück vorangekommen?

Jeff beschleunigt seinen Schritt. Laufen, bis zur Erschöpfung laufen …

Was willst du, Lucie?

Er kann nicht mehr denken.

Sein Körper schmerzt von all dieser ungenutzten Energie, die seine Nerven aufwühlt. Er muss etwas unternehmen.

Morgen wird er in aller Frühe zu Henry Buchanan gehen. Wenn er auch nicht genau weiß, was er sucht, so hat ihn doch die Erfahrung gelehrt, dass ein Fußtritt in einen Ameisenhaufen bisweilen sehr nützlich sein kann.

# Dritter Teil

*Muero porque no muero.*
Ich sterbe, weil ich nicht sterbe.
Juan de la Cruz

## Oktober 1969

*Erinnerst Du Dich? Ich habe an Dich geglaubt.*
*Als ich noch ein Kind war, erkannte ich Dich in jedem Lächeln meiner Mutter, in jedem Windhauch, der die Äste der Weide in unserem Garten bewegte, in Deinem Wort, mit dem ich jeden Sonntag freudig meine Seele nährte. Ich betete zu Dir. Ich glaubte, Du würdest mir antworten.*
*Wie dumm war ich doch!*
*Ich dankte Dir für jeden Augenblick meines Lebens, das Herz bisweilen so erfüllt von Deiner Liebe, dass ich durch den Wald rennen und schreien musste, um mein Leben in den Grenzen meines Körpers zu bewahren.*
*Wie dumm war ich doch!*
*Entsinnst Du Dich jener Nacht, in der ich voller Dankbarkeit vor Deinem Altar kniete, weil Du es mir endlich erlaubt hattest, ihr zu begegnen? Ihr, die ich in den stummen Tiefen meines Herzens erwartet hatte, ohne dass ich es wirklich zu hoffen wagte?*
*Meine Geliebte.*
*Und Du hast sie mir entrissen.*
*In meinen Armen hat sie ihren letzten Atemzug getan.*
*Ich habe dieses leblose Fleisch an meine Brust gepresst. Tagelang habe ich mich nicht gerührt. Ich nahm die letzten Geschenke dieses heiß geliebten Körpers entgegen – Gerüche der Verwesung, grausame Bilder der Zersetzung …*

*Der Tod, Deine Erfindung …*
*Und als nach mehreren Tagen und Nächten der furchtbaren Totenwache die Würmer aus ihrer Nase krochen, wurde mir klar, dass ich Dir niemals würde verzeihen können.*
*Sie hat mich angewidert.*
*Ich habe sie erbrochen, meine Geliebte. Ich habe sie von mir gestoßen.*
*Ich habe sie gehasst.*
*Hast Du Dich daran ergötzt, böser Gott, in den Falten der Zeit, in denen Du Dich verbargst, als die Unendlichkeit meiner Liebe ihre Grenzen fand?*
*Wenn Du existierst, so hast Du uns belogen.*
*Die Liebe ist nicht stärker als der Tod.*
*Aber ich werde es sein.*
*Heute und für immer, Gott, Schöpfer des Universums, des Leids und des Todes, erkläre ich Dir den Krieg.*

Gegen 7.00 Uhr griff Jeff Mulligan zum Telefon.

»Wollen Sie mir immer noch helfen, Ann?«

»Ich habe beschlossen, Sie bis ans Ende Ihres Wahnsinns zu begleiten.«

»Weisheit in den Augen der Menschen, Torheit in den Augen Gottes …«

»Zitieren Sie jetzt schon die Bibel?«

»So ähnlich hat es eben ein Prediger im Fernsehen gesagt.«

Er bat sie, sich in einer Stunde vor dem Gebäude einzufinden, in dem sich die Firma von Henry Buchanan befand. Es lag an der Fifth Avenue und ging auf den Central Park.

»Haben Sie jemals an einem so noblen Ort ermittelt?«,

fragte Ann mit einem Blick auf die Eingangshalle, die mit Marmor gefliest und Edelhölzern getäfelt war.

»Solche Orte sind mir sicher weniger vertraut als Ihnen ...«

Ann biss sich auf die Unterlippe.

»Einmal habe ich eine Durchsuchung bei einem steinreichen Galeriebesitzer durchgeführt. Er handelte mit Kunstwerken, die aus Museen gestohlen wurden.«

»Gibt es dafür einen Markt?«

»Sie ahnen ja gar nicht, wie viele Milliardäre über einen geheimen Raum verfügen, in dem sie Meisterwerke oder archäologische Funde verbergen. Und die haben sie zu ihrem ganz persönlichen Vergnügen stehlen lassen.«

An der Empfangstheke zückte Ann ihre Dienstmarke und hielt sie dem Portier unter die Nase, während Mulligan in barschem Ton fragte:

»Wo bitte können wir Henry Buchanan finden?«

Dem Angesprochenen kam es nicht in den Sinn, sich nach Mulligans Marke zu erkundigen.

»Sein Büro befindet sich in der obersten Etage. Wen darf ich melden?«

»Niemanden«, entgegnete Jeff mit drohender Stimme und steuerte bereits auf die Aufzüge zu.

Der Portier ließ den Hörer sinken.

Im zwölften Stock gab es nur eine einzige Tür, auf der in großen Lettern *BUCHANAN INVESTMENT INC.* prangte. Jeff betätigte die Klingel. Eine streng dreinblickende Dame öffnete einen Spaltbreit.

»Sie wünschen?«, fragte sie, ohne zur Seite zu treten.

»Polizei«, bellte Jeff, während Ann erneut ihre Dienstmarke zeigte. »Wir möchten Henry Buchanan in einer persönlichen Angelegenheit sprechen.«

»Mr. Buchanan ist heute nicht in seinem Büro.«

»Wo können wir ihn antreffen?«

»Er kommt nur im Notfall hierher. Meistens arbeitet er zu Hause.«

»Auf Long Island?«

»Ja.«

Sie stiegen wieder in ihren Wagen und fuhren in Richtung Queensboro Bridge. Das Anwesen von Henry Buchanan lag auf der Nordküste von Long Island, etwa 65 Kilometer von Manhattan entfernt. Vor dem Sicherheitstor standen zwei bewaffnete Männer. Als sich die beiden Ermittler vorstellten, baten die Wachposten über Walkie-Talkie um Instruktionen. Nach kurzem Hin und Her öffneten sich die beiden schweren Tore. Nachdem sie noch etwa einen Kilometer auf einem ungeteerten Weg durch einen bewaldeten Park zurückgelegt hatten, standen sie vor einem gewaltigen Herrenhaus im neogotischen Stil. Selbst Ann hatte noch nie ein derart prächtiges Anwesen gesehen. Ein Butler führte die beiden in ein Büro und bat sie, sich einen Moment zu gedulden. Bald darauf erschien ein hochgewachsener schlanker Mann mit silbergrauem Haar und musterte sie mit dem hochmütigen Blick derer, die es gewohnt sind, am längeren Hebel zu sitzen.

»Ich bin neugierig zu erfahren, was mir die Ehre eines Besuchs der Ordnungskräfte verschafft.«

»Sergeant Mulligan, Detective Lawrence von der New Yorker Polizei«, erwiderte Jeff. »Wir …«

Buchanan zog eine Augenbraue hoch.

»Lawrence? Sie sind doch nicht zufällig aus der Familie …«

»Das ist mein Vater«, fiel ihm Ann ins Wort.

»Er gehört auch zu meinen Anwälten.«

Jeff hob die Augen zur Decke, was Ann nicht entging. An

die junge Ermittlerin gewandt, fragte der Milliardär in etwas milderem Tonfall:

»Dann verraten Sie mir doch mal, was Sie zu einer so langen Dienstfahrt veranlasst hat.«

»Nun«, stammelte Ann, »wir …«

Jeff trat einen Schritt vor.

»Wir waren mit der Mordsache Lucie Milton betraut.«

»Gratuliere. Schnelle, saubere Arbeit.«

»Ich fürchte nein.«

»Wie?«

»Der Mann, den wir verhaftet haben, war nicht ihr Mörder.«

»Er sitzt doch schon hinter Gittern.«

»Ich bin überzeugt, dass er unschuldig ist.«

»Aber alles spricht gegen ihn!«

»Der Mord wurde als Raubmord getarnt, doch es handelt sich um eine viel komplexere Angelegenheit.«

»Das verstehe ich nicht. Sie selbst haben doch die Ermittlungen durchgeführt …«

»Es gibt neue Fakten.«

Buchanan runzelte die Stirn.

»Sagen Sie, Sergeant, handelt es sich hier um ein offizielles Verhör?«

»Nun, nicht genau, aber …«

»In diesem Fall möchte ich Sie bitten, mein Haus zu verlassen.«

»Mr. Buchanan, Sie kannten Lucie Milton, nicht wahr?«

»Ich sehe keine Veranlassung, auf Ihre Fragen zu antworten.«

»Ihr Mörder läuft immer noch frei herum!«

»Simons Brooks wurde aus der Haft entlassen?«

»Nein«, räumte Jeff ein, »aber …«

»Juristisch ist dieser Fall also abgeschlossen, und Sie haben hier nichts zu suchen. Wenn Sie nicht gehen, bekommen Sie ernsthafte Schwierigkeiten. Ich habe gute Anwälte«, fügte er, an Ann gewandt, hinzu.

»Wenn der Mörder von Lucie Milton frei herumläuft, dann auch der Ihres Sohnes.«

Der alte Herr erstarrte.

»Mein Sohn ist bei einem Unfall ums Leben gekommen.«

»Ich bin mir sicher, dass er ermordet wurde. Und ich brauche Sie, um seinen Mörder zu finden.«

»Absurd!«

»Diese beiden Toten standen sich viel zu nahe. Lucie und Steve wurden aus denselben Gründen umgebracht. Sie können mir helfen, die Hintergründe aufzudecken.«

»Ich bitte Sie, mein Grundstück zu verlassen.«

»Soll denn der Mord an Ihrem Sohn ungesühnt bleiben?«

»Jetzt aber Schluss! Können Sie sich überhaupt vorstellen, was es heißt, um seinen Sohn zu trauern! Hören Sie auf, mich mit Ihrem albernen Geschwätz zu quälen.«

»Mr. Buchanan, Steve und Lucie wurden umgebracht, weil sie etwas entdeckt haben. Sie standen ihnen beiden nahe. Lassen Sie mich Ihnen ein paar Fragen stellen.«

»Wenn Sie nicht freiwillig gehen …«

Der Milliardär drückte auf einen Knopf. Wenige Sekunden später öffnete sich eine Tür, und zwei stämmige Kerle, ebenfalls in maßgeschneiderten Anzügen, traten mit finsterer Miene auf die beiden Ermittler zu.

Ann legte Jeff die Hand auf die Schulter.

»Gehen wir«, murmelte sie. »Es ist zwecklos.«

Jeff wollte sich schon umdrehen, um ihr zu folgen, blieb dann aber wie angewurzelt stehen.

Einer der beiden Gorillas von Henry Buchanan starrte ihn mit offenem Mund an.

Er war kahlköpfig und trug einen Bart. Sein Gesicht war angeschwollen, seine Nase steckte unter einem dicken Verband.

Es war einer der beiden Männer, die ihn in den Bergen angegriffen hatten.

Langes Schweigen. Ann hielt den Atem an. Jeff hatte sich zu Henry Buchanan umgewandt, der seinen Angestellten fragend ansah. Für einen winzigen Augenblick verlor der Milliardär die Fassung, fing sich aber sogleich wieder. Schließlich war er es gewohnt, sich ständig unter Kontrolle zu haben.

»Sie waren es also, der Nachforschungen über den Tod meines Sohnes angestellt hat ...«

»Sie waren es also, der mir seine Killer auf den Hals gehetzt hat.«

»Meine Männer waren nicht beauftragt, Sie zu töten.«

»Ein Kumpel von diesem Spaßvogel hier hat sein halbes Magazin auf mich abgefeuert.«

Der Glatzkopf mit der gebrochenen Nase verzog das geschwollene Gesicht zu einer Grimasse und machte Anstalten, sich dem Sergeant zu nähern. Doch ein finsterer Blick von Jeff ließ ihn innehalten.

»Gehen Sie«, befahl der Hausherr seinem Bodyguard.

Der verließ den Raum, gefolgt von seinem Kumpan.

»Sergeant«, begann Buchanan, »ich muss mich entschuldigen. Der Mann, der auf Sie geschossen hat, wurde entlassen.«

Jeff sah ihn eiskalt an.

»Sie verstehen vielleicht, dass Sie allmählich zu meinem Hauptverdächtigen werden, Mr. Buchanan.«

»Und warum verdächtigen Sie mich? Glauben Sie, ich wäre am Verschwinden meines Sohnes schuld?«

Ein schmerzhafter Ausdruck, den Ann für glaubhaft hielt, zeichnete sich auf dem Gesicht des alten Mannes ab. Lass dich nicht von deinen Emotionen irreführen, ermahnte sie sich selbst.

»Und am Tod von Lucie Milton.«

»Wahrscheinlich können Sie sich nicht vorstellen, dass ich heute lieber selbst tot wäre, wenn Steve noch am Leben sein könnte ... Was Lucie betrifft, ich habe sie geliebt. Jeder hat sie geliebt. Sie hat meinen Sohn glücklich gemacht. Sie hat ihn weicher und offener gemacht ... Sie tat ihm gut.«

Jeff unterbrach ihn:

»Warum haben Sie dann Ihre Männer in die Berge geschickt?«

Henry Buchanan ließ sich auf dem Sessel hinter seinem riesigen Schreibtisch nieder, der ein Drittel des Raumes einnahm.

»Bitte setzen Sie sich. Ich denke, ich bin Ihnen gewisse Erklärungen schuldig. Möchten Sie etwas trinken?«

Er holte eine Flasche alten Portwein aus dem Schrank. Die beiden Ermittler lehnten mit einer Handbewegung ab. Buchanan schenkte sich ein Glas ein.

»Lucie hat mich kurz vor ihrem Tod aufgesucht. Sie sagte, sie habe gute Gründe zu glauben, dass Steve am Leben sei. Als Vater, der der Wahrheit nicht ins Auge sehen wollte, habe ich mich vom Wahnsinn einer verliebten und verzweifelten Frau mitreißen lassen. Ich *wollte* daran glauben. Ich ließ am Ort seines Verschwindens Nachforschungen anstellen. Sollte sich etwas Neues ergeben, würden meine Männer sofort benachrichtigt werden. Ihr kleiner Besuch dort war ein solches Ereignis. Für einige Tage gab ich mich dem Gift der Hoffnung hin … Doch diese Schwachköpfe haben auf ganzer Linie versagt. Sie konnten mir nicht einmal sagen, wer Sie sind und was Sie wollten. Jetzt weiß ich es und sage mir, dass ich recht hatte, nicht länger an diese Möglichkeit zu glauben.«

»Warum dachte Lucie, dass Steve nicht tödlich verunglückt war?«

Für den Bruchteil einer Sekunde wirkte der Milliardär verwirrt.

»Sie hat es mir nicht gesagt.«

Er leerte sein Glas in einem Zug und schenkte sich nach.

Jeff überlegte.

Wenn Steve gar nicht tot war? Schließlich hatte man seine Leiche nicht gefunden. Wenn er entführt worden war?

Oder aber …

Ein Schauer lief ihm über den Rücken.

»Ich bin noch nicht aufgefahren zum Vater.«

Über den Prediger in der Anstalt hatte Lucie seine Aufmerksamkeit auf diesen Satz gelenkt …

Und falls er ganz einfach bedeutete: »Ich bin noch nicht zu Gott zurückgekehrt«, das heißt also »Ich bin noch am Leben«? Mit diesem Code konnte Steve seiner Verlobten mitgeteilt haben, sie solle ihn nicht für tot halten. Hieß das, er wäre womöglich aus freien Stücken verschwunden?

Seit Beginn dieser Geschichte hätte er es also mit einem Phantom und einem lebenden Toten zu tun gehabt …

Ein Schauder überlief Jeff.

Warum hatte er sich angewöhnt, Steve in seinen Gedanken immer als »diesen Zombie« zu bezeichnen? War es eine von Lucie eingehauchte Eingebung, dass dieser Tote … *lebte*?

Inspirierte Lucie jeden seiner Gedanken?

Ann warf einen beunruhigten Blick in seine Richtung. Jeff, der sich wieder in der Gewalt hatte, brach das Schweigen:

»Sie hatte recht.«

Henry Buchanan zuckte zusammen.

»Was soll das heißen?«

»Ich glaube auch, dass Ihr Sohn noch am Leben ist.«

»Ich brauche niemanden, der mir falsche Hoffnungen macht!«

»Wenn wir den Mörder von Lucie aufspüren, haben wir eine Chance, Ihren Sohn zu finden.«

»Steve ist tot! Lassen Sie mich in Ruhe.«

»Er lebt.«

Ann starrte Mulligan ungläubig an. Was war nur plötzlich in ihn gefahren?

»Sergeant«, stieß der alte Mann hervor, der Mühe hatte, die Ruhe zu bewahren, »wie können Sie das so entschieden behaupten, obwohl Sie nicht die geringsten Beweise haben?«

»Ich habe Beweise.«

»Und welche?«

Jeff biss sich auf die Unterlippe. Er hatte zu viel gesagt. Unmöglich konnte er seinen Kontakt mit einer Toten anführen. Wenn er auch einer Kultur entstammte, in der Beziehungen zum Jenseits noch als normal galten, lebte er doch in einer Welt, in der man deshalb für verrückt erklärt wurde. Verärgert meinte er mit ironischem Unterton:

»Mr. Buchanan, glauben Sie an Wunder?«

Und da ereignete sich etwas völlig Unerwartetes. Henry Buchanan wurde totenblass und umklammerte sein Glas so fest, dass es zerbrach.

»Warum fragen Sie mich das?«, presste er hervor.

Jeff wich einen Schritt zurück.

»Aber ich …«

»Sie wissen gar nichts!«, schrie Buchanan, der plötzlich rot angelaufen war und nach Luft rang.

Dann sprang er so heftig auf, dass sein Sessel umfiel, fegte einen Teil der Gegenstände auf seinem Schreibtisch weg und packte Jeff am Kragen und zog ihn hoch.

»Verschwinden Sie!«

Jeff, der den alten Mann mit einem einzigen Hieb hätte niederstrecken können, gehorchte und ging. Ann folgte ihm verwirrt.

Wortlos kehrten sie zu ihrem Wagen zurück.

Auf dem Weg nach Manhattan fuhr Jeff, tief in Gedanken versunken, langsamer als gewöhnlich. Auch Ann dachte angestrengt nach.

»Er verheimlicht etwas«, sagte sie schließlich.

»Na, endlich geben Sie es zu.«

»Seine Reaktion war völlig irrational. Was hat ihn so aus der Fassung gebracht?«

»Ich habe ihn nur gefragt, ob er an Wunder glaubt …«

»Warum hat ihn diese Frage derartig irritiert?«

»Vielleicht ist Henry Buchanan ja ein fanatischer Rationalist …«

Ann warf Jeff einen Seitenblick zu, angenehm überrascht, ihn so locker scherzen zu hören.

»Oder er praktiziert heimlich Magie«, fügte sie hinzu.

»Oder aber er ist einfach nur verrückt … Und seine Reaktion hat nichts mit unseren Ermittlungen zu tun.«

»Ich halte ihn nicht für verrückt«, bemerkte Ann. »Irgendetwas, was wir nicht wissen, hat ihn aus der Fassung gebracht. Dieser Mann ist ein einziges Geheimnis.«

»Wollen Sie mir jetzt Mut machen?«

Die junge Frau presste die Lippen zusammen. Woher rührte dieser plötzliche Eindruck, dass Mulligans Ermittlungen vielleicht doch nicht gegenstandslos waren? War es der Wunsch, ihn in seiner Meinung zu bestärken, ihm eine Freude zu machen, ihn aus der Düsternis, die den Grund seiner Seele beherrschte, auftauchen zu sehen? Doch Illusionen befreiten einen nicht aus der Verzweiflung, das wusste sie sehr gut … Da war etwas anderes. Henry Buchanans Wutanfall ging ihr nicht aus dem Sinn, so als suchte sie in ihrem Gedächtnis nach einem Element, einem Indiz, einer Bedeutung, die sich ihr nicht offenbaren wollte.

»Soll ich Sie zu Hause absetzen?«, erkundigte sich Mulligan, als sie über die Queensboro Bridge fuhren.

Und genau in diesem Augenblick erinnerte sie sich.

»Oder aber ein Wunder!« Sie schrie fast.

»Wie bitte?«

»Das ist der Satz, den Dr. Yudkowski sagte.«

»Ich verstehe nicht.«

»Was die Genesung von Henry Buchanan betrifft. Und er hat hinzugefügt: ›Doch ich glaube nicht an Wunder.‹«

Jeff schwieg eine Weile. Früher wäre es ihm albern vorgekommen, solchen Assoziationen Bedeutung beizumessen. Doch seitdem er sich von etwas gelenkt fühlte, das sich ihm entzog, lernte er, jeder auch noch so winzigen Duplizität der Fälle Beachtung zu schenken.

»Für diesen Mediziner war seine Heilung unerklärlich?«

»Der Arzt hat bei Henry Buchanan eine unheilbare Krankheit festgestellt, und seine Diagnose wurde vom besten Spezialisten bestätigt. Seine einzige Erklärung war, dass sie sich beide getäuscht haben. Aber es fiel ihm schwer, das zu glauben.«

»Und wenn sie sich nicht getäuscht haben?«

»Im Hinblick auf diese Möglichkeit hat er von einem Wunder gesprochen.«

»In Henry Buchanans Augen grenzt seine Heilung also möglicherweise an ein Wunder.«

Ann stieß einen gedehnten Seufzer aus.

»Mein Gott, wir stützen uns auf derart dürftige, vage und fragwürdige Punkte …«

»Aber Sie selbst liefern sie mir ja«, erwiderte der Sergeant lächelnd.

»Ich weiß nicht mehr, woran ich bin.«

»Ich auch nicht. Aber ich fange an, mich daran zu gewöhnen. Und, wissen Sie, es ist nicht nur unangenehm.«

»Was haben Sie jetzt vor?«

»Laut Dr. Yudkowski hat sich Buchanan in einer Privatklinik behandeln lassen, nicht wahr?«

»Ja.«

»Die er geheilt verlassen hat.«

»Das hat der Arzt mir gesagt.«

»Und wenn wir dieser Klinik einen kleinen Besuch abstatten würden?«

Die Klinik Seven Guards befand sich in einem modernen Gebäude von Manhattan, Ecke 204th Street/Sherman Avenue. Mulligan und Ann hatten sich dort um 9.00 Uhr morgens verabredet. Als sie durch die große Tür traten, waren beide von der riesigen Eingangshalle überrascht, einem kreisrunden Raum, den Büros umgaben. Genau in der Mitte war die Rezeption, an der ein Dutzend tadellos gekleideter Empfangsdamen arbeitete. Als Ann den Kopf hob, wurde ihr fast schwindelig. Die Höhe der Halle entsprach der des Gebäudes. Sieben Stockwerke rankten sich um einen Lichtschacht, gekrönt von einer eindrucksvollen Glaskuppel, durch die der blaue Himmel, ein paar Wolken und der Kondensstreifen eines Flugzeugs zu sehen waren. Es schien keine Begrenzung zwischen Außen und Innen, Erde und Himmel zu geben.

Die beiden Ermittler traten an die Rezeption. Ann präsentierte ihre Dienstmarke und bat, den Klinikdirektor sprechen zu dürfen. Die Empfangsdame wählte eine Nummer und sprach leise in den Hörer. Kurz darauf stieg ein eleganter Mann um die fünfzig aus dem Aufzug und kam mit einem Lächeln auf sie zu. Sein matter Teint und das pechschwarze Haar bildeten einen Kontrast zu seinen blassblauen Augen.

»Sergeant, Detective. Was verschafft mir das Vergnügen …?«

Mulligan streckte ihm die Hand entgegen.

»Professor Irkalla?«

»Tut mir leid. Dr. Chris Blanchard. Wie kann ich Ihnen dienen?«

»Wir baten darum, den Leiter dieser Klinik zu sehen.«

»Ich habe die Ehre, diese Aufgabe zu erfüllen.«

»Ich dachte, Professor …«

»Professor Irkalla ist der Gründer der Klinik und ihr geistiger Vater. Er überwacht die Einrichtung, verordnet die Behandlungen, bemüht sich um Subventionen.«

»Er ist also der Chef dieses Hauses.«

»Die Seele.«

»Dann ist es die Seele dieses Hauses, mit der wir sprechen wollen.«

»Leider ist er nicht im Haus.«

»Wann kommt er wieder?«

»Der Professor beehrt uns nur sporadisch mit seiner Anwesenheit.«

»Beantworten Sie meine Frage«, gab Mulligan brüsk zurück.

Das liebenswürdige Lächeln schwand trotzdem nicht von Blanchards Lippen.

»Professor Irkalla ist wie der Wind. Man weiß weder, woher er kommt noch wohin er geht. Aber wenn ich Ihnen behilflich sein kann ...«

Ann trat vor.

»Unser Besuch hier hat keinen offiziellen Charakter. Er ist eher ... freundschaftlicher Natur. Selbstverständlich genießt dieser Ort einen ausgezeichneten Ruf. Doch es sind gewisse Gerüchte in Umlauf gekommen. Sie wissen, was ich meine ...«

Ein Schatten huschte über das Gesicht des Mannes und trübte für einen kurzen Moment den einstudiert liebenswürdigen Ausdruck.

»Ich verstehe nicht.«

»Nichts Schlimmes, seien Sie unbesorgt. Das ist ganz menschlich. Wenn ein florierendes Haus wie Ihres so gar keine Werbung macht, keine Internetseite hat und nicht einmal im Telefonbuch steht, kommt es zu allen möglichen Spekulationen.«

»Wir lagen Wert auf Diskretion, aber auch auf Transparenz. Würde Sie eine Führung durch die Klinik beruhigen?«

»Wir möchten nicht Ihre Zeit in Anspruch nehmen ...«

Blanchard hatte sich schon umgedreht.

»Folgen Sie mir bitte.«

Ann zwinkerte Jeff verstohlen zu, worauf dieser zustimmend nickte. Eine heiße Welle durchflutete den Körper der jungen Frau. Beschämt drehte sie ihm hastig den Rücken zu, damit er nicht sah, wie sie errötete.

Sie traten in einen der Aufzüge. Bevor er auf den Knopf zum vierten Stock drückte, wirkte Blanchard irgendwie abwesend. Er fixierte den oberen Teil eines Displays, das aus einer kleinen, schwarz getönten Scheibe bestand. Ann warf Jeff einen fragenden Blick zu. Der runzelte die Stirn und lächelte dann kaum merklich. Er hatte verstanden. Der Aufzug war mit einer Digitalkamera zur Iriserkennung ausgestattet. Sie setzte sich nur in Bewegung, wenn sich eine autorisierte Person vor dem Scanner platzierte. Hinter dem Schein der Gastlichkeit der Klinik Seven Guards verbarg sich also ein aufwändiges Sicherheitssystem.

Im vierten Stockwerk stiegen sie aus.

»Wir werden also die ersten drei Etagen nicht sehen?«, wollte Mulligan wissen.

»Im Erdgeschoss und im ersten Stock ist die Verwaltung untergebracht. Da gibt es nichts Interessantes. Die zweite und dritte Etage beherbergt Patienten, die Wert auf Diskretion legen.«

»Berühmte Leute?«, fragte Ann.

»Reiche Leute, berühmte Leute, reiche *und* berühmte Leute … Abgesehen von den öffentlichen Subventionen, die, wie Sie wissen, lächerlich gering sind, lebt die Klinik von der Großzügigkeit ihrer wohlhabenden Patienten.«

»Haben Sie keine festen Tarife?«, erkundigte sich die junge Ermittlerin, während sie durch einen langen peinlich sauberen Flur liefen.

»Wir verdienen sehr viel mehr, wenn wir es den Patienten überlassen, ihre Dankbarkeit nach Belieben zum Ausdruck zu bringen. Neben den Hightech-Behandlungen, die auf der Forschung des AdamTech-Institute basieren, genießen sie eine erstklassige menschliche Betreuung. Wir betrachten den Kranken nicht als einen funktionsgestörten Organismus, sondern als ganzheitliche Person, deren Bedürfnisse Aufmerksamkeit und Mitgefühl verdienen. Das Personal hat bei Professor Irkalla höchste Priorität und wird ständig weitergebildet – nicht nur im medizinischen, sondern auch im humanen Bereich. Wir verlangen von uns selbst eine uneingeschränkt positive Haltung gegenüber dem Patienten. Der Wahlspruch des Professors lautet: ›Die Behandlung ist Voraussetzung zur Heilung, Menschlichkeit ist Voraussetzung zur Behandlung.‹«

Auch wenn der aalglatte Vortrag des Mediziners Ann an ihr Psychologiestudium erinnerte, weckte der Inhalt doch ihre Sympathie.

»… Aber das Wichtigste für uns«, fuhr Blanchard fort, »ist nicht, was sich auf den Etagen der Privatpatienten abspielt. Der eigentliche Sinn unserer Arbeit liegt hier.«

Er öffnete die Tür eines Zimmers. Es wurde von einem asiatischen Kind belegt, das nicht älter als acht Jahre sein konnte.

»Hallo, Sun-Yi, wie geht es dir?«, fragte er in einem etwas übertrieben jovialen Ton.

Die Kleine erwiderte sein Lächeln, antwortete aber nicht.

»Sie versteht unsere Sprache nicht«, erklärte er leise.

»Woran leidet sie?«, erkundigte sich Ann.

»An einer sehr seltenen Krankheit, so selten, dass kein Labor Interesse hat, Zeit und Geld in die Forschung zu stecken, da die geringe Zahl an Kranken keinen rentablen Markt darstellt. Ja, heutzutage erdrückt die finanzielle Dimension das Menschliche, aber da sage ich Ihnen ja nichts Neues. Die Klinik Seven Guards, in Verbindung mit AdamTech, widmet sich diesen seltenen Krankheiten. Dieses kleine Mädchen litt am Worms-Olsen-Syndrom. Dabei handelt es sich um eine Entartung des zentralen Nervensystems, die höchstwahrscheinlich genetischen Ursprungs ist. Seltsamerweise trifft man sie nur im Süden Chinas an. Und, stellen Sie sich vor, das Mädchen ist geheilt! Das ist eine Weltpremiere und eine Hoffnung für die weiteren etwa tausend von dieser Krankheit Betroffenen. In drei Wochen wird sie in ihr Land zurückgeflogen, auf unsere Kosten, versteht sich. Hier sehen Sie, wozu die Großzügigkeit unserer Spender dient.«

»Sie können nicht all die anderen betroffenen Kinder auf Ihre Kosten heilen …«

»Deshalb werden wir das therapeutische Protokoll veröffentlichen und kein Patent einreichen. Aber das ist noch nicht alles …«

Der Arzt zog sie in ein anderes Zimmer, in dem ein Kind dunklerer Hautfarbe, wohl lateinamerikanischer Herkunft, schlief. Er flüsterte:

»Dieser kleine Mexikaner – wecken Sie ihn bitte nicht – erholt sich von einer Operation am offenen Herzen. Wir finanzieren ein Krankenhaus und ein Kooperationsprogramm in der Nähe von Juárez im Norden Mexikos, das Professor Irkalla sehr am Herzen liegt. Er begibt sich häufig dorthin. Dieser Junge musste notoperiert werden, und da zogen wir es vor, ihn hier zu behandeln.«

»All das dürfte extrem kostspielig sein«, knurrte Jeff. »Was bieten Sie Ihren Spendern denn so Wertvolles, dass Ihre Mittel so erheblich sind?«

»Ich sagte Ihnen schon, eine Behandlungsqualität, die …«

»Ich bitte Sie, mir nicht Ihren Schmus zu wiederholen. Meine Frage ist ganz einfach: Was spielt sich in den Etagen ab, die wir nicht besuchen dürfen?«

Ann lächelte verbindlich.

»Sie müssen verstehen, das ist genau das, was eine bisweilen etwas … unerquickliche Neugier weckt.«

»Wir haben nichts zu verbergen. Wenn Sie mir jetzt in mein Büro folgen wollen …«

Der Arzt führte sie in einen großen lichtdurchfluteten Raum, dessen Wände von Bücherregalen bedeckt waren. Medizinische Werke, bemerkte Ann, aber auch Literatur, Psychologie und Philosophie.

»Unser großes Spezialgebiet«, fuhr Blanchard fort, nachdem er seinen Gästen Plätze angeboten hatte, »wofür wir ein bahnbrechendes Konzept entwickelt haben, ist der Kampf gegen das Altern.«

»Gegen die äußerlichen Anzeichen des Alterns?«

»Nicht nur. Man kann auch gegen die Ursachen kämpfen.«

»Sie versuchen also das Leben zu verlängern?«, fragte Jeff mürrisch.

»Genau.«

»Ich wüsste nicht, wozu das gut sein soll.«

»Viele begüterte Menschen sehen das ganz anders, Sergeant. Und genau denen liefern wir therapeutische Konzepte, die den Spitzenrecherchen unseres angeschlossenen Labors, AdamTech-Institute, entstammen.«

»Kann man wirklich gegen die Auswirkungen der Zeit angehen?«, wollte Ann wissen.

»Das Altern ist keine Auswirkung der Zeit.«

»Wie meinen Sie das?«

»Es ist eine Folge von zwei sehr verschiedenen Ursachen, gegen die man agieren kann. Die erste ist die biologische Uhr.«

»Eine Uhr hat doch immer mit der Zeit zu tun.«

»Die, von der ich spreche, ist eine rein genetische Angelegenheit. Die Zellen unseres Körpers haben die Fähigkeit, sich eine vorgegebene Anzahl von Malen zu teilen. Dann hören sie auf, sich zu reproduzieren. In gewissem Sinne sterben sie. Die Organe, die sie bilden, bauen langsam ab. Das nennt man Altern. Die maximale Anzahl der Zellteilung eines Organismus bestimmt über seine Lebenslänge.«

»Es gibt also eine zeitliche Begrenzung.«

»Sie lässt sich aber unbegrenzt hinauszögern.«

»Machen Sie Scherze?«

Blanchard lächelte.

»Bei der Arbeit nie, Miss.«

»Sie behaupten allen Ernstes, man könne die Lebensdauer eines Menschen uneingeschränkt verlängern?«

»An den Chromosomenenden der Zelle befinden sich DNA-Fragmente, die sogenannten Telomere. Mit jeder Zellteilung geht ein winziger Teil der Telomere verloren. Unterschreitet die Telomerlänge ein gewisses Minimum, kann sich die Zelle nicht länger teilen, was zum Zelltod führt. Und genau das begrenzt unsere Lebensdauer. Nun gibt es ein Enzym, die Telomerase, das die Telomere nach jeder Zellteilung repariert. Die Zelle verfügt über die nötigen Gene, um dieses Enzym zu produzieren. Wenn sie es tut, ist sie unsterblich! Nun wird die Telomerase in unseren somatischen Zellen unterdrückt. Wäre das nicht der Fall, würden sich unsere Zellen endlos teilen.«

»Wir wären also unsterblich?«

»Da gibt es nur ein kleines Problem.«

»Und zwar?«

Ann bemerkte, dass Angst in ihrer Stimme mitschwang. Wünschte sie sich, dass ihr der Wissenschaftler einen Hoffnungsschimmer bot, nie sterben zu müssen?

»Außer den Keimzellen vermehrt sich nur noch eine andere Zellenart fast unbegrenzt: die Krebszellen. Ihre Zellteilung trägt nicht zum Erhalt der Organe bei, sondern dient, wenn man so sagen darf, ›egoistischen‹ Zielen.«

»Sie streben in gewisser Weise die Unsterblichkeit für sich selbst an?«

»Wenn Sie so wollen. Wir müssten versuchen, Zellen mit der Fähigkeit zu unbegrenzter Vermehrung zu entwickeln, die jedoch der internen Organisation des Organismus untergeordnet sind – eine Art intelligenter Krebs, wenn Sie verstehen, was ich meine …«

»Dann gäbe es kein Altern, keinen Tod mehr?«

»Man würde nur noch aus unfallbedingten Gründen sterben.«

»Oder aus verbrechensbedingten«, mischte sich Jeff ein.

»Wir sind bereits imstande, eine gealterte Zelle zu verjüngen, indem wir ihr das Gen einpflanzen, das für die Produktion der Telomerase verantwortlich ist, und zwar ohne eine maligne Transformation auszulösen. Die Erweiterung dieses Verfahrens auf den gesamten Organismus ist theoretisch möglich, seine tatsächliche Anwendung erfordert aber noch erhebliche Arbeit. Hingegen können wir bereits auf den zweiten Alterungsfaktor Einfluss nehmen.«

»Der immer noch nichts mit der verstreichenden Zeit zu tun hat?«

»So ist es. Eher mit der großen Zahl von äußeren Angriffen, denen unser Organismus ausgesetzt ist. Unsere Zellen werden ständig von ihrer Umgebung attackiert. Die Hauptaggressoren sind die freien Radikalen.«

»Davon ist oft in der Kosmetikwerbung die Rede«, sagte Ann. »Doch ich habe nie richtig begriffen, worum es sich dabei handelt.«

»Die freien Radikalen sind Sauerstoffmoleküle, die ein ungepaartes Elektron besitzen. Daher stehlen sie den Molekülen der DNA und den Zellwänden Elektronen, um ihre Stabilität zu erhalten. Somit schädigen sie die Zellen und sind für viele degenerative Krankheiten, für Krebs und für das Altern an sich verantwortlich.«

»UV-Strahlung, Zigarettenrauch, Alkohol führen zu ihrer Entstehung, nicht wahr?«

»Ja. Aber auch und vor allem die einfache Tatsache, dass man atmet, sich ernährt, kurz, lebt. Wenn Sie atmen, wenn Sie essen oder trinken, beliefern Sie Ihre Zellen mit dem Sauerstoff und den Kohlenstoffen, die sie benötigen. Angefangen bei diesen Elementen synthetisiert die Zelle ihren Kraftstoff, das Adenosintriphosphat.«

»Wie bitte?«

»Nicht so wichtig. Sie müssen nur wissen, dass die Zelle durch die Erzeugung ihrer Nahrung freie Radikale produziert, die zu ihrem Verfall beitragen. Die Zellen, die am meisten unter dieser Situation leiden, sind aber gerade diejenigen, die sich nicht teilen.«

»Gibt es denn solche?«

»Natürlich. Einige Ihrer Zellen haben dasselbe Alter wie Sie selbst. Sie sind die sensibelsten Ihres Organismus. Und zufällig sind es auch die wichtigsten, aus denen sich Ihr Gehirn zusammensetzt, Ihr Herz …«

»Sie suchen also nach Mitteln, um gegen diese schrecklichen freien Radikalen anzukämpfen?«

»Minimierung der aggressiven Wirkung auf die Zelle, Stimulation der Zellregenerierung ... Alle forschen in diese Richtung. Wir aber haben einen enormen Vorsprung. Dank des Genies von Professor Irkalla sind wir in der Lage, eine Spitzenbehandlung anzubieten.«

»Die Ihnen viel Geld einbringt«, warf Jeff ein.

»Die Forschung ist kostspielig. Wir müssen zunächst einmal vorfinanzieren ...«

»Und sich dann bereichern, nehme ich an.«

»Sie wären sicher überrascht zu hören, wie hoch der Anteil der Erträge ist, den wir in unsere Wohltätigkeitsaktionen stecken.«

»Wie kommt es, dass diese unschuldige Klinik mit einem derartig leistungsfähigen Sicherheitssystem ausgestattet ist, obwohl Sie doch gar keine Geheimnisse haben?«

»Aber natürlich haben wir Geheimnisse!«

Ann runzelte die Stirn.

»Unsere Forschung benötigt enorme Mengen an Kapital«, fuhr Blanchard fort, »aber die Rendite kann mittelfristig hundert- bis tausendmal so hoch sein. Entgegen Ihren Andeutungen, Sergeant, geht es uns nicht um Geld. Professor Irkalla ist ein großer Humanist, und wir teilen seine Überzeugungen. Allerdings gibt es skrupellose Menschen, die nicht zögern würden, unsere Entdeckungen zu stehlen und sie allein des Profites wegen auf den Markt zu bringen.«

»Wäre das nicht demokratischer, als Ihren Jungbrunnen für Milliardäre zu reservieren?«, fragte Jeff.

»Wir bieten der breiten Öffentlichkeit nur absolut einwandfreie Produkte an. Jede Vermarktungsgenehmigung erfordert strengste Zulassungsverfahren, die wir noch nicht zu liefern vermögen. Unsere derzeitigen Patienten vertrauen uns, und wir behandeln sie nur, wenn sie eine rechtsgültige Einverständniserklärung unterzeichnen. Sie geben uns nicht nur Geld, sie leihen uns auch ihren Körper.«

»Sie dienen Ihnen als Versuchskaninchen!«

»Aus freien Stücken. Und glauben Sie mir, bis heute hat sich niemand beschwert. Außerdem, halten Sie es nicht für vernünftig, die Demokratisierung unserer Entdeckungen sorgfältig vorzubereiten?«

»Was wollen Sie vorbereiten?«

»Überlegen Sie mal, Sergeant. Ökonomisch und ökologisch haben wir den weltweiten Bevölkerungszuwachs schon jetzt nicht im Griff. Und Sie wissen ja von den Problemen, die das Ungleichgewicht der Alterspyramide in den hochentwickelten Ländern mit sich bringt. Stellen Sie sich nur vor, was passieren würde, wenn sich das Leben der Menschen plötzlich verdoppeln oder verdreifachen würde ... Was wir in der Hand haben, ist eine gesellschaftliche und demographische Bombe.«

»Dann stoppen Sie doch alles!«

»Nicht der Fortschritt schadet, sondern die Art, wie er eingesetzt wird. Professor Irkalla will eine Stiftung gründen, deren Aufgabe es sein wird, Intellektuelle, Wissenschaftler, Philosophen, Kirchenmänner zu versammeln, um über die Folgen der sich ankündigenden Revolution nachzudenken. Wir sind verantwortungsvolle Menschen und nehmen uns die nötige Zeit. Und jetzt, meine Herrschaften ...«

Der Mediziner schob seinen Stuhl zurück.

»... Sie gestatten, ich weiß nicht aus noch ein vor lauter Arbeit.«

Ann erhob sich mühsam. Alle diese Perspektiven machten

sie ganz schwindelig. Konnte es sein, dass die Menschheit in der Lage war, den Tod zu besiegen? An der Tür fing sie sich wieder.

»Eine letzte Frage. Haben Sie auch, was bisher unheilbare Krankheiten wie etwa die amyotrophische Lateralsklerose betrifft, positive Ergebnisse erzielt?«

Blanchard lächelte gezwungen und zögerte einen Augenblick.

»Junge Frau, wir bewirken bereits erstaunliche Dinge, aber noch keine Wunder. Wenn Sie mich jetzt entschuldigen würden.«

Er begleitete sie entschlossenen Schrittes zur Tür und winkte eine vorbeikommende Pflegerin herbei.

»Mrs. Perkins, würden Sie diese beiden Besucher bitte zur Rezeption führen.«

Eine Minute später waren sie draußen.

Die gehen mir allmählich auf den Geist mit all ihren Wundergeschichten«, brüllte Jeff nach langen Minuten des Schweigens.

Ann lenkte den Polizeiwagen durch die Staus von Manhattan.

»Was bringt Sie derart in Rage?«

»Dieser Typ hat sich über uns lustig gemacht! Er erzählt uns von Menschlichkeit, um uns den Zugang zu den interessanten Etagen zu versperren. Er hält uns seinen kleinen, gut einstudierten Biologievortrag, um uns die bittere Pille schlucken zu lassen. Sie haben sich reinlegen lassen, ganz nebenbei bemerkt.«

»Wieso?«

»Sie hätten sehen sollen, wie Sie an seinen Lippen hingen ...«

»Sergeant Mulligan, ich besitze die Dummheit, Ihnen bei *Ihrer* persönlichen Untersuchung zu helfen, und das während *meiner* Dienststunden, was gegen alle Regeln verstößt und Sie veranlassen sollte, mich mit einem Minimum an Dankbarkeit zu behandeln. Während Sie in Ihrer Ecke geschmollt haben, habe ich Dr. Blanchard aufmerksam gelauscht in der Hoffnung auf ein Indiz, das unseren Verdacht untermauern könnte.«

»Diese beschissene Welt wird beherrscht von Menschen, deren Job darin besteht, den Leuten Illusionen zu verkaufen und sie vergessen zu lassen, dass sie sterblich sind. Der Typ bietet das ultimative Produkt an, das ewige Leben. Da sehen die Pfaffen in ihren Soutanen plötzlich ganz schön alt aus! Und Sie schlucken das wie all die anderen.«

»Haben Sie denn keine Angst vor dem Sterben?«

»Nein, habe ich nicht.«

»Das glaube ich Ihnen nicht. Wer den Tod nicht fürchtet, hat vor nichts Angst.«

»Ich habe vor nichts Angst.«

»Ach ja, haben Sie sich einen Schutzpanzer zugelegt?«

»Ich weiß nicht, worauf Sie hinauswollen.«

»Mir gefällt Ihre Sichtweise auf die Welt, Jeff. Und ich bewundere Ihren klaren Verstand. Darf ich Ihnen vorschlagen, ihn ein wenig für die Analyse Ihrer eigenen Person zu nutzen?«

Jeff schwieg. Ann spürte seinen Blick, der lange auf ihr ruhte. Sie gab vor, sich allein auf die Straße zu konzentrieren, und sah angestrengt nach vorne.

»Sie sind schon eine merkwürdige Frau«, sagte er schließlich.

Ein Schauer lief ihr über den Rücken. Sie wusste nicht genau, wie sie ihn deuten sollte, doch Jeffs letzter Satz, in dem eine undefinierbarer Wärme, ja sogar Anerkennung mitschwang, weckten in ihrem Herzen ein Gefühl von Euphorie, gegen das sie vergebens ankämpfte.

»Trotzdem, dieser Arzt hat uns auf den Arm genommen«, fügte er nach einer Weile hinzu.

»Da bin ich mir nicht sicher.«

Ann parkte den Wagen in zweiter Reihe vor dem Haus des Sergeant und schaltete den Motor aus.

»Jeff«, seufzte sie, »wir haben nicht den geringsten Beweis, um Ihre Vermutungen zu stützen. Diese Klinik machte keinen schlechten Eindruck. Und der Wutausbruch von Henry Buchanan hat nichts zu bedeuten. Selbst die Gründe, die Sie angeführt haben, um Ihre Besessenheit zu rechtfertigen, sind inzwischen haltlos: Er höchstpersönlich hat seine Männer losgeschickt in der Hoffnung, die Spur seines Sohnes zu finden. Das hat nichts mit dem Mord an Lucie Milton zu tun.«

»Und ich glaube, Henry Buchanan ist auf die eine oder andere Weise in ihre Ermordung verwickelt.«

»Je weiter Sie sich vortasten, desto weniger Beweise haben Sie. Merken Sie das denn nicht?«

Jeff schwieg eine Weile. Ann hatte recht. Dabei wusste sie nicht mal, dass selbst die Annahme, auf der seine Untersuchung basierte, wie ein Kartenhaus zusammengebrochen war – die Gewissheit nämlich, dass Lucie sich vor ihrem Tod bedroht gefühlt hatte. Nun wurde er nur noch von dem Gefühl geleitet, *dass sie da war* und etwas von ihm erhoffte.

Er spürte, dass Ann ihn musterte.

»Sie sind überzeugt, dass Sie vom Jenseits aus von ihr geführt werden, nicht wahr?«, fragte sie sanft.

Er lächelte.

»Wenn ich ja sage, halten Sie mich für verrückt. Um die Wahrheit zu sagen, ich weiß es nicht. Ich glaube nur einfach nicht mehr, dass es unmöglich ist.«

Ann legte die Stirn auf das Lenkrad.

»Ihr innigster Wunsch ist es zu sterben, nicht wahr?«

»Vielleicht.«

»Um sie wiederzufinden.«

»Vorher war es, um Schluss zu machen. Keine Gefühle, nichts mehr. Frieden ...«

»Ich weiß, wovor Sie Angst haben.«

»Wovor?«

»Zu leben.«

Jeff schwieg. Er schien über Anns Bemerkung nachzugrübeln, ohne sich gegen was auch immer verteidigen zu wollen. Es war das erste Mal, dass er so aus sich herausging, und das berührte sie sehr. Von Anfang an hatten sie sein Körper und seine animalische Präsenz verwirrt. Jetzt erkannte sie seine inneren Werte.

»Ann, ich weiß nicht, ob Sie mich verstehen können. Es ist, als hätte ich einen Schritt über das Vorstellbare hinausgetan. Ich bin in eine Welt geraten, in der ich nicht den geringsten Orientierungspunkt habe. Ich kann nicht mehr zurück. Das Erstaunlichste ist ...«

Er unterbrach sich. Ann war bemüht, den Augenblick nicht durch die geringste unangebrachte Geste zu stören, und lauschte ihm aufmerksam.

»... dass ich es gar nicht wünsche. Ich habe alles verloren, was ich hatte, was ich wusste, was ich war. Das ist furchtbar beängstigend und gleichzeitig … in meinem tiefsten Innern fühle ich mich besser als vorher.«

»Nach dem, was ich verstanden habe, sind Sie tatsächlich verrückt«, sagte die junge Frau lächelnd. »Aber Ihre Verrücktheit ist schön.«

Er legte die Hand auf ihren Arm, und sie musste ein Zittern unterdrücken.

»Heute Nacht gehe ich noch einmal in die Klinik.«

Sie zuckte zusammen und zog ihren Arm zurück.

»Sie sind wahnsinnig!«

Er lachte auf. Es war neu und so angenehm, ihn fröhlich zu sehen.

»Aber mein Wahnsinn ist schön …«

»Außer wenn Sie daran sterben.«

»Das ist nicht meine Absicht. Ich habe eine Untersuchung abzuschließen.«

»Ich begleite Sie.«

»Kommt gar nicht in Frage!«

»Dann zählen Sie nicht mehr auf mich.«

»Ich brauche Sie nicht für derartige Unternehmungen.«

»Ich hole Sie heute Abend um elf ab. Und jetzt bitte ich Sie, dieses Polizeifahrzeug zu verlassen, in dem ein *suspendierter* Sergeant rein gar nichts verloren hat.«

Abends läutete das Telefon. Sie ahnte, dass es ihr Vater war. Nach sechs Klingelzeichen hob sie schließlich ab.

»Ich mache mir Sorgen um dich.«

Es war ihr Vater.

»Mir geht's gut.«

»Ich fürchte, du lässt dich in etwas hineinziehen, das dir sehr zum Nachteil gereichen kann …«

»Komm zur Sache.«

»Henry Buchanan ist ein mächtiger Mann …«

»Misch dich nicht in meine beruflichen Angelegenheiten ein.«

»Ich versuche dir Ärger zu ersparen.«

»Das sagst du auch immer zu deinem Gegner, bevor du ihm welchen bereitest.«

»Liebes, ich will dich nur schützen. Du hast diesen Beruf gewählt. Übe ihn mit Klugheit und Vorsicht aus. Du hattest keinen Auftrag, keine Berechtigung. Warum hast du einen wohlhabenden, einflussreichen und über jeden Zweifel erhabenen Mann provoziert?«

»Die Tatsache, dass jemand dein Klient ist, reicht mir schon, um an seiner Aufrichtigkeit zu zweifeln.«

»Was habe ich getan, dass du mich so angreifst?«

Der Tonfall ihres Vaters zeugte von einer Kränkung, die nicht gespielt war. Ann bekam ein schlechtes Gewissen.

»Entschuldige. Aber weißt du, ich habe den Eindruck, so gut wie nie verstanden zu werden …«

»Glaubst du etwa, ich fühle mich von dir verstanden?«

»Vielleicht verwechselst du Verstehen und Gutheißen.«

»Du hast mich immer verurteilt. Aber um zu urteilen, muss man verstehen …«

»Und wenn man verstanden hat, kann man nicht mehr urteilen … Ich weiß, diesen praktischen Satz von deinem Marlborough hast du tausendmal zitiert.«

»Malraux.«

»Ist doch egal. Dein Leben ist nicht schwer zu verstehen. Diese beschissene Welt ist von Leuten wie dir für Leute wie dich geschaffen.«

In ihrem Zorn, den sie selbst nicht verstand, wurde ihr

plötzlich klar, dass sie einen Ausdruck von Jeff benutzt hatte. »Diese beschissene Welt …« Sie war verwirrt. War es wirklich das, was sie empfand? Das Schweigen am anderen Ende der Leitung dauerte an. Ann hörte ihren Vater atmen.

»Ich habe den Eindruck, du verachtest mich«, sagte er schließlich mit unsicherer Stimme.

Ann war berührt.

»Verzeih, Papa«, flüsterte sie. »Ich verachte dich nicht.«

»Ich liebe dich. Und deshalb mache ich mir Sorgen um dich.«

»Ich gehe meinen eigenen Weg. Wir sind verschieden, aber das ist kein Grund, dich zu sorgen.«

»Bist du glücklich?«

Sie zögerte.

»Ich bin am Leben.«

Als sie auflegte, bemerkte sie, dass sie Tränen in den Augen hatte.

Offensichtlich glauben Sie, mir nützlich sein zu können«, knurrte Mulligan, während er seine Pistole überprüfte.

»So ist es.«

Ann hatte ihren Wagen ein paar Häuserblocks von der Klinik entfernt geparkt.

»Und wozu?«

»Was ist Ihr Plan?«

»Ich habe keinen Plan.«

»Sie wollen also in aller Seelenruhe in ein Gebäude eindringen, das über eine Hochsicherungsanlage verfügt, und wissen nur noch nicht wie?«

»Sicher haben Sie schon ein paar Vorschläge parat.«

»Vielleicht könnten Sie durch die Belüftungsschächte kriechen …«

»Raffiniert. Ein großartiger Weg, um irgendeinen Punkt des Baus zu erreichen, ohne entdeckt zu werden. Aber um in diese Schächte zu steigen, müsste man doch bereits in dem Gebäude sein, oder?«

»Stimmt.«

»Und wie komme ich da Ihrer Meinung nach hinein?«

Ann überlegte kurz.

»Nun, wenn Sie einen Krankenwagen anhalten und die Insassen ausschalten, könnten Sie sich als Pfleger verkleiden und inkognito hineinkommen.«

»Tolle Idee!«, rief der Sergeant in übertrieben enthusiastischem Ton.

»Jeff …«

»Ja?«

»Sind Sie dabei, sich über mich lustig zu machen?«

Der Sergeant musterte sie: Ann verzog den Mund zu einem entzückenden Schmollen. Zu seiner Überraschung erfasste ihn eine Woge der Zuneigung.

»Ann, Sie sind eine junge Polizistin. Ich danke Ihnen dafür, dass Sie mir helfen wollen, aber …«

»Aber?«

»Sie gehen zu oft ins Kino.«

Ann kauerte sich wütend in ihre Ecke.

»Und warum?«

»In den Filmen kriecht man problemlos durch die Belüftungsschächte. In Wirklichkeit sind sie so eng, dass höchstens ein kleiner Affe hindurchpasst. In den schlechten Krimis gerät der Held gleich beim ersten Versuch an eine Uniform, die genau seine Größe hat. Außerdem ist das Gebäude, in das ich hineinwill, kein Krankenhaus, sondern eine Klinik, die keine Notfälle aufnimmt. Es gibt also keinen Ambulanzdienst.«

»Wie wollen Sie dann vorgehen?«

»Auf eine Weise, bei der Sie mir ganz und gar nicht nützlich sein können – außer im allerletzten Moment …«

»Das heißt?«

»Wenn ich wieder herauskomme. Ich bitte Sie, sich vor dem Eingang zu postieren – startbereit.«

»Und wenn sie das Nummernschild notieren?«

»Glauben Sie denn, die werden Anzeige erstatten?«

Ann gab keine Antwort. Sie war verletzt. Jeff hatte sie auf ihren Platz verwiesen, freilich ohne den kränkenden Hochmut, den er sonst an den Tag zu legen pflegte. War das ein Zeichen dafür, dass er umgänglicher wurde, oder hatte sie sich so albern benommen, dass nicht einmal er sie deshalb abkanzeln mochte? Die Vorschläge, mit denen sie beweisen wollte, wie nützlich sie ihm sein konnte, waren bloß billige Kinoklischees gewesen und hatten nichts mit Polizeitechniken zu tun. Aber Jeffs Vorhaben war weit entfernt von dem, was ein Vertreter des Gesetzes tun sollte. Ann fühlte sich verloren. Sie warf Jeff einen verstohlenen Seitenblick zu. Er saß reglos und schweigend da und schien sich zu konzentrieren. Plötzlich zuckte er zusammen.

»Jetzt«, murmelte er.

Ann sah zur Eingangstür der Klinik. Sie öffnete sich, und zwei uniformierte Angehörige des Sicherheitsdienstes traten heraus. Vermutlich war es Zeit für die Wachablösung. Jeff sprang aus dem Wagen und rannte auf sein Ziel zu. Als er nur noch wenige Meter entfernt war, änderte er seine Strategie und begann zu torkeln wie ein Betrunkener. Die beiden Männer drehten sich zu ihm um. Einer deutete ein verächtliches Lächeln an, das ihm aber schnell verging: Mulligan hielt ihm seine Pistole an die Schläfe und stieß die beiden ins Innere der Klinik.

Ann parkte gegenüber dem Eingang. Es verging eine halbe Stunde, die ihr wie eine Ewigkeit vorkam. Ungeduldig wartete sie auf ihren Komplizen, den Fuß schon auf dem Gaspedal, um sofort starten zu können. Mit jeder Sekunde, die verstrich, steigerte sich ihre Sorge. Wenn man ihn nun überwältigt hatte? Oder angeschossen? Wenn Jeff starb …

Plötzlich hörte sie Schüsse, und die Glastür zerbarst in tausend Splitter. Ohne zu denken, ließ Ann den Motor an. Jeff rannte aus dem Gebäude, und Ann, die den Augenblick wie im Zeitlupentempo erlebte, bewunderte die Geschmeidigkeit und Harmonie seiner Bewegungen. In der Aktion wirkte dieser Mann geradezu anmutig.

Jeff sprang in den Wagen.

»Nicht rasen, normales Tempo«, befahl er, als Ann losprechen wollte. »Die brauchen noch ein Weilchen.«

»Wohin?«, fragte sie, um Beherrschung bemüht.

»Zu mir.«

Sie fuhr schweigend und atmete tief durch, um sich zu beruhigen.

In Jeffs Wohnung ließ sie sich auf die Couch fallen.

»Nun?«

Jeff zog eine Festplatte aus seiner großen Jackentasche.

»Wollen wir doch mal sehen, ob sich die Sache gelohnt hat.«

Er schloss sie an seinen Computer an und begann zu tippen. Ann stand auf, um über seine Schulter zu schauen.

Auf dem Bildschirm erschienen Krankenakten. Jeff ging

alle Namen durch, und Ann war beeindruckt von der Zahl der Berühmtheiten aus Politik, Wirtschaft, Theater und Film, die sich in dieser Klinik hatten behandeln lassen.

Dann tauchte das Dossier von Henry Buchanan auf.

Einweisungsdatum: Mittwoch, 7. März 2007.

Entlassungsdatum: Dienstag, 13. März.

Diagnose …

Erschöpft rieb sich Ann die Augen. Das Unglaubliche stand da, in Großbuchstaben in Henry Buchanans Akte geschrieben:

AMYOTROPHISCHE LATERALSKLEROSE

Eine ganz und gar unheilbare Krankheit.
Von welcher der Geschäftsmann genesen war.

Jeff und Ann beratschlagten bis zum frühen Morgen. Die Gesundung von Buchanan hatte wirklich etwas Mysteriöses. Er verheimlichte etwas. Nichts bewies indes, so betonte Ann, dass diese Angelegenheit auch nur das Geringste mit dem Tod von Lucie Milton zu tun hatte. Allerdings musste sie zugeben, dass es die Mühe wert war, der Sache auf den Grund zu gehen. War sie davon überzeugt? Oder redete sie es sich nur ein, weil das der einzige Weg war, in Jeffs Nähe zu sein? Ann hätte es selbst nicht sagen können. Sie wusste nur, dass sie diesen Mann liebte und bereit war, ihn bis ans Ende seiner Ermittlungen zu unterstützen. Seine Fantasien von Phantomen, die ihn angeblich aus dem Jenseits leiteten, schienen ihr natürlich völlig abwegig. Trotzdem musste sie zugeben, dass ihre letzten Entdeckungen verwirrend waren. Gewiss, der Sergeant besaß eine bemerkenswerte Intuition, die es ihm ermöglichte, Dinge zu erahnen, die anderen entgingen … Aber sein mangelnder psychischer Halt und die ihm eigene überdurchschnittliche Sensibilität führten zu wahnhaften Deutungen, die ihn bis an die Grenzen der Psychose brachten. Und zweifellos war sie für diesen Mann die einzige und letzte Verbindung zur Realität.

Sie entwarfen einen Schlachtplan. Ann sollte Dr. Yudkowski erneut aufsuchen. Das konnte sie tun, ohne weiter Verdacht zu erregen: Der Arzt hatte ihr innerhalb der letzten Tage mehrere Nachrichten hinterlassen und darin den Wunsch geäußert, sie zu sehen. Jeff seinerseits würde … improvisieren. »Ich kann nichts anderes tun, als mich leiten zu lassen«, erklärte er. Ann verspürte einen kleinen Stich. Würde er am Ende von dieser Obsession lassen können, um erneut Fuß in der Welt der Lebenden zu fassen?

»Übrigens …«, meinte Ann, als sie sich verabschiedeten, »Sie haben mir gar nichts erzählt.«

»Wovon?«

»Wie das in der Klinik abgelaufen ist.«

»Bestens.«

»Und zwar?«

»Ich kam rein, habe freundlich gebeten, mich in die Etage mit den Verwaltungsbüros zu führen, habe die Computer konsultiert und eine Festplatte mitgenommen. Dann bin ich wieder raus.«

»Gab es keinen Widerstand?«

»Es waren nur sechs Wachleute im Gebäude.«

»Und?«, fragte Ann ungeduldig.

»Ich denke mal, vor Ort war alles Nötige für Erste-Hilfe-Maßnahmen vorhanden.«

Raúl versuchte angestrengt, sich am Stand der Sonne zu orientieren, und fuhr über mehrere Stunden möglichst geradeaus. Er hoffte, auf einen bewohnten Ort zu treffen, wo er um Hilfe bitten konnte. Die Spur, die sein Fahrzeug hinterließ, war überdeutlich zu erkennen und die Gefahr zu groß, dass ihn seine Verfolger einholen würden. Doch so weit sein Auge reichte, war nur Wüste, und er hatte nicht die geringste Ahnung, wo er sich befand. Der Tank des Jeeps leerte sich unerbittlich. Als die Nadel anzeigte, dass er fast leer war, beschloss er, eine kurze Rast einzulegen. Und zu sehen, in welchem Zustand sich sein Passagier befand. Hatte er die Kraft gehabt zu trinken? Raúl hatte es nicht übers Herz gebracht, ihn zurückzulassen, doch er konnte sich nicht so um ihn kümmern, wie es sein Zustand erfordert hätte.

Er stieg aus dem Wagen, öffnete die Hintertür und zwang sich zu einer zuversichtlichen Miene.

»Nun, mein Freund, wie g …«

Raúl spürte, wie ihm das Blut in den Adern stockte. Einen Moment lang glaubte er, den Verstand zu verlieren.

Was er im Fahrzeuginnern sah, war unbeschreiblich.

Das Wesen, das dort ausgestreckt lag, hatte nichts mit dem Mann gemein, den er mitgenommen hatte. Es war keine menschliche Gestalt.

Als sich seine Augen nach dem grellen Licht der Wüste an das Dunkel im Wagen gewöhnt hatten, konnte sich Raúl ein genaueres Bild machen.

Er erkannte die Kleidung: eine weiße Hose und ein Hemd in der gleichen Farbe. Aber beide waren zerrissen, als wären sie geplatzt.

Und der Mann …

Er war es wohl, es konnte nur er sein, den das Schicksal zu seinem Fluchtgefährten gemacht hatte. Aber er war völlig verändert.

Das Gesicht war derart angeschwollen, dass es keine menschlichen Züge mehr besaß, und sein Körper so aufgedunsen, als hätte er innerhalb weniger Stunden hundert Kilo zugenommen.

Raúl lauschte angestrengt. War er tot?

Raue und zugleich pfeifende Atemzüge.

Er lebte.

Raúl kletterte zu ihm in den Wagen und beugte sich mit einer Mischung aus Angst und Ekel zu ihm hinab.

»Hören Sie mich?«, flüsterte er in sein Ohr.

Der andere antwortete mit einem Grunzen. Trotz seiner Abscheu legte ihm Raúl die Hand auf die Schulter, um ihn zu beruhigen.

»Er wird so enttäuscht sein«, stieß der Mann keuchend hervor.

»Enttäuscht? Von wem sprechen Sie?«

»Der Professor … So enttäuscht.«

»Buchanan?«

Der Mann zitterte leicht.

»Oh, nein! Ich unterstehe direkt Professor Irkalla. Wir sind zu fünft.«

Stolz schwang in seiner Stimme mit.

»Professor Irkalla? Wer ist das?«, fragte Raúl, fest entschlossen, dem Mann möglichst viele Informationen zu entlocken.

»Ein Genie. Er hat so viele Entdeckungen gemacht … Er hat ein grandioses Ziel! Er ist nicht mehr weit davon entfernt … Und von all seinen Patienten bin ich derjenige, mit dem er am liebsten arbeitet. Weil ich diplomierter Biologe bin: Er erklärt mir, was er macht, und ich verstehe alles. Und er ist derart mitfühlend. Diesmal glaubte er wirklich an einen Erfolg. ›Ich wünsche mir so sehr, dass Sie leben‹, sagte er, bevor er mir die Injektionen setzte. Herrgott noch mal, was ist nur schiefgelaufen?«

Raúl biss die Zähne so fest aufeinander, dass es schmerzte.

»Was hat er Ihnen injiziert?«

»Es ist das Mittel, das sein ganzer Stolz ist«, sagte der Mann erregt. »Man hat entdeckt, dass ein Gen des Nematoden …«

»Des was?«

»Ein kleiner Fadenwurm, der im Labor untersucht wird. Gerät er im Larvenstadium durch Umwelteinflüsse in Gefahr, gestattet ihm eines seiner Gene, sich in eine sehr resistente ›Superlarve‹ zu verwandeln … Der Wurm kann auf diese Weise überleben und seine Entwicklung fortsetzen, sobald die Bedingungen günstiger sind.«

Angesichts dieses unförmigen Wesens, das schulmeisterlich von Larven und Würmern sprach, hatte Raúl plötzlich den Eindruck, einen Albtraum zu durchleben.

»… Eine Mutation dieses Gens aber kann zur Folge haben, dass der Wurm nicht die Dauerlarve bildet. Und wissen Sie, was dann passiert?«

»Ich … Nein.«

»Die Lebensdauer des Wurms verdoppelt, verdreifacht oder vervierfacht sich.«

Sein befremdlicher Enthusiasmus löste bei dem Mann einen Energieschub aus, während Raúl schwindelig wurde.

»Aber was hat das mit den … den Experimenten zu tun, die an Ihnen durchgeführt wurden?«

»Ich komme noch darauf zu sprechen! Stellen Sie sich vor, die durch dieses Gen kodierten Proteine haben große Ähnlichkeit mit den Proteinen im menschlichen Körper! Bei einem Transfer des Gens *Daf* …«

»Wie bitte?«

Der Mann machte eine ungeduldige Handbewegung.

»… Das ist der Name des Gens des Nematoden, das ich eben erwähnt habe: *Daf* für Dauer-Formation oder Dauerbildung. Dieses Gen, dessen Mutation die Lebensdauer des Wurms erhöht, lässt sich in den menschlichen Organismus transferieren.«

»Aber … zu welchem Zweck?«, fragte Raúl, jetzt völlig verwirrt.

Der andere betrachtete ihn mit einer Mischung aus Gereiztheit und Verachtung, die Wissenschaftler für gewöhnlich dem Laien entgegenbringen.

»Um die Lebensdauer des Menschen zu verlängern natürlich.«

Er unterbrach sich, um wieder zu Atem zu kommen.

»Doch man muss seine Mutation genauestens kontrollieren, genauso wie Reaktionen des menschlichen Organismus auf seine Übertragung … damit das Gen *Daf* auf die Faktoren der Lebensdauer wirkt … ohne die Larvenbildung nach sich zu ziehen.«

»Mein Gott! Das … Genau das widerfährt Ihnen also gerade? Die Verwandlung in …«

»In die Dauerlarve, ja.«

Raúl wurde von noch heftigerem Schwindel erfasst, so monströs war diese Vorstellung. Der arme Teufel hier hatte sich die Ideen seiner Peiniger vollständig zu eigen gemacht … Er brauchte einen Moment, um sich wieder zu fassen, und reichte dem Mann den Wasserkanister, aus dem dieser in kleinen Schlucken trank. Dann sagte er ganz sanft:

»Wir brechen gleich auf. Ich muss Sie ins Krankenhaus bringen.«

»Ins Krankenhaus? Aber wo sind wir denn?«

»Mitten in der Wüste.«

»Wie das …? Das ist eine Katastrophe! Ich muss sofort ins Labor zurück.«

»Ins Labor?«

»Er muss mich lebend untersuchen. Dann wird er besser verstehen, was nicht funktioniert hat. Schnell! Es bleibt nur wenig Zeit.«

»Warum?«

»In weniger als drei Stunden bin ich tot.«

»Sagen Sie das nicht. Sie werden durchkommen. In einem Krankenhaus …«

Was dann passierte, verschlug Raúl die Sprache: Das Monster hatte sich ruckartig aufgesetzt und ihn mit einer Kraft, die er ihm niemals zugetraut hätte, am Hals gepackt.

»Ich gehe nicht ins Krankenhaus!«

»Schon gut!«, stieß Raúl hervor. »Wir fahren zurück ins Labor.«

Der andere ließ ihn los und sank auf den Boden des Wagens.

»Schnell«, keuchte er.

Raúl erhob sich.

»Machen Sie sich keine Sorgen.«

Er nahm am Steuer Platz und fuhr los.

Die folgenden Tage verbrachte Jeff mit Nichtstun. Das heißt, er sprach mit Lucie. Er rief sie herbei. Seit wann hatte er ihre Gegenwart nicht mehr gespürt? Warum teilte sie sich ihm nicht mehr mit? War sie ihm nur erschienen, um ihn zu diesen verrückten Ermittlungen zu bewegen? War er lediglich ein Werkzeug für sie? Und doch hatte er ihre Wärme, diesen Lebenshauch, der seinen Körper durchdrang, diese Sanftheit, die ihn zu Tränen gerührt hatte, eindeutig für Liebe gehalten. Das war *sie*.

Lucie, ein Zeichen von dir …

Verlass mich nicht.

Wie besessen las er immer wieder Lucies E-Mails in der Hoffnung, ein Indiz darin zu finden. Hatte das Verschwinden von Steve etwas mit dem Geheimnis seines Vaters zu tun? Konnten ihn ein Detail, ein Satz, ein Wort auf eine Spur bringen? Die Korrespondenz der beiden Verliebten bezog sich auf ihre Gefühle, die Arbeit, den Alltag. Seltsamerweise war zu der Zeit, als Henry Buchanan erkrankte, in den Mails kaum davon die Rede. Hatten sich die beiden über solche persönlichen Themen nur im trauten Beisammensein unterhalten? Auf alle Fälle erleichterte das die Ermittlungen nicht gerade.

Außerstande, Schlaf zu finden, lief er ganze Nächte durch die Straßen von New York und sprach in Gedanken mit dieser Toten, die für ihn realer war als jeder Lebende. Doch sie gab keine Antwort. Hatte sie ihn bis hierher geführt, um ihn jetzt fallen zu lassen? Hatte er dafür alles aufgegeben? War das Ganze nur eine Illusion gewesen?

Am Ende seiner Kräfte kehrte er eines Morgens in seine Wohnung zurück. Unfähig zu denken und zu erschöpft, um aufzubegehren, brach er voll bekleidet auf seinem Bett zusammen und schlief ein.

Er träumte von ihr. Er war ein kleiner Junge und sie so groß, dass sie den Himmel berührte. Von ihr ging ein überirdisches Licht aus, das reine Liebe war. Sie beugte sich zu ihm herab und küsste seine Stirn. Dann strich sie ihm sanft über die Augen. »Es wird Zeit aufzuwachen«, sagte sie. Wie nach einem Gewitter, wenn das Licht heller ist als vorher, fühlte er in sich eine Klarheit aufsteigen, die alles mit einer geheimnisvollen Schönheit umgab. Eine tiefe Entspannung erfüllte seinen ganzen Körper.

Er öffnete die Augen.

Ein Sonnenstrahl, der durch das Schlafzimmerfenster drang, spielte auf seinem Gesicht.

Er fühlte sich ausgeruht, sein Gedächtnis war wie neugeboren. Hinter dem Lärm der Stadt, der in seinem Kopf widerhallte, entdeckte er eine tiefe unendliche Stille, die seine Seele beruhigte.

Er erhob sich und öffnete mechanisch seinen Computer, der sich im Stand-by-Modus befand. Die letzte Mail von Steve mit dem rätselhaften Zitat erschien: *Noli me tangere. Nondum ascendi ad patrum meum.*

Er gab diesen Satz in eine Suchmaschine ein. Innerhalb einer halben Sekunde tauchten Hunderte von Antworten auf. Theologische Traktate zur Auferstehung, Lobpreisungen von Maria Magdalena, antireligiöse Pamphlete. Jeff überflog einige davon, konnte aber nichts Interessantes für seinen Fall entdecken. Er wollte schon aufgeben, als ein Detail seine Aufmerksamkeit erregte.

Der auf den Webseiten erwähnte lateinische Text wich in einem Detail von Steves Version ab: *Noli me tangere. Nondum* enim *ascendi ad patrum meum.*

In Steves Mail fehlte das »*enim*«.

Und die Übersetzungen lauteten: »Rühre mich nicht an, denn ich bin noch nicht aufgefahren zum Vater.«

Es dauerte einige Sekunden, bis Jeff begriff, dass *enim* »denn« bedeutete. Steve hatte die Konjunktion weggelassen.

War das vielleicht von Bedeutung?

»Rühre mich nicht an. Ich bin noch nicht zum Vater aufgefahren.«

Anders als der Originalsatz erweckte das Fehlen des »denn« den Eindruck, dass *zwei* Informationen geliefert wurden.

»Ich bin noch nicht zu meinem Vater aufgefahren …«

Und: »Rühre mich nicht an …«

Der erste Satz bedeutete wahrscheinlich ganz einfach: Ich bin nicht tot. Laut Henry Buchanan war Lucie überzeugt gewesen, dass Steve nach seinem Verschwinden noch lebte. Konnte es nicht diese Nachricht sein, die sie davon überzeugt hatte? … Jeff warf einen Blick auf das Sendedatum: 18. Mai 2007. Wann genau war Steve vermisst gemeldet worden? Jeff biss sich auf die Lippe und blätterte hektisch in der Ermittlungsakte.

Als er das Datum entdeckte, lief ihm ein Schauer über den Rücken.

17. Mai 2007.

Steve Buchanan hatte Lucie einen Tag nach seinem vermeintlichen Todesdatum geschrieben. Um ihr auf verschlüsselte Weise mitzuteilen, dass er lebte …

Und um ihr eine weitere Information zu geben: in Form des Befehls »Rühre mich nicht an …«.

Was mochte das bedeuten?

Komm mir nicht näher?

Ja, das war es. Eine Warnung. Versuch nicht, mich zu finden. Denn es ist gefährlich.

Und Lucie hatte diesen Wink nicht beherzigt. Sie hatte sich zu nah herangewagt … Und aus diesem Grund hatte man sie umgebracht.

Aber zu nah an was?

Was hast du gesehen, Lucie, das du besser nicht gesehen hättest?

Als Ann das Luxusrestaurant betrat, wo Yudkowski bei einem Gin Martini auf sie wartete, erhob er sich und eilte ihr entgegen. Er hatte sich in Schale geworfen: Gucci-Blazer über elfenbeinfarbenem Hemd, weinrote Seidenkrawatte, Mokassins aus schwarzem Krokoleder. In den Kreisen, die Ann wohl vertraut waren, obgleich sie ihnen seit langem den Rücken gekehrt hatte, kleidete man sich so, wenn man Eindruck machen wollte.

»Wie schön, Sie zu sehen«, hauchte er ihr ins Ohr und führte sie an seinen Tisch. »Was möchten Sie trinken?«

»Dasselbe wie Sie.«

Er winkte den Keller herbei, der die Bestellung aufnahm. Dann erging er sich in einer leidenschaftlichen Schilderung, welchen Eindruck sie bei ihrem ersten Besuch auf ihn gemacht habe und dass er ständig an sie habe denken müssen. Während sie vorgab, ihm aufmerksam zu lauschen, beobachtete sie ihn. Er war zweifellos ein sehr attraktiver Mann. Wohl dosierte Bräune, muskulöser Körper, der von regelmäßigen Besuchen im besten Fitness-Center zeugte, die Augenpartie ohne jegliche Falten, was ohne Kunstgriffe kaum möglich schien – alles an diesem Mann zeigte, dass er auf ein perfektes Äußeres bedacht war. Die Frauen an den Nachbartischen warfen ihm immer wieder verstohlene Blicke zu. Noch dazu machte er einen aufrichtigen Eindruck.

Wie kam es dann, dass sie nichts für ihn empfand?

Wäre es nicht einfacher, sie würde sich in einen solchen Mann verlieben – eine gute Partie, die ihren Eltern mit Sicherheit gefiele?

Ann lächelte in sich hinein. Einfache Lösungen waren anscheinend nichts für sie …

Jeff hingegen war nicht im eigentlichen Sinne attraktiv. Seine Züge waren nicht ebenmäßig, sondern arg gezeichnet vom Leben, die Proportionen seines eher stämmigen Körpers entsprachen nicht dem aktuellen Schönheitskanon … Außerdem war er ein unsteter, bindungsunfähiger Mensch am Rande des Wahnsinns. Doch von ihm ging eine Spannung, eine ungezähmte Kraft, eine gefährliche Intensität aus, die für Ann etwas Raubtierhaftes, Wildes hatte: eine Welt jenseits der quälenden Normen und Konventionen, mit denen sie aufgewachsen war.

Yudkowskis Körper verströmte lediglich den Hauch eines teuren Parfums, von dem er nur ein paar Tropfen aufgelegt hatte: so wenig, dass man Lust verspüren sollte, sich zu ihm vorzubeugen, um den Duft einzuatmen.

»Sie sagen ja gar nichts?«

Verstört stellte Ann fest, dass der Arzt seinen schwärmerischen Wortschwall beendet hatte. Sie wollte ihn nicht zu brutal abweisen – einerseits aus Sympathie für seine Person, andererseits um das Gespräch, das sie mit ihm führen wollte, nicht zu gefährden.

»Dr. Yudkowski, ich fühle mich sehr geschmeichelt, aber ...«

»Nennen Sie mich bitte Bob.«

»Bob, ist es nicht etwas zu früh, um von Gefühlen zu sprechen? Wir müssen uns unterhalten, uns kennenlernen ...«

»Ich bin verwirrt, Ann. Ich habe den Eindruck, Sie seit jeher zu kennen.«

Er reichte ihr die Karte.

»Lassen Sie uns erst einmal das Menü auswählen.«

Während der Vorspeise und des Hauptgangs drehte sich ihre Unterhaltung um belanglose Themen. Ann erzählte ganz allgemein vom Polizeidienst, ohne freilich ihre Probleme zu erwähnen, Yudkowski schilderte, wie er seine Leidenschaft für die Medizin entdeckt hatte. Nach und nach ging er zu den persönlicheren Aspekten seines Berufs über: die Beziehung zu den Patienten, der Tod, die Angst vor Kunstfehlern ... Ann nutzte die Gelegenheit, um das Gespräch auf Henry Buchanan zu lenken.

»Das ist die Art von Fehlern, die jeder Arzt fürchtet«, sagte er mit einem Seufzer.

»Warum?«

»Weil ich selbst heute mit dem zeitlichen Abstand immer noch nicht begreife, worin mein Irrtum bestand. Wäre ich noch einmal mit der gleichen Situation konfrontiert, ich würde wieder dieselbe Diagnose stellen. Ein unverzeihlicher Fehler, der schreckliche Folgen hatte.«

»Sie sprechen von Henry Buchanans Reaktion?«

»Nicht nur. Die ganze Familie war erschüttert. Steve war völlig verstört, weil er glaubte, sein Vater müsse sterben …«

»Aber Sie erwähnten doch Konflikte zwischen Vater und Sohn …«

»Ja. Das hat mich überrascht. Nun, trotz solcher Spannungen hatte ich keinen Zweifel daran, dass er seinen Vater liebte. Doch seine Reaktion war fast … unverhältnismäßig. Man hätte meinen können, die Welt wäre für ihn zusammengebrochen. Ich glaube, die Anerkennung seines Vaters war ihm sehr wichtig.«

»Warum hat er dann nicht seine Nachfolge angetreten?«

»Er wird sich wohl gewünscht haben, was alle Söhne insgeheim ersehnen: anerkannt zu werden und doch seinen eigenen Weg gehen zu können. Er arbeitete wie ein Besessener und träumte davon, dass sein Vater stolz sein würde auf die Erfolge in der von ihm gewählten Laufbahn. Doch das war nicht Henrys Art …«

Der Arzt verstummte gedankenverloren.

»Ach, wissen Sie, ich kann mir diesen Irrtum nicht verzeihen. Womöglich wäre Steve noch am Leben …«

»Wie können Sie so etwas denken?«, fiel ihm Ann ins Wort.

»Bevor er Lucie kennenlernte, war Steve ein sehr grüblerischer, verschlossener junger Mann, der alles mit dem Intellekt zu erfassen suchte und keine Gefühle zuließ. Sie hat ihn verwandelt. Durch die Begegnung mit ihr wurde er warmherzig, menschlich, offen gegenüber anderen. Die Krankheit seines Vaters hat ihn erneut ins Dunkel gestoßen, mehr noch als zuvor.«

»Und als er erfuhr, dass sein Vater nicht oder nicht mehr krank war?«

Yudkowski zögerte.

»Nun, das ist das Befremdlichste. Selbst als er sich dessen sicher sein konnte, war Steve nicht mehr derselbe. Ich erinnere mich, wie geistesabwesend er war, als Lucie einen Preis für ihre Forschungsergebnisse bekam. Sie war empört und fragte sich, ob er neidisch auf ihren Erfolg sei. Doch es war etwas anderes …«

»Was?«

»Ich habe es nie erfahren. Und dann ist er verschwunden.«

»Und wenn Ihre Diagnose richtig war? Wenn Henry Buchanan wirklich von der ALS geheilt wurde?«

»Das ist unmöglich.«

»Ist bei einer solchen Krankheit keine spontane Remission denkbar?«

»Die ALS ist eine degenerative Krankheit. Die Muskeln erhalten nicht mehr die notwenigen Nervenimpulse, weil die Verbindung zum Gehirn gestört ist. Sie verlieren an Kraft und verkümmern schrittweise. Für eine Remission müsste die Ursache, die dieses Phänomen auslöst, beseitigt werden. Und das kann nicht spontan geschehen.«

»Und was genau ist der Auslöser dieser Krankheit?«

»Das ist umstritten. Die Hypothese, es könne sich um eine Viruserkrankung handeln, wurde verworfen. Eine Dysfunktion der Apoptose ist in manchen Fällen möglich.«

»Wie bitte?«

»Der Zelltod. Er vollzieht sich zu schnell. Doch wir haben nicht viele Anhaltspunkte, um diese Annahme zu untermauern.«

Ann runzelte die Stirn. Bei seinem kleinen Exkurs über das Altern hatte Blanchard diesen Punkt angeschnitten.

»Die stichhaltigste These ist die einer Funktionsstörung des Sauerstoffmetabolismus.«

Die junge Frau zuckte zusammen.

»Die freien Radikalen?«

»Genau«, erwiderte Yudkowski lächelnd. »Der Ursprung der Nervenentartung bei der ALS könnte auf einer zu hohen Sauerstoffkonzentration beruhen, welche hochtoxische Moleküle wie Peroxyde freisetzt. Dieses Phänomen könnte mit der Mutation eines Gens, des SOD-1, zusammenhängen, das normalerweise ein antioxidantes Enzym produziert. Aber ich will Ihnen die technischen Details ersparen …«

»Die ALS-Forschung steht also in einem Zusammenhang mit der Altersforschung?«

»So ist es.«

»Wie würden Sie persönlich eine solche Therapie angehen?«

»Wenn ich das wüsste …«

»Träumen Sie ein wenig!«

»Sie verstehen das nicht. Die Heilung einer ALS – es sei denn, sie wird durch eine exogene Ursache wie einen Virus ausgelöst – würde voraussetzen, dass man den gesamten Mechanismus der Zellregeneration beherrscht. Der Tag, an dem das gelänge, würde uns dem ältesten Traum der Menschheit näher bringen.«

Ann erschauderte.

»Und welcher Traum ist das?«

Sie hatte alles verstanden, wollte aber, dass Yudkowski seinen Gedanken zu Ende führte. Ihr stockte der Atem, während sie darauf wartete, dass er das schicksalhafte Wort aussprach:

»Die Unsterblichkeit.«

Nach dem Abendessen schützte Ann Unpässlichkeit vor, um das Rendezvous zu beenden. Leicht enttäuscht begleitete Yudkowski sie bis vor ihre Haustür.

Als sie im Bett lag, rief sie Jeff an. Anhand ihrer neuen Informationen zogen sie Zwischenbilanz. Steve Buchanan war nach seinem Verschwinden in den Bergen noch am Leben. Das war so gut wie sicher – dafür sprach die Mail. Die Krankheit seines Vaters hatte ihn stark mitgenommen, das Wissen aber, dass er außer Gefahr war, hatte ihn nicht aus dem depressiven Zustand befreit, den Yudkowski beschrieben hatte. Falls Henry Buchanan doch an ALS erkrankt gewesen war, ließ seine Heilung darauf schließen, dass die Klinik Seven Guards mit sensationellen und sorgfältig geheim gehaltenen Entdeckungen arbeitete. Und das um den Preis von mindestens zwei Morden, fügte Jeff hinzu: Lucie und Fletcher, der Zeuge, den man vor seinen Augen im Wagen erschossen hatte. Forscher, die zum Schutz ihrer Ergebnisse auf solche Methoden zurückgriffen, kannten gewiss auch bei ihrer Arbeit keine Skrupel. Und wenn Steve Buchanan etwas zu diesem Thema entdeckt hatte, etwas, das ihn in Gefahr brachte? Er hätte verschwinden und Lucie in ihrer verschlüsselten Sprache mitteilen können, dass er immer noch am Leben war …

Zum ersten Mal kam kein Widerspruch von Ann. Sicher, das waren alles nur Vermutungen. Aber die Kette der Hypothesen wirkte schlüssig. Ihre Untersuchung war sicher nicht unbegründet und der Mord an Lucie Milton womöglich Teil eines hochbrisanten Kriminalfalls.

Jeff schlug vor, Henry Buchanan noch einmal genauer über seine Krankheit zu befragen.

»Und wenn er sich weigert, mehr zu sagen? Wir verfügen über kein legales Mittel, ihn dazu zu zwingen«, meinte Ann seufzend.

»Bisher ist immer etwas passiert, was meinen Recherchen

einen neuen Schub gegeben hat. Selbst dann, wenn ich gar nicht mehr weiterwusste. Ich habe Vertrauen.«

»Vertrauen in Lucie Milton, ist es das?«

»Vertrauen ins Unbekannte.«

»Mit dem Namen Lucie Milton …«

»Ich weiß, das muss Ihnen verrückt erscheinen.«

»Es würde jedem absurd vorkommen.«

»Deshalb bin ich Ihnen so dankbar, dass Sie mir helfen.«

Völlig unerwartet schossen Ann Tränen in die Augen.

»Sie sind verliebt in eine Tote.«

Jeff holte tief Luft:

»Nein, in eine, die das Leben liebt.«

Als Ann und Jeff vor dem Sicherheitstor von Henry Buchanans Anwesen aus ihrem Wagen stiegen, wurden sie von den beiden bewaffneten Wachposten empfangen. Anders als bei ihrem ersten Besuch verlangten sie keine Instruktionen über Walkie-Talkie. Buchanan sei nicht da, lautete die knappe Antwort. Jeff beharrte:

»Er muss mit uns sprechen – und zwar in seinem eigenen Interesse.«

»Sie vergeuden Ihre Zeit. Er ist nicht zu Hause«, erwiderte der Ältere, offensichtlich nervös.

»Dann warten wir hier.«

Der andere, knapp zwei Meter groß, kam drohend auf sie zu.

»Verschwinden Sie!«

Jeff wich kurz zurück, als hätte er Angst. Dann schoss er blitzartig vor und versetzte dem Koloss einen Leberhaken, der ihn in die Knie zwang. In Kampfhaltung schnellte Jeff herum, um sich auf den ersten Wachmann zu stürzen. Der hob mit einer beschwichtigenden Geste die Hände.

»Okay, okay! Sie können hier warten, wenn Sie wollen. Doch Mr. Buchanan ist auf Reisen.«

»Wie lange?«

»Das weiß niemand. Sind Sie jetzt zufrieden?«

»Machen Sie sich über mich lustig?«

Ann ergriff Jeffs Arm, um ihn zurückzuhalten, als das Walkie-Talkie zu knistern begann.

»Lassen Sie die beiden herein«, ertönte eine weibliche Stimme.

»Aber Miss …«

»Das ist ein Befehl!«

Ann bemerkte eine Mikro-Kamera, die oben am Tor angebracht war. Jemand im Haus hatte die Szene beobachtet, doch es war nicht Henry Buchanan.

»Miss Buchanan wünscht Sie zu sprechen«, knurrte der Hüne und betätigte die Fernbedienung des Tors. Sie fuhren über die Allee bis zum Herrenhaus. Auf der Freitreppe erwartete sie eine junge Frau von etwa dreißig Jahren. Sie war mittelgroß, sehr blond und recht hübsch, doch auf ihrem etwas zu hageren Gesicht lag eine erschreckende Blässe.

»Ich nehme an, Sie sind Angelina Buchanan«, sagte Jeff und streckte ihr die Hand entgegen.

Angelina ignorierte sie.

»Ich mag keine Cops«, zischte sie.

Jeff wirkte einen Augenblick fassungslos, was Ann belustigte.

»Warum haben Sie uns dann hereingebeten?«, fragte sie spöttisch.

»Ich war neulich da, als Sie mit meinem Vater gesprochen haben. Ich habe alles mitgehört.«

Sie führte sie in den Salon und bedeutete ihnen, Platz zu nehmen. Es entstand ein kurzes Schweigen, das Ann nutzte, um Angelina zu mustern. Klassische Kleidung und die für ihr Milieu typischen Allüren. Ihr magersüchtiger Körper und der kindlich rebellische Gesichtsausdruck zeugten von einer entschiedenen Weigerung, Frau zu sein. Jeff ergriff das Wort.

»Wir müssen unbedingt Mr. Buchanan sprechen.«

»Er ist nicht da.«

»Wo ist er?«

»Ich weiß es nicht.«

»Sagen Sie die Wahrheit.«

»Niemand weiß es! Er ist verschwunden.«

»Seit wann?«

»Einen Tag nach Ihrem Besuch hat er, wie so oft, das Haus verlassen. Er ist viel auf Reisen. Doch seither hat er nichts von sich hören lassen.«

»Ist das ungewöhnlich?«, erkundigte sich Ann.

»Ja. Sonst sind wir ständig in Kontakt, weil er wissen will, wie es mir geht. Er ist ein sehr besorgter Vater. Oder *war* es …«

»Haben Sie Grund zu der Annahme, dass er …«, begann Jeff.

»Niemand von uns lebt ewig«, unterbrach sie ihn herausfordernd.

»Fühlte er sich bedroht?«

»Es gibt so viele Menschen, die ihn hassen.«

Ernüchtert ließ sich Jeff in seinen Sessel zurücksinken. Aus dieser Neurotikerin war nichts herauszuholen. Ann ergriff wieder das Wort.

»Warum haben Sie uns sprechen wollen?«

Angelina zögerte.

»Glauben Sie wirklich … mein Bruder lebt noch?«

Jeff richtete sich auf.

»Ich glaube es.«

»Und Sie?«, fragte Ann sanft. »Was denken Sie?«

»Es gibt so viel Mysteriöses bei seinem Verschwinden … Steve gehörte nicht zu den Leuten, die allein und ohne Ausrüstung Bergwanderungen unternehmen. Außerdem hasste er die Berge.«

»Und doch war er oft im Gebirge«, bemerkte Jeff.

»Wegen Lucie. Nur ihretwegen. Und nie zu seinem eigenen Vergnügen.«

»Er wurde am Morgen seines Verschwindens im Hotel Bunkhouse in Steamboat Springs gesehen. Er war allein.«

Angelina Buchanan begann leise zu schluchzen. Ann war verwundert. Warum verschwieg Jeff, dass Steve am Tag nach seinem Verschwinden noch am Leben war? Doch sie wagte nicht, die Strategie ihres Kollegen zu durchkreuzen. Stattdessen rückte sie ihren Sessel neben Angelina und legte ihr die Hand auf den Arm.

»Standen Sie sich sehr nahe?«

»Wir hatten keinerlei Geheimnisse voreinander. Niemand kannte meinen Bruder besser als ich. Er ist nicht in den Bergen ums Leben gekommen!«

»Was glauben Sie denn?«

»Mein Vater hat ihn umgebracht. Oder ihn verschwinden lassen.«

Die beiden Ermittler starrten sie überrascht an. Ann wusste nicht, was sie sagen sollte. Jeff murmelte:

»Das ist unmöglich. Warum hätte er ihn dann suchen lassen?«

»Um Sie von seiner Unschuld zu überzeugen … Was ihm ja offensichtlich gelungen ist.«

»Das ist ein bisschen verrückt, oder?«

Die junge Frau reagierte gereizt:

»Sie kennen meinen Vater nicht! Er ist zu allem fähig, wenn sich ihm jemand in den Weg stellt! Er hat auch Lucie getötet!«

Jeff zuckte zusammen.

»Wie kommen Sie darauf?«

»Am Abend vor ihrem Tod hat sie ihn aufgesucht. Sie haben sich gestritten. Ich habe alles gehört. Es ging um ein Medikament.«

»Welches Medikament?«, fragte Ann interessiert.

»Das meines Vaters. Er war schwerkrank. Es hieß, er müsse sterben. Dann bekam er eine neue Behandlung – ›Hightech-Forschung‹, wie er es nannte. An besagtem Tag ist Lucie gekommen und hat Erklärungen von ihm verlangt. Er hat ihr eine Abfuhr erteilt, doch sie hat sich das nicht gefallen lassen und …«

»Warum hat sie Fragen zur Behandlung Ihres Vaters gestellt?«, fiel ihr Jeff ins Wort.

»Sie sagte, seit seiner Genesung sei Steve so verändert. Sie war überzeugt, dass sich ein Geheimnis dahinter verbarg, das der Schlüssel für Steves Verschwinden sein könne. Bis zu ihrem Tod hoffte sie, ihn lebend wiederzusehen.«

»Ist ihr Streit ausgeartet?«

»Lucie ist kurz aufgebraust und hat sich dann zusammengerissen. Sie war immer sehr beherrscht.«

»Und wie kommen Sie darauf, dass Ihr Vater sie hat töten lassen?«, fragte Jeff irritiert.

»Das, was kurz darauf geschah …«

Angelina machte eine lange Pause, als wolle sie die Wirkung des Gesagten auskosten. Jeff biss die Zähne zusammen.

»Und was geschah darauf?«, erkundigte sich Ann mit übertrieben sanfter Stimme.

»Mein Vater erhielt einen dringenden Anruf und verließ für einige Minuten den Raum. Das nutzte Lucie aus. Sie hat sein Schlafzimmer und sein Bad durchsucht, das Medikament gefunden und ein Muster an sich genommen.«

Jeff war fassungslos.

»Sind Sie da ganz sicher?«

»Ich bin ihr nachgeschlichen. Ich habe es mit eigenen Augen gesehen. Dann ist sie davongelaufen, ohne meinen Vater noch einmal zu sehen. Aber der hat den Diebstahl schnell bemerkt. Er hat sie von seinen Handlangern verfolgen lassen. Am nächsten Tag wurde sie tot aufgefunden.«

Ein langes Schweigen entstand. Jeff hatte die Augen geschlossen. Ann versuchte ihre Gedanken zu ordnen. War es möglich, dass Henry Buchanan den Mord an Lucie in Auftrag gegeben hatte? Und dass er seinen eigenen Sohn hatte umbringen lassen? Nein, diese zweite Hypothese war für Ann undenkbar. Der Mann schien so verstört, als er von Steves Verschwinden erzählte … Es sei denn, er war abgrundtief zynisch und hatte die Trauer nur vorgetäuscht. Zu welchen Ungeheuerlichkeiten war der Mensch nicht fähig? Angelinas Enthüllungen waren ohne Zweifel äußerst wertvoll. Doch vielleicht gab es gar keinen Zusammenhang zwischen dem Mord an Lucie und Steves Verschwinden.

Diesmal war es die Tochter von Henry Buchanan, die mit leiser Stimme das Schweigen brach:

»Neulich haben Sie zu meinem Vater gesagt, Sie glaubten, mein Bruder würde noch leben …«

Jeff erhob sich.

»Ich habe zumindest den Beweis, dass er am Tag seines Verschwindens nicht tot war. Er hat Lucie Milton am folgenden Tag eine E-Mail geschickt. Darin hieß es, sie solle nicht an seinen Tod glauben. Es besteht also die Chance, dass er noch am Leben ist.«

Er trat auf sie zu und legte ihr mit einer Geste tief empfundenen Mitgefühls, die Ann sehr berührte, die Hand auf die Schulter.

»Danke, Angelina. Diese Informationen sind für uns von unschätzbarem Wert. Ich schwöre, wir werden alles tun, um Ihren Bruder zu finden.«

Zunächst einmal musste man Henry Buchanan zu fassen kriegen. Das Problem war nur: Jeff und Ann hatten keinen offiziellen Grund, polizeilich gegen ihn zu ermitteln. Die »Beweise«, über die sie verfügten, würden den Staatsanwalt niemals überzeugen, einen Haftbefehl zu erlassen.

Doch wegen Jeffs ausgefallenen Methoden und der Qualität seiner Spitzel gab es im NYPD mehrere hohe Beamte, die ihrem Kollegen einen Gefallen schuldig waren. Darunter ein Captain, der im Präsidium arbeitete und sich erinnerte, dass Jeff nicht unmaßgeblich zu seiner Beförderung beigetragen hatte. Deshalb war er bereit, ihm ein wenig unter die Arme zu greifen – allerdings weniger aus Dankbarkeit als aus der Sorge heraus, seine früheren Beziehungen zu dem verschrienen Sergeant könnten sonst ruchbar werden. Mulligan erhielt Zugriff auf die Kreditkarten-Datenbank und damit Zugang zum gesamten Zahlungsverkehr von Privatpersonen innerhalb der

USA. Wie sich herausstellte, hatte Buchanan zwei Tage zuvor einen Flug nach Denver gebucht und dort einen Wagen gemietet. Gestern hatte er an einer Tankstelle in Silverthorne, am Beginn des Highway 9, vollgetankt.

Bei einem Blick auf die Landkarte stellten Jeff und Ann fest, dass sich diese Tankstelle auf der Strecke von Denver nach Steamboat Springs befand. Obwohl sich seine Fährte danach verlor, gingen sie davon aus, dass Buchanan anschließend den Highway 40 genommen hatte, um der Spur seines Sohnes zu folgen. Warum aber, gab Ann zu bedenken, hatte er keine Maschine nach Hayden Airport genommen, obgleich dieser nur eine halbe Fahrstunde von Steamboat Springs entfernt lag? Wahrscheinlich, so meinte Jeff, weil es kaum direkte Flüge zwischen New York und diesem kleinen Flugplatz gab. Sicher war der alte Herr in Eile … Aber weshalb? Was suchte er? Wusste er, dass sein Sohn lebte und wo er sich verbarg?

Sie beschlossen, nach Steamboat Springs zu fahren. Vielleicht würden sie ihn dort finden oder wenigstens Hinweise, die auf seine Spur führten …

Ann suchte Woodruff auf und bat um drei Urlaubstage, wobei sie mit einer gewissen Bitternis hinzufügte, dass man sie wohl nicht besonders vermissen würde. Der Lieutenant machte ihr ein Zeichen, die Tür zu schließen.

»Detective«, sagte er, »ich bitte Sie um etwas Geduld. Ihre Situation ist nicht leicht, ich weiß. Sie fühlen sich ins Abseits gedrängt.«

»›Gemobbt‹ wäre der treffendere Ausdruck …«

»Ich werde Ihnen etwas anvertrauen. Vor Ihrer Ankunft hier hatte ich nur einen wirklich guten Cop in dieser Abteilung: Mulligan. Wenn ich Sie gerade ihm zugeteilt habe, dann mit dem Ziel, aus Ihnen einen zweiten zu machen. Sie haben das Potenzial und das Format dazu. Aber Mulligan ist ausgerastet, und jetzt befinden Sie sich in einer heiklen Lage. Nicht aus eigener Schuld, sondern weil die anderen Detectives auf dieser Etage weniger begabt und deshalb bestrebt sind, das Niveau im Team nach unten zu ziehen. Vor allem Millar, der alle Kollegen gegen Sie aufgehetzt hat. Das missfällt mir sehr.«

»Ich dachte, Millar wäre ein exzellenter Ermittler …«

»Ich konnte Ihnen doch nicht sagen, dass ich Sie einem Idioten zuteile.«

Ratlos zog Ann die Augenbrauen hoch.

»Aber ich arbeite an dem Problem«, fuhr Woodruff unbeirrt fort. »Es wird bald Umbesetzungen in dieser Dienststelle geben, und Ihre Situation wird sich verändern. Brauchen Sie wirklich Urlaub?«

»Ja.«

»Dann nehmen Sie ihn. Und erholen Sie sich.«

Die beiden Ermittler machten sich auf die Reise, die Jeff etwa einen Monat zuvor allein unternommen hatte. Die Augen halb geschlossen, ein Lächeln auf den Lippen, entspannte sich Ann bei dem Gedanken an die letzten Ereignisse: Nach Jeff war es jetzt also der Lieutenant, der sie ermunterte, ihrer Berufung nachzugehen. Eine beachtliche Umkehr der Situation, die sie in vollen Zügen genoss.

Schließlich kamen sie wieder auf die Ermittlungen zu sprechen. Ann zählte voller Elan alle Hypothesen auf. Jeff machte sie darauf aufmerksam, dass sie nun wohl keine Zweifel mehr hegte.

»Jetzt glauben auch Sie an Erscheinungen«, fügte er scherzhaft hinzu.

Zu seiner Überraschung reagierte Ann höchst gereizt.

»Ich teile Ihren Aberglauben nicht. Ich lebe in der Realität, und wenn die mir konkrete Fakten liefert, klammere ich mich nicht an meinen ersten Eindruck.«

»Sie geben trotzdem zu, dass ich recht hatte …«

»Ich weiß, Sie verfügen über eine außergewöhnliche Intuition. Aber die Wahnvorstellungen, die damit einhergehen, gehören in die Psychiatrie.«

»Was genau verstehen Sie unter ›Intuition‹?«

»Eine gewisse Fähigkeit, Dinge zu erahnen …«

»Ein bisschen wie Hellseherei?«

»Daran glaube ich nicht.«

»Wo liegt der Unterschied?«

»Die Intuition ist nicht irrational. Eher wie der Spürsinn der Tiere, eine Art Instinkt.«

»Wenn ich Sie recht verstehe, hätte jeder Polizeihund dieselben Dinge ›wittern‹ können wie ich.«

»Keine Wortklaubereien bitte!«

»Ich kenne nichts, was Ihrer sogenannten ›Intuition‹ irgendwie entspricht. Es sei denn, Sie verstehen darunter ›geleitet zu werden‹ …«

»*Geleitet werden*?«, brauste Ann auf. »Und wo ist sie denn, Ihre Lucie? Hinter Ihnen, unter Ihnen, schaut sie Ihnen über die Schulter? Lucie Milton ist tot und begraben, und Sie sollten sich lieber um die Lebenden kümmern!«

Ohne die verwunderten Blicke der anderen Fluggäste zu beachten, wandte sich Ann von Jeff ab und lehnte sich in ihrem Sitz zurück. Das Triumphgefühl, das sie nach dem Verlassen von Woodruffs Büro empfunden hatte, war wie weggeblasen. Selbst ihre Freude, neben Jeff zu sitzen, war verflogen. Bis zum Ende des Fluges wechselten sie kein Wort mehr.

Der Milliardär war nicht schwer zu finden. Als die beiden Ermittler gerade die Eingangshalle des Bunkhouse Hotels, Steves letzter Aufenthaltsort in Steamboat Springs, betreten wollten, bemerkte Ann einen grauen Cadillac, der vom Parkplatz fuhr. Am Steuer Henry Buchanan.

Als sie ihren Mietwagen erreicht hatten, glaubten sie schon, ihn wieder verloren zu haben. Doch dann entdeckten sie ihn am Ortsausgang der kleinen Stadt, wo er in Richtung Gold Creek abbog.

»Er fährt zu der Stelle, wo sein Sohn verschwunden ist«, bemerkte Jeff.

Sie folgten ihm etwa zwanzig Kilometer auf einer immer kurvigeren Straße, die durch plötzlich einsetzenden Schneeregen gefährlich rutschig wurde. Noch dazu war die Sicht äußerst schlecht. Jeff, der um jeden Preis unbemerkt bleiben wollte, fuhr ohne Scheinwerferlicht und kniff die Augen zusammen, um Buchanans Spur nicht zu verlieren.

Dann, nach einer Haarnadelkurve, plötzlich mehrfaches Hupen. Wenige Meter hinter ihnen versuchte ein Wagen, sie zu überholen.

»Was will dieser Idiot?«, schimpfte Jeff. »Er macht noch auf uns aufmerksam.«

Plötzlich fuhr das Fahrzeug an ihnen vorbei und beschleunigte das Tempo. Es war ein schwarzer BMW-Geländewagen. Jeff blickte für einen kurzen Moment zur Seite und sah, wenn auch nur flüchtig, den Verkehrsrowdy, der rasch wieder einscherte und ihn zwang zu bremsen.

»Dieser Mistkerl kann von Glück reden, dass …«

Dann fiel ihm die Kinnlade herunter.

»Was haben Sie?«, fragte Ann, erschrocken über sein Gesicht.

»Großer Gott …«

Dieser Typ in dem Wagen …

Der Stiernacken, die breiten Schultern, der Quadratschädel …

Jeff blendete auf und trat so unvermittelt aufs Gas, dass Ann einen kleinen Schrei ausstieß.

Er kannte diesen Mann.

»Was ist los, Jeff?«

»Der Typ, der uns überholt hat … Das ist der Mexikaner, der Fletcher erschossen hat.«

Er beschleunigte weiter. Hinter einer Haarnadelkurve sahen sie unten den weiteren Verlauf der Straße.

Der Cadillac fuhr mit hohem Tempo.

Doch der Geländewagen war dicht hinter ihm.

Jeff wusste, es war zu spät.

Der schwarze BMW, der sich Buchanans Wagen mit ausgeschalteten Scheinwerfern genähert hatte, blendete plötzlich auf und scherte nach links aus, so als wollte er überholen. Durch das perfekt ausgeführte Manöver des Killers wurde das Opfer total überrumpelt. Das robuste Fahrzeug drängte den Cadillac an den Rand des Abgrunds und brachte ihn mit einem Schlenker zum Absturz. Der Wagen überschlug sich mehrmals auf dem Steilhang und zerschellte schließlich an einem Felsen. Einen solchen Aufprall konnte niemand überleben.

Oberhalb des rauchenden Wracks angelangt, hielt Jeff und öffnete die Beifahrertür.

»Rufen Sie Hilfe und sehen Sie nach, ob man noch etwas für ihn tun kann. Ich kümmere mich um den anderen.«

Mit quietschenden Reifen fuhr er an.

Der Mörder hatte einen beachtlichen Vorsprung und ein Auto, das viel schneller war als der von den beiden Polizisten gemietete Ford. Doch der Mexikaner ging wohl davon aus, dass der Wagen, den er überholt hatte, an der Unglücksstelle halten würde. Er würde kaum mit einer Verfolgung rechnen und hatte deshalb keinen Anlass zu rasen.

Jeff scheute kein Risiko, um ihn einzuholen, und ging mit halsbrecherischem Tempo in jede Kurve am Rande des Abgrunds.

Bald erblickte er den schwarzen Geländewagen vor sich. Jeff drosselte das Tempo. Seine Vermutung stimmte: Der Mörder rechnete nicht damit, verfolgt zu werden, und fuhr mit normaler Geschwindigkeit. Mulligan durfte auf keinen Fall seine Aufmerksamkeit erregen, wenn er nicht einfach abgehängt werden wollte.

Auf einer Strecke von etwa zwanzig Kilometern hielt der Sergeant so viel Abstand, dass er für den Mexikaner außer Sichtweite blieb. Im Idealfall würde der Mann irgendwann anhalten. Doch er schien nicht die Absicht zu haben. Jeff war nervös. Es erforderte höchste Konzentration, auf dieser kurvigen, ihm unbekannten Straße seine Beute zu verfolgen, ohne sie aus den Augen zu verlieren oder aufzufallen.

Dann geschah das, was er befürchtet hatte. Nach einer weiten Kurve, auf die eine gerade Strecke folgte, war der Geländewagen mit einem Mal verschwunden. Jeff gab bis zur nächsten Kurve Vollgas. Hatte der Mexikaner ihn gesehen? Hatte er gemerkt, dass er gejagt wurde? Doch direkt vor der Kurve bremste Jeff aus einem plötzlichen Reflex heraus und duckte sich. Diese Reaktion, für die es keinen rationalen Grund gab, rettete ihm das Leben.

Denn plötzlich flammte blendendes Scheinwerferlicht auf, und der Killer nahm den Ford unter Beschuss. Die folgenden Sekunden schienen sich endlos auszudehnen, wie im Zeitlupentempo bohrten sich die Kugeln in das Blech des Wagens, dessen Motor noch immer lief. Jeffs Gedanken überschlugen sich. Entgegen seiner Vermutung wusste der Mann, dass er verfolgt wurde, und hatte ihm eine Falle gestellt. Da sich Jeff geduckt hatte, wurde er ein wenig durch den Motor geschützt, der allerdings jederzeit in Brand geraten konnte. Er wusste, dass der Ford nicht mehr fahrtüchtig war. Zwar hielt er seinen Revolver in der Hand, doch die Waffe war nutzlos, solange er unter Beschuss stand. Es gab nur eine Chance, in dieser Situation zu überleben: Er musste seinen Gegner ebenfalls überrumpeln. Sein Wagen war zwar demoliert, doch er konnte ihm noch ein letztes Mal nützlich sein. Jeff schlug das Lenkrad ein und gab Vollgas, sodass der Ford mit einem heftigen Satz gegen die Kühlerhaube des Geländewagens schoss. Sein letzter Gedanke, ehe er das Bewusstsein verlor, war, ob der Mexikaner den Aufprall überlebt hatte.

Denn er wollte ihn lebendig.

Ein stechender Schmerz in der Schulter.

Ein Zeichen, dass er noch lebt.

Jeff versucht die Augen zu öffnen. Ein dunkler Vorhang liegt über allem.

Der Mörder?

Wenn er unverletzt ist, ist Jeff ihm ausgeliefert. Ist er tot, hat der Sergeant keinen Anhaltspunkt mehr für seine Nachforschungen.

Die Augen öffnen. Seine Lider sind bleischwer.

Öffne sie …!

Zu spät.

Die Tür des zerbeulten Wagens bewegt sich mit einem dumpfen Knarren.

Der andere ist da. Er versucht sie aufzumachen.

Jeff bewegt die Finger, um festzustellen, ob der Revolver noch in seiner Hand liegt.

Nichts.

Die Tür öffnet sich sehr langsam. Der andere ist vorsichtig. Oder verletzt.

Sich tot stellen. Keine andere Wahl.

Durch den Nebel vor seinen Augen erkennt Jeff eine Gestalt, die sich nähert.

Ein höhnisches Lachen.

»Da bist du, *Cabrón* … Du suchst wirklich den Tod.«

Die Klinge eines Messers blitzt vor Jeffs Gesicht auf.

»Öffne die Augen. Sieh der *Santa Muerte* ins Gesicht …«

Jeff muss innerlich lächeln. Er ist bereit. Wie sehr er sich den Tod wünscht! Zu Lucie …

Doch die Zeit ist noch nicht gekommen.

Sie will ihn nicht.

Sie hat ihm den Impuls eingegeben, sich zu ducken, bevor die ersten Schüsse fielen. Sie braucht ihn noch in dieser tristen Welt.

Die Klinge nähert sich, berührt seine Kehle.

Das kalte Metall gleitet über seine Schlagader, hinab zu seinem Herzen.

»Krepier!«

Wie im Zeitlupentempo sieht Jeff den sich senkenden Stahl. Dieselbe Hand, dieselbe Geste wie damals im Central Park. Er war ihm durch einen Reflex entkommen, den Lucie ihm eingegeben hatte.

Und jetzt?

Ist das sein letzter Augenblick?

Nein!

Lucie …

Will sie, dass er stirbt und zu ihr kommt, wo auch immer sie sein mag?

Aber *er* will nicht. Noch nicht! Er hat seine Mission noch nicht erfüllt.

Der Dolch ist nur noch fünf Zentimeter von seinem Herzen entfernt. Nichts mehr zu machen. Drei, zwei, eins … Das Metall bohrt sich in sein Fleisch. Der Schmerz …

Also doch.

In diesem Augenblick des Abschieds von der Welt durchzuckt ihn ein unbekanntes Gefühl.

Er hat keine Angst zu sterben, nein.

Aber er will leben.

Zum ersten Mal.

Jetzt, da es zu spät ist.

*Leben.*

Sein letztes Gefühl ist tiefe Verzweiflung. Ehe Jeff das Bewusstsein verliert, spürt er noch das Gewicht des Mexikaners, das ihn erdrückt.

# Wüste von Juárez

Seit einer Stunde schon kämpfte Raúl gegen seine Müdigkeit an.

Auf jeder anderen Straße wäre er längst tot gewesen. Doch auf dieser Wüstenpiste, wo es außer ihm niemanden gab, war es weniger gefährlich, wenn ihm bisweilen kurz die Augen zufielen. Er war am Ende, dachte aber nicht daran anzuhalten. Ihm blieb nur die Chance, einen bewohnten Ort zu finden, wo er telefonieren konnte, bevor der Tank völlig leer war. Mit so knappen Wasserreserven würde er sonst mitten in der Wüste verdursten oder wieder in die Hände seiner Peiniger geraten. Aber um dies zu verhindern, würden ihm die zuvor erbeuteten Waffen nützlich sein. Der Tod war für Raúl ein sanfter Ausweg, der Hölle auf Erden zu entkommen.

Wieder fielen ihm die Augen zu, und er nickte halb ein. Doch plötzlich durchzuckte ihn ein stechender Schmerz.

»Dreckskerl!«

Ein Arm legte sich um seinen Hals und drückte ihm fast die Luft ab.

»Das ist nicht der Weg zum Labor!«

Raúl versuchte sich freizumachen, doch der andere riss ihn mit aller Kraft nach hinten. Er musste das Steuer loslassen. Ein dunkler Schleier legte sich vor seine Augen, während ihn ein Gewicht, gegen das er machtlos war, zur Seite drückte.

Der Jeep verlangsamte holpernd das Tempo und blieb stehen. Der Arm, der ihm die Kehle zudrückte, rutschte ein wenig zur Seite, sodass Raúl etwas Luft bekam.

»Lassen Sie mich los. Nur gemeinsam können wir …«

Ein heftiger Schlag trifft seinen Kopf. Raúl reißt mühsam die Augen auf und sieht einen Arm, der einen schwarzen Wagenheber schwingt. Er wird erneut niedersausen. Raúl kann ausweichen. Doch der monströse Körper des Angreifers begräbt ihn unter sich. Von dem Gewicht fast erdrückt, vermag er dem dritten Schlag nicht auszuweichen, der ihm beinahe das Bewusstsein raubt. Blut rinnt über seine Schläfe. Und wieder hebt sich die Hand. Raúl kann nur noch den Arm bewegen.

Ihm bleibt keine Wahl.

Schweren Herzens reißt er die Sig Sauer, die er einem seiner Verfolger abgenommen hat, aus der Tasche.

Mit einer Kugel im Kopf sackt der Koloss lautlos zusammen.

Das Blut, das aus Raúls offener Wunde rinnt, vermischt sich mit dem Salz seiner Tränen. Er braucht einige Minuten, um sich von dem Gewicht des unförmigen Körpers zu befreien.

Er rappelt sich auf und steigt aus, um seine Lungen mit frischer Luft zu füllen.

Um ihn herum ist es jetzt fast dunkel. Ist er schwer verletzt?

Er blinzelt, dann begreift er.

Es ist nur die hereinbrechende Dämmerung.

Raúl hat einen Unschuldigen getötet.

Und er ist gerettet.

Am Horizont funkeln die ersten Lichter einer Stadt.

Das Licht. Zu stark, so grell …
Stimmen. Eine davon ist ihm nicht unbekannt.

Die Geräusche entfernen sich, das Licht wird schwächer. Dunkelheit.

»Ich glaube, er kommt zu sich.«

Ein Auge öffnet sich. Blendende Helligkeit.

»Jeff, ich bin es …«

Eine weibliche Stimme. Lucie?

Ist er schon auf der anderen Seite?

Er hat Schmerzen. Die Brust, der linke Arm. Der Kopf. Starke Schmerzen.

Also lebt er. Er fröstelt.

Er erinnert sich: der Killer. Wie hat der ihn verfehlen können?

Er versucht, die Dinge um sich herum zu erkennen. Etwas Weiches berührt seine linke Hand.

»Wachen Sie auf, bitte!«

»Drängen Sie ihn nicht«, sagt eine Männerstimme.

Weißer Kittel. Krankenhausgeruch.

»Er öffnet die Augen! Jeff, alles ist gut. Sie sind gerettet.«

Ann.

Jeff drückt ihre Hand.

»Ich hatte solche Angst«, sagt sie. »Beinah hätte es Sie erwischt.«

»Der … Mörder?«

»Tot.«

»Wie?«

»Er war schwer verletzt. Allein der Schädel hatte fünf Frakturen. Unbegreiflich, wie er nach dem Aufprall Ihres Wagens noch hat aufstehen können. Auf dem Weg zu Ihnen hat er mindestens einen Liter Blut verloren. In dem Moment, als das Messer zustieß, war er vermutlich schon tot. Er ist auf Ihnen zusammengebrochen.«

Jeff seufzt:

»Er war meine letzte Spur.«

»Wenn er noch am Leben wäre, wären Sie es nicht mehr. Die Klinge hat die Aorta nur knapp verfehlt.«

»Der Kerl muss identifiziert werden.«

»Schon geschehen.«

»Schon? Wie das?«

»Sie waren drei Tage im Koma.«

Jeff will sich aufrichten, doch ein stechender Schmerz lässt ihn zurück auf das Kopfkissen sinken.

»Drei Tage!«

»Seien Sie vorsichtig. Vergessen Sie nicht, dass Sie dem Tod nur knapp entronnen sind.«

Jeff bemerkt plötzlich, wie sehr ihn das Gespräch anstrengt.

»Wer ist es?«, bringt er gerade noch hervor.

Der Arzt, gefolgt von einer Krankenschwester, unterbricht ihr Gespräch, um ihn zu untersuchen. Als er fertig ist, sagt er zu Jeff:

»Sie haben großes Glück gehabt, Mr. Mulligan. Aber Sie sind außer Gefahr.«

»Soll ich ihn lieber schlafen lassen?«, fragt Ann.

»Das wäre in der Tat besser. Er braucht Ruhe.«

Ann küsst Jeff auf die Stirn.

»Ich komme morgen früh wieder.«

Kaum hat sie den Raum verlassen, schließt Jeff die Augen und schläft ein.

Um 11.00 Uhr vormittags setzte sich Ann an Jeffs Bett. Nachdem er die Nacht durchgeschlafen hatte, war dieser Mann, den nichts unterkriegen konnte, schon wieder voll ansprechbar.

»Ich habe Sie mit Ungeduld erwartet«, sagte er lächelnd.

»Ich wollte Sie schlafen lassen.«

»Ich bin seit sieben Uhr wach. Zeit genug zum Nachdenken. Warum ist Buchanan Ihrer Meinung nach ermordet worden?«

»Weil er in direkter Verbindung zu dem Schuldigen stand und uns auf seine Spur hätte führen können?«

»Zweifellos. Es ist das zweite Mal, dass man mir einen Zeugen umlegt. Als hätten sie alles, was ich getan habe, überwacht ... Der Mörder wusste, dass ich ihm auf den Fersen war, darum hat er mich in einen Hinterhalt gelockt.«

»Auf alle Fälle beweist Henry Buchanans Tod, dass er unschuldig war.«

»Vielleicht an Lucies Tod. Aber er hatte etwas zu verbergen. Etwas, das bestimmt mit seiner Behandlung zu tun hat.«

»Ach, übrigens ...«, meinte Ann, »man hat eine Autopsie vorgenommen.«

»Ja, das ist Routine. Aber die Todesursache scheint klar, oder?«

»Er ist tatsächlich an den Folgen des Unfalls gestorben. Dennoch gab es sehr eigenartige Elemente. Ich habe die Leiche gesehen. Nicht wiederzuerkennen.«

»Normal, nach so einem Aufprall.«

»Es ist nicht nur das. Sein Gesicht war unversehrt. Aber das war nicht der Buchanan, dem wir begegnet sind.«

»Wie meinen Sie das?«

»Es war, als wäre er ... gealtert.«

»Gealtert?«

»Das ist mein persönlicher Eindruck. Aber es war ein Schock. Er hatte sich derart verändert: Die Haut war so faltig und schlaff, als wären nicht wenige Tage, sondern zehn Jahre vergangen. Dem Gerichtsmediziner ist das nicht aufgefallen, da er ihn ja nicht kannte. Allerdings …«

»Ja?«

Ann fuhr nachdenklich fort:

»Etwas hat ihn sehr verwundert: Buchanans Herz, seine Leber, die Nieren waren in einem seltsamen Zustand: an manchen Stellen so jung wie die Organe eines Heranwachsenden, während andere im Zustand der fortgeschrittenen Hyperoxidation waren. Der Mediziner glaubt, er hätte nicht mehr lange gelebt.«

»An was war er erkrankt?«

»Das konnte der Arzt nicht sagen. Aber er hat mir versichert, es hätte nichts mit den Symptomen einer ALS zu tun. Offenbar hatte er so etwas noch nie gesehen.«

Jeff überlegte kurz.

»Die Behandlung ist also der Schlüssel des Rätsels.«

»Anscheinend hat sie nicht so gut funktioniert.«

»Als wir Henry Buchanan getroffen haben, war er in bester Verfassung.«

»Und weiter?«

»Wenn er nun aufgehört hat, seine Medikamente zu schlucken?«

»Wie kommen Sie darauf?«

»ALS ist eine degenerative Krankheit, nicht wahr? Stellen Sie sich ein Wundermittel vor, das die Zellen regeneriert und verjüngt. Solange er es nimmt, ist alles in Ordnung, aber sobald er aufhört …«

»Das kann nicht sein. ALS degeneriert die Neuronen, nicht die Zellen von Leber und Herz.«

»Vielleicht hatte das Regenerationsmedikament Auswirkungen auf den gesamten Körper. Das würde erklären, warum bestimmte Organe an manchen Stellen außergewöhnlich jung waren.«

»Ihre Theorie erklärt nicht die vorzeitige Alterung anderer Teile derselben Organe.«

»Eine Störung der Behandlung? Die Folgen, nachdem er das Medikament abgesetzt hat?«

»Aber warum sollte er ein Mittel, das ihm das Leben rettete, absetzen?«

»Vielleicht ist ihm, ebenso wie seinem Sohn, bewusst geworden, um welchen menschlichen Preis diese Wirkung erkauft wurde.«

»Reine Vermutung.«

Jeff hielt inne und runzelte die Stirn.

»Sie haben recht. Noch dazu, da der Auftragskiller das Risiko einging, dass an Buchanans Leiche eine Autopsie vorgenommen wird, die das kompromittierende Geheimnis enthüllen könnte.«

»Er hatte nicht vor, dieses Risiko einzugehen«, entgegnete Ann.

»Wieso?«

»Im Kofferraum des Mörders befanden sich mehrere Kanister Benzin. Er wollte den Wagen und das Opfer verbrennen.«

»Das würde dafür sprechen, dass es ein Geheimnis um seinen Gesundheitszustand gibt. Ach ja, Sie sagten gestern, der Killer sei identifiziert?«

»Er heißt Jorge Higuera.«

»Weiß man etwas über ihn?«

»Nicht viel. Geboren in Mexiko. Mehrmals wegen Mordverdachts festgenommen, aber keine Verurteilung. Er wohnte in Juárez.«

»Eine Stadt im Norden Mexikos. Das erinnert mich irgendwie an eine andere Geschichte …«

»Genau. Das ist mir auch aufgefallen. Dr. Blanchard hat von einer humanitären Stiftung in Juárez gesprochen.«

»Natürlich! Und sein verehrter Guru, Professor Irkalla, begibt sich oft dorthin. Aber …«

Jeff schüttelte nachdenklich den Kopf.

»Was ist los?«

»Da war noch etwas anderes. In Bezug auf Juárez. Ich weiß nicht, ob es an dem Koma liegt, aber ich komme nicht darauf.«

Die diensthabende Schwester kam herein und brachte das Essen.

»Wenn es wichtig ist, fällt es Ihnen auch wieder ein. Ich gehe jetzt auch Mittag essen.«

Den ganzen Tag über versuchte Jeff vergeblich, sein umnebeltes Erinnerungsvermögen zu aktivieren. Angespannt und erschöpft schlummerte er erst spät in der Nacht ein.

Plötzlich fuhr er aus dem Schlaf hoch. Mühsam entzifferte er die Uhrzeit auf seinem Telefon: 5.15 Uhr morgens.

Er erinnerte sich.

Juárez …

Leticia hatte den Namen erwähnt. Als sie von ihrem Cousin Raúl Espejo gesprochen hatte.

Die Stadt, in der so viele Menschen vermisst wurden.

Am Morgen berichtete Jeff seiner jungen Kollegin von seiner nächtlichen Eingebung und bestand darauf, das Krankenhaus zu verlassen. Man sagte ihm, das sei sehr unvernünftig. Er aber ließ sich nicht umstimmen und unterschrieb, dass die Entlassung auf eigenen Wunsch erfolge. Als er mit Ann eine Autovermietung aufsuchte, wirkte er völlig aufgewühlt.

»Wir sind ganz dicht dran!«, verkündete er, als sie im Wagen saßen.

»Jeff, wohin fahren wir?«

»Zum Flughafen. Wir fliegen nach Juárez.«

»Und wenn wir uns erst mal etwas Zeit zum Nachdenken nehmen würden …«

»Alles passt zusammen!«

»Nur weil der Mörder aus Juárez kam, können Sie doch nicht …«

»Professor Irkalla ist regelmäßig dort. Und Lucie Milton hat etwas über das von ihm entwickelte Behandlungsverfahren herausgefunden, was sie das Leben gekostet hat.«

»Sehr dürftig.«

»Außerdem hat Leticia diese Stadt erwähnt, als sie mir vom Verschwinden ihres Cousins erzählte.«

»Na und?«

»Das kann kein Zufall sein.«

»Und warum nicht?«

»Ich glaube nicht mehr an Zufälle.«

Ann lächelte bitter.

»Das hatte ich ganz vergessen. Sie werden geleitet … Sie bekommen ja Nachrichten aus dem Jenseits.«

»Es gibt Dinge, an die nur diejenigen glauben können, denen sie widerfahren. Seit dem Mord an Lucie ist jedes Mal etwas geschehen, wenn ich es gerade brauchte: ein Zeichen, eine merkwürdige Koinzidenz.«

»Und Sie sind fest überzeugt, dass das kein Zufall ist?«

»Ich habe so lange gezweifelt, wie ich konnte.«

Ann seufzte tief und massierte sich die Schläfen.

»Jeff, ist Ihnen bewusst, dass Sie nicht mehr der Logik eines Ermittlers folgen? Sie deuten die Ereignisse aufgrund von vermeintlichen Zeichen, die Ihnen ein Mordopfer gibt.«

»Das Leben birgt vielleicht mehr Geheimnisse, als man gewöhnlich glaubt.«

Es herrschte Schweigen, das Ann nach einer Weile brach.

»Und was genau suchen Sie in Juárez?«

»Ich bin sicher, dass es einen Zusammenhang zwischen dem Killer aus Juárez, den Aktivitäten von Professor Irkalla und dem Verschwinden von Leticias Cousin gibt.«

»Und dem Mord an Lucie Milton?«

»Und dem Mord an Lucie Milton.«

»Und was machen wir dort?«

»Wir werden Nachforschungen über das Verschwinden von Raúl Espejo anstellen. Der Mann, der seine Entführung veranlasst hat, ist vermutlich auch Lucies Mörder.«

»Jeff, antworten Sie mir ganz ehrlich: Haben Sie nach polizeilicher Logik einen einzigen rationalen Grund für Ihre Vermutungen?«

Jeff zögert kurz.

»Eigentlich nicht.«

Ann warf den Kopf zurück, um ihren Nacken zu entspannen.

»Und ich nehme an, das stört Sie nicht weiter?«

»Es stört mich nicht *mehr*.«

Verärgert stieg Ann mit Jeff ins Flugzeug. Innerlich verfluchte sie ihn und seinen absurden Aberglauben, mit dem er diese Reise rechtfertigte. Aber natürlich war es sinnlos, darüber zu reden, denn der mystische Wahn, dem er verfallen war, raubte ihm jegliche Kritikfähigkeit.

Doch nach und nach wandte sich ihr Zorn gegen sie selbst. Warum warf sie ihm vor, sie in ein irrationales und gefährliches Abenteuer zu verstricken, wo sie doch selbst keinen triftigen Grund hatte, ihm zu folgen? Warum saß sie jetzt in zehntausend Meter Höhe neben ihm? Die Antwort war einfach.

Weil sie sich nur an seiner Seite wohlfühlte.

Lebendig.

Ganz sie selbst war.

Ann flog nach Juárez, weil sie verliebt war.

Genau wie Jeff.

Der einzige Unterschied war, dass sie einen Lebenden liebte und er eine Tote.

Verstohlen beobachtete sie ihn aus den Augenwinkeln. Die Euphorie ihres Begleiters hatte sich gelegt. Den Blick ins Leere gerichtet, hing er seinen Gedanken nach. Sicher träumte er von Lucie.

Anns Ärger war einer tiefen Traurigkeit gewichen.

Und Jeff war in düsterste Schwermut versunken. Denn jetzt wusste er, warum Lucie im Augenblick ihres Todes ihm und nicht jemand anderem erschienen war.

Da er Leticia kannte, war er der Einzige, der die Verbindung zwischen so entfernten Elementen wie dem Mord an Lucie und den Verschwundenen in Juárez herstellen konnte.

Das letzte Zeichen von Lucie, das er zunächst voller Glück

aufgenommen hatte, war der Beweis dafür, dass sie ihn nur aus diesem Grunde gewählt hatte.

*Nicht um seiner selbst willen.*

Am Spätnachmittag landeten sie in Tucson. Von dort begaben sie sich zum Grenzposten El Paso, den sie ohne Kontrolle passierten. Ann bemerkte, dass der Grenzübertritt zwischen den Vereinigten Staaten und Mexiko viel einfacher sei, als sie sich vorgestellt hatte. In diese Richtung ja, erklärte Jeff. Die Einreise in die USA aber sei mit scharfen Kontrollen verbunden. Deshalb versuchten Tausende illegaler Immigranten ihr Glück auf dem Weg durch die Wüste. Manche verhungerten, verdursteten oder starben durch die Kugeln hinterhältiger Schlepper. Andere wurden von der amerikanischen Polizei aufgelesen und, ärmer als zuvor, wieder nach Hause zurückgeschickt. Und die, die es bis in die USA schafften … Er erzählte Ann die Geschichte von Leticia.

Sie hatte Jeff den vollständigen Namen von Raúl Espejos Ehefrau gegeben, die dieser am Tag seines Verschwindens hatte treffen wollen: Teresa Esteban Morales. Aber sie kannte Teresas Adresse in Juárez nicht.

»Wie sollen wir sie dann finden?«, fragte Ann.

»Ganz einfach«, gab Jeff zurück.

Er betrat ein Polizeirevier, sagte ein paar Sätze auf Spanisch, die Ann nicht verstand, und ging wieder.

»Morgen Nachmittag haben wir alle nötigen Informationen.«

»Gibt es ein Zusammenarbeitsabkommen zwischen der amerikanischen und der mexikanischen Polizei?«

Jeff brach in schallendes Gelächter aus. Ihre berufliche Unerfahrenheit stand in einem rührenden Gegensatz zu dem Mut und der Entschlossenheit, die sie an den Tag legte.

»Sie sind süß! Die Polizisten von Juárez sind mit die korruptesten der Welt, und ein amerikanischer Cop ist ihnen völlig gleichgültig, selbst wenn es der Leiter des FBI höchstpersönlich wäre. Ich habe in der Sprache mit ihnen gesprochen, die sie verstehen.«

»Und welche ist das?«, fragte Ann.

Jeff zog ein Bündel grüner Geldscheine aus der Tasche und wedelte damit, was allgemeine Aufmerksamkeit erregte.

»Die einzige allgemein gültige Sprache.«

Sie nahmen zwei Zimmer in einem kleinen Hotel und sahen sich dann im Stadtzentrum um.

Die beiden Türme der Kathedrale beherrschten die Ciudad Juárez. Das im Kolonialstil erbaute Gotteshaus besaß Lautsprecher, über die religiöse Lieder und Gebete auf Spanisch ertönten. Der von zahlreichen Bars gesäumte Platz, vor denen Prostituierte flanierten, war voller Stände mit Obst, Gemüse, kunsthandwerklichen Souvenirs, Kleidung und HiFi-Zubehör. Jeff und Ann bummelten kurz über den Markt. Bald wurde Jeff von einem Mann angesprochen, den er grob abwies.

»Was wollte er?«, fragte Ann.

»Er hat mir erstklassigen Shit aus Kolumbien angeboten.«

Ann deutete auf die Überwachungskameras, die an einem hohen Masten in der Mitte des Platzes angebracht waren.

»Hindert sie das nicht?«

»Diese kleinen Händler arbeiten für die Mafia von Juárez, die wiederum mit den Industriellen unter einer Decke steckt und die Politiker mit Dollars oder Kugeln bedenkt – je nach Kooperationsbereitschaft. Es ist eine der gewalttätigsten kriminellen Vereinigungen der Welt. Die Kameras und die Polizisten, die hier patrouillieren, wachen nur darüber, dass die Geschäfte ruhig und diskret abgewickelt werden.«

»Und gehen auch all die Vermissten in dieser Stadt auf das Konto der Mafia?«

»Zum Teil. Es gibt sehr viele Morde. Aber in Juárez fällt auf, dass sie vor allem an Frauen begangen wurden.«

»Werden hier mehr Frauen als Männer umgebracht?«

»Nein, die Mörder sind, wie überall, zumeist Männer, die bei irgendwelchen Abrechnungen oder simplen Schlägereien vorwiegend ihresgleichen töten. Im restlichen Mexiko ist eines von zehn Mordopfern eine Frau, hier sind es vier von zehn. Und die Polizei spricht meist nicht von Mord, sondern von Verschwinden.«

»Warum?«

»Es gibt keine Leichen – also auch kein Verbrechen. Man pflegt sie nämlich in eine chemische Mischung zu tauchen, die man *lechada* nennt. Dabei handelt es sich um eine ätzende Flüssigkeit, die aus Brennkalk und Säure besteht. Haut und Knochen lösen sich auf, ohne die geringste Spur zu hinterlassen.«

»Haben Sie sich wegen Ihrer Herkunft für diese Stadt interessiert?«

»Meine Herkunft spielt keine Rolle. Das Einzige, was mich interessiert, ist das Verbrechen. Seit meinem vierzehnten Lebensjahr verbringe ich meine Zeit damit, die Perversität der Welt zu studieren. Ich könnte Ihnen ebenso viel über das Cali-Kartell oder die georgische Mafia erzählen.«

Sie setzten sich auf eine Caféterrasse. Jeff bestellte ein *Pulque*, Ann einen Tequila.

»Und wie wollen Sie den Cousin Ihrer Freundin ausfindig

machen, wenn seine Leiche in einem chemischen Bad aufgelöst wurde?«

»Einige der Vermissten leben noch.«

»Woher wissen Sie das?«

»Man findet sie bisweilen. Leider sind sie oft nicht mehr in der Lage zu erzählen, was sie durchlebt haben. Manche sind völlig verrückt – das reicht den Ermittlungsbehörden als Vorwand, um Zeugenaussagen keine Bedeutung beizumessen. Wenn man aus der Hölle zurückkehrt, ist es besser zu schweigen und so zu tun, als hätte man alles vergessen …«

»Aus der Hölle?«

»Manche reden von Folter, andere von schwarzen Messen und Menschenopfern … Einigen von ihnen fehlen ein oder mehrere Organe. Der Organhandel ist eine blühende Industrie. Schwer zu sagen, was man glauben kann.«

Ann leerte ihr Glas in einem Zug.

Das Abendessen verbrachten sie schweigend, dann gingen sie früh schlafen.

Am nächsten Nachmittag ging Jeff aufs Revier. Dort bekam er keine genaue Anschrift – die Straße, die er suchte, hatte keinen Namen –, sondern einen Plan der Colonia Anapra, auf dem mit Pfeilen und Kreuzen der Weg zu Raúl Espejos Frau angezeigt war.

Sie nahmen den einzigen Bus, ein altes, klappriges Modell, das in dieses Viertel fuhr, und stiegen an der Endhaltestelle aus. Anders als in der restlichen Stadt waren die Straßen dieser riesigen Armensiedlung nicht asphaltiert, sondern bestanden aus gestampftem Lehm. Die beiden Ermittler fanden sich nur schwer zurecht und brauchten zwei Stunden, um Teresas Haus zu finden. Es lag am nördlichen Rand des Viertels, keine hundert Meter von der amerikanischen Grenze entfernt, die aus Bahnschienen und einem einfachen Stacheldrahtzaun bestand. In südlicher Richtung sah man die Chihuaha-Wüste. Sie erblickten drei kleine weiße Häuser mit Wellblechdächern und klopften an dem ersten. Eine Frau mit üppigem schwarzem Haar und einem durchdringenden Blick öffnete die Tür einen Spaltbreit.

»Teresa Esteban Morales?«

»Was wollen Sie?«, fragte sie auf Spanisch.

»Wir ermitteln über das Verschwinden von Raúl Espejo. Wir haben neue Hinweise.«

Die junge Frau musterte Ann misstrauisch. Sie sah sehr mexikanisch aus, war ziemlich hübsch und hatte eine intensive Ausstrahlung.

»Wer sind Sie?«

»Wir gehören der New Yorker Polizei an. Ich bin ein persönlicher Freund von Leticia Gonzales Esperanza, der Cousine Ihres Mannes. Wir haben gute Gründe anzunehmen, dass sein Verschwinden im Zusammenhang mit einem Mord steht, der auf unserem Staatsgebiet begangen wurde.«

Sie betrachtete ihn unverwandt, als könnten ihre Augen jeden seiner Gedanken lesen. Zwischen ihren Beinen erschien ein Junge, der sie mit demselben ernsthaft forschenden Blick ansah wie seine Mutter.

»Darf ich Ihnen Kaffee anbieten?«, fragte sie schließlich auf Englisch, denn sie hatte begriffen, dass Ann kein Spanisch verstand. Sie führte sie in eines der beiden Zimmer, aus denen das Haus bestand.

»Verzeihen Sie die Begrüßung«, sagte sie ohne den geringsten Akzent, während sie ihnen Kaffee einschenkte. »In dieser Stadt ist Vertrauen eine lebensgefährliche Krankheit. Vor allem gegenüber der Polizei. Guillermo, belästige die Dame nicht!«

Das Kind war auf Anns Schoß geklettert.

»Er belästigt mich nicht«, antwortete sie, während sie ihm übers Haar strich.

Teresa lächelte.

»Ich verlasse mich auf ihn. Er hat ein Gespür für Menschen.«

»Wie alt ist er?«

»Drei Jahre. Glauben Sie, dass Raúl noch lebt?«

»Ich weiß es nicht«, erwiderte Jeff. »Aber es würde mich nicht wundern.«

Er verstummte. Er *wusste* ganz einfach, dass Raúl lebte. Woher kam diese Überzeugung? Er hatte Mühe, es sich einzugestehen, aber die Antwort war eindeutig. Als Leticia ihm von ihrem Cousin erzählt hatte, war ein Gebet in seinem Herzen aufgestiegen. Ein Gebet an Lucie. »Mach, dass Raúl Espejo gefunden wird.« Die Bitte war völlig irrational, und er hatte sich sogleich Vorwürfe gemacht. Doch sie hatte einen Sinn, wenn das Verschwinden von Leticias Cousin wirklich im Zusammenhang mit dem Mord an Lucie stand. Und wenn unwillkürlich eine solche Bitte in seinem Inneren aufgetaucht war, dann weil …

Weil was?

Weil Raúl lebte? Und man ihn wiederfinden würde?

Das war die Logik eines Irren.

Aber sie war ihm jetzt in Fleisch und Blut übergegangen. Jeff erkannte sich selbst nicht wieder.

Ein peinliches Schweigen entstand, das Teresa schließlich brach:

»Wie kann ich Ihnen helfen?«

Ann sah Jeff fragend an. Doch er fühlte sich völlig leer und überlegte verzweifelt, was er sagen sollte.

Er hatte in der Akte gelesen, dass Raúl Espejo verschwunden war, als er sich auf dem Weg zu ihr befand. Sie hatte den Polizisten gesagt, dass sie seit zwei Jahren keinen Kontakt mehr hatten. Was konnte er von ihr erwarten? Was konnte er sie fragen?

Plötzlich flog die Tür auf. Ann zuckte zusammen. Eine kräftige Stimme schrie auf Spanisch:

»Keine Bewegung!«

Teresa starrte mit offenem Mund auf jemanden im Rücken von Jeff. Der versuchte sich so langsam wie möglich umzudrehen.

In einem Ton, der seine Nervosität verriet, fragte der Unbekannte:

»Wer sind diese *Gringos*, Teresa?«

Der Lauf eines Maschinengewehrs war jetzt auf sie gerichtet.

Dem jungen Mann mit dem gelblichen, müden Gesicht stand der Schweiß auf der Stirn. Er sah aus, als könne er jede Sekunde abdrücken.

»Raúl«, flüsterte Teresa mit kaum wahrnehmbarer Stimme.

Guillermo lief zu dem Mann und schlang die Arme um sein Bein.

Jeff nutzte den kurzen Augenblick der Ablenkung, um ebenfalls seine Waffe zu ziehen und auf den Mann zu zielen.

»Nicht schießen!«, schrie Teresa. »Das ist Raúl!«

Jeff senkte die Waffe, der andere jedoch nicht.

»Wer sind diese *Gringos*?«, wiederholte Raúl in aggressivem Ton.

»Es sind Freunde«, beschwor ihn Teresa.

»Ich habe keine Freunde.«

Raúl Espejo trat einen Schritt auf Jeff zu und sah ihn hasserfüllt an.

»Irkalla hat Sie geschickt!«

Ann öffnete den Mund. Auch wenn sie kein Spanisch sprach, hatte sie doch den Namen verstanden.

»Was haben Sie da gerade gesagt?«, fragte Jeff verblüfft.

Raúl schien zu spüren, dass sein Gegenüber es aufrichtig meinte. Zögernd senkte er seine Waffe.

»Sie kennen Professor Irkalla?«, beharrte Jeff.

Der junge Mann setzte erneut eine drohende Miene auf. Doch sein Ausbruch hatte ihm offenbar die letzte Kraft geraubt. Tiefe Erschöpfung zeichnete sich auf seinem Gesicht ab …

»Wenn Sie für dieses Monster arbeiten, kommen Sie hier nicht lebend raus«, stieß er hervor.

»Raúl«, fiel Teresa ein, »die beiden sind von der amerikanischen Polizei.«

»Wir ermitteln im Zusammenhang mit einem Mord über die Aktivitäten von Professor Irkalla. Sie müssen uns alles sagen, was Sie wissen.«

Raúl steckte die Waffe ein.

»Ich habe nicht mehr die Kraft zu kämpfen«, sagte er leise und ließ sich in einen Sessel fallen.

Teresa brachte ihm ein Glas Wasser und wischte sein Gesicht ab. Guillermo kletterte auf seinen Schoß, und Raúl schloss ihn in die Arme. Völlig erschöpft streichelte er ihn eine Weile und flüsterte seinen Namen. Der Junge, der erstaunlich ruhig war, gab sich den Liebkosungen hin und umklammerte den Zeigefinger seines Vaters. Es war, als würde er sich von diesem Körper nähren, der ihm so lange vorenthalten gewesen war und den er augenblicklich wiedererkannt hatte.

Dann sagte seine Mutter leise, es sei Zeit, ins Bett zu gehen. Ohne Widerspruch ließ sich der Kleine ins Nebenzimmer führen.

Teresa kam zurück.

Nun begann Raúl zu erzählen, und die anderen lauschten ihm atemlos. Jeff übersetzte für Ann.

Bei der Schilderung all der Abscheulichkeiten dieses »Gottes in Weiß«, der sich anmaßte, über Leben und Tod seiner Patienten zu entscheiden, hatte Ann Mühe, ihren Zorn zu zügeln.

Auch Jeff hatte die Fäuste geballt.

Espejo wollte gerade auf seine Flucht zu sprechen kommen.

Doch dazu blieb ihm keine Zeit mehr.

Denn in Teresas kleinem Häuschen war plötzlich die Hölle los.

# Vierter Teil

… mein Freund ist zu Erde geworden!
Werde nicht auch ich wie er mich
niederlegen müssen und nicht wieder
aufstehen in alle Ewigkeit?
Gilgamesch-Epos
(um 2400 v. Chr.)

*Meine Geliebte in alle Ewigkeit,*

*mein Werk ist Dir gewidmet.*
*Alles, was ich erschaffen habe, habe ich nur für Dich getan, nur für Dich vollbracht.*
*Damit jene, die von allen lebenden Frauen die stärkste war, durch die Schmach ihres Todes zum Quell ewigen Lebens der Menschheit werde …*
*Der Erste, der seinen Körper in den Dienst der Wissenschaft stellte, hieß Walter Azarro. Als ich ihn kennenlernte, war er ein obdachloser Bettler. Dennoch war er ein Mann mit einer gewissen Bildung, der sich von Anfang an über die Bedeutung des Werkes, das er vollbringen würde, im Klaren war. Er war bereit, bei mir zu leben. Unsere Zusammenarbeit währte sieben Monate. Mit seinem Tod verlor ich den Schlaf auf ewig.*
*Den Nächsten behielt ich nicht länger als zwölf Tage. Eine Unachtsamkeit meinerseits. Beseelt von dem Wunsch, Leben zu retten, wollte ich zu rasch voranschreiten. So kam es, dass James Axford der Einzige ist, dessen Opfer keinerlei bedeutende wissenschaftliche Erkenntnis lieferte. Das habe ich mir nie verziehen.*
*Bill Watkins, Andy Wilmore, Shirley Hargreaves … Meine ersten Entdeckungen. Mein erster Erfolg. Shirley war eine entzückende alte Lady, deren einziger Sohn an der Wall Street arbeitete. Sie bettelte vor einem Supermarkt. Sie war so kokett, mir nie ihr wahres Alter zu gestehen. Ihr habe ich meinen ersten wirklich wirksamen Cocktail zu verdanken. Ich höre noch immer ihr leises Lachen, wenn sie sich im Spiegel betrachtete. Eines Morgens fand ich sie in ihrem Bett. Ihr Antlitz war friedlich. Sie atmete nicht mehr. Sie ist einen schönen Tod gestorben.*
*Wer es in seinem Leben zu Wohlstand gebracht hat, muss betrübt*

*feststellen, dass Geld ihn vor allem bewahrt, nur nicht vor dem Altwerden. Meine erste Jungbrunnen-Pille verabreichte ich einigen nicht mehr ganz taufrischen Milliardärsfrauen. Alle waren davon hingerissen. Manche verrieten das Geheimnis ihren Ehemännern. So konnte ich sie in mein Projekt einweihen. Das Geld floss in Strömen.*

*Der Club war geboren.*

*Die Mitglieder wurden in einem rigorosen Auswahlverfahren mit größter Diskretion rekrutiert, der Club wuchs rasch. Als Gegenleistung für großzügige Spenden profitierte jedes der Mitglieder von meinen neuesten, an Menschen getesteten Entdeckungen.*

*Sechs Jahre lang diente mir eine einsame Ranch in Illinois als Labor. Eine Herde und ein paar Cowboys, die dort ihre Arbeit verrichteten, waren eine ausgezeichnete Tarnung. Meine Handlanger sorgten für die nötige Ruhe und verschafften mir neue Mitarbeiter.*

*Meine wissenschaftlichen Erfolge boten mir die Möglichkeit, ganz offiziell ein Behandlungszentrum zu eröffnen. Somit war ich in der Lage, einerseits meine Verfahren zu vermarkten und andererseits weitere Forscher zu finden. So entstand die Klinik Seven Guards. Von den Verdienstmöglichkeiten, aber vor allem von der Größe des Werks angelockt, folgten mir einige der Wissenschaftler auf die Ranch.*

*Schon bald reichten die Kapazitäten dort nicht mehr aus. Doch amerikanisches Territorium war nur bedingt für ein Geheimlabor mit den benötigten Ausmaßen geeignet. Ich benötigte ein großes Areal, das gut gesichert war und nahe der Grenze zu den Vereinigten Staaten lag. Die Wüste von Juárez erwies sich als geeignet, zumal diskrete Vereinbarungen mit den Behörden des Staates Chihuaha getroffen werden konnten.*

*Endlich standen mir alle erforderlichen Mittel zur Verfügung. Der Rest ist nur noch eine Frage der Zeit, meine Geliebte. Der Zeit.*
*Dich habe ich nicht retten können, und der Mann, der ich einst war, ist mit Dir gestorben. Ich habe Dich nur um dieses Werks willen überlebt, entstanden aus unserer Liebe, die bis in alle Ewigkeit fortbestehen wird. Dir weihe ich jede Sekunde dieses Lebens, um für alle Zeit das zu bezwingen, was uns einst getrennt hat. Dir widme ich meine schlaflosen Nächte, bevölkert von den Schatten jener Männer und Frauen, die ihr Leben in den Dienst des höchsten Gutes gestellt und sich geopfert haben.*
*Und hiermit schwöre ich Dir: Keiner von ihnen ist umsonst gestorben. Denn für Dich werde ich den Tod bezwingen.*
*Wir werden ihn besiegen, meine Geliebte.*

Grelles Licht erhellte plötzlich das dämmrige Zimmer, und Maschinengewehrsalven ließen die Wände erzittern.

Eine metallische Stimme brüllte Befehle in ein Megafon:

»Das Gebäude ist umstellt, das Viertel abgeriegelt. Kommen Sie alle mit erhobenen Händen heraus, oder dieses Haus wird dem Erdboden gleichgemacht.«

Ann sah, wie Jeff und Raúl einen Blick wechselten. Es gab kein Entkommen.

»Wir müssen wohl oder übel gehorchen«, meinte Jeff.

Er legte seine Waffe auf den Boden und drehte sich zur Tür.

»Ich kann Guillermo nicht hierlassen«, sagte Teresa und

holte das schlafende Kind. Die vier gingen hinaus, Raúl als Letzter.

»Es sind Polizisten«, meinte Ann hoffnungsfroh. »Und Militärs.«

Jeff lachte höhnisch.

»Schlimmer hätte es nicht kommen können.«

Das kleine Haus wurde von rund dreißig schwer bewaffneten Männern in Uniform belagert. Zwei Raketenwerfer waren auf das Gebäude gerichtet. Ein kleiner schnurrbärtiger Mann mit dunklem Teint kam auf sie zu und deutete auf Jeff, Ann und Raúl.

»Ihr da kommt mit uns.«

»Wir sind amerikanische Staatsbürger«, begann Ann, »und …«

Eine schallende Ohrfeige ließ sie verstummen.

»Wenn du noch einmal das Maul aufmachst, *puta*, schieß ich dir in die Eierstöcke.«

Zitternd vor Schmerz und unterdrückter Wut drehte sich Ann zu Jeff. Die Zähne fest zusammengebissen, warf dieser dem Mann einen eisigen Blick zu. Der Kommandant des Trupps war kein Militär. Das war nicht die Uniform eines mexikanischen Offiziers, sondern eines Milizionärs. Auf der Brusttasche prangte sein Name: MENDOZA.

Er bellte einen Befehl. Man stieß sie auf einen Kastenwagen zu. Rundherum standen Uniformierte, die die herbeieilende Nachbarschaft zurückdrängten.

Mendoza wandte sich an Teresa. In ihren Armen blinzelte Guillermo verschreckt.

»Dich, meine Schöne, würde ich nur zu gerne mitnehmen, um mich höchstpersönlich um dich zu kümmern. Doch du bist im Viertel bekannt, man würde Fragen stellen … Also bleibst du hier, aber hör mir gut zu.« Der Anführer der Miliz legte einen Finger unter Teresas Kinn und zwang sie, zu ihm aufzusehen. »Offiziell, so wird es zumindest in der Zeitung stehen, haben wir drei gefährliche Verbrecher gefangen genommen. Wenn du auch nur ein Wort sagst, holen wir uns deinen Sohn, und dann wirst du ihn nie wiedersehen. *Entiendes* – hast du mich verstanden?«

Stumm nickte die junge Frau.

Im Kastenwagen legte man den drei Gefangenen Augenbinden und Handschellen an, die man dann an eine Metallstange kettete.

Der Wagen fuhr los.

Die Fahrt durch die Wüste schien kein Ende zu nehmen, bis sie endlich das Areal mit dem Geheimlabor erreichten, von dem Raúl ihnen berichtet hatte. Dort wurden Jeff und Ann von ihm getrennt. Man schleifte sie durch lange Gänge und beförderte sie in ein Zimmer, wo man ihnen Augenbinden und Handschellen abnahm. Sie standen in einem Büro mit einem schweren Mahagonitisch und Regalen, in denen sich Unmengen von Akten aneinanderreihten. Gleich darauf betrat ein Mann in einem weißen Kittel den Raum. Jeff und Ann sahen sich verblüfft an. Nachdem sie sein Foto im Zuge der Ermittlungen bereits unzählige Male gesehen hatten, erkannten sie sofort, dass ihnen Steve Buchanan gegenüberstand.

Professor Irkallas junger Kompagnon, von dem Raúl ihnen so viel erzählt hatte, ohne je seinen Namen zu erwähnen, war niemand anderer als der Mann, den sie für tot gehalten hatten und seit kurzem tatkräftig suchten, um ihn zu retten!

»Sie haben sich zu nah an die Sonne herangewagt«, erklärte dieser mit tonloser, scheinbar gleichgültiger Stimme.

Verwirrt versuchte Ann zu verstehen. Von Anfang an hatte sie stets eine gewisse Sympathie für Lucie Miltons Verlobten gehegt. Sie beide schienen beide etwas gemeinsam zu haben, was das Thema der väterlichen Anerkennung betraf … Wie konnte er bloß zu dieser Bande von Folterknechten gehören?

»Wir überwachen Sie schon eine ganze Weile«, fuhr Buchanan fort. »Und wir wissen alles über Sie. Die Wahrscheinlichkeit, dass Sie bis zu uns vordringen würden, war minimal. Unter anderen Umständen würde ich sagen, Sie haben unheimliches Glück gehabt.«

Schweigend musterte Jeff den Wissenschaftler. Der blonde Mann mit den blauen Augen war groß, athletisch gebaut, ein hübscher Kerl. Doch Jeff konnte nicht umhin, sich zu fragen, wie ein solch apathischer Typ Lucies Liebe hatte erringen können. Er schien teilnahmslos und eiskalt, nur auf ein Ziel orientiert, dem alles andere untergeordnet war.

»Warum haben Sie uns hierhergebracht?«, fragte Jeff schließlich.

»Da Sie Raúl Espejo getroffen haben, gab es nur diese Möglichkeit, oder wir hätten Sie töten müssen.«

»Und warum haben Sie uns nicht getötet?«

»Sie sind derart an unserem Werk interessiert, dass Sie ihm auch dienlich sein können.«

»Von welchem Werk sprechen Sie?«, fragte Ann. Sie konnte nicht verhindern, dass ihre Stimme leicht zitterte.

Buchanan lächelte unmerklich.

»Sie haben es doch sicher schon erraten, oder?«

»Sie machen medizinische Versuche …«

»Wir treiben die Medizin zu ihrer höchsten Entfaltung.

Von jeher hat der Mensch den Tod bekämpft. Und seit es die Medizin gibt, ist es ihr gelungen, gewisse Schlachten für sich zu entscheiden. Doch der endgültige Sieger ist immer noch *Er.*«

»Sie wollen dem Tod ein Schnippchen schlagen?«, knurrte Jeff.

»Und vielleicht haben Sie es beinahe geschafft, doch um welchen Preis!«, rief Ann. »Sie foltern Menschen!«

»Wir verabscheuen das Leid genauso wie den Tod. Aber Sie sind noch jung … Zeugt es nicht von Reife zu akzeptieren, dass jeder Wunsch seinen Preis hat? Das gilt natürlich ganz besonders für den größten Wunsch der Menschheit. Und nun …«

Er winkte den beiden Wachposten.

»… werden wir uns jetzt erst einmal genauer kennenlernen.«

»Wohin bringen Sie uns?«

»Ins medizinische Labor. Wir werden einen kompletten medizinischen Check-up vornehmen.«

Ann und Jeff wurden getrennt und verbrachten beide die Nacht in einer Zelle. Keiner von ihnen tat ein Auge zu. Ann dachte voller Panik daran, was sie morgen erwartete. Jeff dagegen grübelte. So war es Lucie schließlich doch gelungen, ihn an den Ort zu führen, den sie ihm zeigen wollte. Nun musste er eine Möglichkeit finden, den kriminellen Machenschaften, die zu ihrer Ermordung geführt hatten, ein Ende zu bereiten. Denn sie war gestorben, weil sie etwas über Irkallas verborgenes Tun herausgefunden hatte. Wusste sie von dem mexikanischen Geheimlabor? So weit waren ihre Nachforschungen vermutlich nicht gediehen. Doch das, was sie bei der Analyse von Buchanans Medikament entdeckt hatte, war sicher bereits so kompromittierend gewesen, dass man es für nötig hielt, sie zu töten.

Ironie des Schicksals, dachte Jeff: Man hatte Lucie Milton ausgeschaltet, weil sie zu viel wusste. Und doch war sie zu Lebzeiten nur einem winzigen Bruchteil der Wahrheit auf die Spur gekommen. Erst von ihrem mysteriösen Jenseits aus schien sie das ganze Ausmaß von Irkallas schändlichem Treiben erfasst zu haben.

So gesehen hatte Lucie Jeff gar nicht hierherführen können, ... weil man sie ja getötet hatte!

Aber was erwartete sie von ihm in Bezug auf Steve? Sie hatte ihn geliebt. Oder zumindest das Bild, die Vorstellung, die sie sich von diesem Mann gemacht hatte. Andererseits hatte sie herausgefunden, was er wirklich war: ein Verbrecher, Abschaum der übelsten Sorte. Jeff ballte die Fäuste. Er verspürte den rasenden Wunsch, ihn eigenhändig umzubringen! Konnte es sein, dass das der Mann ihrer Träume war?

Am nächsten Morgen begegneten sich Jeff und Ann wieder. Beide mussten die Untersuchungen über sich ergehen lassen, die Raúl vor ihnen durchgestanden hatte. Sie konnten sich nur mit Blicken verständigen. Ann war kurz davor zusammenzubrechen, und Jeff versuchte, ihr etwas Kraft zu spenden. Die Spuren der Ohrfeige waren noch immer deutlich auf ihrem Gesicht zu sehen, was Jeff außer sich brachte – und zwar in einem Maße, das ihn selbst überraschte. Er wünschte sich nichts sehnlicher, als diesem Mendoza, der sie geschlagen hatte, noch einmal gegenüberzutreten.

Für wenige Augenblicke standen sie dicht nebeneinander, und Jeff gelang es trotz seiner Fesseln, sie an der Schulter zu berühren.

»Keine Angst«, flüsterte er ihr ins Ohr. »Wir kommen hier schon wieder raus.«

Eher dank der flüchtigen Berührung als wegen seiner Worte spürte Ann, wie neue Energie durch ihren Körper strömte. Doch sie wurden wieder getrennt. Die junge Frau, die man für die Rolle des Versuchskaninchens ausersehen hatte, wurde ins Behandlungszentrum gebracht. Jeff brauchte nach seinem Unfall ein paar Tage Ruhe. Da er als gefährlich galt, ließ man ihn nicht ins Camp, aus dem Raúl entkommen war, sondern sperrte ihn in einen winzigen Raum, vor dem ständig zwei Wachen postiert waren.

Für Ann begann die Hölle.

Den ersten Vormittag ihres Martyriums verbrachte Ann zusammen mit Steve Buchanan. Während sie auf dem Bett lag, bombardierte er sie mit allen erdenklichen Informationen und überwachte gleichzeitig peinlich genau die sorgfältige Verabreichung der Substanzen. Man würde an ihr ein vielversprechendes Präparat zur Umprogrammierung der Zellen testen. Ihr wurde lokal ein gentechnisch verändertes Virus injiziert, dem die Fähigkeit zur Vermehrung genommen worden war. Es würde mit ihren Zellen verschmelzen und sie mit einem neu entwickelten genetischen Programm versehen, das die Konzentration zweier antioxidativer Enzyme über das normale Maß ansteigen ließ. Auf diese Weise sollte eine deutliche Verlangsamung der Zellalterung erreicht werden.

Ann versuchte nicht daran zu denken, was man ihr in die Venen spritzte. Sie beobachtete den unterkühlten jungen Mann, der zu ihr sprach, als hielte er einen Vortrag. »Wir betrachten Sie als unsere Mitarbeiterin«, so hatte er begonnen, »und Sie haben natürlich das Recht, alles über die Veränderungen zu erfahren, die an Ihrem Organismus vorgenommen werden.« Dass dieser Forscher, der jegliche menschliche Regung in sich abgetötet hatte, von ethischen Prinzipien sprach, war für sie das Erschreckendste.

Es kostete sie einige Überwindung, aber dann fragte sie doch:

»Welche Risiken gehe ich ein?«

»Jedes durch ein Gen ›maskierte‹ Enzym ist Teil einer Reihe voneinander unabhängiger Reaktionen. Seine Wirkung zieht zwangsläufig andere metabolische Veränderungen nach sich. Man kann diese nicht vorhersagen. Doch Tierversuche wären unzureichend, da ein Tier anders reagiert als der Mensch. Daher ist Ihre Teilnahme für uns auch so wertvoll.«

Ann schloss für einen Moment die Augen. Ruhig bleiben. Bloß nicht diesem Irren widersprechen, von dem ihr Leben abhing.

»Sie haben meine Frage nicht beantwortet.«

»Wenn ich das könnte, wäre es nicht erforderlich, die Wirkung an Ihrem Organismus zu erproben. Wir sind nicht imstande vorherzusehen, was geschehen kann, und deshalb werden wir, dank Ihrer Mithilfe, wertvolle Erkenntnisse gewinnen können.«

Ann begann zu zittern und konnte die Tränen nicht länger zurückhalten. Tränen der Angst und auch der Wut. Sie war nur ein Gegenstand in ihren Händen, eine gewöhnliche Laborratte. Ihr Körper wurde als Forschungsobjekt angesehen, ein Instrument im Dienste ihres wahnsinnigen Ziels!

Steve trat an das Bett der jungen Frau und legte sanft eine Hand auf ihre Schulter. Merkwürdigerweise spendete ihr diese Berührung Trost. Die Hand dieses Mannes strahlte eine beruhigende Wärme aus, die im Gegensatz zu seiner eisigen Art stand. Ann schöpfte Hoffnung. Sie durfte nicht panisch werden. Vielleicht hatte sie eine Chance, wenn es ihr gelang, sein Mitgefühl zu wecken. Sie suchte seinen Blick und sagte:

»Steve, Sie sind kein Monster. Wie konnte es nur so weit kommen?«

»Ihre derzeitige Lage erlaubt es Ihnen nicht, mein Verhalten nachzuvollziehen«, erwiderte er mit einer seltsamen Ruhe. »Es wird sehr lange dauern, bis unser Projekt Anerkennung findet.«

»Sie waren glücklich, Sie hatten alles«, fuhr sie fort, stets bemüht, ihren Atem zu kontrollieren und in ruhigem Ton zu sprechen. »Warum haben Sie alles zurückgelassen und Ihrer Verlobten, Ihrem Vater und anderen Menschen, die Sie liebten, Ihren Tod vorgetäuscht?«

Buchanan regulierte die Transfusion, ohne sie dabei anzusehen.

»Das Glück ist oft nur schöner Schein. Wie die Liebe …«

»Fühlten Sie sich nicht geliebt?«

Ein Ausdruck von Verbitterung huschte über Steves Gesicht.

»Was ist schon Liebe?«

»Sich über die Existenz eines anderen Menschen zu freuen«, antwortete Ann rasch. Gleichzeitig überkam sie eine große Traurigkeit, die sie sich nicht erklären konnte.

»Mein Vater hat sich nicht über meine Existenz gefreut.«

»Aber Lucie?«

»Ich weiß nicht. Sie verstand es vielleicht zu lieben. Aber ihre Liebe tat mir nicht gut.«

»Weil Sie das Gefühl hatten, sie nicht zu verdienen?«

Buchanan hielt inne und musterte sie schweigend.

Ann schöpfte Hoffnung. Möglicherweise war Steve Buchanan nicht der Psychopath, für den sie ihn hielt, sondern eine verirrte Seele, an deren Menschlichkeit sie gerührt hatte. Diesen Vorteil musste sie für sich nutzen.

»Die Krankheit Ihres Vaters hat Sie zu Ihrer Entscheidung bewogen, nicht wahr?«

»Eher seine Genesung. Als ich erfuhr, dass er an einer unheilbaren degenerativen Krankheit litt, habe ich mich dem Professor anvertraut. Er hat mir gesagt, ich solle die Hoffnung nicht aufgeben, und eine Einweisung meines Vaters in die Klinik Seven Guards vorgeschlagen. Als er dort eintraf, konnte er schon fast nicht mehr sprechen, doch er verließ sie völlig geheilt. Natürlich habe ich den Professor gefragt, wie er dieses Wunder vollbracht habe …«

Buchanan sprach auffallend monoton, als betrachte er seine eigene Geschichte mit großer Distanz.

»›Wollen Sie es tatsächlich wissen?‹, hat er mich gefragt. Ich zögerte, als ahnte ich bereits, dass von der Antwort auf diese Frage mein restliches Leben abhängen würde. Ich habe ja gesagt. Der Professor hat mich in das nächste Flugzeug nach Juárez gesetzt und mich das Geheimlabor besichtigen lassen. Anschließend wollte er wissen, ob ich mir vorstellen könne, Direktor des Forschungslabors zu werden.«

»Ob Sie es sich *vorstellen* können? Ihr Vater brauchte seine Wundermedizin. Wenn er sie ihm verweigert hätte …«

»Sie denken, der Professor hätte mich erpresst. Nein, das hat er nicht nötig.«

»Und Sie wollten tatsächlich verschwinden, alles zurücklassen und den Rest Ihres Lebens in diesem Gefängnis verbringen?«

»Große Errungenschaften sind stets mit Opfern verbunden, das lehrt uns die Geschichte. Professor Irkalla hat mir bewiesen, dass er imstande ist, den größten Traum der Menschheit zu verwirklichen: den Tod zu besiegen. Er hat mir gesagt, dass er dazu meine Hilfe benötige und mich zu seinem Nachfolger machen werde.«

Ann schwieg. Sie verstand nun besser, warum Lucie Miltons Verlobter sich in dieses kaltherzige Monster verwandelt hatte. Der bevorstehende Tod Henry Buchanans, dieses Vaters, der ihn nur adoptiert hatte, um ihn zu seinem Nachfolger zu machen, und den er so bitter enttäuscht hatte, bedeutete eine Schuld, derer er sich niemals würde entledigen können. Sicher hatte Steve stets davon geträumt, doch noch zu erreichen, dass Henry Buchanan eines Tages auf seine außergewöhnlichen Erfolge in seinem selbst gewählten Beruf stolz sein würde … Und, siehe da, Irkalla, sein zweiter Ziehvater, der ihn stets in dieser Berufswahl bestätigt und ermutigt hatte, beglich auf einen Schlag seine Schuld, indem er das Leben seines Adoptivvaters rettete! Gleichzeitig enthüllte er ihm den übermäßig hohen Preis dieses medizinischen Wunders und stürzte den jungen Wissenschaftler somit auf diabolische Weise in einen unlösbaren Gewissenskonflikt. Er konnte die Rettung des schon verloren geglaubten Vaters ja unmöglich ablehnen, und so war es für ihn von da an schwer, die Methoden zu verdammen, durch die dies möglich geworden war … Um sich den Anschein eines inneren Friedens zu erkaufen, sah Steve keine andere Wahl, als blind dem Projekt seines Mentors zu dienen. Gab es eine Schwachstelle in dem unseligen Panzer dieses verlorenen Mannes? Das musste sie unbedingt versuchen herauszufinden.

»Professor Irkalla übt eine Faszination auf Sie aus, nicht wahr?«, fragte sie mit sanfter Stimme.

»Er ist mein Vater. Denn er hat mich wirklich adoptiert.«

»Und dass dieser Mann die Ermordung Ihres Vaters und der Frau, die Sie liebten, angeordnet hat, ist für Sie nicht weiter …«

Steve stand so abrupt von seinem Stuhl auf, dass dieser nach hinten kippte.

»Was fällt Ihnen ein?«, brüllte er mit wutverzerrtem Gesicht.

Vor Angst verkrampfte sich Anns Körper, und der Schmerz in ihren Handgelenken erinnerte sie daran, dass sie auf dem Bett festgeschnallt war.

»Sie … Sie wussten das nicht?«

Der Forscher schien sich wieder zu fangen.

»Sie enttäuschen mich«, sagte er eisig. »Sie hoffen, Ihrem Schicksal entgehen zu können, indem Sie den Professor verleumden. Das ist erbärmlich.«

»Steve«, fuhr Ann unbeirrt fort, darum bemüht, die Ruhe zu bewahren, »wer sorgt eigentlich rund um dieses Labor für die Sicherheit?«

»Mendoza.«

»Und Sie, Sie kümmern sich ausschließlich um die Forschung.«

»Unter dem Vorsitz des Professors finden regelmäßige Treffen statt, an denen der Sicherheitschef, der Verantwortliche für die Logistik und alle anderen Abteilungen teilnehmen. Auch Sicherheitsfragen werden dort zur Sprache gebracht. Ich war stets über den aktuellen Stand Ihrer Nachforschungen informiert und wurde gleich nach Ihrer Festsetzung darüber in Kenntnis gesetzt.«

»Man hat Ihnen nicht alles gesagt. Wir sind durch unsere Ermittlungen im Mordfall Lucie Milton auf Ihre Spur gekommen.«

»Purer Zufall. Sie haben unsere Aktivitäten entdeckt, weil Sie fälschlicherweise annahmen, der Professor sei für diesen Mord verantwortlich. Dabei sitzt der Schuldige längst hinter Gittern.«

»Die Spur, die uns nach Juárez führte, war die vom Mörder Ihres Vaters.«

»Mein Vater kam bei einem Verkehrsunfall zu Tode!«

»Sein Wagen wurde in eine Schlucht gedrängt. Wir waren Augenzeugen.«

»Sie lügen!«

»Kennen Sie Jorge Higuera?«

»Dieser Name sagt mir nichts, und wir beenden jetzt dieses Gespräch. Schließlich haben wir zu tun.«

»Das ist der Mörder Ihres Vaters.«

Buchanan erhob sich und schaltete den Perfusor ein.

»Sie sollten besser schweigen, Miss«, sagte er kalt. »Sie werden Ihre ganze Kraft brauchen.«

Er ging zur Tür.

»Ihre Behandlung hat begonnen«, meinte er, ohne sich noch einmal umzudrehen.

Jeff, Tag und Nacht an sein Bett gefesselt, wartete nur auf eine günstige Gelegenheit, denn er bangte um Anns Leben. Sie war ihm wider besseres Wissen in dieses mörderische Abenteuer gefolgt. Die Vorstellung, dass sie litt oder dass ihr Leben in Gefahr war, erschien ihm unerträglich.

Nach einer Woche Ruhe und neuerlichen Untersuchungen kam man zu dem Ergebnis, dass er nun seinerseits dem Projekt dienlich sein könnte. Bei der ersten Begegnung mit Steve Buchanan fragte er nach Ann.

»Es geht ihr gut. Ihre Reaktion auf unsere Behandlung ist positiv. Wir haben viele interessante Informationen sammeln können.«

Wäre Jeff nicht festgeschnallt gewesen, er hätte den Mann auf der Stelle erwürgt.

»Sie Dreckskerl, ich spreche von ihrem Gesundheitszustand!«

»Wir kontrollieren ihn.«

Jeff biss die Zähne zusammen. Er war diesem unmenschlichen Gehirn auf zwei Beinen ausgeliefert.

»Könnten Sie uns zusammenlegen?«

»Das ist nicht wünschenswert. Wir wollen die Interferenzen auf ein Minimum reduzieren. Nun will ich Ihnen erklären, woran Sie mitarbeiten werden.«

Jeff warf dem jungen Mann einen hasserfüllten Blick zu.

»Hör mir gut zu: Ich bin nicht dein Mitarbeiter. Und ich bin schon gar nicht aus freien Stücken hier. Und du bist dabei, eine Straftat an mir zu begehen, deren Opfer ich sein werde.«

»Die Art und Weise, wie man eine Geschichte erzählt, ist letztlich nicht wichtig, Mr. Mulligan. Wenn Sie das Ganze lieber erdulden möchten als daran teilzunehmen, ist das Ihr gutes Recht. Was alles Übrige betrifft, so wird die Nachwelt das Urteil sprechen.«

Buchanan kehrte ihm den Rücken zu und stellte einige Apparate ein, an denen sein Versuchskaninchen angeschlossen war. Dann ging er.

Nun begann für Jeff die Hölle.

Die Tage verstrichen. Ann verspürte keinen Schmerz im eigentlichen Sinn, doch es war schlimmer: Sie wurde von regelmäßigen Übelkeitsattacken gequält, sodass sie sich immer wieder übergeben musste. Die Decke ihres Zimmers drehte sich fortwährend, und als sie die Augen schloss, um diesem schwindelerregenden Karussell zu entgehen, wurde ihr ganzer Körper in einen Strudel gezogen. Außerstande sich auf einen Gedanken zu konzentrieren, geschweige denn trotz totaler Erschöpfung Schlaf zu finden, wurde sie, sobald sie eingedöst war, durch den beängstigenden Sog immer wieder aus ihrem Dämmerzustand gerissen. So hoffte sie nur noch auf einen raschen Tod, um von ihren Qualen erlöst zu werden. Doch die Zeit schien nicht vergehen zu wollen. Die Eintönigkeit wurde nur durch Steve Buchanans seltene Besuche unterbrochen, der jedoch nicht mit ihr sprach, sondern lediglich die Infusionen wechselte und die Einstellungen des Perfusors regulierte.

Jeffs Organismus reagierte schlecht auf die ihm verabreichten Substanzen und leistete mit heftigen Schmerzen Widerstand. Seine Gliedmaßen waren von Krämpfen gelähmt, die, wenn sie einen Muskel losließen, gleich den nächsten befielen. Sein Brustkorb war wie in einem Schraubstock gefangen, der sich stündlich stärker zusammenzog.

Tage und Nächte vergingen, doch Ann und Jeff zählten sie nicht mehr.

Selbst Jeff verlor jegliche Hoffnung.

Eines Morgens wachte Jeff deutlich entspannter auf. Der Schmerz war abgeklungen. Buchanan trat ins Zimmer.

»Ihre Resultate sind ausgezeichnet, Sergeant Mulligan. Ihr Organismus nimmt die Behandlung an. Wir machen Fortschritte.«

Steve entnahm mit einer Spritze Blut aus Jeffs Arm. Dieser beobachtete ihn mit fassungslosem Widerwillen.

»Wie konnte Lucie nur einen Mann wie Sie lieben?«, murmelte er.

»Sie haben Lucie nicht gekannt. Und mich kennen Sie auch nicht wirklich.«

»Sie liebte und respektierte das Leben. Das, was Sie tun, entsetzt sie.«

Steve, der Jeffs Blut in ein Reagenzglas umfüllte, hielt inne und sah ihn durchdringend an.

»Lucie Milton ist tot.«

»Weniger tot als Sie. Sie sieht Sie. Sie verabscheut, was sie sieht.«

»Nach dem Tod gibt es nichts mehr. Lucie existiert nicht mehr. Nur in der Erinnerung derer, die sie geliebt haben.«

»Wenn Sie an sie zurückdenken, glauben Sie, ihr hätte gefallen, was Sie tun?«

Buchanan schien einen Augenblick zu zögern.

»Was hätte ihre Zustimmung noch für eine Bedeutung?«

»›Ich liebe Dich, weil Dein Blick mir meine Wahrheit enthüllt …‹«

Steve erschrak, hatte sich aber sehr schnell wieder im Griff.

»Sie haben unsere Korrespondenz auswendig gelernt«, höhnte er. »Ich habe ihr das geschrieben, als sie noch lebte. Nun fällt ihr Blick nicht mehr auf mich.«

»Und deshalb haben Sie den Kontakt zu Ihrem tiefsten Inneren verloren …«

Jeff erschauderte. Diesen Satz hatte er nicht bewusst gesagt, es war, als würde er sich beim Reden zuhören. Steve starrte ihn ungläubig an.

»Sie haben wirklich sehr viel Zeit damit verbracht, ihren

Stil zu studieren. Ihr Versuch, mich zu manipulieren, indem Sie ihre Redeweise nachahmen, ist eine subtile List, auf die ich aber nicht hereinfalle.«

Buchanan sah Jeff herausfordernd an, doch dieser hatte seine Augen geschlossen. Eine Woge des Jubels breitete sich in seinem Brustkorb aus und durchlief seinen ganzen Körper.

Er spürte sie. Abermals lenkte sie ihn.

Als er sein Gegenüber wieder ansah, strahlte er über das ganze Gesicht, was den Forscher vollends verwirrte.

»Lucie ist hier.«

»Sie sind völlig verrückt«, stammelte Steve und erhob sich mühsam.

Jeff bekam den Kittel zu fassen und hielt den jungen Mann fest. Ihre Blicke trafen sich.

»Und sie wird Sie nicht mehr loslassen«, stieß Jeff mit grimmiger Freude hervor.

Der andere riss sich los und verließ den Raum.

Buchanan kam zwei Tage später missmutig wieder.

Jeff bedachte ihn von seinem Bett aus mit einem höhnischen Grinsen.

»Na, es läuft wohl nicht so …«

»Wir haben ein paar kleine Probleme.«

»Lassen Sie mich raten. Materialausfälle?«

Der andere runzelte erstaunt die Stirn.

»In der Tat. Wir haben einen Programmfehler bei der Datensoftware. Unsere Informatiker sind permanent im Einsatz, doch kaum ist an einer Stelle das Problem gelöst, tritt an einer anderen ein neues auf.«

»Wie unangenehm … Sonst nichts?«

Steve Buchanan musterte ihn misstrauisch.

»Was wollen Sie damit sagen?«

»Ich weiß nicht … Manchmal geschehen seltsame Dinge. Türen, die sich von selbst öffnen … Unerklärliche Geräusche … Gegenstände, die ohne ersichtlichen Grund von ihrem Platz verschwinden …«

Das brachte den Wissenschaftler aus der Fassung. Unbeherrscht packte er Jeff am Kragen.

»Was wissen Sie?«, schrie er.

Jeff musste lachen.

»Reißen Sie sich zusammen, mein Lieber. Ein Verstandesmensch wie Sie …«

»Stecken Sie dahinter?«

»Wie sollte ich? Ich bin ans Bett gefesselt, und die Gänge dieses Hauses werden von kräftigen Kerlen bewacht.«

»Woher wissen Sie dann, dass …?«

»Sie ist es.«

»Von wem sprechen Sie!«, brüllte Buchanan.

»Auch ich glaubte, der Tod sei das Ende. Und dann bin ich Lucie begegnet.«

»Wenn Sie sich nicht auf der Stelle verständlich ausdrücken, wird Mendoza es schon aus Ihnen rausprügeln.«

»Ich wusste, was Ihnen passieren würde, denn ich kenne Lucies Vorgehen aus eigener Erfahrung.«

»Ich verstehe kein Wort.«

»Lucie ist mir nach ihrem Tod erschienen.«

»Ich glaube nicht an Erscheinungen.«

»Mir ging es genauso. Doch wovon ich spreche, hat nur wenig mit dem zu tun, was man sich gemeinhin unter einer Erscheinung vorstellt. Ich habe wiederholt ihre Gegenwart gespürt, und zwar derart intensiv, dass ich den Eindruck hatte, sie zu kennen. Und sie hat mich zu Ihnen geführt.«

»Sie sind wahnsinnig.«

»Sie ist es, die Ihre Apparate verrückt spielen lässt. Sie weckt Sie nachts durch Phänomene auf, für die es keine logische Erklärung gibt.«

Für einen Moment flackerte panische Angst in Buchanans Blick auf, die er aber sofort wieder unterdrückte. Er war irritiert, verfügte jedoch über große Selbstbeherrschung.

»Mr. Mulligan, für jedes Phänomen gibt es eine rationale Erklärung. Und letztlich findet man sie, sofern man eine vorübergehende Wissenslücke nicht mit einer mystisch-verdrehten Pseudotheorie füllt.«

»*Du denkst, um nicht zu fühlen.*«

Für einen Augenblick schien die Zeit stillzustehen. Die Männer sahen sich unverwandt an. Beide waren wie erstarrt von den Worten, die Jeff soeben ausgesprochen hatte.

»Dieser Satz kam nicht in unseren Mails vor«, murmelte Steve wie zu sich selbst.

»Das hat Lucie zu Ihnen gesagt, nicht wahr?«

»Wie können Sie das wissen?«

»Sie ist hier. Sie hat mir diese Worte eingegeben.«

Buchanan packte Jeff bei den Schultern und schüttelte ihn.

»Sie lügen! Sie wollen mich manipulieren!«

»Glauben Sie etwa, ich finde es lustig, den Mittelsmann zwischen Lucie und Ihnen zu spielen? Ich sage Ihnen, sie ist wirklich da, hat sich an Ihnen festgebissen und wird Sie nicht mehr in Ruhe lassen!«

Buchanan lockerte seinen Griff. Sein Blick war der eines Wahnsinnigen.

»Und wissen Sie warum?«, fuhr Jeff bitter fort.

Sein Gegenüber starrte ihn reglos an.

»Wenn ich es Ihnen gesagt habe, gibt es nur eins, was mir Linderung verschaffen könnte: Sie eigenhändig zu erwürgen. Ganz langsam …«

Jeff schloss die Augen

»Weil sie Sie liebt«, stieß er hervor und ballte die Fäuste.

Drei Tage lang ließ Steve Buchanan sich nicht blicken. Am Morgen des vierten Tages tauchte er wieder auf. Jeff beobachtete ihn aufmerksam. Seine Beherrschung war lediglich gespielt.

»Sie haben mir gefehlt«, sagte Jeff ironisch.

»Ich hatte einige dringende Probleme zu erledigen.«

»Ihre Sorgen scheinen nicht weniger zu werden …«

»Nein«, gestand der Wissenschaftler. »Unsere Informatiker raufen sich die Haare.«

»Und Ihre Nächte sind unruhig, nicht wahr?«

»Ich glaube nicht an sogenannte paranormale Phänomene.«

»Doch wenn die Geschehnisse Ihre Überzeugungen widerlegten, wären Sie dann bereit, sie zu überdenken?«

»Ich habe Mendoza auf die Geschichte angesetzt. Er wird die Ursache oder den für dieses Chaos Verantwortlichen aufspüren. Und wenn Sie irgendetwas damit zu tun haben sollten, sind Sie ein toter Mann.«

»Und was ist passiert?«

»In dieser Nacht wurde ich durch ein lautes Geräusch geweckt. Ich habe Lucies Foto, das auf meinem Schreibtisch stand, in Scherben am anderen Ende des Zimmers gefunden.«

»Sie haben also ein Foto von ihr …«

»Wussten Sie das wirklich nicht?«

Jeff deutete mit dem Kinn auf seine Fesseln.

»Ist es … vernünftig, mich zu verdächtigen?«

»Wir werden eine logische Erklärung dafür finden. Und dann …«

»*Seit wann hast du nicht mehr gelächelt?*«, fiel ihm Jeff ins Wort.

Der Satz war aus seinem Mund gesprudelt, ohne dass er ihm zuvor in den Sinn gekommen war.

Buchanan starrte ihn entgeistert an.

»Sie wollen mich in den Wahnsinn treiben … Aber ich …«

Jeff unterbrach ihn erneut. Sein Gehirn hatte nicht länger die Kontrolle über seine Worte, es war, als spräche jemand anderer aus ihm.

»*Ich sehe dich nicht mehr. Ich habe dich verloren. Du bist verloren, Steve. Erinnerst du dich noch an dein Lächeln? Das warst du. Es kam völlig überraschend, du konntest es nicht beeinflussen, und es drückte sehr viel besser aus, wer du bist, als deine Worte. Wenn du mich nur ansahst, musstest du lächeln, unfähig zu sprechen oder zu denken, du warst schön, und ich habe dir gesagt, dass ich dich liebe, nachdem ich zum ersten Mal sah, wie ungewollt ein Lächeln über dein Gesicht huschte … Aber du lächelst nicht mehr.*«

»Genug«, schrie Steve und presste seine Hand auf Jeffs Mund. Auch dieser wollte den Redefluss stoppen, der seinen Körper durchströmte. Doch eine innere Kraft befreite ihn aus dem Griff seines Gegners, und weitere Worte kamen über seine Lippen. Es war zwar seine Stimme, doch es war nicht er, der sprach.

»*Du bist tot, Steve, du bist tot. Du glaubst, für das Leben einzutreten, indem du den Tod bekämpfst, doch du bist nur das Werkzeug deiner Angst vor dem Leben. Der Tod gehört nun mal dazu. Fürchte dich nicht vor dem Tode, sondern davor, als Lebender tot zu sein, erstarrt in der Angst vor dem Leben.*«

Buchanans Finger krallten sich in Jeffs Hals.

»Seien Sie still! Seien Sie endlich still!«

Als sich ein rotschwarzer Schleier über Jeffs Augen legte, stürmten zwei Wachposten in das Zimmer.

»Alles in Ordnung, Professor?«

Der Wissenschaftler lockerte seinen Griff und wich einen Schritt zurück.

»Ja, ja, schon gut.«

»Sind Sie sicher, Sir?«

»Ich sagte es doch schon, alles in Ordnung. Gehen Sie auf Ihren Posten zurück.«

Steve verließ das Zimmer, ohne Jeff anzusehen.

Dieser rang noch immer nach Atem und sagte sich, dass Lucie wohl gerade ihren letzten Trumpf ausgespielt hatte.

Und dass alles verloren war.

Ann versank nach und nach in einen Dämmerzustand. In ihren letzten bewussten Augenblicken hatte sie sich gesagt, dass sie nun sterben würde und es auch besser so wäre. Denn dann würde sie nicht mehr leiden müssen.

Jeff spürte, wie er allmählich wieder zu Kräften kam, doch er rechnete nicht damit, sie noch einmal nutzen zu können. Er lag an sein Bett gefesselt da, während die Tage verstrichen. Steve Buchanan ließ sich nicht mehr blicken.

Lucie hatte es versucht.

Und war gescheitert.

Zwei Leben waren dafür vertan worden, seins und Anns. Merkwürdigerweise nahm er Lucie das nicht übel. Sich selbst und niemand anderem machte er dagegen große Vorwürfe, seine junge Kollegin in dieses verhängnisvolle Abenteuer hineingezogen zu haben. Er war der einzig Schuldige. Und er konnte nicht aufhören, an sie zu denken. Nur wegen seiner Gewissensbisse?

Ann war hochanständig, noch dazu hübsch. Und, das gestand er sich nun ein, eine begehrenswerte Frau.

Er hätte alles dafür gegeben, sie aus dieser Hölle zu befreien.

Es ist 4.00 Uhr morgens, und Steve Buchanan schläft nicht. Nichts hat ihn aufgeweckt, und doch … wartet er.

Aber *sie* kommt nicht.

Er hätte es beinahe geglaubt.

Geglaubt, dass die einzige Frau, die er je geliebt hat – er, der nicht imstande war zu lieben –, aus dem Reich der Toten zurückgekehrt war, um ihn mit dem Leben zu versöhnen.

Einbildung.

Alles nur Einbildung.

Und diese flüchtige Hoffnung hat ihm lediglich bewusst gemacht, wie sehr er das Leben verabscheut, das er selbst gewählt hat.

Gegen den Tod ankämpfen, wozu?

Wozu überhaupt kämpfen, ganz gleich wogegen?

Niemals zu sterben genügt nicht, um einem Leben einen Sinn zu geben, das unwiderruflich sinnlos ist.

Steve steht auf und öffnet das Fenster.

Eine leichte Brise lindert die unerbittliche Trockenheit der Wüste. Er lässt zu, dass sie sein Gesicht streichelt.

Wie sie es so gerne tat, mit diesem selbstvergessenen Ausdruck, der so typisch war für sie.

*Der Sinn des Lebens ist es, am Leben zu sein.*

Der Tag brach an. Gemeinsam beobachteten sie, wie die Sonne, ihre lodernde Schönheit, am Horizont aufging. Sie hatte stets diesen Satz vor sich hingemurmelt.

Lucie.

An der Grenze zwischen nächtlichem Himmel und ausgedörrter Erde zeichnet sich der erste Schimmer ab.

Da, für einen kurzen Moment, in der vergänglichen Zärtlichkeit der Morgenröte, ist sie da.

Er spürt sie.

*Sie.*

Ein Schwall unendlicher, unerklärlicher, ungebändigter Freude, der seinen Körper durchströmt. Er fühlt sich geliebt. Er fühlt auch sich imstande zu lieben. Als Nächstes, wie ein schmerzhafter Biss, der Zweifel: Hat er nur geträumt?

Dann entschwindet dieser Eindruck wie ein Windhauch und hinterlässt in Steve eine unsägliche Leere.

Tränen rinnen über seine Wangen.

Ein Strom von Tränen, den er nicht einmal aufzuhalten versucht.

Mulligan war halb eingenickt, als Buchanan sein Zimmer betrat.

»Wie spät ist es?«, fragte Jeff mit schwerer Zunge.

Der Wissenschaftler löste die Riemen, die in seine Handgelenke schnitten. Kein Wachposten. Reflexartig packte Jeff den Mann und drückte ihn gegen die Wand.

»Lassen Sie mich los«, stammelte sein Opfer. »Ich bin gerade dabei, Sie zu befreien.«

Jeff lockerte seinen Griff.

»Warum sollten Sie das tun?«

»Ich habe Ihnen eine Waffe besorgt.«

Er holte eine Glock 9mm heraus, deren Magazin fünfzehn Schuss Munition enthielt. Jeff wog sie in der Hand, ließ dabei aber sein Gegenüber nicht aus den Augen. Eine gute Pistole.

»Bringen Sie mich zu Ann.«

Buchanan ging zur Tür. Jeff folgte ihm und inspizierte flüchtig den Gang, bevor er hinaustrat. Alles war wie ausgestorben.

»Ich habe die Wachen ins Untergeschoss beordert. Für ein paar Minuten sind wir ungestört.«

Anns Zimmer lag zwei Etagen tiefer. Sie nahmen die Treppe.

»Der erste Stock, wo Ihre Freundin liegt, wird strengstens bewacht, weil dort auch Espejo untergebracht ist.«

»Wie viele Männer?«

»Fünf.«

»Haben Sie noch eine Waffe?«

»Nein.«

Jeff musste kurz nachdenken. Wenn Buchanan Espejo befreien und bewaffnen konnte, sie beide zusammen, dann noch der Überraschungseffekt … Aber allein hatte er keine Chance, zumindest nicht, ohne ein paar Schüsse abzufeuern, die sofort Alarm auslösen würden. Er musste anders vorgehen.

»Laufen Sie den Gang entlang, rufen Sie einen der Wachposten zu sich und lotsen Sie ihn hierher.«

Steve gehorchte. Ein bewaffneter Mann näherte sich mit schwerem Schritt. Als er Jeff an der Biegung des Flures erblickte, war es für ihn schon zu spät. Jeff hielt ihm mit einer Hand den Mund zu, während er mit der anderen seine Gurgel umklammerte. Dieser Würgegriff, der dem Mann komplett die Luft abdrückte, ließ ihn in sich zusammensacken. Jeff entwaffnete ihn, steckte sich einen der Revolver in die Tasche und reichte Steve den anderen.

»Befreien Sie Espejo und geben Sie ihm diese Waffe. Dann rufen Sie die beiden Posten vor seiner Tür herein. Sagen Sie Raúl, dass er sie ausschalten soll, und zwar möglichst leise. Ich kümmere mich in der Zwischenzeit um die anderen zwei.«

Der Wissenschaftler verschwand, und Jeff bewegte sich taumelnd im Flur vorwärts. Eine Hand auf den Bauch gepresst, gab er ein undeutliches Röcheln von sich. Alarmiert richteten die Wachen ihre Waffen auf ihn, senkten sie jedoch gleich wieder, als er zusammenbrach.

Einer der beiden beugte sich über ihn, während der andere sein Funkgerät hervorzog.

Jeff dachte nicht mehr. Sein Körper agierte von selbst. Wie ein neutraler Augenzeuge beobachtete er das Geschehen in einem Zustand unbändiger Freude.

Bewusstlos lagen die Wachmänner am Boden. Jeff hatte den ersten mit einem Hieb auf die Schläfe niedergestreckt und dem zweiten erst gar nicht die Zeit gelassen, seine Waffe auf ihn zu richten. Blitzartig hatte er ihn zu Boden gerissen, ihm den Revolver in den Nacken gepresst und ihn so lange gewürgt, bis auch dieser wegsackte.

In diesem Moment kam Raúl aus seinem Zimmer, die Waffe auf Steve gerichtet.

»Das ist nicht nötig«, meinte Jeff. »Er gehört zu uns.«

»Ich werde niemals gemeinsame Sache mit diesem Monster machen.«

»Er hilft uns. Er hat mich befreit.«

»Und deshalb vertrauen Sie ihm?«

Jeff trat zu Espejo und legte ihm die Hand auf die Schulter.

»Wir haben keine Wahl: Ohne seine Hilfe sind wir so gut wie tot.«

Zu Buchanan gewandt, fragte er:

»Wo ist Anns Zimmer?«

Dieser deutete mit dem Kinn auf eine Tür.

Jeff stürzte darauf zu.

Als er die junge Frau sah, zog es ihm das Herz zusammen. Abgemagert und bleich lag sie da, schien dem Tode nah. Er legte ihr die Hand auf die Stirn.

»Ann …«

Sie blinzelte mühsam.

»Ich hole Sie hier heraus«, sagte er, während er sie losmachte.

Er griff unter ihren Körper und wollte sie hochheben.

»Sie ist zu schwach«, meinte Raúl. »Wir müssen sie hierlassen.«

»Nein!«

Raúl legte ihm die Hand auf die Schulter, eine mitfühlende Geste, die Jeff überraschte.

»Wir haben zu tun. Wenn wir geschnappt werden, wird sie nicht gerettet.«

Den Blick unverwandt auf Ann gerichtet, holte Jeff tief Luft.

»Was schlagen Sie vor?«

»Wir sollten möglichst viele Gefangene befreien und bewaffnen. Sobald der Alarm ausgelöst wird, gibt es Krieg und …«

Eine triumphierende männliche Stimme unterbrach sie.

»*Es ist* bereits Krieg, meine Herren, und Sie haben ihn verloren. Keine Bewegung! Lassen Sie die Waffen fallen!«

Mendoza war ins Zimmer getreten. Hinter ihm im Gang drängten sich rund zehn bis an die Zähne bewaffnete Männer.

Ann richtete sich mühsam in ihrem Bett auf. Jeff strich ihr beruhigend über den Kopf, innerlich aber kochte er vor Wut. War ihre Chance vertan?

»Buchanan«, sagte Mendoza zum Forscher gewandt, »ich wusste, dass ich Ihnen nicht trauen kann.«

»Die haben mich bedroht«, stammelte der junge Mann.

»Sie Idiot, hier sind unzählige Überwachungskameras installiert, und wir haben alles gesehen. Sie sind ein Verräter und werden dafür bezahlen.«

»Der … der Professor, Irkalla …«

»Unser Chef ist ein sensibler Mann. Als er die Aufnahmen sah, hat er vor dem Bildschirm eine Träne vergossen.«

»Er ist hier?«

»Heute Nacht eingetroffen.

»Lassen Sie mich mit ihm sprechen.«

Mendoza zielte mit seiner Waffe auf die Stirn des Wissenschaftlers.

»Diesen Wunsch hat er nicht geäußert.«

Die Sekunden verstrichen. Der Killer schien die panische Angst des Mannes, den er in seiner Gewalt hatte, voll auszukosten. Sein Finger krümmte sich langsam über dem Abzug. Reglos verfolgten Jeff und Raúl das Geschehen und analysierten ihre Lage. Siegessicher war Mendoza drei Schritte in das Zimmer getreten, doch außer ihm passten lediglich noch zwei seiner Leute hinein, womit der Raum voll war. Zusammen mit den beiden anderen, die in der Türöffnung standen, waren es also vier Mann, die auf sie zielten. Jeff und Raúl hatten zwar ihre Waffen zu Boden fallen lassen, doch jeder hatte noch einen weiteren Revolver unter seiner Kleidung versteckt. Wenn sie zügig das Feuer eröffneten, hatten sie eine reelle Chance.

»Na, Professor, macht der Tod Angst?«, fragte Mendoza feixend.

Plötzlich durchbrachen Motorengeräusche die Stille. Es war ein Helikopter oder ein kleines Flugzeug, das über das Camp hinwegflog. Das war zweifellos unerwartet, ja beunruhigend, denn Mendoza horchte überrascht auf, was ihn für einen winzigen Moment ablenkte. Genau auf eine solche Gelegenheit hatten Jeff und Raúl nur gewartet. Sie wechselten einen kurzen Blick.

Jeff drückte Ann auf das Bett zurück und zog seinen Revolver. Raúl tat es ihm nach, und die Schießerei begann.

Gleichzeitig warfen sich die beiden auf den Boden und schossen mit eiskalter Präzision. Binnen fünf Sekunden lagen die Milizsoldaten am Boden. Nur einer von ihnen war nicht auf der Stelle tot. Mendoza dagegen hatte sich instinktiv Steve gegriffen, um ihn als menschliches Schutzschild zu benutzen. Drei Kugeln trafen den Wissenschaftler, der auf den Anführer der Miliz sank. Eine vierte durchbohrte seinen Arm, schlug anschließend in Mendozas Wange ein und zertrümmerte dessen Kiefer.

Von den Milizsoldaten, die sich vor der Tür befanden, wagte sich nur einer vor, um das Feuer zu erwidern. Eins seiner Projektile traf Raúl am linken Arm. Jeff streckte den Mann mit zwei Kopfschüssen nieder.

Man hörte das Geräusch von eiligen Schritten im Gang: Die restlichen Milizsoldaten suchten das Weite.

Dann war es still.

Jeff erhob sich langsam. Ann lebte. Sie sah ihn mit entsetztem Blick an.

»Alles wird gut«, murmelte er.

Er drehte sich zu Mendoza um. Dieser hatte sich halb aufgerichtet und tastete nach seiner Waffe. Diesen Moment hatte Jeff herbeigesehnt, seitdem der brutale Widerling seine Hand gegen Ann erhoben hatte. Er ging auf ihn zu und schlug ihm auf die Wange, an der der Kiefer nicht gebrochen war. Mendoza begann wie verrückt zu schreien. Jeff durchsuchte ihn gründlich und drückte anschließend seinen Revolver auf die Stirn des Mannes, der ihn voller Panik anstarrte. Noch bevor ihn ein weiterer Gedanke an seinem Tun hindern konnte, drückte er den Abzug.

Dann trat er zu Buchanan.

Der lag bäuchlings am Boden und zuckte am ganzen Körper. Jeff drehte ihn vorsichtig um und sah sogleich, dass er nichts mehr für ihn tun konnte. Aus seinem Mund quoll das Blut, auch sein Bauch und seine Brust färbten sich rot. Die Projektile waren durch den Rücken eingedrungen, durch seinen Körper gewandert und hatten lebenswichtige Organe getroffen. Zwar bewegte er sich noch, aber das Leben war bereits aus seinen glasigen Augen gewichen.

Plötzlich verspürte Jeff einen eiskalten Hauch. Und schlagartig sah er alles ganz klar.

Lucies Plan. Von Anfang bis Ende.

Sie hatte nur ein Ziel gehabt. Die Seele des Mannes zu retten, den sie liebte. Und ihn dorthin zu holen, wo sie war.

Und dazu hatte sie Jeffs Hilfe benötigt.

Sie hatte es geschafft. Steve war wieder zu dem Mann geworden, den sie liebte. Die beiden Liebenden waren fortan vereint.

Von ihm, Jeff, wollte Lucie nun nichts mehr.

Raúl legte ihm die Hand auf die Schulter: »Wir müssen handeln.«

Wortlos erhob sich Mulligan.

Innerhalb kürzester Zeit entwickelten die beiden einen Plan. Als Erstes würden sie sich die Uniform eines Milizsoldaten organisieren, um ihre Chancen, unerkannt zu bleiben, zu erhöhen. Raúl sollte so viele Gefangene wie möglich befreien, sie mit den Waffen versorgen, die sie von den getöteten Wachen erbeutet hatten, und sich auf die Suche nach einem Munitionsdepot machen. Jeff würde versuchen, den Urheber dieser finsteren Machenschaften aufzuspüren: Professor Irkalla.

Ann wollte mitkommen, doch bei dem Versuch aufzustehen, gaben ihre Beine nach, und sie sackte auf ihr Bett zurück.

Raúl machte sich auf den Weg.

»Sie bleiben hier«, sagte Jeff. »Ich werde Sie so schnell wie möglich holen kommen.«

Ann war viel zu erschöpft, um zu protestieren.

»Bitte«, hauchte sie, »bleiben Sie noch ein bisschen.«

Jeff setzte sich auf die Bettkante und ergriff ihre Hand. Als wollte sie ihren Schmerz austreiben, begann Ann ihm mit schwacher Stimme von ihrem Martyrium und den Gesprächen mit Steve Buchanan zu berichten. Nach ein paar Minuten schien sie eingeschlafen. Jeff schlich leise hinaus.

Die überlebenden Wachposten hatten Alarm geschlagen, und das Gebäude hallte von aufgeregten Rufen und gebrüllten Befehlen wider. Ohne ihren Kommandanten schien die Miliz Probleme zu haben, sich zu organisieren. In einer viel zu großen Uniform eilte Jeff, als habe er genaue Anweisungen erhalten, geschäftig durch die Gänge auf den Flügel zu, in dem die Verwaltung lag. Ohne Schwierigkeiten fand er Irkallas Büro im dritten Stock, doch der Raum war verwaist. In den Regalen an den Wänden befanden sich ausschließlich Werke mit philosophischen, metaphysischen und mythologischen Themen. Jeff wunderte sich, kein einziges wissenschaftliches Buch entdecken zu können. Immerhin war Irkalla ein angesehener Forscher. Doch er hielt sich nicht lange mit solchen Überlegungen auf. Es galt schließlich, diesen Kerl zu fassen zu kriegen. Und da durfte er keine Zeit verlieren. Er musste ihn finden, bevor der Mann zum Gegenschlag ausholte.

Als er das Büro verließ, sah er sich unvermittelt einer Patrouille gegenüber. Der Anführer musterte ihn misstrauisch, die Waffe im Anschlag.

»Ich suche den Professor«, rief Jeff geistesgegenwärtig. »Wir brauchen ihn im Hauptquartier.«

Sein Gegenüber entspannte sich.

»Er ist Richtung Untergeschoss gegangen.«

Wortlos machte Jeff auf dem Absatz kehrt. Ein paar Meter weiter entdeckte er hinter einer Tür die Treppe und stieg hinab.

Während die anderen Etagen ein lärmendes Durcheinander erfüllte, herrschte hier unten völlige Stille. Ohne Licht zu machen und möglichst leise tastete sich Jeff voran. Er kannte seinen Feind nicht, doch dieser war gewiss gefährlich. Nach einigen Minuten erblickte er einen Lichtschein am Ende eines Korridors. Er ging darauf zu. Das Licht wurde immer größer, und Jeff erkannte, dass es aus einer großen Halle drang. Diese war in den Fels gehauen und wurde von riesigen, auf mehrere Ebenen verteilten Fackeln erhellt. In seiner Mitte ragte ein merkwürdiges, mindestens fünf Meter hohes Monument in die Höhe: ein schwarzer Felsbrocken, vermutlich aus Granit und bestimmt mehrere Tonnen schwer. Jeff trat näher und musterte die in den Stein gemeißelten Inschriften. Zahlreiche Namen, bestimmt an die hundert … darunter auch die von Lucie Milton und Henry Buchanan! Über den Namen waren Zeichen einer Jeff unbekannten Schrift eingraviert.

In diesem Moment ertönte eine tiefe Stimme, die von den hohen Mauern widerhallte:

»*Mein Freund ist zu Erde geworden. Werde nicht auch ich wie er mich niederlegen müssen und nicht wieder aufstehen in alle Ewigkeit?*«

Jeff fuhr mit gezücktem Revolver herum. Ihm gegenüber stand ein Mann mit dichtem weißem Haar. Tiefe Schatten lagen unter seinen Augen, als litte er an Schlaflosigkeit. Doch sein Gesicht war wundersamerweise faltenfrei … Er war mittelgroß und hielt sich auffallend gerade, ohne dass es ihm Anstrengung zu bereiten schien. Die ruhige Energie, die er ausstrahlte, wurde durch seine blassen, leuchtenden Augen noch unterstrichen, die einen förmlich zu durchbohren schienen.

»Das ist sumerisch, Sergeant Mulligan.«

»Sind Sie Professor Irkalla?«

»Treten Sie zurück.«

Überrascht von dem herrischen Ton machte Jeff unwillkürlich einen Schritt nach hinten.

»Sie stehen vor einem Gedenkstein zu Ehren der Toten. Erweisen Sie Ihnen Respekt.«

Jeff knurrte:

»Sie haben Ihren Opfern ein Denkmal errichtet?«

Ohne auf die Frage zu antworten, ging Irkalla auf Jeff zu, der sofort wieder seine Waffe hob. Doch der Professor hatte die Augen geschlossen: Wie in einem schmerzlichen Traum strich er zärtlich mit den Fingerspitzen über die in den Stein gemeißelten Namen. Dann fuhr er fast beiläufig fort:

»Sie müssen wissen, dass ich jeden, der an meinem Werk mitgearbeitet hat, aus tiefstem Herzen geliebt habe. Ich kann mich mit ihrem Tod nicht abfinden. Jeder Mensch ist einzigartig, durch seinen Weggang büßt das Universum etwas Unwiederbringliches ein.«

Er öffnete wieder die Augen und sah Jeff mit seinem hypnotischen Blick an, als wolle er die Tiefen seiner Seele ergründen. Mulligan kämpfte mit einem ihm bis dahin fremden Gefühl der Benommenheit.

»Hören Sie doch auf«, entgegnete er. »Sie waren es doch, der diese Menschen umgebracht hat. Sie haben ihnen keine Wahl gelassen.«

»Lässt man denn den Soldaten eine Wahl, die man in ein absurdes Gemetzel entsendet? Oder den Völkern, die man mit Bomben überzieht? Und zu welchem Zweck? Wozu ist ein Krieg gut? Was bringt er, wenn nicht Tote, Tote, Tote …? Und alle Welt findet sich damit ab, ist an den Tod gewöhnt, nicht wahr? Man liebt ihn, man verbreitet ihn. Ich dagegen kämpfe mit allem, was in meiner Macht steht, gegen den einzigen ernst zu nehmenden Feind des Menschen. Ja, ich habe Verluste zu verzeichnen, und glauben Sie mir, nachts verfolgen mich die Gesichter jedes Einzelnen, den ich nicht zu retten vermochte. Doch meine Einbußen sind unendlich geringer als jeder Kriegsgräuel. Und ich opfere diese Leben nur im Dienste des Lebens.«

Jeff hatte Mühe, sich nicht von den Argumenten dieses

eigenartigen Mannes einlullen zu lassen. Sie zogen ihn stärker in ihren Bann, als ihm lieb war.

»Sie sind ein Verbrecher. Sie haben Lucie Milton und Henry Buchanan ermorden lassen.«

»Lucie Milton … Henry Buchanan …«

Irkalla hatte die beiden Namen mit großem Respekt, ja beinahe zärtlich ausgesprochen. Es war, als wolle er ihre Gegenwart mit einem Erinnerungsritual heraufbeschwören. Lange schwieg er.

»Auch um sie habe ich geweint. Doch sie stellten sich gegen ein Werk, das verwirklicht werden muss, damit ihr Tod und der meiner Märtyrer einen Sinn hat.«

»Wieso war Lucie eine Bedrohung für Sie?«

»Sie hatte Henry Buchanans Medikament analysiert. Glauben Sie, eine Frau wie sie, die soeben das Unfassbare entdeckt hat, würde sich damit zufriedengeben, hinter das Rätsel gekommen zu sein?«

»Aber was an diesem Medikament war so entlarvend?«

Irkalla lächelte geheimnisvoll.

»Es zeigte, wie nahe wir unserem Ziel sind.«

Jeff runzelte ungläubig die Stirn.

»Sie sind doch verrückt …«

»137 Tote, Sergeant Mulligan. Ach, bald werden es 138 sein. Wie viele Namen werden in dieses Monument eingraviert sein, wenn wir unser Werk vollendet haben werden? Vielleicht weniger als zweihundert … Wir stehen kurz vor dem Durchbruch.«

»Kurz davor, den Tod zu bezwingen? Also dann …«

»Lucie hatte es begriffen. Sie hätte mir Fragen gestellt, hätte es nicht gutgeheißen. Doch wenn man Krieg führt, will man auch gewinnen, oder was meinen Sie? Man muss akzeptieren, dass man sich die Hände schmutzig macht. Sie kennen das ja aus eigener Anschauung, Sergeant Mulligan. Ein Mann, der mit so viel Blut an den Händen für die Gerechtigkeit eintritt … Ist es dieses überaus menschliche Paradox, das Ihnen schon seit langem den Schlaf raubt?«

Jeff war wie vom Donner gerührt. Steve Buchanan hatte sie nicht belogen: Man hatte Erkundigungen über sie beide eingeholt, man wusste praktisch alles über sie. Doch über diese Informationen hinaus schien der Professor die Gabe zu besitzen, in seiner Seele zu lesen.

»Lucie Milton«, fuhr Irkalla fort, »war derart … kompromisslos. Eine Idealistin. Das Gute wollen, ohne den Preis dafür zu zahlen …«

»Was genau hatte sie denn nun herausgefunden?«, unterbrach ihn Jeff. »Was war an der Behandlung von Henry Buchanan so außergewöhnlich?«

»Sie packt das Leben an seiner Wurzel. Ein Vorgang von göttlicher Einfachheit und dabei so schwer zu bewerkstelligen … Wissen Sie, durch welches Wunder die ersten Zellen eines Embryos auf Anhieb Dutzende verschiedener Organe unterscheiden? Die Stammzellen, Sergeant … Sie produzieren einen Transformationswirkstoff, und dieser verleiht den Zellen eines jeden Organs ihre spezifischen Merkmale. Während der ersten Monate des Lebens in der Gebärmutter entsteht jede Zelle des Menschen aus dieser Substanz, die sie programmiert, damit sie sich im Dienste der Entstehung eines konkreten Organs reproduziert. Dann kommt alles zum Stillstand. Sobald der Organismus gebildet ist, hört das Leben auf, sich selbst zu produzieren. Uns ist es mittels einer Kombination verschiedener mutierter Gene gelungen, die Produktion des Transformationswirkstoffs in den Zellen zu reaktivieren und seine Wirkung zu kontrollieren. Auf diese Weise regeneriert sich der Organismus von selbst …«

Jeff schwindelte. Trotz der Abscheu gegen Irkalla war es diesem Mann gelungen, ihn mit seinen Visionen anzustecken. Und nun begann auch er, an das Unfassbare zu glauben.

»Aber wieso hat die Autopsie von Henry Buchanas Leichnam ergeben, dass seine Organe auch Symptome einer vorzeitigen Alterung aufwiesen?«, wollte er wissen.

»Er hatte seine Behandlung abgebrochen. Nach Ihrem Besuch bei ihm rief er mich an und verlangte von mir eine Erklärung für das Verschwinden seines Sohnes. Er dachte, ich hätte ihn dazu veranlasst und ihm im Falle seiner Weigerung damit gedroht, Henry nicht mehr länger mit dem dringend benötigten Medikament zu versorgen. Und damit lag er durchaus richtig.«

»Sie haben Steve Buchanan unter Druck gesetzt? Das hat er Ann gegenüber aber nicht bestätigt.«

»Er hat es vorgezogen, seine Version zu erzählen … Jeder möchte doch gerne glauben, er bestimme sein Leben selbst, nicht wahr?«

»Sie sind wirklich Abschaum«, murmelte Jeff.

Er bemerkte, dass seine Stimme nicht so fest klang, wie er es beabsichtigt hatte.

Der alte Mann sah ihn durchdringend an, als wolle er in seine Seele blicken.

»Wie alt waren Sie, Jeff, als der Tod Ihnen die Mutter entriss?«, fragte er sanft. »Neun Jahre oder zehn? Sie erinnern sich nicht mehr genau. Und dennoch, spüren Sie, in welchem Maße Ihr Leben durch dieses Ereignis bestimmt wurde? Wie sehr Sie alles darauf ausgerichtet haben, um nicht länger diesen entsetzlichen Schmerz zu fühlen, der Sie vollständig aufgefressen hätte, wären Sie nicht auf Distanz zu sich selbst gegangen? Sie verboten sich jegliche Empfindung, indem Sie Ihr Gefühl des Verlassenseins mit einer verheerenden Wut überdeckten, die Sie dank Ihres Berufs gelegentlich ausleben konnten. Auf diese Weise gelang es Ihnen, sich nicht völlig selbst zu zerstören. Was für ein Mann hätten Sie sein können, Jeff, wenn Ihre Mutter nicht viel zu früh gestorben wäre? Vielleicht ein Mann, der fähig wäre zu lieben?«

Jeff hatte die Waffe sinken lassen. Mit jedem Wort dieses Menschen, der ihn besser zu kennen schien als er selbst, fühlte er sich leerer und leerer.

»Wir haben denselben Feind, Jeff. *Ihn*. *Ihn*, den Gott einfach herrschen lässt. *Ihn*, der uns das Liebste genommen hat und uns voll Zorn zurücklässt. Wir kämpfen brüderlich Seite an Seite. Das müssen Sie doch sehen!«

Irkalla reichte Jeff die Hand. Dieser erblickte mit Tränen in den Augen plötzlich das Gesicht seiner Mutter – als stünde sie leibhaftig vor ihm. Dieses Gesicht, dessen Züge er vor langer Zeit vergessen hatte und das ihm auf einmal so gegenwärtig war, dieses liebevolle Gesicht. In seinem Traum gefangen senkte er gegen seinen Willen die Waffe. Er spürte, wie Professor Irkallas Finger seine Hand umschlossen.

»Es ist gut«, murmelte dieser. »Gemeinsam werden wir große Dinge vollbringen.«

In diesem Moment zerriss der dichte und süße Nebel, der sich um Jeff gelegt hatte. Mit einem Mal wirkte der Professor wie versteinert und taumelte nach hinten, wodurch der Bann gebrochen wurde, in dem Jeff gefangen war. Mulligan brauchte mehrere Sekunden, bis er sich wieder in der Realität zurechtfand. Und sich der dumpfen Explosionen bewusst wurde, die nacheinander den Raum erschütterten.

Als Professor Irkalla allmählich im Kugelhagel in sich zusammensackte, zeichnete sich auf seinem Gesicht ein immer größer werdendes Erstaunen ab. In einem letzten Aufbegehren krallten sich seine Finger in die Erde.

Dann rührte er sich nicht mehr.

Jeff blickte von dem nun für immer reglosen Körper auf. Anns Silhouette zeichnete sich im flackernden Schein der Fackeln am Eingang zur Halle ab.

»Sie haben ihn getötet«, murmelte Jeff.

»Sie waren im Begriff, sich von diesem Schwein einwickeln zu lassen!«

»Sie haben ihn getötet …«

»Ich habe Sie gerettet.«

Jeff, der nur mühsam in die Realität zurückfand, betrachtete gedankenvoll den Leichnam seines Feindes.

»Und dafür haben Sie acht Kugeln gebraucht?«

Ann, die auf einmal völlig verloren wirkte, starrte ihn ungläubig an:

»Acht?«

Jeff deutete auf die blutroten Einschlagstellen im Rücken und im Schädel des Professors.«

»Die Schüsse, die danebengingen, nicht mitgezählt. Ich hätte nicht gedacht, dass Sie so kaltblütig sein können.«

Den noch rauchenden Revolver in der Hand, sank Ann auf die Knie.

»Um Gottes willen«, stammelte sie.

Jeff berührte sie sanft an der Schulter. Leise schluchzte sie:

»Ich bin es nicht wert, Polizistin zu sein. Ich verdiene meine Plakette nicht.«

Jeff nahm sie in die Arme, doch Ann konnte nicht aufhören zu weinen.

Als die beiden ins Erdgeschoss hinaufgingen, überstürzten sich die Ereignisse. Das Geräusch einer Explosion, gefolgt von mehreren Detonationen ließ sie zusammenfahren. Durch das Fenster eines Büros gelang es ihnen, die Lage zu analysieren. Raúl hatte das große Tor gesprengt, welches das Geheimlabor von den anderen Bereichen des Camps trennte. Er führte eine Gruppe von rund dreißig bewaffneten Gefangenen an. Es waren Männer und Frauen, die noch ausreichend bei Kräften waren und die er aus den angrenzenden Unterkünften hatte befreien können. Nun lieferten sie sich einen Schusswechsel mit den Milizsoldaten.

Ohne ein Wort zu sagen, stieg Jeff erneut ins Untergeschoss hinab.

»Was haben Sie vor?«, fragte Ann.

»Ich will dem Kampf ein Ende bereiten.«

Mit Irkallas Leichnam auf den Schultern kehrte Jeff schon bald wieder zurück und ging hinauf in die oberen Etagen. An einem Fenster im vierten Stock feuerte er mehrmals in die Luft, um die Aufmerksamkeit der Kämpfenden auf sich zu lenken. Wie eine Trophäe stemmte er die Leiche Irkallas über seinen Kopf und warf sie im nächsten Moment hinunter in die Menge der Milizsoldaten.

Das Ergebnis ließ nicht lange auf sich warten.

Irkallas Gefolgsleute, die bereits ihren Kommandanten verloren hatten, dachten beim Anblick ihres toten Chefs nur noch an Flucht. Sie stoben auseinander und suchten nach Jeeps, um zu fliehen. Unter Raúls Führung konnten die Gefangenen zwar ein paar von ihnen niederschießen, doch schon bald rasten mehrere Geländewagen in die Wüste.

»Jetzt entkommen diese Schweine auch noch«, murmelte Ann fassungslos.

»Nicht für sehr lange. Sehen Sie nur!«

In der flirrenden Hitze konnten sie am Horizont eine riesige Staubwolke erkennen. Eine motorisierte Kolonne näherte sich.

»Die Flugzeuge, die über dem Gelände kreisten …«, sagte Jeff. »Sie haben die genaue Lage des Labors erkundet. Man könnte meinen, die Obrigkeit dieses Landes nimmt die Sache in die Hand.«

Nach wenigen Minuten war das Camp von rund dreißig Militärfahrzeugen umstellt, die restlichen nahmen die Verfolgung der flüchtenden Miliz auf.

Als Raúl das schwere Tor öffnete und das Sondereinsatzkommando auf das Gelände drang, stand auf einmal Teresa vor ihm. Die junge Frau warf sich in seine Arme.

»Liebster«, flüsterte sie in sein Ohr, »ich hatte solche Angst, dich zu verlieren.«

»Wie hast du das geschafft?«, fragte Raúl und deutete auf die Militärs, die das Camp in Besitz nahmen.

»Ich habe einen langen Artikel über deine Geschichte geschrieben und die Existenz eines geheimen Labors mitten in der Wüste von Chihuahua erwähnt. Und dass unsere örtlichen Behörden die dort praktizierten Experimente an Entführungsopfern stillschweigend billigen. Ich habe den Gouverneur ans Telefon gekriegt und ihm gedroht, die Sache an die internationale Presse weiterzugeben. Da sich zwei amerikanische Staatsbürger unter den Opfern befanden, war eine Untersuchung unumgänglich, und so wurde das Camp zwangsläufig lokalisiert. Ein internationaler Skandal wäre die Folge gewesen, und der Gouverneur hätte als Sündenbock herhalten müssen. Also zog er es vor, sich lieber als

Held feiern zu lassen, der diesem Horror ein Ende bereitete.«

»Hattest du keine Angst um Guillermo?«

»Ja, aber auch um dich. Und ich wollte für meinen Sohn keine Mutter sein, die sich von Drohungen einschüchtern lässt.«

Jeff, der näher gekommen war, hatte das Ende ihres Gesprächs mitangehört. Er flüsterte Raúl etwas ins Ohr.

Die beiden Männer entfernten sich.

Als Ricardo Pérez, Gouverneur des Staates Chihuahua, mit seinem Gefolge vor Ort eintraf, hatten Jeff und Raúl gerade den letzten Abschnitt ihrer Arbeit vollendet.

Pérez dankte den Helden in einer pathetischen Rede, dann wollte er wissen, wo sich das Geheimlabor befand. Mit einer knappen Geste bedeutete er dreien seiner Leute, Männer mit auffallend dicken Brillen, sich unverzüglich dorthin zu begeben.

»Wer sind diese Leute?«, wollte Raúl wissen.

»Forscher«, antwortete Pérez kurz angebunden.

»Sie werden Ihnen untersagen müssen, das Gebäude zu betreten.«

»Und warum?«

Raúl hielt dem Gouverneur seine geballte rechte Hand unter die Nase. Durch die Finger schimmerte ein Zünder hindurch.

»Professor Irkalla wird kein Vermächtnis hinterlassen.«

»Was wollen Sie damit sagen?«

»In diesem Camp befindet sich ein Waffenlager, das ausreichen würde, um Krieg zu führen. Wir haben das Labor vermint.«

»Warten Sie! Vielleicht befinden sich dort einige Entdeckungen, die …«

Die Wissenschaftler waren nur noch knapp fünfzehn Meter vom Gebäude entfernt.

»Rufen Sie Ihre Leute zurück! Oder wollen Sie, dass sie in die Luft fliegen?«

Raúls Daumen senkte sich auf den Zünder herab.

Hastig befahl Pérez den drei Wissenschaftlern, sofort stehen zu bleiben.

Raúl drückte den Knopf.

Ein Gefühl unbändiger Freude durchströmte Jeff.

Mit einem ohrenbetäubenden Knall zerfiel Professor Irkallas Labor wieder zu Staub.

Jeff hielt sein Gesicht in den Sog der glühend heißen Luft. Frieden erfüllte ihn.

Auf dem Rückflug in die Vereinigten Staaten erhält Jeff ein letztes Geschenk von Lucie.

Ann liegt ausgestreckt neben ihm auf einem komfortablen Liegeplatz und schläft. Die Sterne funkeln am Himmel. In seinen Gedanken ziehen Bilder seiner Mutter vorüber. Er denkt an den Tag ihres Todes zurück. Er kehrte von seiner Wanderung heim, erfüllt von dieser vollkommenen Freude, die seine Seele ergriffen hatte.

*Er lehnt am weißen Stamm einer Birke. Sein keuchender Atem vermischt sich mit der Brise, die seine Haut erfrischt. Er spürt nicht mehr die Grenzen seines Körpers und verschmilzt mit dem Baum.*

*Er ist eins mit allem, endlos glücklich in einem Moment der Ewigkeit. Er fühlt sich unendlich geliebt. Und dann …*

Jeff beugt sich über den Leichnam seiner Mutter. Seine erste Leiche. Die Freude ist noch da, doch nach und nach wird sie von einer Woge des Entsetzens überrollt, die seine Seele erfasst. Allmählich. Unerbittlich. Ein stummer Schrei, der in seinem Brustkorb festsitzt. Er flüchtet sich in eine Wesensart, die ihn nur Feindseligkeit und Ablehnung spüren lässt. Für immer von der Welt abgeschnitten.

Jeff versucht, diese Bilder zu vertreiben, gegen die er stets erfolgreich angekämpft hat. Da geht ihm ein Licht auf.

Auf einmal weiß er, warum er genau in jenem Moment, als seine Mutter durch die Messerstiche eines Drogensüchtigen ums Leben kam, diesen Augenblick des reinen und wahren Glücks erlebte, den einzigen in seinem ganzen Leben. Die unendlich liebende Gegenwart, die er gespürt hatte, *war die seiner Mutter* gewesen, die sich ihm ein letztes Mal in dem Moment offenbart hatte, als sie ihn verließ. Wie Lucie ihm im Augenblick ihres Todes erschienen war, war seine Mutter fünfundzwanzig Jahre zuvor gekommen, um ihren kleinen Jungen mit ihrer Liebe zu erfüllen und in seinen von Freude durchdrungenen Körper jene Botschaft zu pflanzen, die er so lange nicht verstanden hatte: Es gibt nichts, wovor man sich fürchten muss. Der Tod heißt nicht, dass das Leben aufhört, er ist nur ein Pulsschlag. Ein Übergang zum großen Anderswo.

Das Leben kennt kein Ende.

Sergeant Mulligan, in den Polizeidienst wieder aufgenommen und mit Auszeichnungen überhäuft, kehrte ins 19. Revier zurück. Millar war nicht mehr da: Woodruff hatte seine Versetzung erwirkt. Gleich nach seinem ersten Arbeitstag traf Jeff sich mit den Kollegen in ihrer Stammkneipe und gab zu ihrer großen Überraschung eine Runde aus. Als sie sich zuprosteten, erklärte er, dass er von nun an ein Vertrauensverhältnis zu ihnen aufbauen wolle, auch wenn das sicher seine Zeit brauchen würde.

Eines Abends ging er zu Leticia, um sich von ihr zu verabschieden. Raúl hatte in Mexiko eine Arbeitsstelle für sie gefunden. Nun kehrte die junge Frau in ihre Heimat zurück. Voller Vorfreude stand sie inmitten von Umzugskartons und Koffern und packte emsig.

Gedankenverloren half Jeff ihr, ein Regal abzubauen. Leticia musterte ihn eindringlich und fragte:

»Die Polizei ist alles für dich, nicht wahr?«

Ohne seine Arbeit zu unterbrechen, nickte er.

»Du bist wieder in den Polizeidienst aufgenommen worden, hast deinen alten Posten im Kommissariat. Kurz, du hast erreicht, was du wolltest.«

»Und?«

»Du siehst nicht glücklich aus.«

»Aber ja, das bin ich.«

Leticia legte ihren Schraubenzieher beiseite und nahm ihn in die Arme.

»Jeff, was fehlt dir?«

Leticia hatte es klar erkannt.

Nach ihrer Rückkehr aus Mexiko war Ann, der es sehr schlecht ging, von ihrer Familie gepflegt worden. Seitdem hatte er nichts mehr von ihr gehört. Sie reagierte weder auf seine Anrufe noch auf seine Briefe. Einmal war es Jeff gelungen, ein paar Worte mit ihrer Mutter am Telefon zu wechseln. Höflich, aber bestimmt hatte sie ihm versichert, sie wisse nicht, wo ihre Tochter stecke.

Was Jeff nicht wusste: Ann hatte große Schwierigkeiten, sich zu verzeihen, dass sie Irkalla getötet hatte. Sie durchlitt eine tiefe Depression und verbrachte mehrere Wochen in einer Privatklinik und anschließend auf dem Anwesen der Familie in den Catskill Mountains. In dieser Zeit der schmerzlichen Auseinandersetzung mit sich selbst und ihrer Lebenssituation mied sie jeglichen Kontakt zur Außenwelt.

Ihre Abwesenheit und ihr Schweigen gaben Jeff Gelegenheit, sich darüber klar zu werden, wie viel sie ihm bedeutete.

Dann eines Morgens …

Langsam brach der Tag an. Jeff saß hinter seinem mit Akten überhäuften Schreibtisch und schlürfte einen schlechten Kaffee, während er durch das Fenster beobachtete, wie das zartrosa Licht das dunkle Blau der Nacht verscheuchte. Gedämpfte Gespräche und das Rattern einiger Drucker drangen durch die Gänge des Kommissariats. Mulligan hatte die ganze Nacht damit zugebracht, dringende Berichte zu schreiben und den liegen gebliebenen Papierkram zu erledigen. Nun konnte er sich endlich eine Pause gönnen.

Plötzlich weckte ein kaum wahrnehmbares Geräusch seine Aufmerksamkeit. Er drehte sich um.

Wie in einem Traum sah er Anns Gestalt im Türrahmen.

Durch die lange Krankheit war sie schmal und blass geworden. Ihre Augen strahlten dafür umso mehr, dieses vertraute Funkeln, das er so sehr vermisst hatte.

Ihr Anblick verschlug ihm den Atem, und plötzlich packte ihn die sonderbare Furcht, sie könne wieder verschwinden. Er sprang so abrupt auf, dass sein Stuhl mit Getöse umfiel, und ergriff ihre Hand, als wolle er sie zurückhalten. Sie umschloss die seine – warm, fest, lebendig. Durch einen leichten Druck brachte er die junge Frau dazu einzutreten, schloss die Tür hinter ihr und ließ die Rollos herunter.

»Ich liebe dich«, gestand er ihr.

Ein Schauer lief ihr über den Rücken.

»Endlich«, murmelte sie.

Sie schlang ihre Arme um seinen Hals, und er küsste sie lange. Dann löste er sich sanft aus der Umarmung, sah ihr tief in die Augen und sagte:

»Wir beide wären ein unglaubliches Team. Sowohl im Leben als auch in der Arbeit.«

Doch sie lächelte ihn nur geheimnisvoll an.

»Willst du das nicht?«, hakte er nach.

Ann lehnte den Kopf an seine Schulter.

»Im Leben ja, aber was die Arbeit betrifft … Ich bin gekommen, um meinen Dienst zu quittieren.«

Zur großen Freude ihres Vaters machte Ann ein Praktikum in seiner Kanzlei, während sie gleichzeitig ein Jurastudium absolvierte. Er hatte sie mit offenen Armen, aber auch triumphierend aufgenommen: Hatte er nicht stets die Rückkehr seiner verlorenen Tochter vorhergesehen?

Kaum hatte sie das Diplom in der Tasche, wurde Ann Rechtsanwältin. Sie blieb genau ein Jahr bei ihrem Vater: Zeit genug, um alle Kniffe dieses Berufsstandes zu erlernen.

Im Anschluss arbeitete sie für ein dreimal geringeres Gehalt als Staatsanwältin. Sie widmete sich dieser Tätigkeit mit ganzem Herzen. Ihre Aufgabe bestand darin, in Zusammenarbeit mit der Polizei stichhaltige Anklagen vorzubereiten, die den Attacken von Anwälten wie ihrem Vater standhielten. Sie tat dies in enger und stets legaler Kooperation mit Sergeant Mulligan. Sehr bald galt sie als Schrecken der Unterwelt und als prominente Vertreterin des Rechts.

Als Staatsanwältin Ann Lawrence in den Mutterschaftsurlaub ging, um sich um ihr erstes Kind von Jeff Mulligan zu kümmern – ein außerordentlich kräftiges Mädchen mit wildem Blick und einem ausgeprägten Gerechtigkeitssinn, der sich in heftigen Wutausbrüchen zeigte –, atmete Robert Lawrence insgeheim für ein paar Monate auf.

Denn er fürchtete nichts mehr als einen Fall, in dem seine Anwälte es mit seiner Tochter zu tun bekamen.

Raúl wurde zum Nationalhelden. Er hatte Teresa exklusiv die Geschichte seines Abenteuers erzählt. Ihr aufrüttelndes Buch wurde zum Bestseller. Zwar konnte man Gouverneur Pérez keine aktive Mitschuld nachweisen, dennoch wurde er abgesetzt. Das Paar ließ sich auf einer Hazienda in Mexiko nieder, und Teresa engagierte sich, von ihrem Ehemann stets unterstützt, in der Politik.

So schloss sich zu guter Letzt, zumindest offiziell, die Akte Lucie Milton.

Doch im Verborgenen …

Die besten Wissenschaftler aus dem Team um Professor Irkalla wurden in einem aufsehenerregenden Prozess zu langen Haftstrafen verurteilt, doch sie verbüßten nur wenige Monate davon in den düsteren Kerkern Mexikos. Nachdem sich die öffentliche Empörung wieder gelegt hatte, fand eine streng geheime Unterredung zwischen einigen aus Washington entsandten NSA-Agenten und Vertretern der mexikanischen Bundesbehörden statt. Dabei einigte man sich auf folgendes

Abkommen: Irkallas Mitarbeiter sollten ihre Forschungsarbeit unter der Kontrolle beider Länder fortsetzen – im Austausch gegen relative Bewegungsfreiheit und viel Geld. Niemand würde je davon erfahren. So verschwanden weiterhin Menschen, was in den Statistiken einfach auf das Konto der stetig wachsenden Kriminalität verbucht wurde.

Seltsamerweise sprachen Ann und Jeff nie wieder über das Abenteuer, durch das sie zum Paar geworden waren. Für die junge Frau hatte der geliebte Mann seine genialen Eingebungen einer Wahnvorstellung zu verdanken, die sich letzten Endes als exzellente Eigentherapie erwiesen hatte. Jeff kannte die Skepsis seiner Partnerin nur zu gut, hatte aber nicht das Bedürfnis, sie vom Gegenteil zu überzeugen.

Und auch wenn er manchmal insgeheim an Lucie Milton dachte, dann nur in großer Dankbarkeit. Denn ihre mysteriöse Begegnung hatte ihn verändert und zu einem besseren Verständnis seiner selbst geführt. Seitdem liebte er das Leben. Auch seine Einstellung zum Tod war nun eine andere. Wenn er früher geglaubt hatte, er fürchte ihn nicht, dann nur, weil er das Leben verabscheut hatte. Nun war er endlich glücklich und wünschte sich mit jeder Faser seines Wesens zu leben, aber dennoch machte ihm der Gedanke an den Tod keine Angst. Denn tief in seinem Innern war er felsenfest davon überzeugt: Die Liebe ist stärker als der Tod.

*»Mcfadyen schreibt die Bücher, die man von Stephen King heute gerne lesen würde«*

KÖLNER STADT-ANZEIGER

Cody Mcfadyen
AUSGELÖSCHT
Thriller
ca. 550 Seiten
Gebunden mit Schutzumschlag
ISBN 978-3-7857-2390-6

»Ich bin ganz nah. Und ich habe ein Geschenk für dich, Special Agent Barrett.« Smoky Barrett sieht von ihrem Handy auf. Die anderen Hochzeitsgäste blicken auf das Brautpaar vor dem Altar. Motorenheulen durchbricht die Stille. Ein Lieferwagen hält vor der Kirche. Die Tür öffnet sich, und eine Frau wird auf die Straße gestoßen. Ihr Kopf ist kahl geschoren, und sie trägt ein weißes Nachthemd. Sie taumelt auf den Altar zu, fällt auf die Knie und stößt einen lautlosen Schrei aus.
Die Frau ist vor sieben Jahren spurlos verschwunden. Jemand hat eine Lobotomie an ihr durchgeführt und zentrale Nervenbahnen ihres Gehirns durchschnitten. Sie ist nicht tot, vegetiert aber als leblose Hülle vor sich hin. Es wird weitere Opfer geben.

Gustav Lübbe Verlag

***11:00** Uhr: Ein Passagierflugzeug stürzt ab. 212 Menschen sterben ... **18:00** Uhr: Deine Frau wird ermordet. Sie kannte die Absturzursache ... **22:00** Uhr: Was wäre, wenn du alles ungeschehen machen könntest?*

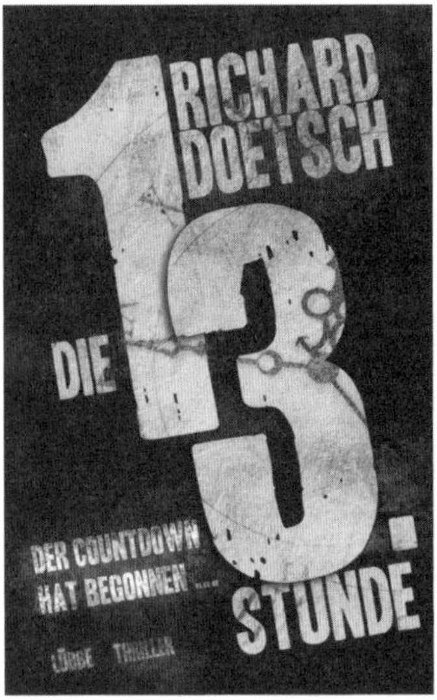


Richard Doetsch
DIE 13. STUNDE
Thriller
415 Seiten
Klappenbroschur
ISBN 978-3-7857-6036-9

Nicholas Quinn sitzt im Verhörraum der Polizei. Seine Frau wurde ermordet, und man hält ihn für den Täter. Doch er ist unschuldig. Ihr Tod ist mit dem Schicksal von 212 Menschen verbunden, die bei einem Flugzeugabsturz ums Leben gekommen sind – denn eigentlich sollte Nicholas' Frau an Bord dieser Maschine sein. Doch aus irgendeinem Grund hat sie die Maschine in letzter Minute verlassen. Dieser Grund ist für den Absturz verantwortlich. Und für ihren Tod.
Ein Fremder betritt das Verhörzimmer. »Ihre Frau lebt noch«, sagt er. »Sie können sie retten und die 212 Passagiere des Flugzeugs.« Er überreicht Nicholas eine goldene Uhr, auf der die Zeit rückwärts zu laufen scheint. »Sie haben dreizehn Stunden.«

Lübbe Paperback

*»Der König des französischen Thrillers hat sein bestes Werk abgeliefert.«*

LE FIGARO MAGAZINE

Jean-Christophe Grangé
CHORAL DES TODES
Thriller
Aus dem Französischen
von Thorsten Schmidt
576 Seiten
Gebunden mit Schutzumschlag
ISBN 978-3-431-03793-7

Ein markerschütternder Schrei hallt durch die Kirche Saint-Jean-Baptiste. Lionel Kasdan eilt über die steinerne Rundtreppe hinauf zur Empore. Er ist Sekunden zu spät. Der Mann an der Orgel ist tot.
Der Fall lässt den ehemaligen Polizisten nicht mehr los. Die Einzigen, die offenbar wissen, was geschehen ist, sind die Chorjungen. Sie schweigen beharrlich.
Ein zweiter Mord geschieht und ein dritter. Lionel begreift langsam, dass der Schlüssel zu diesem Fall die engelsgleichen Sängerknaben sind. Sie scheinen die Unschuld selbst zu sein, aber ihre Herzen sind finsterer als die Hölle …

Ehrenwirth